KB162536

허병식
평론집

지연되는 임종

역락비평신서 31

지연되는 임종

허병식 평론집

역락

머리말

한국 근대문학을 공부하고 문학비평을 시작하면서 알게 된 것은 근대문학이라는 형식이 이미 몰락하고 있는 양식이라는 점이었다. 근대문학의 종언이라는 소문은 시대의 유행담론을 넘어서 돌이킬 수 없는 흐름이 되어 있었다. 그러한 흐름에 대해서 나름의 답변을 마련하기 위해 몇 편의 글을 써 왔다. 이제 그 글들을 평론집에 묶으면서 다시 돌아보니, 시대가 변하고 양식들이 교체되는 이행의 시대에 살고 있다는 감각 그 자체가 나에게는 비평을 수행하는 중요한 동력이 되었다는 것을 알 것 같다. 그것은 이미 예고되었지만 그 집행이 지연되고 있는 어떤 몰락의 현장에 임하여, 그 사라짐을 지켜보는 일과 다르지 않은 것이었다. 몰락의 운명을 스스로의 것으로 수락한 자들이 어떤 사유의 형식을 창안하여 상징적인 죽음을 준비하고 있는가를 지켜보는 일은 쓸쓸하지만 의미 있는 것이다. 우리가 문자로 기록한 것들을 통해서 무엇을 수행해 왔는가를 기억하는 것.

몇 년 전 돌아가신 아버지는 바둑의 고수였다. 기력(棋力)이 아마 5단이라던 아버지는 비슷한 실력을 갖고 있던 큰삼촌과 만나면 늘 바둑판 앞에 앉아서 말없이 바둑을 두었는데, 어린 나에게는 하루 종일 다른 일을 하지 않고 바둑을 두는 사람들이 늘 경이롭게 여겨졌다. 내가 대학에 입학했을 때, 아버지는 바둑 입문서를 사주시면서 내게 바둑을 배울 것을 권유했다. 당신 또한 대학에 입학해서 바둑을 처음 접했고, 1년 만에 1급의 기력을 얻을 수 있었다고 말하면서. 나 또한 쉽게 바둑에 빠질 수 있으리라고 기대하셨다. 아마도 아버지는 가까이에 바둑 상대를 두고 싶었던 것일 터이다. 그러나 나는 그 기대에 답하지 않았다. 하루 종일 앉아서 빠져들 수 있는 다른 대상을 나는 이미 갖고 있었고, 거기에는 바둑보다 훨씬 너 의미 있는 세계가 기다리고 있다고 믿고 있었기 때문일 것이다. 그러한 믿음이 나를 지금의 모습으로 이끌었을 것이다. 은퇴 후에 아버지는 낮에는 기원에 가고, 저녁에는 바둑 TV를 보거나 바둑책을 보는 것으로 하루를 보냈다. 암 선고를 받고 입원과 퇴원을 반복하실 때에도 아버지의 짐 속에는 바둑기보가 늘 포함되어 있었고, 병원 침대에서 마지막으로 의식을 잃기 직전에 아버지의 손에 들려 있던 것은 한 권의 바둑책이었다.

바둑에 대해 알지 못하고, 한 번도 바둑을 두어 본 적도 없지만, 나는 단 한번 다른 이들의 바둑 대국을 흥미롭게 지켜보았던 경험이 있다. 혼인보 슈샤이 명인과 기타니 미노루 7단의 역사적인 대국이 그것이다. 가와바타 야스나리는 '불패의 명인'으로 알려져 있던 슈샤이 명인의 은퇴기에 참여하여 관전기를 쓰고 그것을 『명인』이라는 소설로 담아냈는데, 나는 이 길지 않은 소설을 조금씩 아껴가며 읽었다. 소설 속에서 단 한 번의 대국은 6개월이나 이어지며 진행되는데, 내가 책을 다 읽은 시간도 그 정도 되지 않았나 싶다. 야스나리는 명인의 목숨을 앗아간 그 마지막 대국을 지켜보며, 바둑에는 아무런 가치가 없고, 또한 절대적인 가치가 있다고 말했다. 그가 쓴 『명인』이란 소설은 슈샤이 명인으로 대표되던 바둑의 한 역사가 끝나고, 기타니, 오청원 등의 젊은 기사들에 의해 새로운 바둑의 시대가 열린 이행에 대한 기록이었다. 그 책을 읽을 당시에는 미처 알지 못했지만, 바둑의 세계보다 훨씬 의미 있는 어떤 가치가 문학의 세계에 있으리라는 믿음은 어쩌면 헛된 바람이었을지도 모른다.

바둑의 미래에 대해서 알지 못한다. 아버지는 컴퓨터가 체스에서는 인간을 넘어섰지만, 바둑에서는 인간을 넘을 수 없다고 늘 말씀하셨지만, 우리는 알파고가 어떻게 인간을 쓰러트렸는지를 분명하게 목격했다. 그러나 알파고는 이미 바둑계에서 은퇴했고 어떤 사람들은 여전히 바둑판 앞에 하루 종일 앉아 있을 것이다. 그렇게 하루 종일 바둑에 빠져 있는 사람들이 있다면, 바둑의 미래 같은 것은 어떻게 되어도 좋을 것이다. 바둑이 그렇고, 문학 또한 그러할 것이다. 쓸모를 알 수 없는 어떤 세계 속에 빠져들었다가 문득 정신을 차리면 한 생애가 저물 것이다. 문학의 미래에 대해 고민하기를 멈추고 한 권의 책을 새로이 손에 들어야 할 시간이다.

2022. 11.

허병식

목차

제1부   지연되는 문학의 임종

제3부 우리 시대 소설의 진정성

제1부

지연되는 문학의 임종

장편소설에 대한 조선사람의 사상을[01]

1. 노블의 노마드

먼저, 최원식이 말한다. "장편소설이 근대문학의 챔피언이라는 사실은 누구나 인정하는 바"이며, "장편시대란, 따라서 그 사회 근대성의 성숙 여부를 판별하는 가장 중요한 지표의 하나"라고, 따라서, "뛰어난 장편은 근대의 자식이면서 동시에 근대 이후를 머금은 이야기"[02]라고. 그리고 오랜 시간이 흐른 후, 강동호가 답한다. "장편소설론을 견인하고 있는 힘은 여전히 거대하고도 추상적인 대의로서의 근대에 대한 강박적 초월의식이며, 이를 실현하는 동력을 제공하는 환상은 70여 년 전과 마찬가

---

01 이 글의 제목인 '장편소설에 대한 조선사람의 사상을'은 물론 김동인의 논설 '소설에 대한 조선사람의 사상을'(『학지광』, 1919)의 인유이다. 이 글에서 김동인은 소설이란 양식을 도대체 조선사람들이 이해하지 못하고 있다고 강도 높게 비판했는데, 그 이해받지 못한 소설 양식이 노블임은 말할 것도 없다. 그러나 이러한 글의 제목을 따온 것이 김동인과 동일한 작업을 하려는 시도라고 판단해서는 곤란하다. 다만 김동인의 질책 이후 거의 백년이 다 되어가는 시점에서 여전히 노블이란 양식적 특징에 대해 온전한 합의를 보지 못하고 있는 국문학계와 비평동네의 처지를 나부터 반성할 필요가 있다는 생각에서 가져온 제목이란 점을 밝힌다.

02 최원식, 서영채, 「대담, 창조적 장편의 시대를 대망한다」, 『창작과비평』, 2007년 여름호, 151~152쪽. 이후 이 글에서의 인용은 쪽수만 표기.

지로 장편소설이라는 내용없는 텅빈 기표다."[03] 또한 같은 특집인 〈문제는 '장편소설'이 아니다 '장편 대망론' 재고(再考)〉의 필자 조연정의 선고는 이렇다. "'장편소설'에 대한 비평의 논의가 잘못된 개념어의 사용이 불러일으킨 오해를 바로잡거나, 이 오해와 더불어 누군가의 입장이나 취향이 정설로 주장된 실수를 반성하는 정도로 그칠 수밖에 없는 것, 기껏해야 자신이 오랜 시간을 들여 '끝까지' 읽으며 지지하고 싶은 소설을 확인하는 정도로 마무리될 수밖에 없는 것은 어쩌면 당연하다."[04] 선언이 있었고, 그 선언의 무의미함과 가치 없음을 주장하는 선고들이 있었다. 이 사이에 많은 주장과 논전이 오간 것은 당연한 일인데, 이미 그 주요한 논의에 대해서는 여러 번 반복해서 거론된 바 있으니 그 주장들을 다시 읽으며 내가 느낀 의문에 대해 하나씩 짚어가는 것이 필요할 듯하다.

최원식은 근대문학의 챔피언인 장편소설이 근대성의 성숙 여부를 판별하는 지표이면서 동시에 근대 이후를 머금고 있다는 주장을 펼쳤는데, 우리 문학에 장편의 시대가 아직 도래하지 않았다고 설명하는 대목에서 그 이유로 '긴 이야기를 만들어 내는 전통'이 우리에게 부재한다는 점과 사회를 총체적으로 파악할 수 있는 안목이 한국 작가들에게 부족하다는 점을 들고 있다. 긴 이야기 전통의 부재라는 대목을 설명하며 동양의 전통서사에 대해 거론하는 대목에 대해서, 대담자인 서영채는 이렇게 지적한다.

---

03 강동호, 「리얼리즘이라는 이데올로기의 숭고한 대상 - 장편소설론에 대한 비판적 시론(試論)」, 『문학과사회』, 2013년 가을호, 271쪽. 이후 쪽수만 표기.

04 조연정, 「왜 끝까지 읽는가 - 최근 장편소설에 대한 단상들」, 문학과사회, 2013년 가을호, 316쪽. 이후 쪽수만 표기

저는 2007년 애기를 했는데, 선생님은 19세기, 더 올라가서 『겐
지모노가따리』 시대까지 언급하십니다. (웃음) 장편 혹은 긴 이야기의
전통이 우리에게 부족한 것 같다고 하셨는데, 장편소설, 근대의 노블
이란 것이 자본주의시대의 산물이고 근대예술의 대표주자인데, 그
것과 미감(美感)이 달랐던 시대의 결락에 대해 말하는 건 좀 다른 차
원의 이야기가 아닌가 싶습니다. (153~154쪽.)

이 '다른 차원'에 대한 지적에 대해 최원식은 그것이 시장의 문제와
관련이 있다고 말하면서 이야기를 다른 방향으로 전개하는데, 이후로 이
른바 '장편소설론'에 대한 옹호와 비판이 오간 것은 이러한 다른 차원이
여러 겹으로 '장편소설'이라는 용어에 개입해 있기 때문이라는 점을 생각
한다면, 서영채의 이러한 지적은 매우 중요하다고 봐야 할 것이다. 그 다
른 차원에 대해 조금 더 말해보자.

두 대담자는 이후 소설의 위기와 사회의 변화, 그리고 2000년대 이후
생산된 주요한 한국소설 텍스트들에 대한 이야기를 주고받지만, 결론적
으로 최원식의 장편소설에 대한 주문만을 옮겨놓자면 이러하다. "민족문
학과 탈민족문학적 요구의 균열을 21세기 서사의 도가니에서 녹여 새로
운 서사로 길어올리는, 욕심이 큰 장편들이 속출하기를 기대"한다는 것
과 "서구에서 기원한 서사형태만이 유일한 모델이라고 생각하지 말고 근
대 이전의 우리 서사나 중국 서사의 풍요로운 전통에 주목해야"(179쪽.)
한다는 것이다. 이는 다시금 대담의 서론에서 거론되었던 '다른 차원의
이야기'에 최원식의 상상이 머물러 있다는 점을 증명하고 있다. 이 다른
차원이 문제가 되는 것은 자명하다. 그는 '근대문학의 챔피언'이라고 지
적하며 근대산 유럽발 소설형식인 노블의 양식에 대해서 거론하면서, 두
가지 방향으로 그 범주를 확장시키고 있는 것이다. 노블 속에 고대와 중

세의 이야기 전통을 포괄해야 하며, 그 노블은 근대만이 아니라 탈근대적인 면도 내장하고 있어야 한다는 것이다. 최원식의 이 두 가지 방향으로의 과감한 노마드 충동 중에서 첫 번째 것을 최원식 특유의 박람강기적 문학이해에서 나온 비전으로 이해할 수 있다면, 두 번째 것은 이후 창비측의 장편소설론을 담당하게 된 한기욱에게도 발견되는 것이다. 두 가지에 대해 차례로 검토한다.

최원식은 최근 출간된 『문학』이라는 역작에서, 현재의 문학위기론에 대해 이렇게 밝힌 바 있다. "지금 저무는 것이 (근대)문학이라 할지라도 그것이 어떤 (근대)문학인지 따져야 할 터인데, 혹 그게 바로 구미발 (근대)문학일지도 모른다는 점에 충분히 유의할 때, 막다른 골목에 처한 문학을 넘어 문학을 재구축할 수 있을지도 모르기 때문이다."[05] 최원식의 이 저무는 근대문학에 대한 주장을 장편소설로 치환하는 것이 허용된다면, 그의 장편소설대망론의 본심은 아마도 서구의 장편소설이 저물고 있으므로 그에 대한 대안이 될 수 있는 새로운 양식의 소설을 한국의 작가들이 창작해야 한다는 뜻으로 이해될 수 있을 것이다. 이렇게 이해할 때만, 그의 (장편)소설에 대한 무한한 양방향적 확산의 이해방식이 겨우 납득될 수 있기 때문이다. 그러니까 이제 몰락한 양식인 장편소설을 대신해서 새롭게 부각되어야 할 양식은 장편소설인 것이다. 이후로 최원식이 장편소설에 대한 특별한 언급을 새롭게 하지는 않았고, 그 창비발 장편소설론의 과제를 떠안은 것은 한기욱이다. 한기욱은 「기로에 선 장편소설」이라는 글에서 서희원의 어떤 글을 인용한 후, 그 대목을 영어로 번역하기는 불가능하다고 언급한 바 있는데, 이러한 지적에 대해서 나는 어

---

05 최원식, 『문학』, 소화, 2012, 37쪽. 이 책에 대해서 나는 다른 글에서 짧게 입장을 밝힌 바 있다. 졸고, 「'문학'을 읽는다」, 『민족문학사연구』 52, 2013.8.

느 성노 공감하는 편이지만, 다만 그가 최원식의 문장들에 대해서도 그것을 영어로 번역해보려는 수고를 해봤으면 좋았을 것이라는 생각을 갖고 있다. 한기욱의 입장에 대해서는 장을 달리해서 살펴보자.

2. 장편소설을 보호해야 한다

한기욱은 2011년 여름 『창비』에 발표한 「한국문학에 열린 미래를」이라는 글에서, "한국 장편소설의 미래에 대한 김영찬과 김형중의 회의적인 전망을 검토하면서 희망의 근거는 과연 없는지"[06] 살피는 작업을 하고 있다. 그는 김형중의 주장에 맞서 장편소설이 여전히 유효하다는 주장을 하는 과정에서 "발자끄와 디킨즈, 똘스또이 같은 서구 19세기 소설가들의 장편소설이 이른바 '19세기 사실주의'라는 통념에 부합되지 않는 면이 많다는 것도 고려해야 한다."(221쪽.)라는 주장을 펼치는데, 이 하나마나한 주장(조이스와 카프카는 모더니즘이라는 통념을 한치도 넘어서지 못한 작가인가)이 의미를 갖는 것은 이러한 주장을 통해 그가 수행하고자 하는 것이 장편소설은 근대만이 아니라 탈근대적인 것도 내장하고 있는 양식이라는 최원식 제2주장의 재판이기 때문이다. 다음은 한기욱이 전하고자하는 장편소설 양식에 대한 핵심적인 정의라고 보아도 좋을 대목이다.

장편소설은 태동할 때부터, 가령 세르반떼스의 『돈 끼호떼』부터,
근대세계의 핵심적 진실의 추구를 주된 예술적 동력으로 삼아왔고
19세기의 리얼리즘을 거치면서 사실주의적 인식을 우군으로 삼아

---

06 한기욱, 「한국문학에 열린 미래를」, 『창작과비평』 2011 여름호, 214쪽. 이후 쪽수만 표기.

그런 진실의 추구를 계속해왔다. 과학기술은 놀랍도록 발전했지만 전문화와 자본주의 시장체계의 지배력이 한층 강화된 결과 한 사회의 역사든 한 개인의 삶이든 극심하게 파편화된 현대에 이르러서도 근대세계의 핵심적 진실을 포착하려는 장편소설의 노력은 이어져왔다. (226쪽.)

새로이 문학용어사전 같은 것이 나온다면 '장편소설' 항목에 그대로 옮겨다 놓고 싶은 대목이다. 문제는 그가 이어서 "그런데 이 말을 장편소설이 그런 진실 추구를 통해 올바른 답을 찾고 그 답을 통해서 '사회의 총체적 조망' 같은 것을 제시해야 한다는 뜻으로 이해해서는 곤란하다."(227쪽.)고 덧붙일 때 발생한다. 그는 백낙청의 용어를 빌려 "장편소설이야말로 '정답주의'를 용납하지 않는 최고의 문학형식이다"(227쪽.)라고 말하는데, 이는 그의 말을 따라 '시대적/진리' 같은 것은 미리 규정할 수 없다는 뜻이라고 이해해야 되겠지만, 그렇게만 이해하기고 말 것은 아닌 듯하다. 그러니까 정답주의를 피해야 한다는 이 말은 '장편소설'이라는 신성불가침의 양식을 19세기의 사실주의에 대한 통념으로부터 보호해야 하고, 근대라는 역사적 시간의 제약으로부터 탈출시켜야 하며, 그럼에도 그 개념에 대한 문학용어사전 같은 정의는 엄격하게 내려야 한다는 이상한 욕망을 정확히 지시하고 있는 것이다. 이렇게 읽는 것은 부당한 과잉해석인가. 이렇게 판단한 사람이 한 사람 정도는 더 있는 듯하다.

한국 문학에 대한 일종의 부정 신학적 논법은 항상 요약을 초과한다. 민족의 위기에 부응하는 문학이라는 민족문학의 정의는 그 외연이 너무 넓어서 도대체 어떤 문학을 말하는지 알기 어렵고, '모더니즘대 리얼리즘'이라는 낡은 이분법을 극복하고 난 이후 지양된 의미의 '리얼리즘'이라는 용어 또한 어떤 신비한 아우라를 동반하기는 하나 실체를 확인한 적이 없으니 그 정확한 의미가 묘연하다. 모호하거나 너무 장엄해서 실체를 알 수 없는 어떤 이상적인 문학의 상태를 상정하고, 작금의 문학을 그 미래를 향해 정향된 전미래 시제로 기술하는 글들을 요약하기는 힘들다는 말이다. 이런 식의 논법에서는 오로지 그 상태에 점근적으로 다가가려는 문학적 시도가 한편에 있고, 반대편에 그러한 미래 완료형 문학 수립의 과제를 외면하는 문학적 시도가 있을 뿐이다.[07]

김형중은 위에서 인용한 대로 한기욱을 포함한 민족문학론자들의 태도를 일종의 '부정신학적 어법'이라고 힐난하면서, 내가 앞서 거론한 한기욱의 19세기 리얼리즘과 반영에 대한 대목을 다시 언급하고 있다. 김형중이 부정신학적 어법과 유사하다고 비판한 교수신문의 글에 대해서 한기욱은 부당하다고 판단하여 바로 반론을 제기한다. 그의 입장을 요약하자면, 자신은 장편소설이 여전히 유효한 형식일 수 있음을 여러 전거를 인용하여 주장하였는데, 김형중은 그것을 이해하지 못하고 장편소설이란 무엇인가라는 질문을 계속 반복하고 있다는 것이다.

그런데도 김형중은 "단편소설은 무엇이고, 장편소설은 무엇인가? 아니 3D와 스마트폰 시대에 소설은 무엇인가?"라는 물음을 다시 반복한다. 이렇게 "의도적으로 발본적"인 주장을 함으로써 그는 장편소설이 설자리가 더 이상 없다는 것을 암시하는 듯하다. 그렇지만 이 물음이 유효한 지역은 지금으로서는 일본이 유일하지 않을까 싶다. 1990년대 이후 일본문학은 컴퓨터게임, 인터넷, 휴대전화가 소

---

07 김형중, 「그러니까, '장편소설'이란 무엇인가」, 교수신문, 2011.7.5.

설 양식에 지대한 영향을 미치면서 '게임리얼리즘'이라는 개념과 '캐릭터 소설'이라는 장르가 등장하고 '게이따이소설'(携帶小說), 즉 '휴대전화 소설'이라는 장르가 선풍적인 인기를 누려왔으니 말이다.[08]

논의의 핵심에 해당하는 내용이라고 볼 수는 없지만, 한기욱이 김형중의 물음에 답하기 위해 제시한 일본문학에 대한 그의 판단은 평론가로서는 매우 심각한 현실인식의 결핍을 증명하고 있다. 자신이 정의하고 있는 1990년대 이후 일본문학의 상황에 대한 위의 인용문의 규정에서 '케이타이소설'에 '팬픽'을 넣기만 하면, 그것이 바로 한국의 현재를 지시하고 있다는 점을 그는 모르거나 모르는 체하고 있는 것이다.

한기욱은 자신이 장편소설부정론이라고 규정한 입장에 있는 평자들을 탈근대주의자로 이해하고, "'탈근대적' 충동에 휩쓸린 나머지 마치 근대가 끝난 것처럼 근대적 삶과 예술의 형식들을 무차별적으로 해체하거나 내동댕이치는 것은 그 형식을 때론 활용하고 때론 변화시키며 살아가는 구체적인 개인의 삶을 존중하는 예술적 방식이 아니다."라고 비판하고 있는데, 여기서 확인할 수 있는 것은 근대적 삶과 예술의 형식들을 버려서는 안 된다는 주장이고, 그 핵심에는 장편소설이라는 양식이 있다. 그러니까 지나친 탈근대 충동은 곤란하지만, 장편소설에는 이미 탈근대적 세계가 들어와 있다는 것이다. "사실은 빼어난 장편소설이 내장한 근대성찰의 지적 자산 속에는 이미 과거 여러 시대의 탈근대적 상상력이 응축되어 있다."[09]고 반복적으로 말하는 대목에서도 다시 확인할 수 있듯

---

08 한기욱, 「최근 소설과 비평의 지나친 탈근대적 성향이 불편한 이유」, 『교수신문』 2011. 7. 13.

09 한기욱, 「기로에 선 장편소설」, 『창작과비평』 2012 여름호, 226쪽.

이 한기욱은 사신이 주장하는 상편소설의 정당성을 옹호하는 과정에서 탈근대적 상상력이라는 대상을 끊임없이 소환하는데, 이 때의 탈근대적 상상력에 대한 그의 태도는 자신이 그것의 쓸모를 잘 이해하고 있지만, 다른 사람들이 그것을 마음대로 사용하는 것은 곤란하다는, 일종의 물신주의적 부인의 사례를 보여줄 뿐이다. 장편소설이라는 이데올로기의 숭고한 대상이 '텅 빈 기표'일 뿐이라는 강동호의 비판은 이러한 맥락을 정확히 지시하고 있다.

3. 근대의 축소, 기묘한 모순들

그렇다면 한기욱이 장편소설부정론이라고 비판한 김영찬과 김형중의 입장을 살필 필요가 있겠다. 김영찬은 자신을 향한 한기욱의 비판이 '일종의 '덜 읽기'의 (무)의식적 욕망"[10]에 이끌리고 있다고 반응하는데, 이는 자신의 비판이 문제를 올바로 보고 그 부정적인 사태로부터 출발하자는 '직시의 비판'임을 한기욱이 제대로 보려하지 않는다는 것이다. 그는 자신이 2000년대 문학을 비관적으로 바라보는 이유가 2000년대 문학 바로 그것으로부터 온다고 주장하면서, '역사적 사건'과 '시민사회의 주체적 변화'에 무관심한 한국문학에 대해 비판을 이어간다. 그 과정에서 김영찬은 장편소설이라는 양식에 대해 언급하고 있는데, 이 때 장편소설을 이해하는 방식은 한기욱의 그것과 본질적으로 다르지 않다.

2000년대 이후 한국소설의 결여는 바로 거기에서 발생한다. 그

---

10 김영찬, 「공감과 연대」, 『창작과비평』 2011 겨울호, 295쪽. 이후 쪽수만 표기.

결여는 (누차 지적해왔던 것처럼) 특히 단편의 영역에서 그 자신을 꽃피운 역설적인 자양이었으나, 장편의 요구에 맞닥뜨렸을 때 그것은 그 자신의 한계를 극적으로 노출한다. 왜냐하면 장편이란 시대와 호흡하는 장르이며 그런 의미에서 어떤 형식으로든 불가피하게 근대의 문제와 맞서야 하기 때문이다. (301쪽.)

앞서 인용했던 한기욱의 장편소설 개념정의에서 그것은 "한 사회의 역사든 한 개인의 삶이든 극심하게 파편화된 현대에 이르러서도 근대세계의 핵심적 진실을 포착하려는" 노력을 보여주는 양식이었는데, 이는 김영찬에게 "어떤 형식으로든 불가피하게 근대의 문제와" 맞서야 하는 양식으로 다시 정의된다. 결국 장편소설이라는 어떤 양식에 대한 고전적인 정의를 입장이 다른 두 논자는 공유하고 있는 것이다. 김영찬은 2000년대 이후 한국 작가들에게 장편의 성취가 부재한 점을 비판하면서, "뒤집어 보면 그것은 그들의 글쓰기에서 지금 이곳의 현실에 대한 고민이 중요한 미학적 고려의 대상으로 통합되지 않고 있음을 보여주는 것이다. 장편미학의 중요한 한 축으로서 현실이라는 벡터의 실종이라고도 할 수 있겠다."(307~308쪽.) 라고 말하면서 장편소설의 미학에 대해 다시 언급하고 있다.

그러나, 당연한 말이지만 장편소설의 미학에 대한 어떤 입장을 공유하고 있다고 해서 두 비평가가 같은 입장에 놓여있다고 볼 수는 없다. 한기욱이 장편소설을 통해서 근대문학의 개념을 한없이 확장시키고 있다면, 김영찬은 그와는 전혀 다르게 '근대문학'의 개념을 축소한다. 그에 따르면 2000년대의 문학주체가 더 이상 근대문학을 수행하지 않는/못하는 것은 "더 이상 상상력으로써 사회 전체의 문제를 고민하는 지식인이 아니라 차라리 자신의 영역 바깥에 무관심한 분화된 직업적 전문인에 가까워졌던 것과도 무관하지 않다."는 것이고, 근대는 "사회 각 영역의 분화와 전문화를 특징으로 한다."(301쪽.)는 것이다. 그러니까 근대문학이 끝장난 정확한 근거는 바로 우리의 시대가 더욱 근대다워졌다는 이유에서이다. 이런 맥락에서의 '근대문학'이란, 근대라는 시대의 특정한 국면에 대응하는 문학을 의미한다. 따라서, 다음과 같은 형용모순은 김영찬에게는 모순으로 이해되지 않는다.

> 그럼에도 불구하고, 말 그대로의 애도는 근본적으로 불가능하다. 왜냐하면 '근대문학'이 '문학'으로서 갖는 어떤 특성(뒤에서 얘기한다)은 '근대문학' 이후에도 문학이(특히 장편이) 저 자신의 가능성을 실현하려고 하는 한 버릴 수 없는 가능성의 조건이 되는 것이기 때문이다. (298쪽.)

근대문학은 2000년대 작가들을 어떤 정치적 태도와 더불어 막을 내렸지만, 근대 이후에 오는 문학은 근대문학의 특성을 정확하게 공유하고 있는 것이고, 그 특성이 자기 실현의 가능성의 조건이 된다는 것이 김영찬의 주장이다. 공평을 기하자면, 근대문학의 개념을 자의적으로 확장하려는 입장에 서있는 비평가에게와 마찬가지로, 그것을 모순적으로 축소하려는 비평가에게도 동일한 비판의 잣대를 들이대는 것이 정치적으로는 올바를 것이다. 근대문학은 특정한 시점에 이미 종언을 맞았지만, 근대문학 이후에 오는 문학도 근대문학이고, 그 이후의 문학적 양식인 장편소설의 사회적 책무 또한 근대적인 것이다. 이 기묘한 모순어법은 그러나 장편소설대망론처럼 지루한 동어반복의 굴레로부터 자유로운 모순이기에, 신선한 기대를 갖게 만들기도 한다. 김영찬식으로 말하자면, 문제는 김영찬에게 있는 것이 아니라, 이 지긋지긋한 근대세계에 있는 것은 아닌가.

한기욱과 더불어서 문제의 장편소설론에 대해 가장 많은 발언을 한 사람으로 김형중을 꼽을 수 있다. 한기욱이 탈근대론이라고 묶어서 비판했던 것과는 달리, 김형중은 김영찬의 입장과는 분명한 차이를 보인다. 가장 먼저 거론해야 할 점은 한기욱과 김영찬에게 공통적으로 나타나는 장편소설의 사회적 책무에 대한 어떤 동의에 대해서 김형중이 적대적이라는 점이다. 그는 장편소설대망론 이후 한국문학에 제출된 장편들을 거론하면서 이렇게 말한다. "복잡한 서사, 중층적 성격 묘사, 사건들의 거대한 인과관계, 한 사회의 총체적 조망 같은 것이 흔히 장편소설에 거는 상식적인 기대가 맞다면(사실 나는 이런 요목들이 장편의 필수 조건이라고 생각하지 않는다), 장편의 르네상스는 그 기대를 배반하는 르네상스다."[11] 이 대목에서 중요한 것은 그가 슬쩍 괄호 안에 넣어버린 장편소설에 대한 자신의 생각이다. 이후로 그는 현대소설이 장편이라는 양식에 적대적이라는 입장을 여러 비평가들을 인용하여 주장하고 있다. 아우어바흐의 스타일의 변화나 모레티의 교양소설의 몰락 등과 같은 전거를 통해 리얼리즘의 양식이 근본적으로 불가능해진 세계에 대해 말한 후, 그는 이 이론가들이 근거로 들고 있는 작품들인 모더니즘의 대표 소설들을 거론하면서 이렇게 주장한다.

그러나 객관적 화자는 소멸하고, 주관적 의식에 의해 객관적 세계의 묘사가 대체되고, 시간은 연속성을 상실하며, 서사는 종횡무진 분기하고, 극적 사건 따위는 발생하지도 않고, 그러한 사건들에 외부

---

11 김형중, 「장편소설의 적」, 『문학과사회』 2011 봄호, 253쪽. 이후 이 글에서의 인용은 쪽수만 표기.

로부터 질서를 투사하지도 않는 장편소설이다. 모레티의 말을 빌리자면 그것은 유기적이고 자기 완결적인 장르라기보다는 일종의 '브리콜라주'다. (265쪽.)

그러니까, 김형중이 장편소설대망론에 대해 반대하는 이유는 분명하다. 그가 생각하고 있는 장편소설이란, 곧 리얼리즘을 의미하는 것이기 때문이다. 그에게 모더니즘의 결과로 출생한 장편소설은, 장편이 아니라 브리콜라주라고 불리는 것이 맞다. 그는 영민하게도 근대에 대해서는 별로 이야기하려고 하지 않지만, 실상 그가 수행하고자 하는 장편소설부정론이란 결국 근대세계로부터 모더니즘을 축출하는 결과를 발생시킨다. 모더니즘은 근대(모던)의 결과물이 아닌 것이다. 이 또한 기묘한 모순어법이 아닌가.

한기욱이 김형중의 어떤 대목을 비판하며 포우와 호손, 멜빌 등의 소설을 고평하는 대목의 끝에 슬그머니, "이에 비하면 20세기 모더니즘 소설은 자기 내부의 증기기관을 해체하는 데 골몰한 나머지 세상 속의 증기기관이 파국으로 치닫는 것을 직시하지 않는/못한 면이 있다는 생각이다."(「기로」, 237쪽.)고 말할 때, 그는 모더니즘에 대한 자신의 관점을, 모두가 알고 있음에도 애써 감추려고 했던 적대를 그대로 드러낸다. 이는 그의 장편소설대망론에 자신의 주장과는 다르게 탈근대는커녕, 모더니즘조차도 필요하지 않기 때문이다. 정확히 동일한 방식을 통해서, 김형중은 전혀 다른 작업을 수행하고 있다. 그는 한기욱과 마찬가지로 근대로부터 모더니즘을 추방하려고 하는데, 이는 근대세계를 장편소설이라는 이름의 리얼리즘이 접수하고 있(다고 아직도 착각하)는 꼴을 더는 보아줄 수 없기 때문이다. 그러나 리얼리즘의 현실적 가능성을 부인하기 위해 근대 세계를 축소시켜 버리는 그의 문법에 쉽게 동의하기는 어렵다. 모더니즘에 두 가지 의미가 있지만, 그 두 가지를 완전히 별개의 것으로 상정할 수는 없지 않은가. 근대 세계의 전문화와 분화에 대한 김영찬의 주장을 가져와서, 그와는 전혀 다르게 주장하자면, 모더니즘이야말로 근대를 더욱 근대답게 만들어 준 근대의 양식이 아닌가.

혹시 근대 따위가 축소되는 것에 김형중이 관심이 없다면, 다르게 이야기하는 것이 필요하겠다. 그의 첫 번째 비평집의 표제를 제공하기도 했던 모레티는 켄타우로스적 비평가가 필요하다고 말하면서, 그렇게 되기 바라는 형식주의자들에게 슬그머니 충고를 건네고 있다. "문학은 거대한 사회적 변화를 따라가며 항상 '후에 온다'는 점"[12]을 받아들이라고. 다들 알고 있는 이 이야기를 굳이 거론하는 것은, 모레티가 '브리콜라주'라고 부르고자 했던 것이, 그러니까 근대의 서사시가, 우주와 인류의 운명에 대한 관심을 표명함으로써만 그러한 이름을 얻게 되었다는 것을 기억할 필요가 있기 때문이다. 만일 근대의 서사시가 저 리얼리즘의 인간 중심주의를 부정하고, 개인과 인류 사이의 점증하는 균열을 강조하려는 야심을 품고 있다는 모레티의 설명이 맞다면, 김형중이 브리콜라주라고 부르고자 했던 몇몇 작품들은 어쩌면 절반만, 혹은 그 이하의 퍼센트로만 브리콜라주라는 이름을 겨우 얻게 될 것이다. 그렇다면 그 작품들을 무어라 불러야 할 것인가. 노블을 거부하는 노블, 그러므로, 장편소설. 이것은 참으로 모순적인 주장이지만, 이 이름 외에 다른 어떤 것을 이 이야기들에 부여할 수 있을까. 그러니까, 리얼리즘과 교양소설이 몰락한 시대에도, 노블이 쓰여져 왔던 것을 부인해서는 안 된다. 그리고 우리가

---

12 프랑코 모레티, 『근대의 서사시』, 조형준 역, 새물결, 2001, 26쪽.

다루고 있는 이 어리둥절한 물건, 장편소설이란, 바로 노블이다. 장편소설이란 무엇인지 다시 물어야 한다는 그의 결론은, 결과적으로 올바른 셈이다.

4. 천 개의 노블, 혹은 노블의 임종

결국, 장편소설대망론과 장편소설부정론 모두 노블에 대한 어느 정도의 오해에 기반하고 있거나 오해를 발생시키고 있다는 판단을 내릴 수밖에 없겠다. 이런 입장을 증명해주는 유력한 글은 강동호의 것이다. 그는 「리얼리즘이라는 이데올로기의 숭고한 대상」에서 '장편소설이라는 문제적 개념'을 거론하며 그 용어의 번역 과정에서 발생한 일종의 반역에 대해 언급하고 있다. 그는 한국의 장편소설이 서양식 노블의 번역어로 받아들여지는 통념에 반대하면서, 한국에서 장편소설이란 용어는 "여러 문학적·역사적·정치적 의미가 착종되어 있는 대단히 중층적이고도 불안정한 개념이다."(248쪽.)라고 주장한다. 그는 그것이 "애초에 근대적인 의미의 '소설'이라는 장르가 순수하게 자생적인 개념도 아니고 단순히 '노블'이나 '로망'의 축자적 번역어도 아니"며, "근대 이전의 조선에서 사용되던 개념적 목록들에서 차용된 것이라는 사실에서 기인한다"고 주장한다.

> '소설'이라는 개념 자체는 기왕에 존재하던 '소설/쇼설'에 대한 당대 조선인들의 인식과 서구적인 의미의 노블 개념이 축적해온 역사 및 서사적 이상이 서로 각축전을 벌이는 담론적 무대라 할 수 있을 것이다. 이른바 (장편) 소설 개념은 한국에서 근대적인 의미의 서구적 노블이 오랜 시간을 두고 단계적으로 번역/정착되어갈 수밖에

없었던 물리적·정신사적 정황과 그로 인한 시차적 분열을 흔적처럼
간직하고 있는 혼종적 개념인 것이다. (249쪽.)

강동호는 위의 주장을 펼치면서, 그 주요한 이론적 근거로 황종연의
논문을 참조할 것을 주문하고 있다. 그러나 그가 추천하는 황종연의 논
문인 「노블, 청년, 제국」을 읽어보면, 이 논문의 주장이 강동호의 주장과
는 거의 아무런 관계가 없다는 점을 확인할 수 있을 뿐이다. 이는 논문의
초록을 포함하여 어느 대목을 읽어봐도 쉽게 확인할 수 있는 점이다.

> 노블은 실제 세계를 정의함에 있어서 자아의 권위에 의지하는 만
> 큼 기존의 문학적 모델에 대해 비판적이고 심지어는 적대적이다. 노
> 블의 출현은 일반적으로 기존 장르의 정복 또는 합병을 수반한다. 이
> 집트에서는 오랫동안 문학 전통을 지배한 운문이나 민담 형식들이
> 노블의 재료로 전락했으며 일본에서는 근대적 의미의 소설 장르의
> 성립과 함께 기존 장르들의 소멸이 일어났다. 기존 장르를 합병하거
> 나 소멸시키는 노블의 '식민주의'는 한국에서 노블형 소설이 발흥하
> 는 장면에서도 엄연한 역사적 사실이다.[13]

그러니까 강동호의 이해와는 달리, 조선에 남아 있던 재래의 서사 장
르들은 서양발 노블에 합병되어 조선에서의 소설을 형성하는데 별다른
역할을 하지 못했으며, 서사들이 서로 각축을 벌이는 담론적 무대는 거
의 존재하지 않았다는 것이다. "한국에서 노블형 소설의 발생은 서양 및
일본 제국주의의 충격이 한국에 일으킨 문화 변동의 한 결과에 해당한

---

13 황종연, 「노블, 청년, 제국」, 『상허학보』 제14집, 2005. 2, 274쪽. 이후 쪽수만 표기

다"(287쪽.)고 요약될 수 있는 이 논문의 주장을 강동호와 같은 방식으로 이해하기란 불가능하다. 따라서, "말하자면 이광수의『무정』등을 비롯하여 일련의 긴 분량의 서사들을 장편소설로 받아들이는 관습적 이해는 후대의 정전화 과정이라는 사후적 조정에 의해 비로소 정립된 것이다."(강동호, 253쪽.)라는 주장 또한 '노블'과 '장편소설'을 현재적 감각으로 등치시킨 데서 비롯된 오해에 불과하다. 이광수와 그의 동세대 독자들이『무정』을 장편소설로 인식하지 못했다고 하더라도, 그것을 종래의 이야기 전통에서 벗어난 유럽발 노블로 상정하고 있었다는 점은 분명하기 때문이다.

말하자면, 강동호는 장편소설대망론을 비판하기 위해서 장편소설＝노블이라는 통념을 전복시키려 하고 있으나, 그의 설명들은 대부분 오해에 기반하고 있다. 그는 김영민 교수의 연구를 인용하면서 한국에서 장편소설에 대한 개념적 이해가 자리잡은 것은 1930년대라고 주장하고 있는데, 이는 장편과 단편이라는 양식이 단지 길이의 차이만을 지시하고 있을 뿐이라는 장편소설무용론의 주장을 오히려 반박하고 있는 자료이다. 한국인들이 서사의 길이로 인한 차이를 인식하기 시작한 것은 1930년대이지만, 노블형 소설로 무엇인가를 제작하는 일이 중요하다고 생각하고, 실제로 그 작업을 수행한 것은 1910년대부터이다. 한국인들은 장편소설이라는 것이 길이와 규모를 필요로 한다는 생각 없이도 노블이라는 양식으로 무언가 새로운 것을 해봐야겠다고 모험을 떠나고 있었던 것이다.

무언가 오해에 기반하고 있다고 평하기는 했지만, 이후 강동호가 수행하고 있는 1930년대 장편소설론과 장편소설대망론을 비판하고 있는 대목에 대해서는 대부분 공감하는 편이다. 다만, 그가 결론적으로 장편소설론의 실용주의적 전회를 위하여 모레티의 다원주의적 관점를 전유하며 제안하고 있는 부분에 대해서는 조금 의견을 덧붙일 필요가 있겠다. 모레티의 관점에 서기로 한다면, 조선인들이 받아들인 노블 개념이 재래의 양식과 착종하여 시차를 간직한 혼종적 개념이라고 하더라도, 그것을 노블이라고 부르기를 거부해서는 안 된다. 중심과 주변을 가지고 있는 불평등한 체계, 단일한 세계체제 속에서 다중적으로 발생한 이 근대적 양식의 이름은, 노블이다. 민족마다 저 마다의 다양한 근대가 있기에, 그 근대의 양식들을 다르게 부르기로 한다면, 세상에는 천 개의 노블과 그에 대한 각기 다른 정의가 있어야 할 것이다. 그러나 그 천 개의 혼종적인 양식을 통합하는 이름은 '노블'이다. 문학 체제의 주변에 속한 문화들에서 자율적인 발전으로서가 아니라 서구의 형식적 영향과 지역의 재료들 사이의 타협으로서 발생한다고 모레티가 지적한 장르는 근대소설이다. '문학 장르'야말로 '문학사의 진짜 주인공'(모레티, 126쪽.)인 것이다. 그것은 하나이면서 분화된 세계체제 속에서 자신의 번성을 증명해왔다.

"우리시대 장편소설의 위기는 결국 속도와 시간의 문제로 인해 발생한다"고 진단한 조연정은, '장편의 위기'라는 국면이 결국 "이 시대가 두꺼운 책을 선호하지 않는다는 당연한 전제로부터 파생된다"(303쪽.)고 주장한다. "그렇다면 장편의 위기를 근본적으로 극복하는 일은 속도전에 동참하는 일이 아니라 결국 그것에 맞서는 일이 되어야 하지 않을까."라는 주장을 덧붙임으로서 그녀는 장편소설의 위기론에 대한 자신의 견해를 미리 밝히고 있다. 이후 조연정은 김영찬과 김형중, 그리고 허윤진의 장편소설론을 검토하면서, '장편 불가능'론을 '장편소설'이라는 용어를 특정한 의미로 한정하는 일의 불가능성이라고 바꾸어 부르며 이러한 진단에 동의하고 있다. 결국 그녀의 입장은 서론에서도 언급했듯이, 장편소설이라는 것이 살못된 개념어이고, 누군가의 입장이나 취향일 뿐인 것을 정설로 주장해서는 안 된다는 것으로 이해할 수 있다. 장편소설이라는 개념어를 둘러싼 논란과 오해에 대해서는 이 글에서도 충분히 확인한 바 있으니, 그녀의 주장이 이해되지 않는 것은 아니다. 그러나 어떤 개념어를 둘러싸고 여러 가지 이견들이 있는 것을 확인하는 것과, 그것이 애초부터 통용 불가능한 '잘못된 개념어'라고 규정하는 것은 다른 문제이다.

이런 견해는 허윤진에게서도 확인된다. 그녀는 프라이의 서사문학 양식의 다섯 가지 구분에 대해 이야기하면서, 노블로 대표되는 사실주의 소설은 서사에서의 지분을 오분의 일밖에 가지지 못했다고 말한다. 이어지는 주장은 이렇다.

> 이런 허구적 가능세계의 잠재력을 다 포괄할 수 있는 '소설'(fiction) 개념 대신 근대의 합리적 이성과 시간 의식에 근거한 '장편소설'(novel/roman)이라는 개념에 우리 당대의 문학이 구태여 몰두해야 할 필요가 과연 있을지 의문이다. 시대에 상관없이 지속되는 원개념으로서의 장르가 있지만, 소설이라는 양식은 분명히 시대성을 지니는 역사적 장르이기 때문이다. 소설이 역사적 장르라는 말은, 시대에 따라 부침이 있고, 변화하며, 한때 문학에서 중요한 양식이던 단가(ode)나 민요(ballad)처럼 덜 우세한 장르로 위축되고 약화될 수 있다는 뜻이다.[14]

역사적 개념일 뿐인 노블 대신에 허구적 가능세계의 잠재력을 포괄하는 픽션을 사용하자는 주장인데, 이에 대해 몇 가지 우려를 덧붙일 수

---

14 허윤진, 「분노와 경이」, 『창작과비평』 2012 여름호, 263~264쪽.

있을 것이다. 우리 시대에 허구적 가능세계의 잠재력을 포괄하는 픽션을 더 이상 문자서사가 담당하고 있지 못하다는 점, 그리고 단가나 민요가 그랬던 것처럼 노블 또한 역사적 장르일 뿐이어서, 곧 사라질 운명이라는 바로 그 점이 중요하다는 점이다. 근대란 다양한 개념어를 발명하여 그것을 통해 자신의 정당성을 확보하고자 한 시기이다. 그것이 역사적인 개념일 뿐이기 때문에 어떤 개념어를 사용해서는 안 된다면, 정작 우리가 할 수 있는 말은 아무 것도 없을 것이다. 오히려 우리가 곧 사라질 운명에 처한 노블이라는 것에 대해 거듭 논의하는 것은 매우 중요한 일인데, 왜냐하면 우리는 지금 그 노블의 계속 지연되는 임종에 참여하고 있는 중이므로, 그것의 사라짐을 지켜봐야하고 그 전생애를 기억해야 될 의무가 있는 것이다.

5. 노블을 넘어서는 노블

백지연은 모레티의 근대서사시론이 근대 리얼리즘 소설의 정형화된 일부 형식을 비판적으로 인식하는 방식으로 활용될 수 있다고 지적하면서, "이렇듯 근대소설 형식에 각종 인접 장르문학의 특징들이 녹아들고 있는 현상은 실제로 근대소설사 초기부터 두드러졌을 뿐 아니라 이러한 맥락에서 보자면 특정한 서술기법의 유형이나 고정된 길이의 개념으로 장편소설을 정의할 수 없음을 알게 된다."[15]고 말한다. 노블과 근대서사시를 구분하고자 했던 모레티의 입장과는 거리가 있는 인식이지만, 이 서술은 장편소설론과 관련하여 무엇이 문제인가를 분명하게 지시해준

---

15 백지연, 「장편소설의 현재와 가족서사의 가능성」, 『창작과비평』, 2012 여름호, 245쪽.

다. 노블이 지닌 잡종성, 저 바흐친이 말하였던 그 소설의 무지막지한 다
중정체성이 결국 문제를 발생시켰던 것이다. 이 잡종성에 기대어 최원
식은 노블과 고대서사를 통합하고자 했고, 서희원은 장편과 단편을 섞어
버렸으며, 한기욱은 사실주의적인 노블만이 근대와 탈근대의 상상력을
통합할 수 있는 힘을 지닌다고 강변하고, 김영찬은 노블 이후에 올 문학
의 핵심적인 가능성이 노블이라고 기대하고, 강동호는 개개 민족의 역사
는 각각의 서로 다른 노블을 탄생시킨다고 주장하며, 김형중은 (탈)근대
가 노블에 적대적이라고 판단하고, 조연정과 허윤진은 그렇다면 노블이
라는 이름이 왜 필요한 것이냐고 묻는다.[16] 어쩌면 이 모든 혼란은 그러
므로 바흐친 탓인지도 모르겠다. 그리고 어쩌면 장편소설에 대한 논의를
새롭게 시작해야 할 중요한 가능성의 근거는 그 혼란 속에서 나오는 것
인지도 모른다.

　　노블은 근대세계의 한 우세종이었고 근대가 이어지는 한 아직 그 생
명을 이어갈 것으로 기대되는 양식이지만, 근대세계의 이야기 양식으로
노블만이 존재하는 것은 아니다. 리얼리즘이 노블을 대표하는 창작방
법인 것은 분명하지만, 또한 그 제한적인 세계관과 양식 속에 노블이 갇
혀 있는 것으로 이해하는 것도 곤란하다. 다만 우리가 기억해야 할 것은
노블 없는 근대 세계를 상상할 수 없는 것처럼 근대 세계 없는 노블 또

16　논쟁을 중심으로 장편소설론을 정리하다보니 다루지 못한 글들이 많았으며, 그 글들이 모
　　두 이런 혼란을 재생산하고 있을 뿐이라고 판단한 것은 아니라는 점을 밝혀야 할 것이다.
　　특히 신형철의 「"윤리학적 상상력'으로 쓰고, '서사윤리학'으로 읽기-장편소설의 본질과 역
　　할에 대한 단상」은 노블의 의미와 그 가능성에 대한 사려 깊은 논의를 보여주고 있어 반드
　　시 거론해야 할 글이지만 여러 사정상 그렇게 하지 못했다. 다만 그의 연역적인 방법론이
　　강동호의 실용주의적 전회에 대한 주장과 부딪히는 부분에 대해 검토하는 것이 향후의 장
　　편소설 논의에 필요할 것이라는 단상만을 덧붙이기로 한다.

한 상상하기 어렵다는 것이다. 그리고 우리가 여전히 근대를 살아가고 있다고 추정할 수 있다면 우리는 그 노블의 말년, 말년의 노블이란 양식을 통해 무언가 새로운 길을 찾아나서야 한다는 점이다. 그것이 무엇인지 우리가 아직 알지 못하고 있다고 해도, 그렇게 할 수 있는 힘을 여전히 그 양식이 지니고 있다고 믿는 것이 우리의 가망 없는 희망이다. 왜 그런가. 왜 여전히 노블의 힘에 기댈 수밖에 없는가. 차미령은 최근의 장편소설 논의를 섬세한 공감과 예민한 비판의 시선으로 살핀 글에서 장편소설이 무엇인지 묻는 일을 몇 편의 작품을 읽으며 다시 수행하고 있다. 그녀는 황정은의 『야만적인 엘리스씨』를 실패의 기록이라고 평하면서, 그것이 세상에 개입하는 방식에 대해 이렇게 말한다. "재현과 호명의 불가능성을 사유하는 소설은 바로 그 불가능성을 앓아 이야기의 육체로 만듦으로써, 세계의 지배적인 식별 체제, 그 가시성과 불가시성의 경계를 노출시키고 그것을 문제적인 것으로 만든다."[17] 그녀는 재현과 호명의 불가능성을 사유하고 이야기의 바깥을 향해 묻는 것이 소설이 하는 이야기라고 말한다. 나는 이것이 참으로 '중요한 이야기'라고 생각하는데, 재현하고 호명하는 행위만이 아니라 재현하고 호명하는 행위의 불가능성을 사유하는 것, 이야기의 내부만이 아니라 이야기의 바깥을 향해 묻는 것이 세계의 실재성에 대한 의문을 통해 어떤 새로운 세계를 창조하고자 했던 노블이라는 양식이 그 시원에서부터 품고 있던 가능성이라고 믿기 때문이다.

---

17 차미령, 「실패의 기록—최근 장편소설 논의에 부쳐」, 『창작과비평』 2014년 봄호, 343쪽.

문학의 공동체

1. 종언, 가능성의 중심

다시 종언에 대해 말하는 것으로부터 시작하자. 불현듯 한국문학이라는 시공간에 출몰한 유령과도 같았던 가라타니 고진의 '종언론'을 기억할 것이다. 이른바 근대문학이라고 불리던 한 양식이 끝장났다는 것, 문학이 할 수 있는 역사적인 역할이 있었는데, 이제 더 이상 문학이 그 역할을 수행할 수 없거나, 수행하지 않으려 한다는 것, 따라서 이제 더 이상 문학을 읽고 쓰는 일은 무의미하다는 것이 종언의 강령이다. 한국문학은 다양한 방식으로 이 종언에 공명했다. 그 공명의 양상들은 종언론이라는 유령이 그것과 조우한 주체들의 내면 속에 자리한 종말의 예감과 맞닿아 하나의 울림을 만들어낸 결과일 터이다. 그러니 종언에 동의하든, 그렇지 않든 간에, 그에 대한 반응은 하나의 공명(共鳴)일 수밖에 없겠다. 그 공명을 피할 수 없게 만든 종말의 예감에 대해 조금 살펴보기로 하자.

한기욱은 「문학의 새로움은 어디에서 오는가」에서 종언에 대한 신형철의 입장을 인용하며, "'근대문학의 종언과 그 이후의 문학'이라는 가라타니의 프레임 안에서 벌어지는 어떤 문학적 투쟁도 필패다"라고 말한다. 종언이라는 유령에 대한 그의 두려움은 최원식이 그러하였던 것처럼 그것이 "한국의 민족문학운동 또는 민중문학운동의 해체를 촉진하는" 논의가 될 수 있다는 판단에서 온 것으로 보인다. 하여 그는 근대문학의 종언으로부터 문학 본래의 지분을 회수해야 한다는 신형철의 입장을 다시 인용한 후에, 이 시대 문학의 과제로 이른바 '6.15시대의 문학'이라는 자신의 입론을 수정하여 제안하고 있다.[01]

가라타니의 프레임 안에서 벌어지는 어떤 투쟁도 필패로 돌아간다고 말하면서 그 프레임 안의 가장 큰 전제를 반복하여 추인하는 논의는 어딘가 이상하다. 한기욱을 포함한 민족문학론의 주장은 이미 그 안에 '문학의 지위가 높아지는 것과 문학이 도덕적 과제를 짊어지는 것은 같은 것'이라는 대의를 자명하게 전제하고 있기 때문이다. 그 도덕적 과제란, 이른바 분단체제 극복으로서의 통일에 복무하는 민족문학의 과제일 터이다. 그것은 문학이 지닌 역사적 역할이 계몽이라는 도덕적인 과제를 짊어지는 것이라고 말했던 종언 강령의 반복이다. 가라타니의 종언론과 민족문학의 종언 비판론은 실상 우리가 살아가는 근대 세계의 여러 가지 문제들에 대해 문학적으로 가능한 투쟁을 무화시키고, 더 큰 투쟁의 이름 속에 문학의 정치학을 해소시키는 전략이라는 점에서 한 핏줄에서 기원한 쌍생아와도 같다. 정치를 위한 문학의 지분이 소멸되었는지, 아직 조금은 남아 있는지를 따지는 것은 지극히 하찮은 논의이다. 그것은 이미 주어진 것, 선포된 것에 기반한 어떤 가능한 윤리만을 요구하고, 그 윤리에 대한 일상의 기입이 잘 이루어졌는가의 여부를 따지는 일에 불과할 것이다. 그 규정된 윤리의 기입으로부터 '문학의 새로움'이 오지 않을 것이라는 점을 우리는 안다. 그 일상적 기입으로 환언될 수 없는 잉여적 사건이 문학의 새로운 존재방식으로 우리에게 강요되고 있다. 6.15시대

---

01 한기욱, 「문학의 새로움은 어디에서 오는가」, 〈창작과 비평〉 2008년 겨울호, 47~48쪽.

의, 진정한 근대극복을 위한, 민족의 통일을 향해 정향된 문학이 아니라, 새로운 존재방식을 되물음으로써 스스로를 산출하는 문학, 하여 '정치의 문학'이 아니라 '문학의 정치'가 필요할 것이다. 신형철이 말한 바, 근대 문학의 퇴각으로부터 문학의 지분을 회수해야 한다는 주장은 아마도 그러한 맥락에서 읽혀야 할 것이다.

그러므로 종언에 대한 공명으로 제출된 논의 중에서 좀더 의미 있는 것은 그 문학의 정치가 지닌 가능성에 대한 논의일 것이다. 김영찬은 「끝에서 바라본 한국문학」에서 "중요한 것은 그것이 예컨대 사회에 대한 실천적 관심이나 상상력의 부재에 대한 일방적 질타 따위로는 되돌릴 수 없는 필연적인 현상이라는 사실이다."라고 지적하면서, 다시금 종언에 공명하는 우울한 전망을 제시하고 있다.

근대문학의 형성 이후 1990년대에 이르기까지 한국소설에 정신적 동력으로 내재해 있었던 것은 바로 '가능성'이라는 범주이다. 가능성이란 바로 현재보다 나은 미래에 대한 상상, 그리고 그 상상을 가능케 하는 내재적 조건과 관련되는 것으로서, 그것은 항시 '불가능성'을 그 자신의 대당(對當)으로 갖는다. 다시 말해 20세기 한국문학이 품어왔던 '가능성'의 범주는 그것의 현실화를 가로막는 불가능성의 조건들에 대한 적대의식을 그 자신의 불가결한 성립조건으로 삼는 것이었다. [02]

김영찬에 따르면 이 가능성이라는 범주는 2000년대의 문학과 더불어 소진되었다. 이 가능성의 상실은 한국사회의 사회경제적 변화와 맞물려 있는 것이며, 닫혀버린 사회가 떠안기는 불안과 체념, 강박과 우울은 이제 한국사회의 무의식을 지배하고 있다는 것이 종언을 맞은 한국문학

---

02 김영찬, 「끝에서 바라본 한국근대문학」, 『한국근대문학연구』, 한국근대문학회, 2009. 4, 72쪽.

에 대한 김영찬의 진단이다. 외환위기 이후의 한국문학이 무력한 주체들로 가득차서 어떤 새로운 가능성도 도출할 수 없는 무기력함에 빠져있다는 진단은 낯선 것은 아니다. 저 역사적 시간으로의 도피와 인간에게 미리 주어져 있는 결연을 강화할 뿐인 가족서사와 소비사회의 욕망에 대한 원한 없는 승인들로 가득한 한국문학의 현재는 묵시록적 회의를 그 심연에 드리워 놓고 있다. 이러한 증상들에 대한 독서의 결과라는 점에서, 종언에 대한 이 공명은 귀기울일 만하다. 그러나 이러한 물음이 필요할 것이다. "우리는 계속하여야만 하는가 아니면 기다림의 명상을 행해야만 하는가?"[03] 「끝에서 바라본 한국근대문학」이라는 제목은 이에 대한 태도를 암시하고 있다. 지금 여기가 이미 끝이라는 것, 그러므로 더 나아가지 않겠다는 것, 우리문학이 보편적으로 제시될 수 있는 미래상을 지니고 있지 않다는 것.

우리의 대답은 어떠한 것인가. 김영찬이 2000년대 문학의 무력함을 이야기하면서 대당으로 제시한 4.19세대의 원한과 복수의 정념은 실상 4.19세대에 고유한 문학적 자질이라 보기는 어렵다. 식민지 시기의 문학 또한 그 주체들을 둘러싸고 있는 사회적이고 역사적인 현실에 대한 미적 저항으로서 원한이 라는 정념이 작가들의 내면성을 탄생하게 만들었음을 우리는 알고 있거니와, 어쩌면 그 내면성의 구조는 근대에 특유한 정념이라 불러야 옳을 것이다. 에리히 프롬이 알려주었던 바, 근대가 인간의 적극적인 자유를 증대시키고 책임질 수 있는 자아를 성장시키는 것을 가능하게 해 주었다면, 그와 동시에 그 자유를 획득한 개인들은 고립되어 무력함 속에 빠져들게 되었다. 그것은 근대성의 역설 중 하나이다. 실

---

03 알랭 바디우, 이종영 역, 『철학을 위한 선언』, 백의, 1995, 52쪽. 이후 『철학』으로 인용.

로 근대는 이 고립과 무력함을 자신의 자양분으로 삼지 않았던 적이 단한 번도 없다. 그러므로, 자유로부터 도피하여 고립되고 무력해진 존재의 양상들을 특정한 시기의 특수한 양상으로 파악하여 그것을 근대의 종결과 연결짓는 임상적 진단에 대해 공감하며 함께 고민할 수는 있지만 온전히 그것에 동의하기는 어렵다. 문제는 그 닫혀버린 사회 앞에 선 무력한 주체들의 이야기 속에서 산출 가능한 진리의 가능성에 문을 닫지 않는 것이다, 바디우가 철학을 위한 선언에서 우리에게 제시하였던 문제는 현재의 문학에도 역시 그러하다. 하여 우리는 대답하기 전에 다시 묻는다. 문학에게 "도대체 무슨 일이 일어났길래 탈성화(脫聖化) 된 시대가 그에게 제안하는 자유와 힘을 차갑게 거부하는가?"(『철학』, 72쪽.)

김영찬이 「끝에서 바라본 한국근대문학」에서 종언의 증명으로 제시한 원한과 복수의 정념은 이미 2000년대 우리 문학 속에 가능성의 범주로 도래해 있을지도 모른다. 그 자신 이미 2000년대 한국소설에 나타나는 편집증적 내러티브를 무력한 개인의 인식론적 상상지도로 파악하면서, 그것이 고립되어 인식적·실천적으로 무력한 개인이 현실의 일관된 전체상을 상상적으로 파악하고 그 속에서 자신의 좌표를 측정하여 중심을 세우고자 하는 대중적 인식론으로 읽은 바 있지 않던가.[04] 고립되고 무력해진 개인들의 발언이 아무리 희미한 목소리로 존재한다고 할지라도 그것에서 정치적인 것의 발생을 엿보고자 하는 시도를 멈추어서는 안될 것이다. 황종연은 2000년대 한국소설의 정치적 상상력의 가능성을 제기하는 글에서 "민주주의의 이상이 상상력의 천재들에게 요구하는 것은 사회적으로 억압을 당하는 정체성들의 나르시시즘적인 자기확신이

---

04 김영찬, 「개복치 우주(소설)론과 일인용 너구리 소설 사용법」, 〈문학동네〉 2005, 봄호.

아니라 개인 사이에서 가능한 공생과 호혜의 새로운 질서에 대한 관심이다."라고 말하면서, 박민규와 이기호, 백가흠의 소설에 그것이 가능성의 조짐으로나마 존재하고 있음을 분석한 바 있다.[05]

그 '가능성'의 양식에 대해 좀더 살펴보자. 문학이 계몽의 책임을 다하지 못할 때, 그것은 오락이 되는 것이라는 가라타니의 주장은 문학이 점유하는 자리와 그 자리에 상응하는 존재 양식을 다른 문학의 가능성과 엄격하게 구분하는 태도이다. 이 태도 속에는 다른 방식으로 존재하는 문학의 가능성을 상상하는 정치가 개입될 여지가 없다. 랑시에르는 정치적인 것이 자신들에게 할당되었던 상징적인 지위와 정체를 벗어나는 경험으로부터 나온다고 지적한 바 있다. 일체의 공백과 보충이 부재하는 사회, 자리나 자격 등을 주체에게 부여하여 구조화하고 몫을 배정하는 정체성이 요구되는 사회를 가리켜 랑시에르는 치안이라는 용어로 설명하고 있다. 이에 대해 존재의 다른 공간을 상정하고, 몫없는 자들의 몫을 기입하여, 이런저런 주체성의 스스로를 동일시함으로써가 아니라 그 경계에 위치함으로써 배분의 방식을 문제 삼고 세계 자체를 재편성하려는 탈정체화의 전략을 가리켜 랑시에르는 '정치'의 방식이라 말하였다. 이 정치는 가시적인 것과 말할 수 있는 것에 개입하여 그 질서를 교란시킨다.[06] 그리하여 정치는 각자의 고유한 자리를 정해주는 치안의 법과 감각적으로 단절하여 하나의 '정체성'의 경계를 교란한다. 그리하여 문학의 가능성은 기존의 정치 속에 규정된 자신의 자리를 기입하는 것이 아니라 허구의 기술적인 배치와 역사적 현상들 속에서 진리를 산출하는 미학적

---

05 황종연, 「매맞는 아이들의 정치학」 문학동네 2007 가을.

06 '치안'과 '정치'의 구분에 대해서는, 자크 랑시에르, 양창렬 역, 『정치적인 것의 가장자리』, 길, 2008, 248-249쪽 참조. 이후 『정치적인 것』으로 인용.

주권을 되찾음으로써 생성된다. 정치적이거나 문학적인 진술들은 오직 실재 속에서 효과를 지니게 되고, 그 진술들은 "볼 수 있는 것의 지도들, 볼 수 있는 것과 말로 표현할 수 있는 것 사이의 궤도들, 존재의 양식들, 행동의 양식들 그리고 말함의 양식들 사이의 관계들을"[07] 그려내고, 그리하여 '감성의 지도'를 재형성하여 문학의 정체를 다시 묻게 될 것이다.

종언에 대해 무언가 말하고자 한다면 문학이 자신의 곤궁을 정치화하는 심원한 상상력을 그 본질적인 가치로서 내장하고 있는가 그렇지 않은가라는 점으로 돌아가서 그것을 근본으로부터 살펴야 한다. 근대문학이 종언을 맞이했다고 선언되는 바로 그 순간에 문학은 그것을 끝장내려는 정치의 가장자리에 서 있는 자신의 모습을 발견한다. 그러므로, 종언과 더불어 한국문학은 이제 모든 계몽의 약속, 종말론적 기다림의 지평에서 비로소 자유로와진 것으로 이해할 수 있을 것이다. 종언과 더불어 비로소 획득한 그 자유의 지평 위에서 우리에게 남아 있는 정치학의 가능성, 문학의 위엄이 그 빛을 모두 잃은 시대에 더더욱 문학이 무엇을 할 수 있는가라는 그 가능성을 탐구해야 한다. 종언이란 실상, 그 가능성의 중심인 것이다.

2. 감각적인 것의 지도

그러므로 우리는 2000년대 한국 소설에서 그 문학의 정치에 대한 새로운 가능성을 보여주고 있는 작품이 여전히 생성되고 있음을 증명할 필요가 있다. 김연수의 『밤은 노래한다』에는 자신의 모든 것을 건 사랑의

---

07 자크 랑시에르, 오윤성 역, 『감성의 분할』, b, 2008, 49~54쪽. 이후 『감성』으로 인용.

대상이 환영과도 같은 존재였음을 깨닫고 좌절하는 한 영혼이 등장하고 있다. "그 때까지 내가 살고 있었고, 그게 진실이라고 믿어 의심치 않았던 세계가 그처럼 간단하게 무너져 내릴 줄은 전혀 예상하지 못했다. 그건 이 세계가 낮과 밤, 빛과 어둠, 진실과 거짓, 고귀함과 하찮음 등으로 나뉘어 있다는 사실을 그 때까지 나는 몰랐기 때문이었다."[08]라는 것이 그 인물의 참담한 자기증언의 내용이다. 그러나 이 인물은 이후의 서사를 통해 자신이 서 있었던 그 자리의 의미를 끊임없이 현실의 자리에서 확인하고 기억하려는 시도를 멈추지 않는다. 1930년대 만주의 항일유격근거지 일대에서 벌어졌던 민생단 사건을 배경으로 한 이 서사는 온갖 혼돈과 의혹으로 가득찬 민생단 사건의 면모를 역사와 인간에 대한 작가의 탈근대적 이해의 지평과 겹쳐 놓고 있다. 타자 앞에서 자아의 존재를 증명할 수 없는 주체들로 둘러싸인 세계 속에서 자신 또한 "내가 진술한 세계가 얼마나 허망한 것이었는지 깨닫게 됐다"(66쪽.)고 말하는 주체의 곤경을 소설은 묘사하고 있다.

흔히들 김연수의 소설이 역사와 재현에 대한 상대주의적이고 회의적인 관점을 드러내고 있다고 말한다. 한편으로 그것은 타당한 지적이지만, 그 회의가 어떤 지점에서 근대성의 역설에 대한 책임 있는 응답으로 전환되는가에 대해 이해하는 것이 좀더 중요한 문제일 것이다. 김연수의 다른 작품들이 그러했던 것처럼 『밤은 노래한다』는 인간이라는 존재의 근본에 존재하는 어떤 결핍에 대해 곡진한 시선을 보낸다. 그리고 인간의 신체에 기입되는 고통들과 다른 존재들을 향한 연민들에 감각적으로 자아를 열어놓음으로써 자신의 외부에 존재하는 다른 사람들의 삶에 자

---

08 김연수, 『밤은 노래한다』, 문학과지성사, 2008, 42쪽. 이후 쪽수만 표기.

신의 존재가 개입되어 있음을 증언한다. 그리하여 인간이 자신에게 이의를 제기하고 때로 자신을 부인하기도 하는 타자에게 다가감으로서만 존재할 수 있다는 점을 환기한다. 인간 존재는 자신이 될 수 없다는, 즉 자기 또는 분리된 개인으로 존속할 수 없다는 불가능성을 의식하게 만드는 상실의 체험 속에서만 존재하기 시작하는 것이다.[09]

소설이 역사에 대한 각주라고 생각하지 않는 다음에야 이 소설에 나타난 민생단이라는 역사적 사실이 얼마나 실재에 방불하게 그려지고 있는가를 따지는 일은 의미가 없다는 것을 알 것이다. 역사는 1930년대 만주에서 발생하였던 민생단 사건의 실체를 규명하려 할 것이다. 역사가 그런 것처럼, 『밤은 노래한다』의 청춘 혁명가들 또한 자신에게 주어진 세계의 실체를 규명하려 했고, 그들에게 주어진 운명의 크기에 최대한으로 맞서는 삶을 살려 했다. 그러나 그 세계를 알려하면 할수록 그들은 공백과 보충이 부재하는 사회, 자리나 자격 등을 주체에게 부여하여 구조화하고 몫을 배정하는 정체성이 요구되는 사회에서 자신들의 자리가 존재하지 않음을 깨달았을 것이다. 이에 대한 서술자와 주인공 김해연의 대응은 그들 각자가 동일시하려 했던 이런저런 주체성의 자리가 허망한 것이었음을 인식하고, 가시적인 것과 말할 수 있는 것에 개입하여 그 경계에 위치함으로써 세계 자체를 재편성하려는 탈정체화의 기획을 펼치는 것이었다. 그리하여 이 작품은 몫 없는 자들의 몫을 정당하게 기입하는 서사를 창출한다. 이런 맥락에서라면 민생단이라는 존재와 그것을 둘러싸고 있는 어랑촌 소비에트의 젊은 혁명가들이야말로 문학이 조명할 수 있는 '밝힐 수 없는 공동체'의 한 의미 있는 표상으로 이해할 수 있을 것이

---

09 모리스 블랑쇼, 「밝힐 수 없는 공동체」, 박준상 역, 『밝힐 수 없는 공동체/마주한 공동체』, 문학과지성사, 2005, 18쪽.

다. 공동체는 그것이 존재했는지 아니든지 항상 공동체의 부재로서만 나타난다. 결여를 원리로 하는 공동체, 어떤 공동체도 이루지 못한 자들의 공동체로서만 말이다.

그 공동체 속에서 개인들은 비로소 한 주체로 스스로를 인식할 것이다. 그 주체화의 장소로 제시되는 영국더기 언덕의 나무 아래서 이정희과 김해연이 '물끄러미' 앉아 있는 아름다운 장면의 묘사는 오래도록 기억될 만한 것이다.

> 눈송이들은 제가끔의 무게로 떨어졌다. 무겁게, 혹은 가볍게. 멀리 무리 진 낙엽송들 이마가 다 환해졌다. 늦든 빠르든 눈송이들은 제가끔 강과 숲과 들에 제 무게를 버리고 대지의 침묵 속으로 빠져들었다. 그해 처음으로 내린 눈이었다.
> 그런 줄도 모르고.
> 그게 그해 내리는 첫눈인 줄도 모르고.
>
> 정희와 나는 떨어지는 꽃잎을 물끄러미 바라보고 있었다. (97쪽.)

이 아름다운 장면은 완벽하게 가짜인 세계 앞에 맞선 존재가 말과 이미지의 힘을 믿음으로써, 희미한 존재 앞에 자리하는 가시성의 자리를 옮김으로써 불가시적인 세계에 맞서는, 새로운 시각의 발명으로 문학의 가능성을 확장한다. 그 자리에 나란히 앉아 있던 두 연인 사이에서 발신된 편지가 도착하기까지의 이야기가 『밤은 노래한다』의 전부이다. 하여 이 작품은 또한 '연인의 공동체'를 구성한다. 이정희와 김해연이 저 언덕의 나무 아래 앉아 있을 때, 이정희와 안세훈이 그들을 검거하러 오는 치안의 시간 앞에서 벌거벗고 서로를 끌어안고 있을 때, 박도만과 최도식이 이징희에 내한 언모의 쇄설을 서로 다른 원한으로 대치할 때, 김해연의 마음이 소비에트 내부의 감시와 토벌군의 포위라는 상황에서도 늘 여옥이를 향해 달려갈 때, 인간 존재들 사이의 지극히 단수적singulier인 이 관계에 대한 긍정으로 세계를 망각할 때 연인의 공동체는 형성된다. 우리는 단수성을 긍정하는 정념 속에서만 인간 존재의 유한성을 온전히 이해할 수 있고, 스스로의 정체를 다시금 사유할 수 있게 된다. 자신의 존재의 자리를 회의함으로써 스스로를 타자에게 열어놓는 그 방식은 지극히 윤리적이다. 알려지지 않은 자유의 공간을 여는 이 현재에 관해, 과제와 무위 사이에서 항상 위기에 처해 있지만 또한 항상 희망할 수밖에 없는 미지의 새로운 관계를 책임져야 하는 이 현재에 관해 우리는 무관심할 수 없다. (『밝힐 수 없는』, 90쪽.) 그리하여 『밤은 노래한다』는 역사 속에서 이름 없이 사라져간 개인들의 운명들을 조명하면서, 진정으로 우리들 자신이 열망하여야 할 공동체의 근대적 운명에 대한 물음을 품고 있는 검은 밤의 심연을 펼쳐보인다.

3. 글쓰기의 우울

첫 작품집 『달로』에서 '말들의 부유하는 양식'으로서의 서사를 인상적으로 보여주었던 한유주의 근작들은 문학이 그 감각의 지도그리기를 통해 어떤 방식으로 정치적인 것을 만들어가는가를 보여주는 또 하나의 응답이다. 「재의 수요일」은 외국어 학습과정에서 발생하는 모국어로부터의, 어떤 보편언어로부터의 '망명'의 경험, 언어를 통해 발생하는 존재와 자아의 불일치의 경험을 기입하는 글쓰기의 양식을 보여주고 있다.

"지난 주부터 희망을 이야기하는 법, 의심을 나타내는 법, 가정하는 법 등을 배우고 있다."[10]라는 문장의 반복적 변주로 이루어진 서사는 언어형식에 대한 수행과 탐구 자체가 이 소설의 모든 것임을 암시하고 있다. 이것은 이야기가 되지 않는/못하는 부유하는 말들의 과잉으로서의 소설일 것이다. 다시 랑시에르에 의지하자면, 이 '말들의 과잉'이야말로 문학의 핵심에 해당하는 것이다. 문학성이란 말과 사물의 일이적인 관계가 부재함을 보여주며, '고유한 것'을 정당화하는 소통방식들을 문제삼는 것이다. (『정치적인 것』, 195쪽.) 이 고유한 것을 뒤흔듦으로써 언어들을 자유롭게 선택하고, 주제의 위계화에 맞서는 방식을 한유주의 소설은 선택하고 있다. 그것은 "고유어를 외국어처럼 사용하는 경험 속에서 시작되는 어떤 망명의 경험"(『정치적인 것』, 210-211쪽.)들에 대한 정직한 기록이다. "나는 비명을 지르지 않았다. 그것은 불가능했다."라는 부정문으로 끝나는 이 소설은 허구를 짓는다는 것이 상상해서 꾸며낸 이야기를 말하는 것이 아니라, 볼 수 있는 것과 말할 수 있는 것, 말과 사물, 존재와 이름 사이에 세워진 관계를 재조직하는 것임을 우리에게 일깨워 주고 있다.

「허구0」라는 단편 또한 어떻게 미학적 실천으로부터 정치적인 것이 발생하는가를 상연한다. "나는 오른손잡이이고, 노트의 스프링이 오른쪽보다는 왼쪽에 위치하는 편이 글을 쓰기에 편리하다. 문득, 계란을 삶는 시간에 대해 생각한다."[11]라는 맥락 없어 보이는 문장들은 일상적 행동방식에 개입하는 예술적 실천의 한 방식으로서 글쓰기의 전시이다. 오른쪽으로 그리고 왼쪽으로 굴려가려 하면서, 누구에게 말해야 하는지 또는 말해서는 안 되는지 알지 못한 채, 글쓰기는 말의 순환에 대한, 공통 공간

---

10 한유주, 「재의 수요일」, 〈세계의 문학〉 2008 여름, 157쪽.

11 한유주, 「허구0」, 〈자음과모음〉2008년 가을, 178쪽.

에서의 말의 효과들과 몸들의 위치들 사이의 관계에 대한 모든 정당성의 기초를 파괴한다. 이 글쓰기는 공통 공간에서의 말의 효과들과 몸들의 위치들 사이의 관계에 대한 정당한 기초를 파괴한다. 그리하여 동일체들에 대한 불확정, 말의 위치에 대한 불인정, 공간과 시간의 분할들에 대한 무규정의 체계와 연계된 민주주의적 평등을 구현한다. 이 평등은 재현의 모든 위계들을 타파하고 문자의 임의적인 순환에 의해서만 그려진 공동체인, 정통성 없는 공통체로서의 독자들의 공동체를 설립할 것이다. (『감성』, 15~17쪽.)

화자가 사유하고 경험한 사물과 사건들을 말하거나, 말하지 않을 때 그는 시간 속에 존재하고 있다. 그런데 시간 속에 있다는 것은 언어의 사라짐을 목도하는 것과 다르지 않기 때문에, 그가 발화한/하지 못한 언어들은 그 시간들 속으로 지워진다. 그 시간들 속에서 사라져 가는 현존을 붙잡는 것이 또한 언어의 과제이다. 이 소설에 등장하는 시각을 알리는 기호들은 그러므로 사건의 시간들, 말할 수 있는 것과 말해지는 것들 사이에는, 화자의 현존과 언어의 현전 사이에는, 오직 시간의 응축과 현전이 존재한다는 것을 들려주는 기호들이다.

한유주의 또다른 단편 「장면의 단면」은 오직 부정문만으로 이루어진 허구적 글쓰기를 시도한다. 이것은 부정문의 양식으로만 발화가능한 감각적인 것에 대한, 어떤 정치의 가능태에 대한 탐색이다.

"테이블 위 화병에 꽂혀 있는 꽃들은 장미가 아니다. 수국이 아니다. 꽃들의 색은 희거나 푸르거나 노랗거나 붉지 않다. 꽃들은 더 이상 탐스럽지 않으며 꽃들을 탐하는 사람도 없다. 꽃들은 없다. 그런 것은 가능하지……"[12]

테이블 위에 놓인 장미로부터 그 부정이 발생한 언어의 조건을 이해할 수 있겠다. 말라르메는 몇 개의 자음과 모음의 집합체인 장미란 말에 유일한 정당성과 생명력을 부여하는 것은 '모든 장미의 부재'라고 말한 바 있다. 장미라는 말을 만들어내는 특수한 언어게임의 통사적 규칙과, 추정된 장미(실체) 사이에는 무한한 괴리가 존재한다는 것이 그의 주장이다. 장미라는 말을 만들어내는 몇 개의 자의적인 기호 속에는, '장미'가 부재하기 때문에, 장미는 테이블 위 화병에 꽂혀 있는 꽃들을 가리켜 더이상 장미라고 부를 수는 없다. 장미의 의문, 언어의 비밀을 풀지 못할 때, 모든 사물과 대상들의 문은 굳게 닫히게 된다. 그 닫힌 문 앞에서 화자는 오직 부정의 방식으로 존재하는 언어의 발화를 수행하고 있다. 화자의 언표행위라는 수행성이 발화행위가 근본적으로 자리잡고 있는 언어의 상징계를 넘어설 수 있으리라고 기대하는 것은 무리이지만, 기존의 언어적 상징계와 적대하는 어떤 자리 위에 글쓰기의 공간을 마련하고자 하는 전략은 지켜볼 만하다.

말과 사물 사이에서 발생하는 이 간극을 응시하는 자의 언어는 우울이다. 이 글쓰기의 우울은 주체에게 발생한 어떤 상실을 문제삼는다. 아감벤은 그 우울의 알레고리를 이렇게 설명한다. "무언가를 상실해서 우울한 것이 아니라, 우울하기 때문에 상실을 인지하고 상실을 회복하기 위해서 세계내의 기호들을 삼키는 것이다. 우울자는 그가 단 한 번도 소유해 본 적이 없는 '그것'의 상실을 연기(演技)하고 있으며, 동시에 '그것'

---

12 「장면의 단면」, 〈문학들〉 2008년 겨울호.

의 회복을 끝없이 연기(延期)한다. 그는, 규정할 수도 표상할 수도 명명할 수도 없는 '그것'을 상실의 이름으로 불러내어 실체화하고, 현존하지 않는 '그것'을 존재의 영역으로 불러낸다. 단 한 번도 소유해 본 적이 없기에 상실한 적도 없는 대상을 이러한 부정적인(negative) 방식으로 소유하는 우울자가 진정으로 추구하는 것은 그리하여, 상실된 대상이 아니라 그 대상의 부재이며, 이 대상이 현존하지 않는 한에서 그것은 늘 점유를 향한 우울자의 욕동을 추동하는 힘으로 작용한다."[13]

이 상실된 것, 재현불가능한 것의 표상으로서 언어에 대한 탐색은 소중하다. 민주주의적 인간은 말하는 존재, 즉 말과 사물의 거리를 수용할 수 있는, 표상의 비실제성을 수용할 수 있는 시적인 존재이다.(『정치적인 것』, 119쪽.)는 점에서 한유주의 소설들은 정치적인 것의 자리를 탐색하고 있다. 그것은 언어가 하나의 재현이 아니라, 대상을 부재하도록 만들고 사라지도록 만들어서 궁극적으로는 주체의 목소리까지 희미해지도록 만드는 것임을 깨닫게 한다.

블랑쇼가 말한 것처럼, 윤리와 문학을 이어줄 수 있는 매개는 언어이다. 언어를 통해서 우리는 비로소 사물에 대한 그 어떤 명명이나 분류를 넘어서는, 말로 표현할 수 없는 그 어떤 것도 넘어서는 타자와의 관계 속에서 윤리를 이해할 수 있게 된다. "윤리와 문학이 사유의 동일성을 파괴하는 근본적인 체험을 안겨준다면, 언어는 자아의 지배가 실패하는 경험이다."[14] 한유주는 그런 자아의 지배에 실패한 경험을 화자에게 부여함으로써 언어가 어떻게 정치적인 것을 발생시키는가를 보여주고 있다.

---

13 김홍중, 「멜랑꼴리와 모더니티-문화적 모더니티의 세계감(世界感) 분석」, 〈한국사회학〉 제40집, 2006, 20쪽.

14 율리히 하세·윌리엄 라지, 최영석 역, 『모리스 블랑쇼 침묵에 다가가기』, 앨피, 2008, 22쪽.

4. 문학의 공동체

우리의 경험을 초과해 있는 세계, 우리의 익숙한 정체성 바깥에 있는 세계로부터 들려오는 몫 없는 자들의 목소리에 반응함으로써 우리 자신의 내면에 기입된 정체성이 교정되는 인간적인 체험을 안겨주는 것이 문학의 세계이다. 그것은 문학으로부터 발원하는, 문학의 공동체에서만 가능한 경험의 양식이다. "불가능하다고 선포된 것을 열망한다고 선언하고 무에의 욕망에 대항하여 진리들을 긍정하는 것."[15]이 우리의 의무라면, 그 가능성의 무대는 무력함의 토로 속에 이미 도래해 있을지도 모르는 사건으로서의 소설들에 있을 것이다. 그 소설들은 "모두를 위한 말이자 각자를 위한 말이기에 어느 누구를 위한 것도 아닌 말, 언제나 도래해야 할 무위의 말이 울려 퍼지는 공간"을 가리키고 있다. 그러므로 종언을 넘어서기 위해서 무엇을 할 것인가. 우리는 그 물음에 답하기 전에 알려지지 않은 자유의 공간을 여는 현재에 대해서, 무기력함과 종언의 예감 속에 항상 위기에 처해 있으나 또한 언제나 희망할 수밖에 없는 미지의 새로운 관계들을 열어가야 할 이 현재에 대해 무관심할 수 없다는 입장을 확인한다.

그리고 어떤 공동체를 떠올린다. 바타이유는 그것을 "부정의 공동체, 어떤 공동체도 이루지 못한 사람들의 공동체"라고, 블랑쇼는 '밝힐 수 없는 공동체'라고, 데리다는 "단일한 주체도 강령도 없는 이상한 공동체"라고, 낭시는 '무위의 공동체'라고, 랑시에르는 '평등한 자들의 공동체'라고 불렀다. 우리는 그 입장들의 차이에도 불구하고, 그것이 어떤 연합의 이름으로, 민족의 이름으로, 선언의 이름으로, 공동체라는 존재를 선험적

---

15 알랭 바디우, 이종영 역, 『윤리학』, 동문선, 2001, 51쪽.

으로 규정하고 그것의 지위를 격상시키려는 모든 시도에 반대하여 붙여진 이름이라고 믿는다. 그리하여 존재에 기입된 정체성을 심문하고 감각적인 것의 나눔을 사유하고 부재하는 것의 현전을 상연함으로써 그것이 '문학의 공동체'를 향한 열망으로 이어질 수 있다고 믿는다. 랑시에르는 문학이 쓰여지는 순간에 주체에게 발생하는 타자의 도래를 말하면서, "만일 문학이 공동체에 중요한 무언가를 증언한다면, 그것은 나 안에 타율성을 도입하는 이 장치를 통해서 가능하다. 바로 그것이 문학의 문제와 민주주의의 문제를 이어준다."(『정치적인 것』, 208쪽.)라고 말한다. 언어로 이루어진, 신체 없는 존재들의 이러한 창안은 또한 2000년대 이후의 한국소설들이 종언 이후 비로소 얻게 된 자유와 대면하는 방식이 될 것이다. 그 자유의 서사들은 어느 기다림의 순간 문득 도래하여 문학이 꿈꾸어야 할 공동체의 정치를 우리 앞에 상연할 것이다. 그러니 어떻게, 여기서, 지금, 이 순간 떨지 않을 수 있단 말인가. (데리다)

기원의 신화, 종언의 윤리학

1. 풍경의 발견, 근대문학의 사용법

무릇 좋은 글이란 그것이 지시하는 사유의 본질로 독자를 데려가서 그 근본을 다시 들여다볼 것을 요구하는 법이다. 가라타니 고진은 자신의 『일본근대문학의 기원』에 대해 언급하는 글에서 자신이 행한 작업이 "칸트가 말한 의미에서의 비판, 즉 관념의 시비가 아니라, 우리의 사고를 가능하게 하는 기초적 조건 그 자체를 묻는 것"[01]이었다고 말했다. 근대문학을 근대문학으로 만들어주는 기본적인 조건이란, 그리고 자명하지 않은 대상을 자명한 실체로 보이도록 만드는 담론의 양식이란, 언문일치나 풍경과 내면의 발견 등으로 말해지는 구성법이었다는 것은 가라타니의 독자라면 다들 알고 있는 것이다. 근대문학에 대해 말하기 전에, 근대문학의 역사적 구성에 대해 말함으로써 자명하지 않은 '기원'에 대해서 사유한 저자가 다시금 그것의 '종언'을 선언할 때, 먼저 그러한 선언을 가능하도록 만드는 기초적 조건에 대해서도 한번쯤 묻는 것이 필요할 것이다.

시가 그 자체를 목적으로 하는 창조적인 움직임인 춤과 같다면, 산문

---

01 柄谷行人, 「『日本近代文學の 起源』再考」, 〈批評空間〉, 1991. 4.

은 다른 곳으로 이동하기 위한 수단인 걸음과도 같으므로, 시인이 말을 섬기는 사람이라면, 산문가는 말을 '사용하는' 사람라고 선언하였던 철학교사 사르트르의 문학 수업을 잊기는 어렵다. 근대문학의 '종언'을 선포하고 제품의 유통기한과 함께 폐기처분의 방식도 알려주고자 하는 후배교사가 있다면, 문학의 사용법에 대한 유력한 설명을 제시해주었던 사르트르를 불러오는 것이 썩 명민한 교수법이 될 것임을 짐작하기는 어렵지 않다. 하여, "그런 의미에서 나는 한 명의 소설가, 사르트르로부터 이야기를 시작하고 싶습니다."[02]라는 말로 그 강의는 시작된다. 그리고 '소설가'로서의 사르트르를 근대 이후의 문학과 철학적 움직임의 의심할 수 없는 중심에 위치시킨 후, 스스로 만들어 낸 그 강력한 언설의 힘을 빌려 종언의 정당성을 확보하기 위한 첫 번째 봉쇄전략이 등장한다. "그러니까 에크리튀르라는 개념은 이미 근대문학으로서의 소설(안티로망을 포함하여)이 끝났다는 것을 의미하기 때문에, 그로부터 어떤 새로운 문학의 가능성을 기대한다는 것은 착오란 말입니다."(『종언』, 46쪽.) 이런 강조가 무엇을 봉쇄하고 차단하기 위한 것인지는 자명하다. 사르트르의 시와 산문의 구분법이란, 사실은 내용전달에 목적을 가진 타동사인 일상적 언어와 새로운 구성체를 창조해가는 자동사인 문학적 언어의 구분에 해당할 뿐이라고 지적한 구조주의자들의 응답을, 또한 잊기는 어렵기 때문이다. 가라타니가 말하고 싶어하는 바와는 달리, 에크리튀르라는 개념은 사르트르가 말한 소설의 정반대 개념이란 사태가 바로 '종언'을 위해 봉쇄되고 있는 내용이다.

다음으로 풍경의 발견이 있다. 종언의 경험적 적실성을 보증하기 위

---

02 가라타니 고진, 조영일 역, 『근대문학의 종언』 도서출판 b, 44쪽. 이후로 『종언』이라 표기.

해서, 한국문학이라는 대상이 전도된 풍경으로 불려온다. 그리고 보니, 가라타니가 "풍경은 주위의 외적인 것에 무관심한 '내적 인간'에 의해 처음으로 발견된다."[03]고 썼던 것이 떠오른다. 비슷한 말을 종언에 대해서도 할 수 있다. 한국문학은 그것에 대해 무관심한 외부의 인간에 의해 처음으로 죽은 것으로 발견된다, 라고. 그리고 나면 당연하게도, "일단 풍경이 생겨나면, 그 기원은 은폐된다." 그 기원이란 이를테면 이런 것이다.

> 그 후에 알게 된 사실은, 내가 1990년대에 만났던 한국의 문예비평가 모두가 문학에서 손을 떼었다는 것입니다. 한국의 비평가는 단순히 평론을 쓰는 것뿐만 아니라, 잡지를 편집하고 출판사를 경영하는 사람이 많습니다. 그들이 일제히 그만둬버린 것입니다. 「……」 나는 한국에서 그와 같은 사태가 이렇게 빨리 진전되리라고는 생각하지 못했습니다. 그래서 마침내 문학의 종언은 사실이라고 생각하게 된 것입니다. (『종언』, 49쪽.)

가라타니가 자신의 종언론에 이론적 확신을 얻게 된 것은 그것이 하나의 경험적 진실을 획득하게 되었기 때문이다. 한국의 문학비평가였던 〈녹색평론〉의 발행인 김종철이 문학을 그만 둔 이후, 자신이 만난 한국의 모든 문예비평가가 문학에서 손을 뗐기 때문에, 근대문학의 종언을 비로소 실감하게 되었다는 것이다. 그런데 그 실감은 공감을 얻을 만한 것일까. 〈녹색평론〉과 그 발행인인 김종철의 사상적 지향을 존중하여 재생용지로 발간되는 그 잡지를 손때 묻혀 읽고 있는 젊은 작가와 비평

---

03 가라타니 고진, 박유하 역, 『일본 근대문학의 기원』, 민음사, 1996, 36쪽. 이후로 『기원』이라 표기.

가들이 많지만, 정작 김종철 선생이 한때 민족문학과 제삼세계의 운명에 대해 깊이 고민하였던 '고명한' 비평가였다는 것을 기억하는 사람은 많지 않다는 것이 젊은 한국문학의 경험적 진실에 더 가깝지 않을까. 설령 그런 기억과 경험이 존재한다고 해도, 그것이 동시대의 작가들이 문학을 하는 데 어떤 지장을 주는 것은 아닐 것이다. 김종철 이외에도 가라타니가 만났던 문학비평가가 모두 문학에서 손을 뗐다는 주장은 그의 교우관계에 대해 참으로 심각한 의심을 불러오는 것 외에 아무런 사태도 발생시키지 않는다.

그리고 다시 하나의 봉쇄전략. "근대문학의 종언은 근대소설의 종언"(56쪽.)이고, "근대소설의 특징은 누가 뭐라해도 리얼리즘에 있"(59쪽.)으며, "일본 작가가 '사소설'에 집착한 것은 3인칭 객관묘사라는 '상징형식'에 익숙하지 않았기 때문"인데, 그래서 "사소설은 근대소설에서 일탈한 그리고 뒤떨어진 왜곡된 것이라는 비판이 있"지만, 사소설은 그 나름으로 "리얼리즘에 철저하고자"(60쪽.) 했던 것을 쳐줄 필요는 있으며, "그러나 '3인칭 객관'이 부여하는 리얼리즘의 가치를 제거하면, 근대소설이 가진 획기적인 의의도 없어지게 되는 것"(61쪽.)이다. 한편, "20세기 모더니즘 소설은 영화에 대항하여 이루어진 소설의 소설성 실현이라는 의미가 있"(61쪽.)지만, "뒤라스는 10년 정도 영화감독을 했으며", 게다가 "바칼로레아(대학입학자격 공통시험)를 베트남어로 치룬 사람"이기까지 했고, "나카가미가 죽은지 3년 후에 죽"어버렸는데, 이제 영화를 궁지에 몰아넣은 것이 "텔레비전이고 비디오이고 더욱이 컴퓨터에 의한 영상이나 음성의 디지털화"(62쪽.)이며, "문학이 내셔널리즘의 기반이 되는 것은 이제 어려울 것"(63쪽.)이기에, 바야흐로, 근대문학은 종말을 맞이하게 된 것이다.

이 좌충우돌하는 장황한 언설이 무엇을 봉쇄하고 있는지는 또한 자명한데, 그것은 다음의 두 장에서 차례로 다루기로 하겠다. 그러나, 이토록 허술한 논의라면, 대체 그것을 누가 두려워하겠는가라는 의문이 들 법도 할 것이다. 그러나 다들 알듯이, 정작 두려운 것은 가라타니의 주장이 아니다. 가라타니의 종언론은 한국문학에 떠도는 하나의 유령일 뿐이며, 유령이라는 경험 현상은 그것이 출몰한 공간과 유령과의 조우를 증언하는 주체의 관계를 다시 돌아볼 것을 요구한다. 알고보면, 유령은 주체의 불안한 모습이 자신의 외부에 있는 형상들로 대상화된, 두렵고 낯선 존재를 대표하는 것이기에, 오늘의 한국문학이 정작으로 두려워하는 것은 자신의 내부에 잠재하고 있던 종말의 예감, 바로 그것이란 점을 짐작하기는 어렵지 않다. 가라타니의 종언론이란, 그러므로 내부로부터 소환되어 온 두려운 타자인 것이며, 주체가 그 자신 속에서 인정하길 거부하여 자아로부터 추방한 대상의 현전이다. 그러나 또한 헛것을 물리치는 방법은 그것을 쫓아버리거나 의미없는 것으로 치부하여 폐기해버리는 것이 아니라, 그것을 올바로 바라보고 오래도록 생각해 보는 일임을 모두들 알고 있다. 그것이 오늘의 한국문학이 수행해야 할, '자기에의 배려'일 것이다.

2. 구성력에 대하여, 혹은 그것의 부재에 대하여

마루야마 마사오는 일본 사소설에 대한 의미 있는 한 독법을 보여주는 글에서 사소설을 '육체문학'과 비교하고 있다. 일본의 사소설은 그것이 성취한 예술성에도 불구하고 "감성적·자연적 소여(所與)에 작가의 정신이 마치 거머리처럼 찰싹 달라붙어서 상상력의 자유로운 비상이 결여되어 있다는 점에서", '육체문학'과 다를 바 없다는 것이다. 여기에서 육체문학이란 성적인 욕망과 육체의 문제를 거침없이 드러내는 문학을 의미하지만, 사소설이 현실을 매개된 현실로 파악하는 적극적인 인간정신을 결여하고 있다는 점에서는 그것도 하나의 육체문학이 된다는 것이다. 마루야마는 픽션(fiction)이라는 용어의 기원을 추적하면서 그것의 의미가 인간이 어떤 목적이나 아이디어 위에 무언가를 만들어내는 것을 말한다고 지적하고, 그 결과로서의 제작물에 대하여 자연적 실재보다도 높은 가치평가를 해가는 태도라고 설명한다. 픽션을 중시하는 근대정신이란, 픽션의 가치와 효용을 믿고, 그것을 끊임없이 재생산하는 정신, 허위를 현실보다 더 존중하는 정신이고, 매개된 현실을 직접성에서의 현실보다 더 고도의 것이라 보는 정신이라는 것이다.[04] 마루야마가 보기에 픽션에 특유한 '마치 ~인 것처럼' 행동하거나, 사물을 보는 것은, 리얼리티를 형성하는 픽션의 기능에서 핵심적인 위치를 차지하는 것이다. 폴 리쾨르는 은유가 어떤 방식으로 이미지를 형성하는가를 탐구하면서, "언어에 의해 창출되는 '보기'the seeing는 이것이나 저것을 보는 것이 아니다, 그것은 '무엇으로서 보기'seeing as이다"라고 말하고 있다. 이 '무엇으로서 보기'는 주어진 인상의 단순한 잉여로서의 이미지와 관련하는 것이 아니라, 통제된 이미지의 표시 속에 암시된 의미를 이해하는 것이다.[05] 그러므로 마루야마에게 있어 이 '픽션'에 대한 불안으로 이해할 수 있는 일본 문학

---

04 마루야마 마사오, 「육체문학에서 육체정치로」, 『현대정치의 사상과 행동』, 김석근 역, 한길사, 433~439쪽. 참조.

05 Paul Ricoeur, The Function of Fiction in Shaping Reality, A Ricoeur reader : reflection and imagination, ed. Mario Valdes, Toronto : University of Toronto Press, 1991, p.127.

의 한 현상은, 일본의 비근대성을 보여주는 척도가 된다. 픽션이 근대적 주체가 자신을 실현하고 자유를 확인하는 장소라고 한다면, 그가 비근대성이라고 말하는 현상의 중심에는 정신이 인간의 신체를 포함한 감성적 자연으로부터 분화되거나 독립되어 있지 않아서 픽션 자체의 독립성을 갖지 못하고 개개인의 감각적 경험에 이끌려 가는 '실화 저널리즘'으로서의 일본 사소설이 포함된다고 할 수 있을 것이다.[06]

여기서 다시 한 번, '종언'의 명령을 떠올려 보자. "그러나 '3인칭 객관' 이 부여하는 리얼리즘의 가치를 제거하면, 근대소설이 가진 획기적인 의의도 없어지게 되는 것입니다. 그저 이야기로 되돌아가 버립니다."(『종언』, 61쪽.) 그러나 되돌아가 버리는 것이 아니라, 본래부터 그 '기원'은 근대소설에 미달한 것이 아니었을까. 가라타니는 『일본 근대문학의 기원』에서 메이지 20년대에 모리 오가이와 쓰보우치 쇼요 사이에 벌어졌던 이른바 '몰이상 논쟁'에 대해 고찰한 바 있다. 가라타니에 따르면 쓰보우치 쇼요가 에도 이래의 일본 소설을 서양의 소설과 나란히 놓고, '몰이상'적으로 위치시키려 했던 반면에, 모리 오가이는 예술에서의 이념 Idee을 강조하고 있는 것은 주목할 만하다. 가라타니가 알려주는 바에 의하면, 모리 오가이가 주장하는 이념(이상)이란 하르트만에 근거한 것인데, 그것은 결국 헤겔주의의 범주로 귀결되는 것이다. 그러나 하르트만에게 헤겔이 선행하였다면, 오가이에게는 아무것도 없었다고 가라타니는 지적한다.(『기원』, 196-197쪽.) 오가이가 선행하는 헤겔을 갖지 않고서도 이상을 주장할 수 있었던 것은, 일본 문학과 사소설의 기원에 내재한 보바리즘을 상정하지 않고는 이해될 수 없는 것이 아닐까.

---

06 마루야마 마사오, 앞의 글, 433쪽.

토미 스즈키에 따르면, 타야먀 가타이를 비롯한 일본의 자연주의 작가들은 작가가 개인적 편견으로 가득찬 주관을 초월하여, "굳건하며 객관적인 묘사"를 통해 "위대한 자연의 주관"에 도달하여야 한다고 주장하였다. 토미 스즈키는 이런 주장이 모리 오가이의 예술에서의 이념의 강조에 부응하는 것이라고 말한다. 타야마 가타이의 사소설 『이불』은 리얼리티의 새로운 신화, 생산적인 지시대상을 창출하였는데, 그것은 동시대 일본 지식인들에게 그들의 리얼리티와 그들 생활을 지각하는 새로운 방식을 제공하였다고 말한다. 여기에서의 '생산적인 지시대상'이란 폴 리쾨르의 용어인데, 그는 묘사와 픽션의 차이를 부재Absence와 비실제Unreality의 차이에서 찾으면서, 픽션은 이미 주어진 것으로서의 리얼리티에 '재생산적인' 방식으로, 다시 말해 존재하는 리얼리티를 다시 표상하는 방식으로 관여하지 않는다고 말하였다. 픽션은 세계에 새로운 지각을 제공하는, 새로운 리얼리티를 생산하고 창출하는 '생산적인' 방식으로 관여한다는 것이다.[07] 이를테면, 『이불』의 도키오가 그의 생활의 사실일 것이라고 믿은 것은, 그의 문학적 의식과 지각에 깊이 물든 채 형성되어 리얼리티에 역으로 투사된 것이며, 그리하여 생활을 형성하고 리얼리티를 구성하는 권위 있는 서사의 힘을 극화하는 것이다. 그러나 역설적이게도, 가타이 자신을 포함한 자연주의 작가와 비평가들은 문학의 절대적 권위에 대한 믿음, 특히 진실로 직접 인도하는 것으로서의 '사실'의 가치가 그들의 소설에 묘사되어 있다는 믿음을 전파했다.[08]

가타이를 포함한 자연주의 작가들이 자신들의 소설이 재현하는 일상

---

07 Paul Ricoeur, op. cit.

08 Tomi Suzuki, Narrating the Self: Fictions of Japanese Modernity (Stanford, Califonia: Stanford University Press, 1996) p.89.

적이고 추악한 리얼리티가 단 하나의 객관적인 리얼리티라는 믿음을 갖도록 만들었다. 이 지적은 가타이 자신이 그의 생산적인 지시대상을 재생산적인 지시대상으로 무의식적으로 변형하였다는 점을 시사한다.[09] 가타이가 자신의 문학적 회고록인 『도쿄의 30년』에서 『이불』의 주인공이 자기자신이라고 밝히고, 자기폭로의 용기를 강조한 것은, 이 작품이 지니고 있던 비평적 거리를 소멸시키고 있는데, 이것은 솔직하고 직절한 자기표현을 통한 개인적 자아의 발전을 옹호한 시라카바에 의해서 표상된 시대경향을 반영하는 것이라고 토미 스즈키는 말하고 있다. 이러한 점은 〈몰이상논쟁〉에서 이념을 주장하던 모리 오가이가 다이쇼 시대에 '그럴듯한 형태를 만드는' 일, 즉 구성에 혐오를 느끼고 '역사소설'로 기울어진 것이 사소설의 지배적 경향이 되었다는 지적(『기원』, 202쪽.)과 맥락을 같이 하는 것이다.

마사오 미요시는 일본 사소설의 관행이 작가가 스스로 3인칭이 되기 위해서 노력하는 대신 오히려 나레이터를 폐기하거나 은폐시키고자 한 점이고, 그래서 그 인물들이 삶의 제약에 의해 분할되지 않은 공간 속에 존재하는 것처럼 여겨지게 된다고 지적하였다. 이러한 지적은 사소설 담론에 의해 형성된 사소설에 대한 관념이 현재까지도 지속되고 있다는 점을 증명하는데, 그에 따르면 사소설은 "거짓임을 내세우는 믿을 수 있는 속임수"로서의 서양소설과는 달리, 믿을 수 없는 속임수이지만 그럼에도 계속해서 진실로 인식되는 것이다. 사소설의 외형과 일인칭은 기껏해야 가면에 불과한 작가의 맨얼굴로 관심을 끌고자 하는 숙명적인 행위에 불과하다는 것이다. 쇼세츠(소설)를 서술하고 읽으면서 개인은 타인과 동

---

09 Ibid, p.90

화되고 그가 속했던 부족의 목소리로 돌아가 이를 경청하게 된다고 말하는 마사오 미요시의 지적[10]은, 서구의 소설과는 다른 일본만의 고유한 특성을 주장하는 대안적 읽기의 요구로 이어지지만, 또한 일본 근대문학의 진정한 기원에 대해서 무언가 떠올리게 하는 바가 있다. 진정으로 '3인칭 객관'이 부여하는 리얼리즘의 가치를 제거하면 근대소설이 가진 획기적인 의의도 없어지는 것이라면, 일본 근대문학이란 처음부터 부재하는 대상이었던 것이다. 그것에 대한 뒤늦은 은폐의 시도를, 가라타니는 이제 전도된 방식으로 수행하고 있는 것일까.

3. 내면의 발견, 다른 모더니티에 의한

그리고 또다른 봉쇄의 전언: 뒤라스의 죽음과 함께, 모더니즘이여 안녕. 그러나 다시 마사오 미요시에 따르면, "쇼세츠(小說)는 예술로 인지되기를 거부하는 예술이다. 확실히 서양의 본격 모더니즘 예술이 지니는 상징들이 쇼세츠에는 존재하지 않는다."[11]

헤겔 철학의 종언이 왜 일어날 수밖에 없었는가를 설명하는 찰스 테일러의 주장에 귀를 기울여보자. 헤겔의 이념은 표현주의적 사조를 종속적인 방식 이상으로 통합하려고 기도했던 점에서 몰락을 예비한 것이었다. 여기에서의 표현주의란 근대사회에 대한 저항을 그 근본에 내재한 낭만주의적 주체에 대한 것이다. 실제적 욕망과 목표를 갖는 개인들

---

10 마사오 미요시, 「고유한 특성에 대항하기: 일본소설과 '포스트모던' 서양」, H. D,하루투니언·마사오 미요시 편, 앞의 책, 182~184쪽.

11 위의 글, 184쪽.

로 이루어진 근대사회가, 속악하며, 범용과 순응을 낳고, 소심한 이기주의적 인간을 배양하며, 독창성과 자유로운 표현 그리고 모든 영웅적 덕목들을 질식시키는 것으로 파악한 사람들은, 근대가 죽은 사회이며 표현적 충실을 질식시키는 사회라고 판단하였다. 헤겔의 통찰은 정신과 화해한 세계에 대한 것이지만 낭만주의적 정신은 근대 사회와 대립하는 것이기에, 헤겔은 낭만주의적 혹은 표현주의적 저항에서 자신의 철학적 표현을 발견할 수 없었다.[12] 이와 비슷한 방식으로, 헤겔의 논의에 힘입어 '종언론'을 펼치는 가라타니는, 근대에 대한 낭만주의적 혹은 모더니즘적 저항에서 자신의 대안을 발견하려 해도 전혀 그럴 수 없었는데, 그것은 알다시피 가라타니가 발견해낸 일본의 근대문학에는 애초에 리얼리즘과 모더니즘의 대립과 같은 것이 부재했기 때문이다. 『기원』에서 근대문학의 풍경과 내면의 형성을 이야기 할 때, 그 대립의 부재는 근대성의 보다 넓은 세계, 계몽과 낭만주의를 아우르는 내면성의 발견을 이야기하는 것이었기에 의미를 지닐 수 있었다. 그러나 『종언』에서라면 사태는 조금 달라지는데, 여기에서 우리가 확인하게 되는 것은 사르트르의 산문정신으로 에크리튀르를 대리하고 보충하기, 뒤라스의 죽음으로 (애초에 부재했던) 모더니즘을 서둘러 종결시키기 등으로 수행된, 리얼리즘에 의한 모더니즘의 해소이다. 이 구분은 정확하게 파악될 필요가 있다. 앞서 살펴보았듯이, 그것은 근대에 대한 저항과 극복의 차원과 관련을 갖는 것이기 때문이고 또한 몰락을 예비할 수밖에 없는 헤겔주의 예술론을 넘어서기 위한 것이기 때문이다.

게어하르트 플룸페는 헤겔이 주장한 예술의 종말이라는 것을 유럽의

---

12 찰스 테일러, 박찬국 역, 『헤겔 철학과 현대의 위기』, 서광사, 1988, 217~221쪽.

근대화 속에 나타나는 종교 과학 예술의 세분화에 대응하는 과정으로 이해한다. 예술에 대한 헤겔의 서열화가 세분화에 대한 일종의 왜곡된 통찰이라는 것이다. 플룸페는 헤겔의 예술의 종말 테제는 현대 예술이 절대적 체계반성적 존재를 인식할 적절한 매체가 아니라는 점에 있음을 지적하면서, 이는 동시에 인식에 대한 요구로부터 예술이 해방되는 것으로 이해할 수 있다고 주장한다. 그런 맥락에서 플룸페는 예술의 종말을 이렇게 해석하자고 제안한다. 즉 현대만이 시적 기표의 고유한 논리를 해방시키며, 음성과 활자 차원에서 시어에 대한 모든 실험을 허락하며, 심지어 요구하는 것이다. 사회적 종합이나 정신, 초월 등의 본질적 내실이 다른 곳에서 다루어지기 때문에, 유미적인 것이 된 시가는 기호의 물질성에 임의로 몰두해도 되는 것이다. 그리하여 자체의 형식을 매체로 이용하는 자기지시적 문학인 현대의 언어실험을 헤겔은 받아들일 수 있었을 것이라는 것이 헤겔의 예술의 종언을 정당하게 이해하고자 하는 플룸페의 결론적 진술이다.[13]

기호의 물질성에 임의로 몰두하고 자기지시적 언어실험을 종종 수행하는, 이러한 모더니티의 다른 지향은, 헤겔의 동시대로부터 기원한 것이다. 쉴러는 그의 스물 여섯 번째 미학편지에서, "가상Schein을 즐기는 것, 장식과 유희를 지향하는 경향"이 인간이 인성으로 들어섰음을 알리는 표지라고 말하였다.[14] 그에 따르면 오직 자유로운 유희만이 인간을 형성할 수 있으며, 그것에 바탕한 자유의 실천만이 인간을 정치적인 속박으로부터 벗어나게 하는 길이 된다. 루소에서부터 발원한 그 미적 모더니티를 향한 자유의 기획이 의미를 갖는 것은, 그것이 "영화에 대항하여"

---

13 게어하르트 플룸페, 홍승용 역, 『현대의 미적 커뮤니케이션1』, 경성대출판부, 2007, 476쪽.
14 프리드리히 쉴러, 안인희 역, 『인간의 미적 교육에 대한 편지』, 청하, 1997, 149쪽.

문학성을 유지하려 했기 때문이 아니라, '근대에 대항하여' 미적인 것의 고유한 덕목을 전개시키려 했기 때문이다. 이런 미적 모더니티의 기획에 대해, 마사오 미요시는 고도의 기술사회인 일본에서 "비판적인 대항문학이란 거의 찾아볼 수 없"지만, "물론 극소수의 단호한 모더니스트들도 있기는 하다."[15]고 말하면서 오에 겐자부로 등의 이름을 호명하고 있지만, 가라타니에게 그것은 애써 그 가능성을 은폐해야 할 정도로 동의하기 어려운 기획일 뿐이다.

> 문학의 지위가 높아지는 것과 문학이 도덕적 과제를 짊어지는 것은 같은 것이기 때문입니다. 그 과제로부터 해방되어 자유롭게 된다면, 문학은 그저 오락이 되는 것입니다. 그래도 좋다면 그것으로 좋은 것입니다. 자 그렇게 하시기 바랍니다. 더구나 나는 애당초 문학에서 무리하게 윤리적인 것, 정치적인 것을 구할 필요는 없다고 생각합니다. 분명히 말해 문학보다 더 큰 것이 있다고 생각합니다. (『종언』, 53쪽.)

문학이 계몽의 책임을 다하지 못할 때, 그것은 오락이 되는 것이라는 주장 속에는, 가상과 유희를 즐기는 것이 인간으로 들어선 표지라는 생각이 개입할 여지는 조금도 없다. 그것에는 또한 근대 이후의 문학이 어떠한 방식으로 자신의 정치학을 수행할 수 있는가에 대한 고민 같은 것은 전혀 들어있지 않다. 이는 현대의 여러 가지 문제들에 대해서 문학적으로 가능한 투쟁을 무화시키고, 더 큰 투쟁의 이름으로 문학의 정치학을 말소시키는 전략일 뿐이다. 헤겔은 낭만적 아이러니가 도덕적으로 수

---

15 마사오 미요시, 앞의 글, 186쪽.

상하게 절대화된 미적 주관성의 태도이며, 자신을 모든 것 위에 세워놓는 독재적 자의의 태도라고 보고 그것을 비판했다. 낭만적 아이러니에 대한 헤겔의 이러한 공격은 반어적인 것의 현상을 고삐 풀린 자아의 과잉상태이자 모든 실체적인 것을 무화시킴으로써 결국 공허해지는 주관성이라고 해석하도록 만들었다. 그러나 아이러니란 제멋대로 과장된 주관의 도덕적으로 의심스러운 태도가 아니라, 스스로에 대해 거리를 두는 자기관찰의 필연적 결론이며, 예술은 예술 바깥의 인격의 표현으로서가 아니라 그 자체를 통해서만, 예술의 가능성이라는 사실을 통해서만 예술의 근거를 마련한다.[16]

문학이 자신의 곤궁을 정치화하는 심원한 상상력을 그 본질적인 가치로서 내장하고 있다는 점은 거듭 강조될 필요가 있다. 프랑코 모레티는 유럽문학이 지리적으로 이동하면서 진화론적인 발전을 이룬 역사를 추적하는 가운데, 19세기를 지나는 시기에 가히 소설혁명이라 할 만한 다양한 장르의 걸작들이 쏟아져 나온 후 얼마 지나지 않아 새로운 서사형식, 즉 멜로드라마, 신문소설, 탐정소설, 공상과학소설 등이 발빠르게 수백만의 독자를 사로잡으며 음향과 영상 산업으로의 길을 준비해간 사실을 지적한다. 모레티에 의하면 그것은 문학에 대한 배반이나 종언 따위가 아니라, 리얼리즘의 한계가 드러나는 과정을 보여주는 것으로, 견고하고 통제된 세계에 안주하면서 그 세계를 한층 더 견고하고 통제되도록 만드는 데 기여한 리얼리즘적인 경향으로는, 역사가 종종 직면하도록 강요하는 극단적인 상황과 지독한 단순화를 제대로 다루어낼 수 없다는 것이다. 그리하여 리얼리즘과 19세기의 교육받은 독자와는 이제 작별을

---

16 게어하르트 플룸페, 237~239쪽.

고하고, 모더니즘이 탄생하는 데 필요한 최초의 텅 빈 공간이 제공되는데, 그 공간은 정치로부터 해방된 공간과 상호작용한다.[17] 이쯤에서, 다시 가라타니의 목소리가 떠오른다. 그것은 정치로부터 등을 돌리 내면의 발견으로 향한 문학에 대해서 말하는 목소리로, "정치 소설이나 자유 민권 운동 쪽을 향하던 리비도가 그 대상을 잃어버리고 내부를 향했을 때 〈내면〉이나 〈풍경〉이 출현한 것이라도 해도 좋다."(『기원』, 54쪽.)라고 전달되는 음성이다. 그러나 거기에 근대에 대한 저항이나 모더니즘의 탄생을 위한 공간은 애초에 부재했다고 보는 것이 옳을 것이다.

근대성에 대한 문학적이고 상상적인 투쟁을 아직 멈출 수 없다고 생각하는 사람들은, 가라타니의 만류에도 불구하고 여전히 존재하고 있다. 그들은 근대성 안에서 대립적인 것이 단지 반대되는 것으로 고정되어 있거나 무시되기만 하는 것이 아니라, 합리성을 고양하고 확장하는 과정의 원동력이 되는 것이고, 그것이 근대 자체가 내장한 역설, 역동적이고 자기비판을 통해 진보하는 근대의 영원한 새로움의 이념과 관련된 역설이라는 것을 잘 알고 있다. 여기서 일본의 근대를 그 기원의 지점에서 사유한 사람의 음성을 들어보는 것도 좋을 것이다. 후쿠자와 유키치는 인간이 개척하여 도구로 삼지 못한 자연의 지배 앞에서 인간이 얼마나 무력한지 결코 잊지 않았다. 그는 무력한 상태의 인간에게 적절한 행동으로 '놀이'를 권유하고 있다.

일단 세상에 태어나면 인간은 실로 하찮은 존재이다. 하지만 인간은 항상 어떤 준비를 하고 있다. 이게 무슨 말인가? 인간의 생활이

---

17 Franco Moretti, Modern European Literature: A Geographical Sketch, New Reft Review, 1994. 8, pp. 103-104.

란 단지 놀이(戱れ)에 지나지 않는다는 것을 알면서, 인간은 자신의 하찮은 본성상 이 놀이에 몸을 던지고, 그것이 마치 놀이가 아닌 것처럼, 진지한 일, 즉 노동인 것처럼 꾸민다. 사실 이는 하찮은 미물의 방식이 아니라, 모든 사물들의 정신인 인간만이 가지는 자부심이다.[18]

인간이 하찮은 존재이듯, 문학도 한없이 무력한 양식이다. 그러나 문학이 그 무력함을 탈피하는 것은, 오락이나 놀이의 상태를 벗어남으로써 가능해지는 것이 아니라, 그 놀이를 가지고 진지하게 정치적이고 미학적인 작업을 수행할 때 비로소 가능해지는 것이고, 그것이 인간만이 지닐 수 있는 자부심이 되어준다는 사실은, 근대와 근대문학이 우리에게 알려준 소중한 진실의 하나이다.

4. 장르의 소멸, 또는 이동하는 양식

테리 이글턴은 후근대에서 비관보다 낙관이 더 큰 죄로 치부되는 현실을 개탄하면서, "미숙한 종말론의 외침보다 희망이 후기 현대를 더 당혹스럽게 한다."고 말하고 있다.[19] 그 희망이란 "잔혹하게 버림받고 박탈당한 상태야말로 삶을 새롭게 하는 원천"이며 그것을 위해서는 "무의미와 절망의 지옥으로 끝까지 내려가서 철저히 살아야 할" 필요가 있다. 물론 절망의 지옥까지 내려가는 순교자의 자세를 모두가 감수해할 필요는

---

18 J. 빅터 코슈먼, 「마루야마 마사오와 모더니즘의 미완의 기획」, H. D. 하루투니언·마사오 미요시 편, 곽동훈 외 역, 『포스트모더니즘과 일본』, 시각과언어, 1996, 158쪽에서 재인용.

19 테리 이글턴, 이현석 역, 『우리시대의 비극론』, 경성대학교출판부, 2006, 93쪽.

없겠지만, '미숙한 종말론'을 외치는 것보다는 '가망 없는 희망'이라도 간직하는 편이 문학을 위해서나 그것에 가까이 있는 사람을 위해서나 의미 있는 선택인 것으로 보인다. 그 '가망없는 희망'의 한 줄기는 장르 자체의 유동하는 성격에서 찾아질 수 있을지도 모른다.

근대성의 상징적 형식으로서의 교양소설에 대한 명쾌한 역사적 설명을 제시한 프랑코 모레티는 20세기에 이르러 그 고전적 양식이 종말에 이르렀음을, 그리고 그 형식의 실패로 인하여 모더니즘의 형식 속으로 작품들이 떠밀려 들어갔음을 설득력 있게 밝힌 바 있다. 종말이며, 실패이되, 장르의 소멸이 아니라, 형식의 교체이다. 그는 문학적 실패란 한 형식이 스스로 해결할 수 없는 문제를 다룰 때 발생하는 것이라고 대답하면서, 이는 또한 상징적 형식이 근본적으로는 문제 해결의 장치라는, 즉 그 형식들을 통해서 사회갈등과 역사적 변화에 의해 발생한 문학적 긴장을 푼다는 것을 의미하며, 바로 여기에 미학적 쾌락과 더불어 문학의 사회적 기능이 있다고 말했다.[20] 사실 가라타니가 『기원』의 '장르의 소멸'이라는 장에서 하고 싶었던 이야기도 이런 맥락과 무관하지는 않다. 다만 그가 이제는 그것을 잊어버렸다는 것이 문제이지만 말이다.

김영찬은 서사의 위기라는 세간의 토픽이 근대 한국 소설이 담당하여 왔던 외관상의 '건강함' 이면에 은폐되어 있던 미학적 성장 지체/유보의 뒤늦은 복수와 같은 것은 아니었는지 물었던 적이 있는데,[21] 그로 유추해보자면 한국문학의 종말에 대한 위협은 계몽의 의지가 다해서가 아니라, 지나치게 그것에 집착하였기 때문에 다가오고 있는 것인지도 모른다. 그러고 보면, 아이러니하게도 리얼리즘의 건강함에 대한 완고한 집

---

20 프랑코 모레티, 성은애 역, 『세상의 이치』, 문학동네, 2005, 437쪽.
21 김영찬, 『비평극장의 유령들』, 창작과비평사, 2006, 117쪽.

착이 좁은 바다를 사이에 둔 두 나라에서 전혀 상반된 의미로 전파되고 있는 것이다. 혹은 장르 그 자체의 소멸로, 혹은 거의 소멸해 가고 있는 양식에 대한 여전히 과도한 의미부여로.

근대문학의 '종말'의 경험적 증거를 좁은 바다 건너에서 찾아오기는 했지만, 가라타니는 언제나 더 넓은 바다를 건너가는 것에만 비상히 관심을 지니고 있다. 그는 자신이 미국에서 읽히는 거의 유일한 동아시아의 비평가라는 점에 대해 비상한 자부심을 지니고 있는 듯하다. 『종언』에 실린 대담에서도, 메이져리그의 일본인 야구선수 스즈키 이치로의 타격이 미국의 야구에 준 영향에 비교하며 가라타니의 텍스트가 지닌 전파력을 설명하는 대목이 나온다. 대담자들은 메이저리그가 붕괴된 상태나 다름없다는 것을 지시하기 위해서, 이를테면 미국의 대표적인 홈런 타자인 베리 본즈의 약물파동에 빗대어서 이렇게 말한다. "미리 약물을 복용하여 인간임을 버린 사람만 홈런을 칩니다. 페어플레이 따위는 존재하지 않습니다."(『종언』, 220쪽.) 그런데, 이들이 메이저리그의 예를 드는 이유는 두말할 것도 없이 야구가 그런 것처럼 문학 또한 일찍이 믿어왔던 형태로는 더 이상 존재하지 않는다는 것, 그래서 다른 실천의 양식이 필요하다는 것을 주장하기 위해서이다. 근대문학이 그렇듯이 메이저리그 또한 종언을 맞이했다는 주장을 여기에서 판단하기는 어렵다. 다만, 인간이 약물에 의존하는 새로운 조건의 문제는 단지 그것이 자격이 없는 자존감, 즉 '실재적 성취'에 근거하지 않은 자존감을 생성한다는 데 있는 것이 아니라, 좀더 역설적으로, 상호주체적인 상징적 의례에 의해 제공되는 만족을 우리에게서 박탈한다는 데 있는 것이라는 점을 기억할 필요는 있을 것이다.[22] 문학에서 실제적 성취를 구하고 현실에 대응하는 힘을 가진 것으로 문학의 자존심을 유지하고자 한다면 문학을 애초에 시작하지 않는 편이 나았을지도 모른다. 문제는 실재적 성취에 대한 집착이 아니라 어떤 종류의 형식만이 우리에게 던져줄 수 있는 그 '상호주체적인 상징적 의례'에 의해 제공되는 인간됨의 만족 속에서 우리가 여전히 위로받고 싶어한다는 점이다. 그것이 근대문학의 형식이 아니라면 또 무엇이겠는가.

가라타니는 근대문학이란 국민국가에 대한 상상의 자원을 제공하는 것이었으므로, 문학이 내셔널리즘의 기반이 되는 것이 어려워진 시점이란 곧 그것의 종말과도 같다고 주장한다. (『종언』, 63쪽.) 그러나 모레티에 의하면, 각각의 개별적인 국가들이 기꺼이 영원한 침묵 속으로 제거해버리고자 했던 문학의 양식이 살아남아 번성할 수 있었던 것은 유럽 국가들이 이루는 분화된 체계덕분이다.[23] 가라타니는 최근 부커상이 루시디나 아시구로와 같은 마이너리티와 외국인에게 돌아가고 있는 것이 문학의 종언에 대한 또 하나의 예에 불과하다고 말하고 싶어하는 듯하나 (『종언』, 64쪽.), 동일한 사태를 다른 방식으로 말하는 목소리에 한번 귀를 기울여 보는 것도 좋을 것이다. 역시 모레티에 따르면, 그것은 소설이 유럽만으로는 더 이상 만족할 수 없다는 것에 대한 증명이다. 그는 유럽소설이 맞이한 '종언'에 대한 유력한 설명을 부여하면서, 그것이 "유럽을 대체하게 된 전세계적 네트워크에 의해 유럽의 문화가 개편된"[24] 것을 의미한다고 보았다.

---

22 슬라보예 지젝, 김지훈 외 역, 『신체없는 기관』, 도서출판 b, 2006, 252쪽.

23 Franco Moretti, op. cit, p. 106.

24 Ibid, p. 109.

모레티는 유럽문화가 전세계적 네트워크에 의해 개편된 유력한 예로 밀란 쿤데라에게 매혹당한 유럽의 문학이란 표현을 쓰고 있는데, 이와 관련해서 밀란 쿤데라의 견해를 들어보는 것도 좋겠다. "…… 신의 웃음의 메아리로 탄생되었고 어느 누구도 진리의 소유자가 아니면서도 모두가 이해될 수 있는 매력적인 상상의 공간을 만들 줄 알았던 예술「……」이 상상적 공간은 근대 유럽과 함께 탄생한, 유럽의 이미지, 혹은 최소한 유럽에 대한 우리가 품고 있는 꿈의 이미지인 것입니다. 이 꿈은 숱하게 배반당해 왔지만 그럼에도 우리 모두를 연대감으로 묶어 우리의 조그만 대륙을 멀리 넘어설 수 있게 만들어줄 수 있을 만큼 강한 것이기도 합니다."[25] 쿤데라에게 유럽은 근대문학이라는 역사적 형식이 탄생한 장소이자 그것이 매스미디어와 키치들에게 끊임없이 위협받고 있는 현실적 세계이다. 그곳에서 소설에 대해 말한다는 것은 이 위태로운 현실에 대한 도피가 아니라, "개인의 독창적 사고와 침해할 수 없는 사생활의 권리에 대한 존중"이 바로 소설의 역사, 소설의 지혜 속에 보관되어 있기 때문인 것이다.

5. 텍스트의 미래로

그러나 이런 모든 변론에도 불구하고 오늘날 문학이 놓은 곤경을 외면하기는 어렵다. 문학을 포함한 근대예술이 종언의 위협에 시달리는 이유는 그것이 더 이상 어떤 규범적 힘을 보유하고 있지 못하기 때문이다. 예술을 자기이해의 근거를 마련해주는 계기로 만들어주었던 규범적 힘

25　밀란 쿤데라, 권오룡 역, 『소설의 기술』 책세상, 1998, 176쪽.

이 현대예술에 결여되어 있는 이유는 통합적으로 자신에 대해 서술하고 의무를 부여하는 것이 가능해지는 어떤 위치도 존재하지 않는 사회구조와 관련 있다. 예술이 사회를 서술하면 당장 부정할 수 있는 인공물이 생겨나며, 사회의 다른 부분들은 그것을 다르게 지각한다. 예컨대 이윤을 약속하는 상품으로 혹은 해석의 대상으로 지각하는 것이다.[26] 말하자면, '자본주의의 약속'의 한 가운데 존재한다는 바로 그 조건이 오늘의 문학을 위협하는 가장 강력한 적으로 대두하고 있는 것이다.

마샬 버먼은 인간성의 새로운 윤리에 대해 말하면서, 낭만주의 이후의 정치와 문화에서 대두한 기계와 나무의 비유에 대해 말한 바 있다. 그는 경직되고, 강압적이며, 외적으로 결정되거나 죽은 상태인 모든 것을 상징하는 기계와, 생명, 자유, 자발성, 표현, 성장, 자기발전을 의미하는, 그가 강조하고자 하는 표현을 따르자면 진정성의 이상을 실현하는 인간의 능력을 대표하는 나무의 비유를 사용한 첫 번째 인물로 루소를 들고 있다. 루소는 인간이 본질적으로 기계가 아니라 나무라는 데 동의했지만, 단지 나무를 위해 기계를 거부하고자 하는 소박한 이원론의 영역을 경계하였다. 그는 근대인들이 점점 더 두려워하게 된 기계적인 제도와 행위의 형식들이 결국 근대인들 자신에 의해 만들어진 것임을 지적하면서, 기계가 곧 나무의 결과라는 것이 모더니티의 역설이라고 주장한다. 루소는 이러한 역설과 맞서기 위해서는 그것과 함께 살아야 한다는 점을 강조했다. 근대인의 곤경은 고속도로 위에 놓인 나무의 곤경이며, 인간성이 살아남으려면, 이와 같은 세상에서 사는 것을 배워야 하는데, 왜냐하면 그것이 존재하는 유일한 세상이기 때문이다. 그 세상 속에서 가능

---

26 게어하르트 플룸페, 앞의 책, 528쪽.

한 진정한 인간의 행동은 상호작용에 있다. 오직 다른 사람과의 연합의 통해서만 자기 출현의 유일무이함이 가능하게 된다. 나무는 다른 나무와 그 자신이 얽힌다면 도로 위에서 충만하게 살아남을 수 있을 것이다.[27] 진정성의 이상과 타자와의 연대를 가능하게 해 주는 힘은 문학이 아니라면 또 어디에서 찾을 수 있겠는가. 오늘의 문학은 자본주의의 한 복판에서, '자본주의의 약속'에 휘둘리면 살아가는 인간들의 세목을 보여주면서, 그 황량함의 힘으로 그것을 넘어서려는 가망 없는 희망을 키워낸다.

타인과의 연대의 문학적 버전은 "자신의 진리와 타자의 진리 간의 전적으로 새롭고 특수한 상호관계"[28]에 대한 인식에 있다. 자본주의는 특수하고 출구 없는 의식을 위한 조건들을 만들어냈는데, 대화적 상상력을 통해 말들의 카니발적 우주를 창조해낸 도스토예프스키는 악순환의 고리를 따라 움직이는 이 자본주의라는 의식의 모든 허위성을 파헤친다. 자본주의에 대응하는 현실적 운동에서 한번쯤 쓴맛을 본 자라면, 도스토예프스키와 함께 바흐친을 다시 읽어보는 것도 좋을 것이다.

가령 시와 산문의 대립이라는 문제의 발단으로 돌아가서, 가라타니가 신봉하는 사르트르와는 전혀 다른 의견을 갖고 있는 바흐친의 이야기를 들어보는 것은 어떠한가. 바흐친에 따르면 소설이란 그 본성에 있어서 반규범적이며, 유연성 그 자체이다. 소설은 끊임없이 자기 자신을 탐구하고 검토하며, 확립된 형식들을 재고하는 장르이다. 소설은 발전하고 있는 유일한 장르이기 때문에 자신을 전개하는 과정에서 좀더 깊고 본질적으로, 그리고 더욱 민감하고 신속하게 현실 자체를 반영한다. 소설은 모든 문학장르 중에서 가장 비순수하며 잡종적인 특징을 지니고 있으며,

---

27 Marshall Berman, The Politics of Authenticity (New York; Atheneum; 1970) pp. 163~188.

28 미하일 바흐친, 김희숙·박종소 역, 『말의 미학』, 도서출판 길, 2006, 442쪽.

이미 완성된 장르가 아니라 끊임없이 자기자신을 수정할 운명을 타고한 장르라는 것이, 이 종말을 맞이했다는 장르에 대한 바흐친의 생각이다.[29] 바흐친은 진정한 창조성에 대해서 세계가 얼마나 개방적일 수 있는가를 보여주면서, '종결 불가능성'이란 개념을 제시하였다.

> 그 어떠한 최종적인 것도 아직 이 세계에서는 발생하지 않았으며, 세계의 마지막 말도 세계에 대한 마지막 말도 아직 발화되지 않았다. 세계는 열려 있고 자유로우며, 모든 것은 여전히 미래에 놓여 있고 또한 언제나 미래에 있게 될 것이다.[30]

그토록 많은 우려와 예언과 경험적 진실에도 불구하고, 근대문학의 기획을 끝까지 주장하는 것이 의미를 가질 수 있는 것은 이런 지점에서이다. 가라타니는 근대문학이 역사적이고 우연적인 장르에 불과하다는 소중한 진실을 일깨워주었다. 역사적이고 우연적인 장르라면 필경 언젠가는 종말을 맞이하게 될 것이란 것을 잊어서는 안 된다. 그러나 종말을 예감하는 자에게 요구되는 윤리학이 존재한다는 점을 또한 잊어서는 안 된다. 그 윤리학이 우리에게 지시하는 것은, 종말의 예감을 거스르며 근대문학의 논리를 끝까지 따라갔을 때 출현하게 될 새로운 자유의 형상을 기다려봐야 한다는 것이다. 누가 알겠는가. 그 자유가 어떤 종결불가능성의 지대로 우리를 이끌어 갈 것인지. '목숨을 건 도약'이란 표현은 바로 이런 순간을 위해 발화되어야 한다.

---

29 미하일 바흐친, 전승희 외 역, 『장편소설과 민중언어』, 창작과비평사, 1995, 23~27쪽.

30 게리 솔 모슨·캐릴 에머슨, 오문석 외 역, 『바흐친의 산문학』, 책세상, 2006, 85쪽.

가라타니 고진과
한국근대문학의 종결(불)가능성

1. 소행溯行과 내성內省, 1990년대 한국문학 연구의 한 풍경

한 비평가와의 만남을 기억하기 위해서는, 그를 만났던 시공간의 풍경으로 거슬러 올라갈 필요가 있을 것이다. 1990년대 한국문학 연구의 풍경 속으로 가라타니 고진이라는 그 이름이 진입하기 직전의 시점으로 말이다. 90년대는 한국문학 연구에서 하나의 중요한 전환이 이루어진 시기로 기억할 수 있다. 실로 많은 사건들이 있었고 많은 담론들이 생산되었다. 현실사회주의의 몰락과 자본주의 세계체제의 전지구적 장악, 그리고 후기 산업사회적 징후의 대두에 따른 각종 포스트 모더니즘 담론의 성행 등으로 많은 변화가 일어난 시기라고 그 시절을 정의하는 것은 낯설지 않다. 이러한 상황에서 한국 사회와 문학의 근대성 문제를 다시 조명해 보아야 한다는 논의들이 활발하게 일어나고 있었다. 한국사의 내재적 발전과정에서 우리가 진정으로 근대사회를 성취할 동력을 갖추었다고 보기는 어려우며, 자본주의 사회체제는 외부로부터 이식됨으로써 비로소 한국사에서 등장했다는 시각을 전제로, 새로운 역사발전론을 한국사에 적용하고자 하는 논의들이 역사학계에서 등장한 것도 이 시점을 경

유하면서일 것이다.[01]

한국문학의 연구에서 또한 근대성에 대한 재고의 움직임이 일어날 수밖에 없었다. 역사학에서 논의되던 근대에 대한 시각에 영향을 받은 그 시도는 그러나 여전히 기원에 대한 집착에 머물러 있었다. 이를테면, "내재적 발전론이 거둔 큰 성과를 소중히 계승하면서 국문학 연구를 한 단계 고양할 새로운 시각을 조정해야 할 시점"[02]이라는 선언이 그러하였다. 최원식은 김현과 김윤식에 의해 제기된 18세기 기점설이 '애국적 열정 속에 다기하게 변주'되었다고 말하면서, 근대문학의 기점을 끌어올리려는 '부질없는 시도'를 그만두라고 제안하였다. 그는 18세기 문학이 우리 근대문학의 소중한 맹아를 품고 있었던 사실을 인정하면서도, 그것이 진정한 근대문학에는 미달한 형식이었다는 사실을 다양한 예를 들면서 설명한다. 그러나 이러한 논의는 '진정한 근대문학'에의 미달이라는 언급이 증명하듯이 또한 근대문학을 완결된 실체로 보는 본질적인 사유방식을 벗어나지 못하고 있었던 것이 사실이다. 그 논의는 근대문학이라는 고정된 가치의 시작이 어느 지점인가에 여전히 초점을 맞추고 있는 것이다. 가라타니 고진의 텍스트가 도착한 지점은 바로 이러한 장소였다. 그리고 그 도착 이후로 실로 많은 변화가 있었다고 기억한다. 그 변화 속에는 근대문학을 대하는 방식의 근본적인 혁신이 자리잡고 있었다고 기억한다. 부족한 기억력을 보충하기 위해 먼저 다른 평자의 목소리를 들어보자.

---

01 고동환, 「근대화논쟁」, 『한국사시민강좌 제20집』, 일조각, 1997, 199쪽.

02 최원식, 「한국 문학의 근대성을 다시 생각한다」, 『민족문학과 근대성』, 문학과지성사, 1995, 42쪽.

가라타니 고진의 비평이 한국에 본격적으로 알려지게 된 것은
『일본 근대문학의 기원』을 통해서였다. 언문일치, 풍경·내면·아동의
발견, 고백이라는 제도 등의 테마를 일본근대문학의 기원 및 그 전도
의 관점에서 성찰한 이 저서는, 근대성 및 미적 근대성의 테마를 탐
색하고 있던 한국의 학계와 비평계에 참신한 충격을 준다. 니체와 푸
코의 계보학적 탐색을 연상시키는 후기구조주의적 방법론을 일본근
대문학의 제도·장르·문체에 적용시킨 독특하고 과감한 방법론은 주
목을 끌기에 충분했다. 번역서가 출간된 직후에 중요한 서평이 제기
되고, 이후 한국의 국문학계는 이러한 방법론과 관련하여 한국문학
의 근대성에 대한 계보학적 탐색을 광범위하게 진행시킨다.[03]

　오형엽이 설명하는 대로, 가라타니 고진의 이름은 『일본 근대문학의
기원』(이후 「기원」)이라는 번역서를 통해 도착하였다. 그것은 이후로 '한
국문학의 근대성에 대한 계보학적 탐색'을 가능하도록 만들었는데, 위의
인용에서 그 예로 거론되고 있는 것은 김동식, 권보드래, 이경훈 등의 작
업이다.

　우리의 기억도 이와 다르지 않다. 몇 편의 선구적인 업적들이 가라타
니의 도착과 더불어 가능하게 되었고 이는 한국문학의 근대성 연구를 질
적으로 전환시켰다. 황종연은 한국 근대 문학론의 확립에 기여한 창시적
인 논설로 인정되는 이광수의 「문학이란 何오」에 나타나는 문학에 대한
관념이 미적인 것(the Aesthetic)이 지니는 근대적 성격, 특히 낭만적이고
표현적인 문학관에 의지하고 있다는 것을 밝히면서, 그것이 "문학이라는
역어에서 시작하여 문학에 대해 사유하고 논변하는 하나의 새로운 방식

03　오형엽, 「가라타니 고진 비평의 비판적 검토」, 『한민족어문학』 제55집, 2009, 363~364쪽.

을 열었다."[04]고 말한 바 있다. 이 주장은 또한 근대문학에 대해 사유하고 논변하는 하나의 새로운 방식으로 자리잡았다. 이어서 중요한 작업들이 등장했다. 김동식은 그의 박사학위논문에서 자신의 작업이 "근대적 문학이라는 관념의 성립과정 그 자체가 갖는 근대성에 대한 연구"를 목표로 삼고 있다고 밝혔다. 그것은 "문학이라는 관념과 체계는 그 자체로 본질적이거나 영속적인 것이 아니라 역사적으로 구성된 근대적인 제도 또는 역사적으로 제도화된 관념의 체계라는 관점"[05]에 기반한 것이다. 이러한 관점은 이전의 근대성 연구의 중심에 있던 근대기점에 대한 논쟁이나 내재적 발전론/식민지 근대성론의 대립을 넘어서는 자리에서 출발한 것이다.

권보드래의 설명은 보다 직접적이다.

〈외래外來〉냐 〈자생自生〉이냐를 따지는 시각에 대해서도 마찬가지 답을 할 수 있을 것이다. 1000년대 한국에서 서구 및 일본의 영향은 막대한 것이었으나, 이 사실이 한국의 무력한 수동성을 뜻할 수는 없다. 「……」 수용이라는 자기화 과정 속에서 애초의 원전은 비판되고 재구성되며 새롭게 확장된다.

이 구성의 상황은 모든 존재의 상황이기도 하다. 서구라 해서 자족적이며 완결된 실체는 아니다. 서구에서도 '문학'이나 '소설'은 숱한 굴곡과 우연을 거쳐 형성된 가치였다. 근대의 '문학'이라는 범주는 미적인 것으로 인정받고 동시에 민족적인 가치를 확보하면서 비로소 출현할 수 있었으며 특히 소설이 중요한 글쓰기 양식으로 부상

---

04 황종연, 「문학이라는 譯語 「문학이란 何오」 혹은 한국 근대 문학론의 성립에 관한 고찰」, 『탕아를 위한 비평』, 문학동네, 2012, 479쪽.

05 김동식, 「한국의 근대적 문학개념 형성과정 연구」, 서울대대학원, 1999, 1쪽.

하면서 구상될 수 있었다.[06]

서구의 근대성이 자족적이며 완결된 실체가 아니므로, 이식이냐 자생이냐를 따지는 것이 의미가 없다는 주장은 미적인 범주의 형성 자체에 대한 논의와 식민지 조선이라는 특수한 근대의 전개에 초점을 맞추어 진행되었다. 김동식과 권보드래는 한국문학 연구의 대상을 문학작품을 넘어선 다양한 영역으로 확대할 것을 주장하고 있는데, 이는 이후 이른바 한국문학 연구의 풍속사적 경향을 촉발했다고 할 수 있다.

소행을 통해 되살려 본 기억이란 이러한 것이다. 한 비평가의 도착이 있었고, 그에 따른 놀라운 변화가 시작되었으며, 이는 많은 것들을 '전면적으로' 바꾸어 버렸다고. 그러나 과연 그 기억은 정당한 것이었을까. 위에 언급한 세 편의 연구를 다시 읽으며 확인할 수 있는 점은, 이들이 이른바 니체와 푸코로 이어지는 해체론의 사유에 기본적인 영향을 받고 있었으며 문학의 개념에 대한 논의에서는 르네 웰렉이나 레이먼드 윌리엄스의 저작들을 활용하고 있다는 점이다. 또한 일본의 근대문학 성립에 대해서는 하세가와 이즈미(長谷川 泉)나 스즈키 사다미(鈴木貞美)의 저작에서 도움을 얻고 있으며, 중국이 주로 일본의 매개를 통해 유럽의 언어와 문학과 접촉/충돌하는 방식을 통해 중국의 문학 담론 속에 '서양'과 '근대'가 정당화되는 과정을 살핀 리디아 류의 책[07]에서 '언어횡단적 실천'이라는 아이디어를 제공받고 있는 것으로 보인다. 이에 비하면 가라타니의 영향이란 실로 미미한 것인데, 황종연과 권보드래는 언문일치와 민족형

---

06 권보드래, 『한국 근대소설의 기원』, 소명, 2000, 22~23쪽.

07 Lidia H. Liu, Translingual Practice: Literature, National Culture, and Translated Modernity - China, 1990-1937(Stanford:Stanford University Press, 1995)

성에 대한 가라타니의 언급을 활용하고 있을 뿐이고, 김동식 논문의 각주와 참고문헌에는 가라타니의 이름이 존재하지 않는다.

이러한 확인작업은 그러나 기억이란 것이 본래 믿을만한 것이 아니라는 사실을 확인하는 것으로 그쳐야 하는 일은 아닐 것이다. 그것은 가라타니라는 비평가가 한국문학 연구에 미친 영향은 진정으로 어떠한 것이었던가를 재고하는 작업으로 이어져야 할 것이다. 한국근대문학 연구의 신생을 가능하게 만들었다고 회자되는 몇몇 연구에서 발견되는 가라타니의 영향이 크지 않다는 점이 그를 둘러싼 신화를 전면적으로 부정하도록 만드는 것은 아니다. 90년대 한국문학의 근본적인 변화 속에 푸코가 알려준 계보학적 사유가 자리잡고 있다면, 이를 문학에 적용하는 가장 세련된 방식을 선취한 비평가가 가라타니였다는 점과, 이 사유가 담긴 한 권의 책이 우리에게 많은 영향을 주었다는 점은, 믿을 수 없는 기억에도 불구하고 우리의 내면 속에 자리잡은 경험적 진실에 가까울 것이다. "해체론과 계보학은 원인과 결과, 기원과 효과 사이의 원근법적 전도를 묻는다. 우리가 원인이라고 믿는 것이 사실은 결과에 불과하다는 것을, 기원이라 설정해 놓은 것이 효과에 불과하다는 것을 증명한다."[08] 이러한 전도가 근대문학의 기원에 자리잡고 있다는 것, 우리가 근대문학이라 부르는 것이 이러한 전도과정의 효과에 불과하다는 것을 가라타니는 일본 근대문학의 텍스트를 통해 보여주었다. 가라타니가 언문일치의 제도적 차원의 효과에 대해서 말할 때나 아동이란 존재가 순수한 아동이 아니라 근대적 이성에 의해 투사된 것이라고 지적할 때, 그는 이 해체론과 계보학의 기반 위에 서 있는 것이다.

---

08 김상환, 『예술가를 위한 형이상학』, 민음사, 1999, 435쪽.

가라타니는 그의 주저인 『트랜스크리틱』에서 칸트의 초월론에 대해 설명하고 있다. "칸트는 경험론처럼 감각에서 출발할 것인지, 합리론처럼 사유에서 출발할 것인지라는 대립을 모면했다. 칸트가 초래한 것은 감성의 형식이나 오성의 범주처럼 의식되지 않은, 칸트의 말로 하면 초월론적인 구조이다."[09] 가라타니가 『기원』에서 행한 작업은 이러한 초월론적인 구조를 근대문학이란 개념에 적용시킨 것이다. 그는 근대의 시점에 대한 논의나, 내재적 발전과 이식의 대립을 모면하고 근대를 사유하는 초월론적인 구조를 도입했다. 이것이 한국문학연구에 대한 가라타니 사유의 가장 중요한 기여라고 판단할 수 있다.

2. '종언'의 도착과 몰아론沒我論

그리고 종언이 도착하였다.[10] 2004년 『문학동네』 겨울호에 그의 「근대문학의 종말」[11]이라는 글이 번역되어 실리고, 이를 저자가 수정하여 단행본으로 출간한 『근대문학의 종언』(이후 「종언」)[12]이 번역 출간됨으로써 이른바 '종언론'이 한국문학에 또 한 번의 충격을 준 것이다. 『근대문학의

---

09 가라타니 고진, 『트랜스크리틱』, 송태욱 역, 한길사, 2005, 68쪽.

10 물론 '기원'과 '종언' 사이에는 가라타니의 많은 저작들의 번역과 그로 인한 영향관계가 존재했으며, 이는 현재진행형이기도 하다. 그러나 가라타니가 한국문학 연구와 비평에 미친 영향을 추적하는 이 글에서는 그 영향관계를 다 논의하기 어렵다. 무엇보다도 한국문학이라는 현장에서 가라타니라는 고유명의 '단독성'은 '기원'과 '종언'이라는 이름 하에서만 기재되어 있는 것이라고 생각한다.

11 가라타니 고진, 「근대문학의 종말」, 구인모 역, 『문학동네』, 2004년 겨울호.

12 가라타니 고진, 『근대문학의 종언』, 조영일 역, 도서출판 b, 2006.

종언』의 제1부에 실린 동명의 글에는 근대문학이 그 소명을 다하였다는 가라타니의 주장이 장황하게 서술되고 있다. 이를 가장 잘 정리한 것은 가라타니가 최근에 발표한 대담집에 실려 있는 그 자신의 목소리이다.

'근대문학의 종언'이라고 말한 것은 특별히 '문학의 종언'이라는 의미는 아닙니다. 특수한 문학, 그보다는 특수한 의미를 부여받은 문학의 종언입니다. 문학을 특별히 중시하는 시대의 종언입니다. 그것은 문학비평의 종언이기도 하지요. 문학을 소재로 삼음으로써 무언가가 가능했던 시대가 끝났기 때문입니다.

문학은 옛날부터 있었으며, 이후로도 있을 것입니다. 옛날에는 문학이 근대문학에서와 같이 특별한 가치를 가지고 있지 않았습니다. 이후로 그와 같이 될 것입니다. 즉, 근대문학에 있었던 것과 같은 특별한 가치를 부여받는 일은 없습니다. 그러나 그것으로 좋지 않을까요?[13]

이른바 근대문학이라고 불리던 한 양식이 끝장났다는 것, 문학이 할 수 있는 역사적인 역할이 있었는데, 이제 더 이상 문학이 그 역할을 수행할 수 없거나, 수행하지 않으려 한다는 것, 따라서 이제 더 이상 문학을 읽고 쓰는 일은 무의미하다는 것이 종언의 강령이다. 한국문학이 이 종언에 대해 보인 반응은 실로 다양하다. 많은 항의와 비판이 있었으며 어쩔 수 없이 인정할 수밖에 없지 않느냐는 체념이 있었고, 한 편에서는 "마치 싫증난 연인과 헤어질 적절한 이유를 찾지 못하다가 마침내 그 이유를 찾은 사람처럼"[14] 열광하는 사람들이 나타났다. 참으로 '이상한 활

---

13 가라타니 고진, 『정치를 말하다』, 조영일 역, 도서출판 b, 2010, 168쪽.

14 신형철, 「우리가 '소설의 윤리'를 말할 때 너무 많이 한 말과 거의 안 한 말」, 『몰락의 에티

력'으로밖에는 이해할 수 없는 이 반응들은 '기원'에 대한 반응이 그러했던 것과 같이 그 자체로 한국문학이라는 대상을 응시하는 주체들의 내면 속에 자리한 무의식들이 다양한 울림으로 반향한 결과일 터이다. 그 양상들에 대해 살펴보자.

먼저 가라타니의 종언론을 전폭적으로 수용하면서 이를 한국문학에 대한 비판의 근거로 활용하는 반응을 들 수 있다. 권성우의 「추억과 집착-'근대문학의 종언'과 그 논의에 대하여」와 가라타니의 주장을 빌어 '문단문학'과 '근대문학제도'에 대한 비판으로 시종하고 있는 조영일의 논의가 대표적이다. 이중 권성우에 대해 짧게 논의해 보자.[15] 그는 "카라따니의 명제가 우리 문학의 현실에 근본적인 성찰을 던져주는, 그리하여 우리 문학과 사회에도 충분히 유효한 맥락과 현실성을 지닌 견해라고 생각한다."고 전제하면서, 가라타니의 주장이 지니는 유효성을 우선 인정하고, 우리 문학에 지닌 특수성에 대해 치밀하게 생각해보는 시선이 필요하다고 밝히고 있다.[16] 이런 맥락에서 그는 가라타니의 종언론에 비판적인 대응을 보인 이도흠과 황종연의 논의를 분석하는데, 이들의 논의를 "까라따니가 주장하고자 했던 치열한 문제의식과 그 실천적 맥락이 거세된 채 각자가 서 있는 문학적·정치적 입지와 이해관계에 지나치게 밀착되어 이루어지는 비판"으로 규정한다. 즉 "문학의 사회적 역할을 강조하는 입장"이나 "현재의 문학에 대한 주관적인 진단과 지나친 옹호'에 기반

카』, 2008, 163쪽.

15 조영일의 주장이 지니고 있는 문제점에 대한 비판으로는, 장정일, 「입담가를 위하여」, 『문화/과학』 2011년 봄호. 참조.

16 권성우, 「추억과 집착-'근대문학의 종언'과 그 논의에 대하여」, 『안과밖』, 영미문학연구회, 2007, 130쪽.

한 입장"이 모두 부적절하다는 것이다. 이러한 주장은 그 맥락을 잃고 현재의 한국문학이 기반하고 있는 문학시스템과 문학제도에 대한 비판으로 이어진다. 이는 가라타니라의 종언론이라는 칼을 빌려 권성우 자신이 반복해오던 문단권력 비판을 이어가고 있는 것으로 이해될 수 있다. 문단권력 비판이라는 테제에 대해서는 이미 많은 논의가 있었고, 여기에서 그것을 다시 반복하는 것은 적절하지 않을 것이다. 다만, 가라타니의 '종언' 명제가 그것이 지니고 있는 주장과는 전혀 무관한 맥락에서 논평자의 정치적 무의식을 드러내는 근거로 활용되고 있는 유력한 예시로 권성우의 글을 제시할 수 있을 것이다. 종언론이 한국 문학의 현장에서 지니고 있는 '이상한 활력'의 의미는 이러한 지점에도 있다고 생각한다. 이를테면 권성우는 그의 결론적 진술에서 다음과 같이 주장하고 있다.

> 그러므로 추억과 집착은 다르다. 여전히 문학이 번성한다며, 이 시대의 문학의 지속적 영화를 주장하는 것은 실은 문학제도의 이해관계와 연루된 '집착'의 이데올로기가 아닐까. 이러한 의미에서 카라따니와 정면으로 대결하기 위해서는 카라따니만큼이나 기성제도(가령 문단 카르텔이나 거대언론)로부터의 자유가 필요한 것이 아닐까. 집착에서 떠날 때 자유가 생성된다.
> 카라따니의 『근대문학의 종언』은 그러한 집착과 단호하게 결별하는 것이 애초에 문학이 간직한 현실비판과 성찰의 힘을 간직하는 길이라고 주장하는 듯이 보인다.[17]

그러니까 문단 카르텔이나 거대언론과 연루된 문학제도에 대한 집착

---

17 위의 글, 174쪽.

으로부터 벗어나는 것이 '근대문학의 종언'을 선언하면서 가라타니가 주장하고자 했던 내용인 것으로 그는 이해하고 있다. 근대문학의 종언을 선언한 가라타니와 정면으로 대결하기 위해서 특정한 비평가들이 자신들만의 카르텔을 형성하거나 거대 언론과 결탁하여 문학권력을 휘두르는 것에서 벗어나 '자유'를 획득하는 것이 필요하다는 주장은 참으로 이해하기 어렵다. 이는 가라타니의 주장을 빌려쓰는 권성우의 논의가 가라따니의 종언론과 얼마나 관련 없는 진술인가 하는 점을 알게 해 줄 뿐이다. 가라타니에게는 문단권력과 비평가들이 결별하는 일 따위는 "내게는 그것이 어떻게 되든 상관이 없는"[18] 일일 것이고, 무엇보다 "문학이 간직한 현실 비판과 성찰의 힘을 간직하는 길"은 가능하지 않을 것이기 때문이다. "끝은 단적으로 끝"인 것이다. 이는 바로 권성우 자신이 비판하였던 바, "까라따니가 주장하고자 했던 치열한 문제의식과 그 실천적 맥락이 거세된 채 각자가 서 있는 문학적·정치적 입지와 이해관계에 지나치게 밀착되어 이루어지는" 진술의 대표적인 용례로밖에는 이해할 수 없을 것이다.

이러한 반응이 문제인 것은 무엇보다도 이 주장들이 근대문학 제도라고 하는 것의 전도된 기원에 대한 가라타니의 진술이나, 근대문학이 일종의 제도적 효과라고 말한 그의 주장을 전혀 이해하지 못한 자리에서 이루어지고 있다는 점이다. 근대문학 시스템의 권력구조를 비판한다고 해서 근대문학 바깥으로 나갈 수 있는 것은 아니다. 역사적으로 우연한 것일 뿐인 근대문학이라는 제도를 누가 주동하고 있는가의 여부와 그 행태에 대한 비판은 결코 근대문학 제도 자체를 넘어서지 못한다. 바깥을

---

18 가라타니 고진, 앞의 책, 169쪽.

상정하지 않고 자기 내부의 규칙 속에서만 발언하는 사람을 일컬어 가라타니는 '몰아론'이라는 이름을 붙여준 바 있다.[19] 그 몰아의 세계에서 근대문학에 대한 초월론적 '시차'는 발생하지 않는다.

3. 역사와 반복, 종언의 아이러니

　종언론에 대해 가장 비판적인 시각을 보인 반응으로는 이른바 민족문학 진영의 반응을 들 수 있을 것이다. 최원식은 『한겨레신문』에 발표한 짧은 글에서 가라타니 고진의 종언론에 대해 단호한 거부의 뜻을 밝힌 바 있다. 그에 따르면 "근대문학이 정말로 끝났다면 진정한 의미의 저항도 끝"나는 것이고, "근대문학 종언 이후의 저항, 그것도 텍스트 바깥의 저항이란 비관주의자의 자기위안으로 떨어지기 십상"이기에 종언에 공명하는 것은 가능하지 않다. 그는 "일본의 변혁 가능성에 대한 절망 또는 체념에 기초한 그의 근대문학종언론이란 의상을 갈아입고 다시 나타난 프로문학해소론이다."고 말한다. 가라타니의 종언론이 "자유실천문인협의회와 그 후신 민족문학작가회의, 그리고 창비가 주도한 한국의 민족문학운동 또는 민중문학운동의 해체를 촉진하는 나팔로 활용"되고 있다는 것이다.[20] 최원식의 이러한 반응은 흥미롭다. 종언론의 논의를 문학의 위기가 아니라 민족문학의 위기담론과 결부시켜 사유하는 방식을 드러내고 있기 때문이다.

　이른바 민족문학 진영의 종언론에 대한 반응이 좀더 자세하게 제시

19　가라타니 고진, 『은유로서의 건축─언어, 수, 화폐』, 김재희 역, 한나래, 1998, 181~187쪽 참조.

20　최원식, 「근대문학 종언론은 상상 혹은 소동일 뿐」, 『한겨레신문』, 2007. 10. 20

된 것은 한기욱의 글을 통해서이다. 한기욱은 「문학의 새로움은 어디에서 오는가」라는 글에서 종언에 대한 신형철의 입장을 인용하여 "'근대문학의 종언과 그 이후의 문학'이라는 가라타니의 프레임 안에서 벌어지는 어떤 문학적 투쟁도 필패다"라고 말한다. 종언이라는 유령에 대한 그의 두려움은 최원식이 그러하였던 것처럼 그것이 "한국의 민족문학운동 또는 민중문학운동의 해체를 촉진하는" 논의가 될 수 있다는 판단에서 온 것으로 보인다. 하여 그는 근대문학의 종언으로부터 문학 본래의 지분을 회수해야 한다는 신형철의 입장을 다시 인용한 후에, 이 시대 문학의 과제로 이른바 '6.15시대의 문학'이라는 자신의 입론을 수정하여 제안하고 있다.[21]

가라타니의 프레임 안에서 벌어지는 어떤 투쟁도 필패로 돌아간다고 말하면서 그 프레임 안의 가장 큰 전제를 반복하여 추인하는 논의는 어딘가 이상하다. 한기욱을 포함한 민족문학론의 주장은 이미 그 안에 '문학의 지위가 높아지는 것과 문학이 도덕적 과제를 짊어지는 것은 같은 것'이라는 종언론의 대의를 자명하게 전제하고 있기 때문이다. 민족문학에게 주어진 그 도덕적 과제란, 이른바 분단체제 극복으로서의 통일에 복무하는 것일 터이다. 그것은 문학이 지닌 역사적 역할이 계몽이라는 도덕적인 과제를 짊어지는 것이라고 말했던 종언 강령의 반복이다.

문학이 계몽의 책임을 다하지 못할 때, 그것은 오락이 되는 것이라는 가라타니의 주장은 문학이 점유하는 자리와 그 자리에 상응하는 존재 양식을 다른 문학의 가능성과 엄격하게 구분하는 태도이다. 이 태도 속에는 다른 방식으로 존재하는 문학의 가능성을 상상하는 정치가 개입될 여

---

21 한기욱, 「문학의 새로움은 어디에서 오는가」, 『창작과 비평』 2008년 겨울호, 47~48쪽.

지가 없다. 랑시에르는 '정치적인 것'이 자신들에게 할당되었던 상징적인 지위와 정체를 벗어나는 경험으로부터 나온다고 지적한 바 있다. 일체의 공백과 보충이 부재하는 사회, 자리나 자격 등을 주체에게 부여하여 구조화하고 몫을 배정하는 정체성이 요구되는 사회를 가리켜 랑시에르는 치안이라는 용어로 설명하고 있다. 이에 대해 존재의 다른 공간을 상정하고, 몫없는 자들의 몫을 기입하여, 이런저런 주체성의 스스로를 동일시함으로써가 아니라 그 경계에 위치함으로써 배분의 방식을 문제삼고 세계 자체를 재편성하려는 탈정체화의 전략을 가리켜 랑시에르는 '정치'의 방식이라 말하였다. 이 정치는 가시적인 것과 말할 수 있는 것에 개입하여 그 질서를 교란시킨다.[22] 그리하여 정치는 각자의 고유한 자리를 정해주는 치안의 법과 감각적으로 단절하여 하나의 '정체성'의 경계를 교란한다.

가라타니의 종언론과 민족문학의 종언 비판론은 실상 우리가 살아가는 근대 세계의 여러 가지 문제들에 대해 문학적으로 가능한 투쟁을 무화시키고, 더 큰 투쟁의 이름 속에 문학의 정치학을 해소시키는 전략이라는 점에서 한 핏줄에서 기원한 쌍생아와도 같다. 정치를 위한 문학의 지분이 소멸되었는지, 아직 조금은 남아 있는지를 따지는 것은 지극히 하찮은 논의이다. 그것은 이미 주어진 것, 선포된 것에 기반한 어떤 가능한 윤리만을 요구하고, 그 윤리에 대한 일상의 기입이 잘 이루어졌는가의 여부를 따지는 일에 불과할 것이다. 그 규정된 윤리의 기입으로부터 '문학의 새로움'이 오지 않을 것이라는 점을 우리는 안다. 그 계몽적 기입으로 환언될 수 없는 잉여적 사건이 문학의 새로운 존재방식으로 우리에

---

22 '치안'과 '정치'의 구분에 대해서는, 자크 랑시에르, 양창렬 역, 『정치적인 것의 가장자리』, 길, 2008, 248~249쪽 참조.

게 강요되고 있다. 6.15시대의, 진정한 근대극복을 위한, 민족의 통일을 향해 정향된 문학이 아니라, 새로운 존재방식을 되물음으로써 스스로를 산출하는 문학, 하여 '정치의 문학'이 아니라 '문학의 정치'가 필요할 것이다.[23]

계몽과 도덕적 과제라는 민족문학의 오래된 증상이 종언론과 만나 이루어내는 충돌에 대해서는 이미 인상적인 논평이 제시된 바 있다. 황종연은 "조금 깊이 생각하면 문학이 과거에 누린 위세는 문학 본래의 권능에 대한 응분의 보상이라기보다 한국사회의 저발전이 가져다준 행운이다"[24]라고 말한다. 김영찬은 저개발의 근대에 대한 황종연의 진단이 자신과 맥을 같이 하면서도 반대로 비판적인 시각으로 이루어졌다고 부기하며 "문학이 떠안아야 했던 그 과도한 부하가 역으로 결과적으로는 근대문학의 자기권위와 진화를 보증해주는 조건이 되기도 했던 것이 사실"[25]이라고 주장한다. 그러나 그 자신이 이미 서사의 위기라는 세간의 토픽이란 근대 한국 소설이 담당하여 왔던 외관상의 '건강함' 이면에 은폐되어 있던 미학적 성장 지체/유보의 뒤늦은 복수와 같은 것은 아니었는지 물었던 적이 있다.[26] 근대문학의 자기권위와 이로 인한 위세란 실은 사회의 저발전이 미학적 성장의 지체를 은폐한 결과로 가능했던 것이라는 진단이 옳다면, 민족문학의 종말에 대한 위협은 계몽의 의지가 다해서가 아니라, 지나치게 그것에 집착하였기 때문에 다가오고 있는 것인지

---

23 한기욱의 평론에 대한 논의는 졸고 『문학의 공동체』(『문학수첩』, 2009년 가을호)의 일부를 참고한 것이다.

24 황종연, 「문학의 묵시록 이후」, 앞의 책, 32쪽.

25 김영찬, 「끝에서 본 한국근대문학」, 『비평의 우울』, 문예중앙, 2011, 30쪽.

26 김영찬, 『비평극장의 유령들』, 창작과비평사, 2006, 117쪽.

도 모른다. 그러고 보니 리얼리즘의 건강함에 대한 완고한 집착이 현해탄을 사이에 두고 상반된 의미로 전파되고 있는 것은 종언이 지닌 또 하나의 아이러니일 것이다.

4. 근대문학 이후의 문학에 대하여

가라타니의 종언에 대한 진단을 민족문학의 종언과 결부시키는 것에 비판적인 논의들이 근대문학의 종언이라는 테제를 부정하는 것은 아니다. 황종연은 "근대문학은 끝났다는 가라타니의 주장이 타당하고 유용한 가설이라는 데는 의문의 여지가 없다."[27]고 말한다. 김영찬은 "우리는 가라타니의 과격한 '문학 청산주의'에 동의하든 않든 그것이 끝났다는 사실 자체에 대한 판단만은 망설임 없이 받아들일 수 있을 것이다."[28]라고 지적한다. 가라타니의 종언론에 공명하는 이들은 근대문학이 끝나지 않았음을 증명할 수 있는 어떤 대상을 찾으려는 고심이 아니라 '문학의 묵시록' 이후의, '가능성'이라는 범주가 소멸한 이후의 문학의 몫을 찾아야 한다는 점을 주장하고 있다. 김영찬의 논의부터 살핀다.

김영찬은 저개발된, '불완전한 근대화'가 낳은 역사적 산물인 근대문학은 그 저개발의 근대가 외환위기이후의 시장 전체주의에 포섭됨으로써 종식을 알렸을 때, 그와 더불어 모든 가능성의 범주가 소진되었다고 말한다. 그가 말하는 가능성의 범주란 근대문학의 형성 이후 1990년대에 이르기까지 한국소설에 정신적 동력으로 내재해 있었던 현재보다 나

---

27 황종연, 앞의 글, 16쪽.
28 김영찬, 「끝에서 본 한국근대문학」, 앞의 책, 16쪽.

은 미래에 대한 상상과 그것을 가능케 하는 내재적 조건에 관련된 것이고, 그것의 현실화를 가로막는 불가능성의 조건들에 대한 적대의식을 그 자신의 성립조건으로 삼는 것이었다. 김영찬에 따르면 이 가능성이라는 범주는 2000년대의 문학과 더불어 소진되었다. 이 가능성의 상실은 한국사회의 사회경제적 변화와 맞물려 있는 것이며, 닫혀버린 사회가 떠안기는 불안과 체념, 강박과 우울은 이제 한국사회의 무의식을 지배하고 있다는 것이 종언을 맞은 한국문학에 대한 김영찬의 진단이다. 그에 따르면 가라타니의 '리얼리즘의 종언'은 곧 광의의 '모더니즘의 종언'이기도 하다. 이는 "근대라는 타자를 자기내면성의 조건으로 삼는 문학이, 다시 그 내면성을 근대라는 타자에 맞세우는 문학이, 이제는 끝나간다는 것을 의미한다."[29]

황종연은 김영찬처럼 2000년대의 문학이 근대문학의 가능성을 소진시켰다고 직접적으로 말하지 않고, "한국문학의 새로운 유행 중에는 미처 헤아리지 못했을 뿐이지 근대문학이 끝나버린 증상이나 아니면 끝났다는 징조에 해당하는 뭔가가 있을지도 모른다."[30]고 에둘러 말한다. 그는 한국문학에서 문학이 살아 있는 증거나 소진해버린 흔적을 찾아나서려 하지 않고 근대문학이 끝난 후에도 문학이 존재해야 할 이유를 밝히려 한다. 그의 글은 역사와 문학에 대한 가라타니의 목적론적 사고방식이 지닌 문제를 지적하고, 역사의 종언 이후에도 남아 있는 부정성이라는 인간 능력의 존속에 주목하며, 문학제도가 지닌 불확정성과 문학 그자체가 제도화에 저항하는 요소를 지닌다는 점을 통찰해야 한다고 주장한다.

---

29 김영찬, 앞의 글, 32쪽.

30 황종연, 앞의 글, 18쪽.

김영찬과 황종연의 글에서 주목해야할 점은 그들이 가라타니의 리얼리즘의 종언을 계몽과 도덕적 과제를 짊어지는 것으로만 이해하는 것이 아니라, 근대의 내면성이라는 에토스의 소멸을 의미하는 것으로 이해하고 있다는 점이다. 이러한 이해는 필연적으로 근대의 종언을 승인하는 것으로 이어질 것이고 이러한 진단이 '비평의 우울'과 '멜랑콜리'를 불러온 것은 자연스럽다. 이들이 근대문학 종언론과 대결하며, 또한 한국문학의 현재와 고투하며 제출한 임상적 진단에 대해서는 우선 공감하며 고민하고 함께 애도하는 작업이 필요하겠지만 온전히 그것에 동의하기는 어려울 듯하다는 미진함이 남는다. 이는 근대문학 이후의 문학이란 것이 무엇인지 상상하기가 쉽지 않기 때문이다. 신형철은 앞서 인용한 글에서 나왔던 대로 "근대문학의 종언과 그 이후의 문학'이라는 프레임 속으로 일단 들어가면 우리는 근대문학과 탈근대문학은 다르다는 것을 전제하고 탈근대문학만의 미덕을 혼신의 힘을 다해 찾아야만 한다."[31]고 지적하며, 이것이 '손해보는 장사'가 아니겠느냐고 묻는다. 그러나 그가 "'근대문학'이 '문학'의 세계에서 자신의 지분을 회수하고 철수할 때 우리는 '문학' 본래의 지분까지 '근대문학'이 가져가도록 내버려둘 필요가 없다."고 말할 때 여전히 의문은 지속된다. 근대문학의 지분을 제외한 상태에서 남는 문학의 지분이 무엇인지 여전히 상상하기 어렵기 때문이다. 중세가 완전히 끝난 이후에 제출된 기사도 이야기를 '로망스'라고 부를 수 없는 것이 당연하다면, 근대문학이 지분을 회수한 이후의 문학에 과연 남는 지분이 있을 것인지, 그 이야기를 '문학'이라고 불러도 좋을지, 우리는 알지 못한다. 우리는 여전히 백년 전에 스무살 청년이었던 이광수가

---

31 신형철, 앞의 글, 173쪽.

알려준 대로, 'literature'의 역어로서의 문학, 'novel'의 역어로서의 소설에 대해서만 겨우 이야기할 수 있는 것이다. 문학과 소설이 역사적인 개념이라면 그 역사가 종말을 맞이하게 된 이후의 문학과 소설을 무엇이라 불러야 좋을 것인가. 이에 대해서는 황종연이 지적한 대로 문학이 지닌 제도에 저항하는 요소가 어떤 형식의 문학을 가능하게 만들 것인가에 대한 고구를 통해 접근해야 할 것이겠지만, 이또한 '가라타니의 프레임' 안에서는 이루어질 수 없을 것이다. 가라따니에게 '근대문학의 종언'이란 실상 '문학의 끝'을 의미하는 것이기에.

5. 근대의 종결(불)가능성

언급해야 할 한국문학 연구와 비평의 성좌들은 많다. 두 편의 글에 대해서만 짧게 거론하기로 한다. 사회학자 김홍중은 기억할 만한 종언론 비판을 제출한 적이 있다. 그는 블량쇼의 문학론을 통해 "근대문학이 그 자체로 자신의 소멸에 대한 응시, 자신의 불가능성에 대한 성찰"[32]임을 지적하고 근대문학의 역사적 소멸이 하나의 사건이 아니라 생성적 '구조'로 파악되어야 한다고 말한다. 또한 그는 종언론을 근대적 삶의 태도이자 도덕적 이상인 '진정성'의 종언으로 파악하면서, 포스트-진정성의 체제로 이행하는 과정에서 사라지고 새롭게 등장하는 주체의 형식에 대한 탐구와 성찰이 필요하다고 주장한다. 그러나 종언론에 대한 그의 고고학적 접근과 계보학적 접근이 서로 긴밀하게 결부되고 있는지에 대해서는 좀더 세심한 검토가 필요할 것이다. 진정성의 종언으로 사태를 이해하

---

32 김홍중, 「근대문학 종언론의 비판」, 『마음의 사회학』, 문학동네, 2009, 119쪽.

는 방식은 앞장에서 살핀 내면성이라는 에토스의 소진과도 연결되는 것인데, 포스트 진정성 체제의 주체성에 대한 논의가 근대문학의 발생론적 구조의 생성과 어떻게 관련되는지에 대해서 해명해야 할 과제가 그의 앞에 놓여 있다.

근대문학의 종언에 공명하는 주체들의 우울에 관해서는 앞에서 조금 살핀 바가 있는데, 황호덕은 "'일본 근대문학의 끝'에서 산출되고 수출된 이 절망을 온전히 느끼는 것이 얼마나 해로운지에 대해 나는 거듭거듭 말할 의무를 느낀다."[33]는 말로 그의 의견을 제출하고 있다. 그는 가라타니 특유의 아이러니가 낳은 오해의 가능성, 오독의 가능성을 열거하며 그의 입론을 비판하지만, 정작 흥미롭게 여겨지는 것은 그가 그 아이러니의 함정에 빠지지 않기 위해서 나카가미 겐지를 경유해서 가라타니가 상정하였던 근대문학에 대해 접근하는 방식이다. '한국문학의 끝'에 대한 가라타니의 진술이 나카가미 겐지에 의해 촉발된 것임을 지적하면서 한국이라는 지역의 토포스에 대한 가라타니의 관념을 심문하는 것이 그 작업의 시작이다. 한국에서의 체류를 통해 한국 반체제 문학의 문학적인 정치를 부정하고 문학=정치라는 정치성의 이동을 보여준 나카가미와 가라타니가 결렬하는 지점에서 새로운 정치성에 대한, '생정치'에 대한 상상이 시작된다. 배제와 포함의 구조에 대한 문학의 질문과 주권권력 제도를 생정치의 문맥에서 질문하는 문학은 이제 막 시작되었다는 것이 가라타니의 절망에 대한 황호덕의 답변이다.

사실 끝에 관한 이야기는 가라타니의 특허품이 아니다. 발리바르는 종언론에 대해서 끝인지 아닌지 입장을 제시하는 것이 중요한 것이 아니

---

33 황호덕, 「나는 어떻게 근심하기를 그만두고 여전히 문학을 사랑할 수 있게 되었나 가라타니 고진과 뒤끝 없이 작별하는 몇 가지 방법」, 『문학수첩』 2009년 여름호, 365~366쪽.

라, '종언'이라는 언표의 형태를 분석하는 것이 필요하다고 말하였다. "만약 현재 국민의 종언에 관한 새로운 담론이 존재한다면, 이는 이미, 그리고 그 어느 때보다 더 많이 국민의 기원에 관한 담론이 존재하기 때문이라는 점이다."[34] 발리바르는 무한정하게 반복되는 이런 원환에서 탈출하기 위해서는 역사 또는 역사의 전개가 '기원'과 '목적/종말' 사이에 놓이지 않도록 해야 한다고 말한다. 기원과 종말 사이에 역사의, 근대의 전개를 놓지 않도록 하기 위해서는 역사적 과정이 지니고 있는 우연과 굴국, 단절의 영향을 살피는 것이 필요하다. 가라타니는 근대문학이란 국민국가에 대한 상상의 자원을 제공하는 것이었으므로, 문학이 내셔널리즘의 기반이 되는 것이 어려워진 시점이란 곧 그것의 종말과도 같다고 주장한다.[35] 그러나 모레티에 의하면, 각각의 개별적인 국가들이 기꺼이 영원한 침묵 속으로 제거해 버리고자 했던 문학의 양식이 살아남아 번성할 수 있었던 것은 유럽 국가들이 이루는 분화된 체계덕분이다.[36] 가라타니는 최근 부커상이 루시디나 아시구로와 같은 마이너리티와 외국인에게 돌아가고 있는 것이 문학의 종언에 대한 또 하나의 예에 불과하다고 말하고 싶어하는 듯하나[37], 역시 모레티에 따르면, 그것은 소설이 유럽만으로는 더 이상 만족할 수 없다는 것에 대한 증명이다. 그는 유럽소설이 맞이한 '종언'에 대한 유력한 설명을 부여하면서, 그것이 "유럽을 대체하게 된 전세계적 네트워크에 의해 유럽의 문화가 개편된"[38] 것을 의미한다고 보

---

34 에티엔 발리바르, 진태원 역, 『우리, 유럽의 시민들?』, 후마니타스, 2010, 46쪽.

35 가라타니 고진, 『근대문학의 종언』, 앞의 책, 63쪽.

36 Franco Moretti, Modern European Literature: A Geographical Sketch, New Reft Review, 1994. 8, p. 106.

37 가라타니 고진, 앞의 책, 64쪽.

38 Franco Moretti, op. cit, p. 109.

았다.

그렇다면 근대문학의 종언에 대한 우리의 답변은 어떠한 것이었던가. 나는 이미 종언론에 대한 소박한 의견을 제시한 적이 있는데[39], 여기에서 바흐친에 대해 언급한 바 있다. 바흐친에 따르면 소설이란 그 본성에 있어서 반규범적이며, 유연성 그 자체이다. 소설은 끊임없이 자기 자신을 탐구하고 검토하며, 확립된 형식들을 재고하는 장르이다. 소설은 발전하고 있는 유일한 장르이기 때문에 자신을 전개하는 과정에서 좀더 깊고 본질적으로, 그리고 더욱 민감하고 신속하게 현실 자체를 반영한다. 소설은 모든 문학장르 중에서 가장 비순수하며 잡종적인 특징을 지니고 있으며, 이미 완성된 장르가 아니라 끊임없이 자기자신을 수정할 운명을 타고한 장르라는 것이, 이 종말을 맞이했다는 장르에 대한 바흐친의 생각이다.[40] 바흐친은 진정한 창조성에 대해서 세계가 얼마나 개방적일 수 있는가를 보여주면서, '종결 불가능성'이란 개념을 제시하였다.

> 그 어떠한 최종적인 것도 아직 이 세계에서는 발생하지 않았으며, 세계의 마지막 말도 세계에 대한 마지막 말도 아직 발화되지 않았다. 세계는 열려 있고 자유로우며, 모든 것은 여전히 미래에 놓여 있고 또한 언제나 미래에 있게 될 것이다.[41]

바흐친이 말하는 소설(novel)의 반규범성과 잡종성, 끊임없이 자신의 형식을 수정해가는 장르의 횡단과 이동의 실행을 통해서 문학의 종결

---

39 허병식, 「기원의 신화, 종언의 윤리학」, 본서의 57~79쪽 참고.

40 미하일 바흐친, 전승희 외 역, 『장편소설과 민중언어』, 창작과비평사, 1995, 23~27쪽.

41 게리 술 모슨·캐릴 에머슨, 오문석·차승기·이진형 역, 『바흐친의 산문학』, 책세상, 2006, 85쪽.

불가능성의 개념을 사유하자는 생각이었다. 이를 전도시켜 근대의 종결 (불)가능성으로 이행한다면 어떨 것인가. 근대가 끝났으므로 문학도 끝난 것이 아니라, 소설이 끝장나기를 거부하기에 근대도 결코 마음대로 끝장날 수 없다는 것. 세계의 마지막 말이 아직 발화되지 않았기에 세계는 열려 있고 자유로우며, 모든 것은 여전히 미래에 놓여 있는 것처럼, 근대 또한 그 가능성의 중심에서 여전히 열려 있다는 것. 아직 발화되지 않은 그 마지막 말을 기다리는 동안 근대는 결코 끝나지 않으리라는 것. 그 종결(불)가능성이란 지평의 안과 밖에서 문학은 자신의 곤궁을 정치화하는 심원한 상상력을 새롭게 수정하고 끊임없이 이동하며 스스로를 단련해 갈 것이다. 근대문학이 종언을 맞이했다고 선언되는 바로 그 순간에 문학은 그것을 끝장내려는 정치의 가장자리에서 끝을 불가능하도록 만드는 자신의 모습을 발견할 수 있을 것이다. 종언이란 실상, 그 가능성의 중심인 것이다.

민족문학의 추억

1. 민족문학은 되돌아온다

민족문학은 되돌아온다. 20세기 초, 일본 제국의 호명에 응답하는 방식으로 연성된 민족문학은 그 숭고한 이름 아래서 자신을 불러낸 제국에 대항하는 사명을 문학의 이름으로 수행하고자 했다. 1925년 카프의 결성과 함께 프로문학 운동이 문단의 절반을 차지했을 때, 이념을 앞세우는 새로운 문학의 경향에 위기를 느낀 작가들은 저마다 민족문학이라는 큰 틀 속에 들어가 다시금 카프라는 강력한 집단의 힘에 대응하고자 했다. 그들의 이름은 이광수, 그리고 김동인, 또한 염상섭, 혹은 최남선으로, 카프가 존재하지 않았다면 하나의 이름 안에 포함되어 호명되기를 거부했을 존재들이었음이 분명하다. 이후 정확히 20년이 지나고, 민족문학의 가장 강력한 적대의 대상이었던 임화는 그들 중 살아남은 자들을 포섭하여 새로운 조국의 문학을 건설하고자 했다. 그는 카프의 동료였던 김남천, 안함광과 구인회의 멤버였던 이태준, 김기림 등을 규합하여, 바로 민족문학이라는 이름으로 새로운 조국의 문학을 수립하려는 역사적 시도를 보여주었다. 그리고, 전쟁의 폐허가 다가왔고, 50, 60년대에 재생의 희미한 몸짓을 보여준 민족문학론은 60년대 후반에 창비와 백낙청이라는 든든한 캠프를 만나 다시금 부활했다. 이후 80년대에 이르기까지 리얼리즘론, 제3세계론, 분단체제론, 근대극복론이라는 이념적 좌표를 설정하면서 개발독재와 비민주적 정치체제에 맞서 싸우는 역할을 감당해 온 것이 민족문학론의 도정이었음은 오래 기억될 필요가 있을 것이다.

그리고 90년대가 도래했다. 후근대론과 포스트 담론이 출현하고, 신세대 작가들이 등장하여 저마다 개인의 자유와 내면을 다시금 요청하면서, 민족문학은 또 한 번의 위기를 맞이했다. 거기에는 내부로부터의 갱신의 요청과 외부에서 온 청산의 목소리가 혼재하고 있어서, 민족문학은 안팎에서 비판받으며 빈사 상태에 빠지는 것처럼 보였다. 그러나, 늘 그러했듯이 민족문학은 위기를 기회로 삼을 줄 아는 영민한 이론가들을 지니고 있었다. 그들은 민족문학에 가해진 내외부로부터의 비판을 계기로 삼아 민족문학의 정당성에 대한 신념을 단련하고, 적극적으로 그 비판에 응답했다. 90년대 후반에 민족문학에 대한 비판으로 시작된 리얼리즘-모더니즘 논쟁은 민족문학론의 위기와 시효성을 점검하는 계기로 작동하면서, 동시에 민족문학론이 여전히 의미 있는 쟁점인 것처럼 보이도록 만드는 이벤트로 기능한 측면이 있다. 97년에 시작되어 2004년까지 이어진 이 논쟁은 90년대 후반의 한국문학과 비평이 어떤 방식으로 존재했는지를 보여주는 가장 중요한 텍스트를 이루면서, 민족문학은 위기를 먹고 자란다는 익숙한 명제를 다시금 떠올리게 했다. 그리고 이것이 민족문학의 영원회귀의 한 단락에 불과한지, 아니면 그러한 회귀가 더 이상 불가능하며 민족문학은 종언을 맞이했다는 조종(弔鐘)의 신호로 읽혀야 할 것인지에 대해서는 아직 분명한 평가가 내려지지 않았다. 회고적 관점으로 그 의미에 접근해 보자.

2. 민족문학의 갱신을 위하여

1996년 11월 민족문학사연구소 주체로 열린 '민족문학론의 갱신을 위하여'라는 주제의 심포지움에서 진정석은 「민족문학과 모더니즘」이라는 글을 발표했다. (진정석, 「민족문학과 모더니즘」, 『민족문학사연구』, 11호, 1997.) 그는 90년대 이후의 이념적 문화적 환경의 변화가 민족문학-리얼리즘에 특히 불리하게 작용하고 있는 이유로 그것의 내부적인 무기력을 지적한다. 그리고 그 위기의 인식을 통해 민족문학론이 그동안 당연한 것으로 전제했던 명제들을 근본적으로 재검토하는 전기가 되어야 한다고 주장했다. 그 대안으로 진정석이 제시한 것은 모더니즘의 수용이었다. '모더니즘에 대한 민족문학의 일그러진 인식'이 민족문학의 빈곤을 초래했다는 것이다. 특히 90년대 이후의 문학에서 리얼리즘을 고수하는 것은 당대의 문학현실에 대한 정확한 진단이나 유용한 처방이 아니므로, 민족문학론의 갱신을 위해서는 모더니즘의 문제의식을 적극적으로 고려해야 한다는 것이 진정석의 주장이다.

민족문학론이 완강한 자기동일성에 갇혀있다는 진정석의 주장은 같은 자리에서 원고를 발표한 신승엽의 논의에서도 발견되는 인식이다. 그는 진정석보다는 좀더 내부자의 입장에서 민족문학에 대한 비판을 검토하면서, 겸허한 마음으로 그 비판을 수용해야 할 필요성을 제기하고 있다. (신승엽, 「민족문학론의 방향조정을 위하여」, 『민족문학사연구』, 11호, 1997.) 특히 기억해야 할 그가 민족 구성원의 주체적 생존의 위기와 극복이라는 민족문학의 전제에 부합하는 작품을 당대 문학에서 발견하기 어렵다는 지적을 하면서 민중의 단자화에 주목하는 신경숙과 배수아의 작품을 읽는 대목이다. 이는 특히 이후 창비 그룹의 문학적 행보와 관련해서 중요한 암시를 던져준 통찰이었을지도 모른다는 점을, 우리는 사후적으로 확인할 수 있을 것이다.

진정석과 신승엽의 주장에 대한 반론은 윤지관으로부터 시작되었다. 윤지관은 민족문학의 자기동일성에 대한 진정석의 비판이 상투적인 오해에 기인한 것이라고 단정한다. (윤지관, 「문제는 모더니즘의 수용이 아니다」, 『사회평론 길』, 1997년 1월.) 리얼리즘과 모더니즘을 둘러싼 논의에서 중요한 것은 그것이 서양문학을 대상으로 성립한 논의이며, 우리 근대문학에서 이러한 이분법에 기반한 논의는 사회문화 현실의 구체적인 범주들과 결합되어 이루어질 때 의미를 지닐 수 있다는 것이다. 그러니까 근대성의 구현으로 모더니즘의 성취가 이루어진 서구의 경험과 달리, 좀더 민중적인 내용을 담은 리얼리즘 문학이 중심을 이루는 독특한 성과를 민족문학이라는 이름으로 달성해온 것이 한국문학의 전통이라는 것이다. 따라서 우리 현실에 가장 총체적이고 실천적으로 개입하고 있는 리얼리즘의 가능성을 궁구해보는 것이 좀더 주체적인 자세라는 주장이 윤지관의 반론이다. 윤지관의 반론은 민족문학의 자기동일성을 쇄신해야 한다는 주장 자체를 근본적으로 부정하고, 그 자기동일성의 역사적 조건을 더욱 강조하는 논의로 일관하고 있는 것인데, 이러한 태도는 민족문학과 리얼리즘의 오래된 '증상'이라는 점에서 징후적이다.

진정석이 다시 말한다. (진정석, 「모더니즘의 재인식」, 『창작과비평』, 1997년 여름.) 윤지관의 주체성 논의는 리얼리즘을 통해서만 해소될 수 있는 것은 아니며, 서구 중심주의라는 비판 또한 한국의 민족문학=리얼리즘이 동구 사회주의 이론을 추수한 것이었다는 점을 잊은 자의식 결핍의 증거이다. 그리고 문학적 사유와 상상력을 갱신하여야 할 '역사적 상황'에 대한 강조가 특정 이론의 정당성을 재생산하는 알리바이로 악용되어서는 곤란하다. 이 역사적 정당성에 대한 강조라는 민족문학의 오래된 증상은 윤지관만이 아니라 민족문학론자들이 끝까지 양보하고 싶어하지 않는 핵심 토대로, 이는 민족문학의 곤경을 이해하는 주요한 맥락이 된다.

윤지관이 또 답한다. (윤지관, 「민족문학에 떠도는 모더니즘의 유령」, 『창작과비평』, 1997년 가을.) 민족문학이 모더니즘의 수용을 통해 거듭나야 한다는 주장에 동의할 수 없는 이유는 한국 모더니즘의 상대적 빈곤에 있다. 그는 서구 근대와 달리 한국의 민족문학이 리얼리즘과 결연할 수밖에 없는 이유로 한국 모더니즘의 빈곤을 강조한다. 그에 따르면 한국의 모더니즘 문학은 이렇다 할 대작을 산출하지 못했을 뿐만 아니라 이제는 그 가능성조차 소실되고 있다는 것이다. 이러한 주장의 근거는 한국의 모더니즘이 사회적 실천과 변화의 동력을 끌어안지 못하고 추상화되어갔다는 판단과 그 배경에 사회와의 소통가능성을 부인하고 문학의 자율성을 옹호하는 아도르노의 '부정의 미학'이 이론적 기반으로 자리잡고 있기 때문이라는 진단이다. 모더니즘의 빈곤으로 인해 민족문학이 모더니즘을 수용하기는 어렵고, 따라서 대안은 언제나 그렇듯이 리얼리즘일 뿐이라는 주장은 고약한 동어반복이다.

이 지점에서 논쟁의 시초에 제기되었던 신승엽의 진단을 상기할 필요가 있을 것이다. 그는 당대의 위기를 감당할 만한 리얼리즘 작품을 발견하기 어렵다고 진단하면서, 민족문학이 아닌 신경숙과 배수아의 작품에 주목한 바 있다. 그런데 윤지관은 신승엽에 대해 구체적으로 응답하지 않으면서, 그가 배수아를 거론한 부분은 진정석의 주장보다 민족문학 비판의 강도가 더 강한 주장이라는 견해를 보여준다. 이는 배수아를 민족문학의 일원으로 포섭할 수 없다는 강경한 태도를 암시하는 것이다. 앞으로 확인하게 되겠지만, 작품의 빈곤에 대한 이 이중잣대는 대부분의 민족문학이 지니고 있는 태도라는 점에서 민족문학론의 가장 약한 고리를 이룬다. 과거의 모더니즘의 빈곤을 지적하면서, 현재의 리얼리즘의 빈곤에는 실천적 당위성을 내세우는 방식이 그것인데, 그것은 환언하자면 리얼리즘은 옳고 모더니즘은 틀렸기 때문에, 민족문학은 리얼리즘과 결연할 수밖에 없다는 태도에 불과하다. 따라서 논의는 생산적이 되기 어려울 것이며, 앞으로 전개될 2차, 3차 논쟁 또한 매우 지루한 동어반복에 불과하리라는 우울한 전망을 지닐 수밖에 없다. 그러나 그 우울함을 잠시 유보한 채, 논쟁의 연속을 살펴봐야 한다.

3. 리얼리즘과 모더니즘을 둘러싸고

진정석과 윤지관이 두 번씩 의견을 제출하고, 다른 비평가들이 간간이 의견을 제시했지만, 1차 논쟁은 한동안 소강 상태에 접어들었다. 그러나 몇 년이 지나지 않아, 최원식, 윤지관, 황종연의 평론집 발간을 계기로 임규찬이 서평 형식의 글 「리얼리즘과 모더니즘을 둘러싼 세 꼭지점」을 쓰고 이에 대한 윤지관과 황종연의 반론을 이끌어 냄으로써 두 번째 논쟁을 만들어내었다. (임규찬, 「리얼리즘과 모더니즘을 둘러싼 세 꼭지점」, 《창작과비평》, 2001년 겨울.) 임규찬은 먼저 윤지관의 논의를 비판적으로 검토한다. 그에 따르면 윤지관의 모더니즘 비판과 리얼리즘 옹호는 리얼리즘론에 대한 확립된 관념 속에서 이루어지는 것이다. 이는 진정석이 리얼리즘론의 자기동일성에 대해 비판한 것과 상통하는 대목이다. 따라서 윤지관은 작품을 평가할 때에도 리얼리즘의 원리로 상정한 몇가지 것들을 기계적으로 적용하여 작품에 대한 도식적 평가를 내리게 된다는 것이 임규찬의 주장이다. 같은 글에서 그는 황종연의 비평에 대해서도 거론하는데, 그에 의하면 황종연은 리얼리즘을 과거의 것으로 상정하면서 그 리얼리즘론에서 활용할 만한 것을 모더니즘 안으로 끌어들여 리얼리즘에 대한 비판과 그 극복으로서의 모더니즘을 구성하려는 의도를 지니고 있다. 이는 윤지관의 거울상이 황종연이라는 식의 설정으로, 이후 두 사람의 입장을 변증법적으로 극복하고 리얼리즘과 모더니즘의 회통을 이끌어낸 비평인 최원식의 주장에 대한 논의로 나아간다.

윤지관은 임규찬의 비판을 경유하여 이제까지의 자신의 주장을 정리하고, 반복한다. (윤지관, 「놋쇠하늘에 맞서는 몇 가지 방법」, 『창작과비평』, 2002년 봄.) 그 내용은 이러하다.

> 나는 지금까지 거의 상식이 되다시피 한 몇가지 관념에 의문을 던져왔다. 달라진 현실에서 리얼리즘의 '원론'을 고수하는 태도를 탓하지만, 새로운 국면일수록 원론의 재점검이 더 절실한 과제가 된다는 점, 리얼리즘의 쇠퇴와 모더니즘의 성세가 90년대 문학의 이름으로 당연시되지만, 실인즉 서구에서처럼 모더니즘이 죽음을 맞지 않기 위해서라도 리얼리즘을 고취할 필요성이 있다는 점, 또 그러기 위해서는 한국의 모더니즘을 자유주의 이데올로기와 모더니즘의 이념에서 해방해 그 혁신적 창조력이 제대로 구현되게 해야 한다는 점, 그리고 민족은 지구화의 시기에 폐기되는 것이 아니라 오히려 귀환하고 있으며, 리얼리즘은 물론 모더니즘도 민족문제와의 대결을 통해서 거듭날 수 있다는 점이 그것이다.

임규찬의 비판에 대한 윤지관의 입장은 진정석의 반론에 대해 그가 보여주었던 태도와 거의 동일하다. 자신에 대한 비판은 대체로 오해에서 기인한 것이라고 주장하면서, 이전과 다를 바 없는 민족문학론의 당위를 역설하는 방식이 그것이다. 인용한 대목의 진술 이후에, 그는 현단계의 민족문학의 쇠퇴에 대해서도 의견을 제시하는데, 그에 따르면 '물건의 부족'이라는 명제도 어디까지나 상대적 진실에 불과하다. 그러면서 민족문학=리얼리즘의 활기를 증명하는 작가들의 명단을 나열하고 있는데, "소설의 경우만 하더라도 황석영의 성공적인 재기와 현기영·박완서 등 원로작가들의 꾸준한 활동, 중견작가 최인석 등의 의미있는 모색, 또 신경숙·공선옥·이혜경·하성란 등 90년대에 부각된 여성작가군의 활동력과 아울러 천운영을 비롯한 무서운 신인들의 가세, 그리고 소위 신세대 가운데서도 김종광·전성태 등 농촌적 정서와 현실에 착반한 일군의 작가들과 백민석·장정일·김영하 등의 주목할 만한 몇몇 모더니스트들만 떠올려보아도, 리얼리즘론이 더 이상 기능하지 않을 정도로 '물건'이 달린다는 풍문을 잠재우기에는 충분할 것이다."라는 설명이 그것이다. 이 목록에서 많은 점을 읽을 수 있을 것이다. 여성에 대해 민족주의가 어떤 과오를 행했는가에 대한 자성 없이 90년대 여성 소설의 성취를 민족문학의 자양분으로 끌어오는 방식은 무렴(無廉)한 것이다. 모더니즘의 성과를 비판적으로 거론하면서 언급된 작가들이 민족문학의 건재를 확인하는 장면에서 다시 등장하고 있는 대목에서도 염치의 부재를 확인할 수 있다. 과연 이러한 방식의 견강부회가 민족문학의 소멸에 대한 풍문을 잠재우기에 충분할 것인지는 의문이지만, 이 대목이 인용할 만한 것은 한국 모더니즘의 부진에 대한 윤지관의 진단이 결코 믿을 수 없는 판단임을 방증하기 때문이라는 점 또한 덧붙여 지적할 필요가 있을 것이다.

황종연은 임규찬의 비판에 답하면서, "선언의 차원에서는 매번 갱신을 다짐하고 있지만 사고의 차원에서는 줄곧 보수(保守)에 머물고 있는 한국 리얼리즘론의 답답한 실정"을 상기했다고 말한다. (황종연, 「모더니즘에 대한 오해에 맞서서」, 『창작과비평』, 2002년 여름.) 임규찬이 윤지관을 비판하면서 행한 언술은 정확히 임규찬 자신의 비평에도 적용될 수 있는 것으로, 그 역시 이미 확립된 리얼리즘론에 의지한 비평적 사고를 행하고 있다는 것이다. 그리고 임규찬의 비판에 답한 윤지관의 입장에 대해서는 "리얼리즘으로의 모더니즘 통합이라는 민족문학의 테제에 충실한 그의 입장을 다시 한번 드러냈다"고 평가한다. 그리고 황종연은 모더니즘의 이념은 배격해도 작품의 성취는 포용하려는 리얼리즘론의 의미는 리얼리즘이라는 용어가 문학작품을 분별하고 문학의 기준을 만들려는 노력에 별로 쓸모가 없음을 스스로 밝히는 것과 다를 바가 없다고 주장한다.

이 2차 논쟁에 대해 말하기 위해서는 두 명의 비평가의 글을 더 살펴야 한다. 김명인과 유희석이 그들이다. 김명인은 「자명성의 감옥-최근 리얼리즘·모더니즘 논쟁에 부쳐」(『창작과비평』, 2002년 가을.)에서 임규찬, 윤지관, 황종연의 논의를 모두 비판적으로 검토하면서, 그들의 리얼리즘-모더니즘론이 모두 '자명성의 감옥'에 갇혀 있다는 점에서 동일하다고 주장한다. 리얼리즘과 모더니즘이란 모두 역사적 용어일 뿐으로, 이제 그 용어에 집착하지 말고 작품 속으로 들어가야 한다는 것이다. 유희석은 임규찬과 윤지관에 대해서는 김명인과 비슷한 관점에서 논평하고, 용어 사용에 대한 김명인의 주장은 너무 지나친 예단이라고 아울러 비판한다. (유희석, 「최근 리얼리즘·모더니즘 논쟁에 관하여」, 『창작과비평』, 2003년 봄) 그러나 유희석이 이 글에서 주목하는 것은 황종연의 비평인데, 특히 백낙청으로 대표되는 민족문학의 이론 자체에 대해 비판했던 황종연의 논의를 집중적으로 검토하고 있다. 유희석의 글에서 인상적인 것은, 민족문학론의 성지에서 비판받거나 침범당해서는 안 되는 어떤 존재를 그가 상정하고 있는 것은 아닐까하는 의혹이다.

2차로 전개된 논쟁은 주장의 측면에서는 1차 논쟁과 달라진 게 없다는 점에서 앞서의 우울한 예감에 부합하지만, 논의 과정에서 작품에 대한 해석이 보다 중요한 쟁점으로 등장했다는 점에서는 의미를 부여할 수 있다고 판단된다. 그리고 그러한 변화는 얼마 후 다시 점화된 3차 논쟁에서 텍스트에 대한 '리얼리즘의 독법'을 문제삼음으로써 보다 미시적으로 전개된다.

4. 창비의 '이벤트'와 리얼리즘의 증상들

그리고 2004년 『창작과비평』 여름호는 〈한국문학의 새로운 가능성을 찾는다〉라는 제목의 기획으로 당대의 문학을 종합적으로 진단하는 일종의 문학 이벤트를 상재했다. 그리고 『창작과비평』 2004년 가을호에 김명인과 김영찬이 이 기획에 대한 논평을 제시하면서 민족문학 논쟁의 제3라운드가 시작되었다.

김명인은 창비 특집에서 거론된 작가들의 선정 이유와 총론이 부재한 이유 등에 대해 따져 물으면서, "과연 이 특집에는 작품들과 '민족문학론' 간의 창조적 긴장이 유지되어 있는가, 혹은 처음부터 그 긴장을 염두에 두기는 했던 것인가"라는 회의를 표출한다. (김명인, 「민족문학론과 90년대 이후의 한국소설」, 『창작과비평』, 2004년 가을.) 특히 그는 백낙청의 배수아론에 대해 말하면서 『에세이스트의 책상』을 '90년대적 탈주서사의 한 극점'이라고 규정한 후, "이 작품이 과연 '분단시대 민족문학'의 깊이와 넓이 안에 포괄될 수 있는 것일까"라는 의문을 제기한다. 그의 주문은 작품 선택과 해석에서 창비적 체취를 더 강하게 낼 필요가 있다는 것이다. 다시 말해 창비가 '민족문학'을 선도하고 작품을 견인해서 새로운 시대의 민족문학을 구축해야 한다는 것이다.

같은 지면에 글을 쓴 김영찬의 입장은 이와는 전혀 다른 것이다. 김영찬은 이 이벤트에서 그간 창비가 보여왔던 보수적인 비평적 행보의 근본적 전환이 아니라, 그 전환을 가로막는 창비 고유의 비평적 태도와 판단을 읽는다. (김영찬, 「한국문학의 증상들, 혹은 리얼리즘이라는 독법」, 『창작과비평』, 2004년 가을) "의도적으로 파괴되어 있는 목적론적·선형적 서사를 굳이 선형적으로 재구성해내고 그 사이에 가로놓인 "뱀과 화염의 강물"이 소설을 조직하는 특수한 담론적 양상을 가벼이 넘겨버리는 한, 배수아 소설에 관해서는 거의 아무것도 말하지 않은 것이 된다."는 것은 백낙청식 독법에 대한 비판의 핵심이다. 그리고 그것이 '모더니즘 소설을 읽는 창비의 고유한 독법'을 전형적으로 보여준다는 것이다. 김영찬은 김영하의 『검은꽃』에 대한 최원식의 해석에 대해서도 "역시 모더니즘 소설이 보여주는 특정한 성취를 적극적으로 평가하면서도 '민족문학'의 입장에서 결정적으로 낯설고 불편할 수 있는 요소에는 애써 무관심한 태도"를 지적한다.

백낙청은 김명인이 주문한 '창비적 체취'에 대해서 창비가 '자명한 것들과의 결별'을 할 권리가 있다고 선언한다. (백낙청, 「'창비적 독법'과 나의 소설읽기」, 『창작과비평』, 2004년 겨울) 그러면서 '창비적 독법'이 필요한 것이 아니라, 오히려 "어떠한 고정된 방법이나 '코드'도 기껏해야 그때그때의 방편에 그쳐야 한다"는 자신의 주장을 반복한다. 그러나 이러한 주장은 바로 다음 장에서 배수아의 작품에 대한 재론을 수행하면서, 자신이 모더니즘에 대해 비판적 입장을 지니고 있음을 밝히면서 모더니즘과 포스트모더니즘이 둘다 수입품이기에 한국문학의 핵심을 비켜선 논란이라고 주장하는 대목과는 어긋나는 것이다. 사실 그가 누구보다도 자명한 것들과 결별할 생각이 없다는 점은 그의 비평의 여러 대목에서 발견되는 태도이다. 그는 자신에 대한 김영찬의 비판에 대해 답하면서, 다음과 같은 주장을 내놓는다.

> 그러나 특정 리얼리즘론자가 아니라 리얼리즘론 일반을 문제삼을 적에는 우리 평단에서 벌어진 리얼리즘 논의 중 가장 수준높은 내용을 일단 상대하는 것이 비평의 정도일 것이다. 나 자신이 관련된 논의에 대해 이렇게 말하기를 쑥스럽지만, 지난 한 세대에 걸쳐 한국에서 진행된 리얼리즘 논의에는 외국에서도 뚜렷하게 부각되지 않은 이론적 쟁점과 모색이 있었으며, 어쨌든 '리얼리즘적 재현이라는 규범'으로 쉽사리 규정할 수 없는 내용이 적지 않았다.

이것은 '나에 대한 비판은 모두 오해에서 비롯된 것이다'라는 윤지관식 답변의 좀더 진화된 버전이다. 윤지관이 "모더니즘을 재인식해야 한다는 주장의 이면에는 리얼리즘이 '현상의 배후에 존재하는 본질을 파악하는 일에 열중'해야 한다거나, '소박한 재현론'에 떨어질 수 있다는 판단이 있다. 그러나 실상 이러한 본질론이나 재현론의 차원을 넘어서자는 것이 민족문학론과 연계된 리얼리즘론의 지속적인 이론상의 관심사임을 몰랐던 것일까?"(「민족문학에 떠도는 모더니즘의 유령」)라고 말했던 것을 기억해 보자. 백낙청과 윤지관은 자신들과 창비와 민족문학에 대한 비판은 그 비판을 들을 만한 주장과 상황이 과거에 존재했는지는 모르지만, 지금의 수준 높은 민족문학의 견해에는 어울리지 않는다는 입장을 드러내고 있는 것이다. 백낙청은 여러 글에서 자신의 문학 해석이 오직 한 가지, '지공무사'의 원칙에 의거해서 이루어지는 것이라고 강조하는데, 그가 말하는 '지공무사'의 독법이란, 지극히 공식적인 (리얼리즘의) 규율에 충실하고 사사로운 개인의 작은 이야기에 눈을 감는 비평적 태도로 이해하지 않는다면 도저히 납득하기 어려운 개념이라는 감상을 밝힐 수밖에 없다.

'이것은 리얼리즘이 아니다'라는 부제를 달고 있는 김형중의 「민족문학의 결여, 리얼리즘의 결여」는 김영찬의 문제의식을 이어받아 백낙청과 최원식의 리얼리즘적 독법을 문제삼는다. (김형중, 「민족문학의 결여, 리얼리즘의 결여」, 『창작과비평』, 2004년 겨울.) 그는 백낙청이 배수아를 읽는 방식에 이의를 제기하며 서사가 건재함을 확인하기 위해 작품을 꼼꼼히 읽는 것은 앙상하고 고집스러운 비평태도에 불과하다고 말한다. 그에 따르면 '현상 배후를 파고들어가, 징후의 연원을 밝히고 그럼으로써 현상 너머에는 항상 사회적 결정인자가 가로놓여 있다는 사실을 밝혀내는" 것이 리얼리스트의 자세라면, 모더니즘 소설에서 서사를 회복하기 위해 노력하여 그것에 대해 유보적 평가를 내리는 백낙청의 독법이나 김영하의 소설에서 나라의 꿈을 강렬하게 환기시키는 민족서사시를 찾는 최원식의 독법은 리얼리즘에 미달하는 것이다.

리얼리즘과 모더니즘을 둘러싼 이 세 차례의 논쟁은 각각 그 계기가 다르지만, 그것이 점점 고질적인 것으로 인식되어 버린 민족문학의 어떤 증상에 대해서 비평가 각자의 입장을 드러낸 것이라는 점에서 크게 하나의 흐름으로 이어지는 것이라고 말할 수 있다.

5. 난민의 자리에서

세 차례에 걸쳐 진행된 리얼리즘-모더니즘 논쟁의 일단을 정리해 보았다. 나로서는 이미 윤지관으로 대표되는 리얼리즘론이 지닌 민족문학의 어떤 강박에 대해 지적한 적이 있는데(허병식, 「민족문학의 유령극장」 본서의 123~143쪽 참고), 그 당시의 민족문학에 대한 비판적인 독서 기억을 떠올려 보면서 논의를 정리하고, 당시와는 조금 다른 소감을 덧붙이며 이야기를 마무리하려 한다. 논의의 초반에 진정석은 자신의 비평에 대한 윤지관과 김명환의 반론에 대해서 "모더니즘이라는 유령의 출현에 당황하고 있는 리얼리즘론자의 강박관념을 전형적으로 대변한다."(「모더니즘의 재인식」)라고 평가한 바가 있다. 이런 비판에 대해서 윤지관은 "유령이란 기가 허해질 때 나타나는 현상에 불과하다"는 것이 하나의 상식이라고 말하면서, "한두 사람이 아니라 집단적으로 기가 허약해지는 현상이 실제로 일어나고 있다면, 이러한 현상에 대한 객관적인 이해의 노력(진단)과 이를 이겨낼 힘을 구성해내는 일(처방)은 리얼리스트의 피할 수 없는 과제일 것이다."(「민족문학에 떠도는 모더니즘의 유령」)라고 자신의 입장을 밝힌다. 윤지관은 모더니즘이란 너무나 익숙하면서도, 한편으로 하찮은 유령에 불과한 존재이고, 이는 기가 허해질 때 나타나는 현상일 뿐이라고 진정석의 주장을 일축했지만, 바로 그러한 태도가 현실에 대한 객관적인 이해와 그를 이겨낼 처방을 불가능하게 만들고 있다는 점은 옛 논쟁을 다시 일별하면서 확인한 감상이다. 윤지관이 말한, 한두 사람이 아니라 집단적으로 기가 허약해지는 현상이 실제로 일어나는 장소는 바로 민족문학의 무대였으며, 그곳에 출현한 유령을 퇴치하기 위해 죽지 않고 살아돌아오는 어떤 역사적 좀비에 강박적으로 의지하는 것은 리얼리스트의 자세로 보기에 곤란한 것이다. 그나마 이제는 그 무대마저도 사라지고 없는 상태라는 진단이 우세한 상황이기에, 그런 감상은 더욱 쓸쓸함을 동반하는 것이다.

또 한 가지 기억해야 할 것은 민족문학론이 담지한 어떤 윤리적 태도이다. 논쟁에 임했던 민족문학론자들은 모더니즘의 이념에 대해서는 엄격히 반대하지만, 그 작품의 성과는 민족문학의 이름으로 감싸안아야 한다는 주장을 반복했다. 사실 이런 식의 민족문학론을 설파한 원조는 백낙청이다. 백낙청의 말은 이렇다. "아무튼 이제 진영 개념의 비평적 위력은 대세의 흐름에 의해 거의 소멸된 듯하다. '민족문학 진영'으로 명백히 분류 가능한 작가들의 작품에만 국한하다 보면, 그러잖아도 위기설에 휘말린 민족문학의 빈곤을 스스로 부각시키는 결과밖에 안 되기 때문이다." 요컨대 민족문학 진영이 자기동일성만 강조해서는 스스로 곤경을 시인하는 결과밖에 얻을 수 없다는 것이다. 이는 앞서 살폈듯이 민족문학론자들이 민족문학의 곤경을 부인하기 위해서 모더니즘 작품들을 소환하는 작업으로 이어진다. 계속해서 백낙청은 강조한다. "문학의 궁극적 패배에 거의 체념하면서 '신세대'의 개별 작품에 대한 엄정한 비평에 적극성을 보여주지 못한 문학론이 위력을 지닐 리 없"기 때문에, "가능한 대항담론으로 여전히 민족문학론을 꼽을 수 있다."(백낙청, 「2000년대의 한국문학을 위한 단상」, 『통일시대 한국문학의 보람』, 창작과비평사, 2006) 민족문학론이 곤경에 처한 것은 사실이나, 어쨌든 그에 대한 대안은 민족문학론이 될 수밖에 없다는 것이다. 백낙청의 주장을 이해하기는 쉽지 않다. '신세대'의 개별 작품에 대한 엄정한 비평에 적극성을 보여주지 못한 문학론이란, 다름 아니라 그 자신이 깊이 관여한 '민족문학론'을 지칭하는 것이 아닌가. 2004년 《창작과비평》이 진행한 이벤트에 대해서 한 참석자가 그간의 '직무소홀'에 대한 반성이라는 표현을 사용한 것은 바로 이러한 사정과 관련이 있지 않은가. 그리고 바로 그 이벤트에 제출된 백낙청을 포함한 민족문학론자들의 개별비평에 대한 김영찬과 김형중의 논의를 통해 살펴보았듯이, 작품에 대한 엄정한 비평이라는 관점은 이미 리얼리즘적 독법을 상정하고 있는 것이고 그것을 벗어나면 작품 읽기가 가능하지 않다는 주장이기도 하다. 물론 백낙청이 강조하는 '엄정한 비평'이라는 수사가 후기 자본주의의 현실에서 문학이 패배하고 말 것이라는 비관주의에 물들지 않고 대항담론으로 가능할 수 있는 민족문학론의 어떤 윤리적 '태도'를 지시하는 것이며, 그것은 오늘의 현실에 대한 응답을 비평이 포기하지 않아야 한다는 다짐 같은 것이기도 하기에 그의 간곡한 마음을 모른 채 하기는 어려울 것이다. 그러나 후기 자본주의의 현실에 대한 대응이 민족문학론을 통해서만 가능할 것이란 인식 자체가, 여전히 운동의 일방향성에 대한 확신에 가득한 채, 지독히도 반복되지만 전혀 수정되지 않고 제출되는 리얼리즘적 전망에 대한 의심 없는 믿음에 기반한 것이기에, 이 민족문학론이 재생할 수 있으리라 기대하는 것은 무망한 일로 보인다.

그러나 민족문학에 대한 이 비판적 관점은 그 대상이 살아 있는 대화의 상대일 때에만 의미를 지닐 수 있을 것이다. 1910년대에 이광수가 민족문학의 기획을 연성한 이후, 민족문학은 언제나 한국문학의 중요한 기축을 담당해 왔다. 민족문학은 늘 제국주의나 군사독재 같은 강력한 적과 대면하면서 그 힘을 양성했고, 새로운 조국의 건설이나 분단체제의 극복 같은 민족적 과제에 응답하는 방식으로 자신의 사명을 다하고자 했다. 백낙청과 그의 이론적 후예들이 민족문학이란 '민족의 생존과 존엄을 지키려는 올바른 자세'라고 여러 곳에서 거듭 강조한 주장은 민족문학론의 정당성을 선포하는 복음이었고, 그 안에 머물 수 있는 한에서 민족문학은 적어도 그 자명성을 의심받지 않았다. 그러나 90년대 민족문학을 둘러싼 논의들이 보여주는 것은 이제 그 자명성은 존재하지 않거나 믿을 수 없는 것이 되었다는 점이고, 따라서 민족문학의 영원회귀는 더이상 가능하지 않은 것으로 보인다. 그러므로 90년대 후반에서 2000년대 초반까지 이어진 이 리얼리즘-모더니즘 논쟁은 민족문학의 지연된 부고장 같은 것이 아니었을까 여겨진다.

황종연은 윤지관의 논의에 대해 답하는 과정에서, "모더니즘은 궁극적으로 리얼리즘이라는 윤지관의 말이 암시하는 것은 리얼리즘 원론주의자의 강직한 신념이라기보다 모든 것이 녹아버리고 날아가는 근대의 와중에서 뭔가 단단한 것을 붙잡으려 애쓰는 문학적 난민(難民)의 심정이다."라고 썼다. (황종연, 「모더니즘에 대한 오해에 맞서서」, 『창작과비평』, 2002년 여름.) 그리고 그 난민의 심정은 새로운 근대의 와중에 문학의 자리를 진지하게 생각하는 사람이라면 누구나 느끼는 것이라고 덧붙였지만, 그로부터도 오랜 시간이 지나 민족문학론을 재론하며 드는 생각은 이제 우리 모두가 난민의 심정을 지닌 것이 아니라 갈데 없는 난민이 되어 버렸다는 깨달음이다. 비록 그 방향과 태도에 찬성할 수 없었을 지라도, 문학이 현실에 대해 무언가 의미 있는 역할을 할 수 있다고 믿었던 시절에 대해 다시 돌아보며 그 시절의 의미에 대해 떠올리는 일은 중요할 것이다. 90년대 초반, 최윤이 알려준 것처럼 아프게 사라진 모든 존재는 그를 알던 이들의 마음에 상처와도 같은 작은 빛을 남긴다. (「회색눈사람」)

민족문학의 유령극장
— 리얼리즘과 환상의 귀환

1. 진단, 혹은 강신술

뜨거운 연대가 이미 지나버렸음을 다들 깨닫고 나서도 다시 얼마 간의 시간이 흐른 후, 리얼리즘 혹은 민족문학이라는 한국문학의 오래된 증상(김영찬)에 대해 대략 세 차례의 진단과 평가가 이루어졌음을 기억해야 할 것이다. 96년 11월 민족문학사연구소의 심포지움에서 발표한 진정석의 「민족문학과 모더니즘」으로 촉발된 리얼리즘-모더니즘 논쟁은 윤지관과 김명환의 반론과 이에 대한 진정석의 재반론 등으로 이어졌다.[01] 뒤늦게 이 논쟁에 뛰어들었으나 별다른 반응을 얻지못한 임규찬

---

01 이 논쟁의 개입한 주요한 평문들은 다음과 같다.

진정석, 「민족문학과 모더니즘」, 《민족문학사연구》, 11호, 1997.

윤지관, 「문제는 모더니즘의 수용이 아니다」, 《사회평론 길》, 1997년 1월.

김명환, 「민족문학론 갱신의 노력」, 《내일을 여는 작가》, 1997년 1·2월.

진정석, 「모더니즘의 재인식」, 《창작과비평》, 1997년 여름.

윤지관, 「민족문학에 떠도는 모더니즘의 유령」, 《창작과비평》, 1997년 가을.

방민호, 「리얼리즘론의 비판적 재인식」, 《창작과비평》, 1997년 겨울.

임규찬, 「세계사적 전환기에 민족문학론은 유효한가」, 《창작과비평》, 1998년 여름.

은 이후 최원식, 윤지관, 황종연의 평론집 발간을 계기로 서평 형식의 글 「리얼리즘과 모더니즘을 둘러싼 세 꼭지점」을 쓰고 이에 대해서 윤지관과 황종연의 반론을 이끌어 냄으로써 두 번째 논쟁을 만들어 내었다.[02] 그리고 2004년에는 계간지 《창작과비평》이 한국문학의 '물건'들을 종합적으로 진단하기 위해 편집진들을 총동원한 대규모 '이벤트'를 연 것을 계기로, 창비의 비평적 태도를 둘러싼 논의가 이루어지게 되었다.[03] 리얼리즘과 모더니즘을 둘러싼 이 세 차례의 논쟁은 각각 그 계기를 달리하지만, 그것이 점점 고질적인 것으로 인식되어 버린 한국문학의 어떤 증상에 대해서 비평가 각자의 입장을 드러낸 것이라는 점에서 크게 하나의 흐름으로 이어지는 것이라고 말할 수 있다.

십여 년에 걸쳐 단속적으로 진행되고 있는 이 리얼리즘-모더니즘 논의의 쟁점들을 자세하게 언급하고 정리하는 것은 불필요한 일일 것이다. 다만 그 긴 논의의 과정에 일관되게 드러나는 리얼리즘 '진영'의 민족문학에 대한 어떤 강박에 대해서 조금은 이야기해 보는 것이 필요할 것이다. 그리고 그 과정에서 드러난 다양한 범주의 강신술에 대해서도 이야기하는 것이 필요할 것이다. 물론 이런 지적 또한 새로운 것은 아니다. 이미 논의의 초반에 진정석은 자신의 비평에 대한 윤지관과 김명환의 반

---

02 임규찬, 「리얼리즘과 모더니즘을 둘러싼 세 꼭지점」, 《창작과비평》, 2001년 겨울.
  윤지관, 「놋쇠하늘에 맞서는 몇 가지 방법」, 《창작과비평》, 2002년 봄.
  황종연, 「모더니즘에 대한 오해에 맞서서」, 《창작과비평》, 2002년 여름.
  김명인, 「자명성의 감옥-최근 리얼리즘·모더니즘 논쟁 에 부쳐」, 《창작과비평》, 2002년 가을.
  유희석, 「최근 리얼리즘·모더니즘 논쟁에 관하여」, 《창작과비평》, 2003년 봄.

03 김명인, 「민족문학론과 90년대 이후의 한국소설」, 《창작과비평》, 2004년 가을.
  김영찬, 「한국문학의 증상들, 혹은 리얼리즘이라는 독법」, 《창작과비평》, 2004년 가을.
  백낙청, 「'창비적 독법'과 나의 소설읽기」, 《창작과비평》, 2004년 겨울.
  김형중, 「민족문학의 결여, 리얼리즘의 결여」, 《창작과비평》, 2004년 겨울.

론에 대해서 "모더니즘이라는 유령의 출현에 당황하고 있는 리얼리즘론자의 강박관념을 전형적으로 대변한다."(「모더니즘의 재인식」)라고 평가한 바가 있기 때문이다. 이런 비판에 대해서 윤지관은 "유령이란 기가 허해질 때 나타나는 현상에 불과하다"는 것이 하나의 상식이라고 말하면서, "한두 사람이 아니라 집단적으로 기가 허약해지는 현상이 실제로 일어나고 있다면, 이러한 현상에 대한 객관적인 이해의 노력(진단)과 이를 이겨낼 힘을 구성해내는 일(처방)은 리얼리스트의 피할 수 없는 과제일 것이다."(「민족문학에 떠도는 모더니즘의 유령」)라고 자신의 입장을 드러내고 있다. 윤지관은 모더니즘이 너무나 익숙한 유령이고, 그것은 기가 허해질 때 나타나는 현상이라고 말했지만, 혹시 그것은 자신이 그 발언의 바로 앞에서 언급한 "한마디로 최근의 민족문학 논의에는 어딘가 기(氣)가 빠져 있다."라는 진단에 대한 처방전은 아닐 것인가. 그렇다면 그가 루카치라는 '무시무시한 칼'을 동원하지 않고도, 현실을 있는 그대로 볼 수 있는 리얼리즘의 정신으로 퇴치할 수 있다고 말한 그 유령은 민족문학이라는 유령을 의미하는 것일 터이다. 이러한 판단이 의미를 갖는 것은, 그가 말한 "한두 사람이 아니라 집단적으로 기가 허약해지는 현상이 실제로 일어나"는 장소가 바로 민족문학의 장소이며, 이후 그가 그러한 증상을 대면하고 그에 대해 언급해야만 했기 때문일 것이다.

또 한 가지 지적해야 할 것은 민족문학론이 담지한 어떤 윤리적 태도에 대해서이다. 백낙청의 말은 이렇다. "아무튼 이제 진영 개념의 비평적 위력은 대세의 흐름에 의해 거의 소멸된 듯하다. '민족문학 진영'으로 명백히 분류 가능한 작가들의 작품에만 국한하다 보면, 그러잖아도 위기설에 휘말린 민족문학의 빈곤을 스스로 부각시키는 결과밖에 안 되기 때문이다." 요컨대 민족문학 진영이 자기동일성만 강조해서는 스스로 곤경을 시인하는 결과밖에 얻을 수 없다는 것이다. 그러나 이어지는 주장은 다음과 같다. "문학의 궁극적 패배에 거의 체념하면서 '신세대'의 개별 작품에 대한 엄정한 비평에 적극성을 보여주지 못한 문학론이 위력을 지닐 리 없"기 때문에, "가능한 대항담론으로 여전히 민족문학론을 꼽을 수 있다."[04] 민족문학론이 곤경에 처한 것은 사실이나, 어쨌든 그에 대한 대안은 민족문학론이 될 수밖에 없다는 것이다. 백낙청의 주장을 이해하기는 쉽지 않다. '신세대'의 개별 작품에 대한 엄정한 비평에 적극성을 보여주지 못한 문학론이란, 다름 아니라 그 자신이 깊이 관여한 '민족문학론'을 지칭하는 것이 아닌가. 2004년 《창작과비평》이 진행한 이벤트에 대해서 한 참석자가 그간의 '직무소홀'에 대한 반성이라는 표현을 사용한 것은 바로 이러한 사정과 관련이 있지 않은가. 백낙청의 앞의 발언이 의미를 갖는다면, 그것은 '엄정한 비평'이라는 수사가 지시하고 있는, 후기 자본주의의 현실에 대해서, 문학이 패배하고 말 것이라는 비관주의에 물들지 않고 대항담론으로 가능할 수 있는 민족문학론의 어떤 윤리적 '태도'를 의미하는 것으로 이해할 때일 것이다. 이 '태도'의 윤리에 대해서는 조금 더 살펴보는 것이 필요하겠지만, 어쨌거나 허약한 기가 불어온 모더니즘의 유령이라든가, 신세대의 개별작품에 대한 엄정한 비평의 결여라든가 하는 방식으로 무언가 상대 '진영'에 대한 비판적 언급을 할 때마다 그것이 항상 자기 자신을 향하고 마는 이 희극적인 형국은 그 발언의 주체가 놓인 곤경을 정확하게 증명하고 있다.

그러한 곤경을 정직하게 인식하지 못하도록 만드는 것은 바로 민족문학이 지닌 어떤 윤리적 사명에 대한 그들의 신념이다. "모더니즘을 재

---

04 백낙청, 「2000년대의 한국문학을 위한 단상」, 『통일시대 한국문학의 보람』, 창작과비평사, 2006.

인식해야 한나는 주상의 이면에는 리얼리즘이 '현상의 배후에 존재하는 본질을 파악하는 일에 열중'해야 한다거나, '소박한 재현론'에 떨어질 수 있다는 판단이 있다. 그러나 실상 이러한 본질론이나 재현론의 차원을 넘어서자는 것이 민족문학론과 연계된 리얼리즘론의 지속적인 이론상의 관심사임을 몰랐던 것일까?"(「민족문학에 떠도는 모더니즘의 유령」)라고 말하는 것은 논쟁에 임하는 리얼리즘-민족문학론자들의 합의된 전략인 것처럼 보인다. 백낙청 또한 이렇게 말하고 있다. "그러나 특정 리얼리즘론자가 아니라 리얼리즘 일반을 문제삼을 적에는 우리 평단에서 벌어진 리얼리즘 논의 중 가장 수준 높은 내용을 일단 상대하는 것이 바람직한 정도일 것이다. 「……」 지난 한 세대에 걸쳐 한국에서 진행된 리얼리즘 논의에는 외국에서도 뚜렷하게 부각되지 않은 이론적 쟁점과 모색이 있었으며, 어쨌든 '리얼리즘적 재현이라는 규범'으로 쉽사리 규정할 수 없는 내용이 적지 않았다."(「'창비적 독법'과 나의 소설 읽기」) 그들이 공통으로 말하는 리얼리즘론의 지속적이고도 매우 수준이 높은, 외국에서도 부각되지 않은 논의라는 것은 과연 무엇일까. 그 수준을 짐작하기란 물론 쉽지 않은 일이나, 아마도 한국 근대의 착종적 성격, '한반도식' 통일과정의 독특함이 제공하는 활력, 혹은 무엇보다도 창작의 방법으로서가 아니라 일종의 윤리로서 기능해 온 '한국식' 리얼리즘론이 담보한, 세계에서 유래를 찾을 수 없는 수준 높은 논의 정도가 포함될 것은 틀림없어 보인다.

레이먼드 윌리엄즈가 공동체의 해체와 같은 역사적 계기를 지적하면서, "인간 경험에 나타난 매우 심각한 위기의 어떤 징후"로 인해 20세기의 서구에서 리얼리즘이 산출되기 어려워졌다고 말한 것은, 그러므로 한국의 민족문학이나 리얼리즘과는 전혀 무관한 이야기로 이해되고 만다. 그러나 진정으로 한국에서 진행된 가장 수준 높은 리얼리즘 논의들은,

그 수준의 지고함으로 인해, 혹은 그것이 담보한 특수한 역사에 대한 책무로 인해, 90년대 이후의 작가들이 증언하고자 하는 '매우 심각한 위기의 어떤 징후'들과 그것들이 작가의 삶과 작품의 육체에 새겨넣은 지각과 경험의 변화에 대해서 관심을 갖지 않을 권리를 보장받는 것인가. 퇴마사들이 흔히 그러하듯이, 그리고 '근대화한 시대의 엑소시즘'이라는 표현을 쓴 윤지관 자신이 그러한 것처럼 민족문학론자들은 어떤 위기의 징후를, 혹은 문학에 나타나는 병리적 현상을 오직 배제되거나 퇴치되어야 할 그 무엇으로 인식한다. "포스트모던한 현상을 들어 민족문학과 리얼리즘의 퇴조를 말하는 순간 문학 자체의 '사망'을 받아들이는 것도 시간문제인 것이다."라는 말 속에 들어 있는 문학이라는 큰 이야기의 소멸에 대한 두려움이 그것을 증명한다.

2. 환상의 귀환

그리고 또 얼마의 세월이 흐른 후, 윤지관은 민족문학의 유령극장을 대면할 수밖에 없었을 것이다. 그가 2004년에 발표한 「뫼비우스의 심층: 환상과 리얼리즘」에서 "근자에 리얼리즘을 표방하는 작품들에서 환상의 요소가 서사 속에 뚜렷한 자리를 차지할 뿐 아니라 작가에 따라서는 거의 폭발적이라고 할 정도로 환상에 대한 경사가 두드러지는 현상"[05]에 대해서 분석하고 있는 장면이 그것이다. 이 글은 96년부터 시작된 리얼리즘-모더니즘 논쟁의 연장에 있다. 그것은 "최근 작품들의 성과를 점검하고 환상과 리얼리즘의 관계를 다시 생각해보는 일은, 리얼리즘의 갱신

---

05 윤지관, 「뫼비우스의 심층: 환상과 리얼리즘」, 《창작과비평》, 2004년 봄.

을 모색해온 90년대 이후 민족문학 논의의 연장선상에 있고, 근년의 '리얼리즘·모더니즘 논쟁'을 새로운 지평 위로 떠올릴 계기이기도 하다."라고 말 속에서 알 수 있는 바이지만, 무엇보다도 「모더니즘의 재인식」에서 "전통적인 리얼리즘과는 다른 각도에서 현실을 파악하고 그려내는 조세희만의 '방법'을 밝혀내지 못한다면 조세희의 '모던'한 관념이 포착해낸 현실의 '리얼'한 측면은 간과될 수밖에 없다."라고 지적한 진정석의 문제 제기에 대한 응답이라는 점에서 그러하다.

「뫼비우스의 심층」에서 윤지관은 조세희의 작품을 다시 읽고, 신경숙과 황석영, 그리고 백민석과 최인석의 작품을 검토하면서, 리얼리즘과 환상의 관계에 대한 자신의 견해를 제출하고 있다. 눈에 띄는 것은, 여전히 그의 작품 읽기의 틀이 루카치라는 점이다. 이를테면, 리얼리즘이 환상의 요소를 내포하게 될 때, "그런 요소들이 진정으로 실재하는 것 혹은 현실다운 현실에 대한 탐구와 어떻게 결합되어 있느냐가 리얼리즘의 성취를 따지는 관건이 된다."라는 관점은 그가 대상이 되는 작품들을 읽는 가장 큰 전제가 되고 있다. 언제나 현실로의 귀환을 상정함으로써 환상적인 서사가 지닌 잠재적인 힘을 억압하고 무력화시키는 리얼리즘의 조건부 환상 수용법칙은 루카치의 정식에서 먼 것이 아니다. 그것은 루카치가 그의 괴테론에서 파우스트와 같은 전설의 차용에 대해서 "환상의 열매가 아니라 실제 사실의 법칙과의 완전한 일치를 가능하게 하는 과장"[06]이라고 언급했던 장면을 떠올리게 한다. 루카치에 따르면, 전설이나 환상의 차용은 민중들의 문학적 작업을 통해 구체적인 인물로 형상화되고 이러한 수준에서 그들의 정수를 복원하려는 위대한 실제적 역사적 삶

---

06 Georg Lukács, *Faust Studien, Probleme der Realismus III* (Brelin: Hermann Luchterhand Verlag, 1965) ss. 528-529.

의 경향이었다는 것이다. 그는 파우스트에 나타나는 '전설과 반(半) 전설'
에 대한 파우스트의 애착이, "좋은 의미에서의 활동성에 대한 젊은 괴테
의 근본적 본능을 증명"하는 것이라고 해석하면서, "그것이 낭만주의를
예시하는 것이 아니다"라고 말하고 있다. 민중전통의 유기적 지속이라
는 방식을 통해서, 주도적인 인물형상의 인간적인 윤곽을 파괴시키지 않
고 그것에 변형을 가함으로써 성장과 자기변화의 내적인 가능성을 포함
하게 하는 것이 리얼리즘이 지닌 환상에 대한 관점이라는 루카치의 견해
는, 황석영과 백민석의 내러티브를 읽는 윤지관의 관점을 근본적으로 규
정하는 역할을 수행하고 있는 것으로 보인다. 그러므로 민족문학이 직면
한 유령극장에 대한 리얼리즘론자들의 이해는 징후적이다. 어떤 방식으
로 존재하는지, 어떤 본질을 가지고 있는지 우리가 알지 못하는, 알려져
있지 않은 유령이라는 대상을 재현하거나 상연(上演)하는 것은 주체의
자기 규정과 세계 이해의 지표로 작용하며, 그것이 출몰한 세계의 구성
에 관여한다. 대체로 현실에 긍정적인 실체로 존재하지 않는 유령의 이
미지에 대한 재현은 현실을 진단하는 주체의 윤리학을 표상하는 것이기
도 하다. 그러므로 유령에 대한 목격담은, 또한 이데올로기적이다.

　　환상성에 대한 연구에서 로즈메리 잭슨이 밝히고 있는 것처럼[07], 유령
을 포함하는 환상이란 항상 실재적인 것과의 관계 속에서 정의되는, 관
계성relationality을 지니고 있다. 실재적인 세계를 문제적으로 재현함
으로써 환상성은 실재와 비실재의 본질에 문제를 제기하고 그들 사이의
관계를 중심적인 관심사로 전경화한다. 개별 주체와 세계, 주체와 대상,
자아와 타자의 관계가 더 이상 자명한 것으로 남아있지 않을 때, 비로소

---

07 로즈메리 잭슨, 서강여성문학연구회 역, 『환상성-전복의 문학』, 문학동네, 2001. 참조.

환상에 대한 해석이 문제가 된다. "모든 대립이 유동적이고 경계지을 수 없는 것으로 환원되는 순간 기실 해체의 계기 자체도 그와 함께 소멸되고 실천의 공간도 사라지고 만다."(『뫼비우스의 심층』)는 인식이 강박적인 것은 사회적인 실천에 대한 자명한 이해를 바탕으로 하기 때문이다. 환상이 자아와 세계의 문제적 관계를 재현하고 상연하는 장소는 대체로 무의식의 영역이므로, 사회적 구조와 규범들이 우리 내부에서 재생산되고 유지되는 무의식의 영역으로 관심을 돌림으로써 사회와 개인 사이의 관계들이 결정되는 방식을 인지할 수 있는 것이다. 이 때, 유령이라는 경험 현상은 그것이 출몰한 공간과 그 조우를 증언하는 주체의 관계에 대한 사유를 확장시킨다.

유령 서사는 환상적인 것의 한 특수한 범주이지만, 좀더 물질적이고 모호한 '비실재성'을 지닌 환상적인 것에서 벗어나, 주체와 타자의 틈새에 스며들고 그것들 간의 간극을 강력하게 주장하는 보다 직접적인 형상을 제시한다. 유령은 주체의 불안한 모습이 자신의 외부에 있는 형상들로 대상화된, 두렵고 낯선 존재를 대표한다. 그것은 우리가 죽음에 대해 가지는 관계가 구체화된 허구이며, 주체가 그 자신 속에서 인정하길 거부하여 자아로부터 추방된 대상이다. 유령과 대면한다는 것은 무의식의 은폐된 욕망과 만난다는 것을 의미한다. 그러므로, "우리가 보고 있는 이 사물(유령)은 정신분석학에 도전하는 것이다."[08] 환상적인 것이 대체로 그러하지만, 특히 유령이야기는 이성과 리얼리티가 자의적이고 구성적인 것임을 보여주고, 그럼으로써 실재적인 것으로 간주되어왔던 것들의 견고함을 부정하고 교란시키는 역할을 수행한다. 유령이야기는 단일하고

---

[08] 자크 데리다, 양운덕 역, 『마르크스의 유령들』, 한뜻, 1996, 16쪽.

환원적인 '진실들'을 위반하면서 한 사회의 인식틀 내의 공간을 추적하여 다양하고 모순된 '진실들'을 이끌어 낸다. 유령의 재현이 주체의 자기 규정과 관련된다는 관점에 동의한다면, 그리고 유령의 상연이 그 상연 공간에 대한 자기관계를 알려준다는 시각을 부인하지 않는다면, 우리는 유령서사에서 그것이 보여주는 이데올로기와 인간 주체간의 관계를 재현하는 방식에 주목함으로써 민족문학이 놓인 현재에 대해 이야기해 볼 수 있을 것이고, 한국소설의 지형도를 다시 그려 볼 수도 있을 것이다.

3. 축귀술과 기억술

그러므로 민족문학의 유령극장에서 최근에 상영된 바 있는 흥행작 한 편을 살펴보는 일은 오늘의 민족문학과 리얼리즘이 서 있는 자리를 이해하기 위해 반드시 필요한 작업이 될 것이다. 모두 열두 개의 장으로 이루어져 있는 황석영의 『손님』[09]은, 「작가의 말」에서 저자가 친절하게 설명하고 있는 것처럼 '황해도 진지노귀굿' 열두 마당을 기본 얼개로 하고 있다. 굿이라는 것이 대체로 그렇지만, 망자를 저승으로 인도하는 넋굿인 '진지노귀굿'의 양식은 특히 산 자와 죽은 자가 한 무대에 등장하여 과거와 현재를 넘나들면서 그들의 회상과 이야기를 들려주기에 적절한 형식을 제공한다. 그러므로, 『손님』의 서두에서부터 유령이 등장하는 것은 자연스럽다. 미국에 살고 있으면서 40여 년 만에 고향방문을 하게된 류요섭 목사가 그의 형 류요한 장로를 찾아갔을 때, 요한은 최초로 '구신'에 대한 언급을 한다. 그것은 자신이 괭이자루로 내려쳐 머리가 깨어졌던

---

09 황석영, 『손님』, 창작과비평사, 2001.

고향 마을의 '이치로'의 얼굴이 꺼놓은 텔레비전의 검은 화면 위로 나타났던 장면에 대한 묘사로 이어진다. 이후로 요한이 죽인 이들의 유령들이 나타나고, 요한 자신도 유령이 되어 요섭의 고향 방문에 동행하며 과거의 이야기를 들려준다.

유령들이 들려주는 이야기의 핵심에는 요한과 상호로 대표되는 기독 청년들과 순남이 아저씨와 이치로로 대표되는 공산당원들과의 대립과 그로 인한 학살의 기억이 있다. 그들이 각자의 이념에 따라 서로에게 자행하였던 끔찍한 살육에 대한 보고의 생생함은 『손님』의 유령서사가 지니고 있는 원한의 내면을 최대한으로 확장하고 있다. 그런데, 그들이 편을 가르고 서로를 증오하게 되는 계기가 되었던 기독교와 마르크스주의는, 작가의 암시에 의하면 서양의 '손님'에 불과하였을 뿐이다. 이러한 작가의 전언은 『손님』이 서 있는 이데올로기적 지형을 명확히 보여준다. 요섭의 고향 방문을 안내하는 북의 지도원의 말에서 나타나는 것처럼, 그들이 고향방문사업을 하는 이유는 "여러분이 버리고 떠난 조국과 화해를 하고 새로운 관계를 맺을 수 있도록 도와주려는 데"(88쪽.) 있다. 지도원은 "우리끼리는 상처도 아물게 됩네다. 모두 외세의 탓이라고 해둡세다."(91쪽.)라고 말한다. 이러한 지도원의 현실 인식은 작가의 그것과 크게 다르지 않아 보인다. 이런 현실 인식은 요섭의 회상 속에 나타나는 큰할머니의 다음과 같은 전언의 반복과 다르지 않다.

우리가 어려서부팀 어른들게 들었지마는 손님마마란 거이 원래가 서쪽 병이라구 하댔다. 서쪽 나라 오랑케 병이라구 허니 양구신 믿넌 나라서 온 게 분명티 않으냐. 내가 너이 하래비 우로 아덜을 둘씩이나 손님마마에 보내고 났시니 양구신에 부아가 나겠너냐 좋다구 믿겠너냐. 사람은 제 근본얼 알어야 복을 받는 게다. (43쪽.)

결국, 큰할머니의 경고에도 불구하고 서양 귀신인 기독교를 믿게 되어 할머니의 장승법수를 뽑아버린 요한들과, 마르크시즘을 신봉하게 된 이치로들은 '제 근본'을 잊은 대가로 유령이 되어 떠돌게 된다. 소매 삼촌이 증언하는 바대로, "야소교나 사회주의를 신학문이라고 받아 배운지 한 세대도 못 되어 서로가 열심당만 되어 있었지 예전부터 살아오던 사람살이의 일은 잊어버리고 만 것"(176쪽.)이 이들의 비극과 떠돎의 발단이다. 이 유령들은 제 8장인 '시왕 - 심판마당'에서 마지막으로 한 자리에 모인다. "우리가 요한이럴 데레가기 전에 갸가 죽인 사람덜이랑 풀어줄라구기래. 죽으문 자잘못이 다 사라지디만 짚어넌 보구 가야디." (194쪽.)라는 말 속에는, 『손님』이 재현하는 유령서사가 축귀를 통한 원한의 해소를 목표로 하고 있다는 점이 분명히 드러나고 있다. 해원(解寃)을 통한 '다른 세상'의 도래를 꿈꾸는 그 축귀술은 질서와 조화에 대한 열망을 드러내는 유토피아주의의 전파로 이어진다. 예전부터 내려오던 사람살이의 법도를 지키며 사는 삶, 전래된 모더니티를 거부하는 삶의 모습이 그 유토피아주의의 명령이다. 유령들의 기억, 유령의 이야기를 다 듣고 난 요섭이 평양의 호텔에서 밤거리를 내려다보며 "유리창에 희끄무레하게 비친 자신의 모습을 바라보았다. 세상에서 가장 낯익은 사람의 모습이었다."(257쪽.)라고 말하는 장면은 삶과 죽음을 통합하는 유토피아주의가 신화적인 차원에서의 주체들의 조화를 지향할 뿐 아니라, 단일한 주체의 신화를 탄생시킨다는 것을 암시한다. 그것은 동일자들의 연대와 통합에 대한 분명한 비전을 제시하고 있다.

『손님』에 나타나는 유령서사는 환상적인 것 일반에 내재하는 실재와 비실재의 본질을 문제삼지 않고, 리얼리즘에 대한 견고한 신념을 오히려 확장하고 강화한다. 기독교와 맑스주의로 대표되는 서구의 모더니티를 쫓아내어야 할 '유령'으로 인식하는 황석영의 축귀술은 미국의 제국주의에까지 시야를 확장시키는데(「작가의 말」), 그러한 현실 인식은 자신의 조국을 식민지로 인식하는 지식인의 현실에 대한 가능한 하나의 진단이라고 인정할 만하다. 강내희가 지적하듯이,[10] 식민지 잔재, 식민지과거의 흔적을 청산하는 과제를 떠 안은 신식민지 지식인은 자유자재로 출몰하며, 세계도처를 횡단하는 '보편적' 위력을 지닌 서구의 지식과 제도라는 유령과 대면하고 있는 것이다. 그러나 문제는 식민지 과거의 흔적을 통과하기 위해서는 주체가 이미 그 유령들에게 빚지고 있는 존재라는 것을 인식해야 한다는 점이다. 모더니즘의 세계사에 대한 언급에서 버먼이 언급하였듯이, "근대성에 대한 환상과 몽상에 의존하여 구축되어야" 하는 피식민 경험국가의 근대성은 "환영이나 유령과 친밀해지고 그것들과 갈등함으로써"[11] 성장을 꿈꿀 수밖에 없다. 『손님』의 유령서사는 모든 잔재를 외부적 존재로 표상하고 그것을 청산함으로써 '고유한 우리'라는 가상적 자아를 형성하는 효과를 가져온다. 유령들의 기억술에 의존해서 과거를 과거에로 돌려주는 『손님』의 유령학은 식민지인의 존재론적 한계와 아포리아에 대한 인정을 외면하고 있다. 민족을 상상하는 그 유령학은, 유령이 등장하기 이전의 순결한 영토라는 기원으로의 복귀를 원망하고 역사에 마술적으로 참여하기의 전략을 보여준다. 일관되고 분리될 수 없으며 연속적인 전체로서의 자아에 대한 정의를 심문하는 것이야말로 유

---

10 강내희, 「흉내내기와 차이 만들기」, 《흔적》창간호, 문화과학사, 2001. 참조.

11 Marshall Berman, *All that is Solid Melts into Air: The Experience of Modernity*(New York: Penguin Books,)1982,1988, p. 232.

령과의 만남을 통해 얻을 수 있는 덕목이라면『손님』이 보여주는 동일성
과 일관성에 대한 집착은 오늘의 리얼리즘의 증상으로서의 강박을 반복
하고 있다.

4. 그리고 다른 리얼리즘의 비전

그리하여 리얼리즘의, 리얼리즘을 위한 완강한 자기봉쇄의 책략이
계속되는 동안, 어딘가에서는 다른 리얼리즘에 대한 불안한 요청으로
인해 서구로부터 들어온 새 '물건'에 관심을 기울이는 일이 잦아졌다는
것을 또한 기억해야 할 것이다. 그렇다면 리얼리즘의 가능한 갱신의 버
전으로 마술적 리얼리즘이 진정 요구되는 것인가. 통상 '마술적 리얼리
즘'이라고 불리는 개념은 모레티에 따르면 실은 '마술같은 현실'Lo real
maravilloso의 오역으로 시작된 것이고, 이것이 지향하는 바는 모더니
즘에 현실성을 부여하는 것, 즉 아방가르드를 사로잡아 이것이 땅 위에
두 발을 딛게 하는 것이다. 모레티는『백년의 고독』과『한밤의 아이들』로
대표되는 이른바 '마술적 리얼리즘'의 작품들이 서구의 침입에 맞선 상징
적 저항의 기호이자 도구라고 말하면서, 또한 그것이 유럽 문학의 협소
한 회로를 대체하여 세계 체제의 원환적 완결을 이루었다고 평가하고 있
다.[12] 그러니 '마술적 리얼리즘'에서 민족문학의 곤경을 헤쳐나갈 힘을 발
견하려는 리얼리즘론자들의 시도에 대해서는 물론이거니와, "문학이 자
본주의 세계체제에 맞선 반체제적 힘의 담지체가 될 수 있는 방법을 모
색하는"(「민족문학에 떠도는 모더니즘의 유령」), '우리 시대 리얼리즘의 과제'

---

12 프랑코 모레티, 조형준 역,『근대의 서사시』, 새물결, 2001. 참조.

에노 '마술적 리얼리즘'은 별로 기여할 바가 없는 것이다.

　이러한 사정은 「뫼비우스의 심층」의 저자 또한 충분히 인지하고 있는 것이어서, 그는 "마르께스의 『백년 동안의 고독』이 그렇듯이 마술적 리얼리즘은 모더니즘의 이념에서 완전히 자유롭지는 못하다."라고 밝히고 있다. 그러나 "비교하자면 최인석의 환상에는 사회변혁에 대한 욕망과 절박성이 강하다는 점, 그리고 마술성으로 나타나는 경이로움이 아닌 기괴한 공포의 체험이 압도적이라는 점에서 구별된다."라고 서구의 통칭 '마술적 리얼리즘' 조차도 배제하는 뛰어난 순발력을 보여주고 있다. "경이와 공포가 겹으로 짜여 있는 제3세계의 근대체험"이 한국의 민족문학에 『백년의 고독』과는 다른 가치를 부여할 수 있다는 인식은 놀랍지 않은가. 이러한 주장은 『백년의 고독』에 대한 독서는 시간이 오래 걸려서 건너뛴다고 치더라도, 가령 마르께스의 노벨상 수상 연설 정도라도 읽어본 독자라면 결코 할 수 없는 망언에 가까운 것이다. 가르시아 마르께스가 '마술적 리얼리즘'이라고 불리는 그의 소설 기법을 통해서 보여주려한 것이 바로 라틴아메리카의 '경이와 공포가 겹으로 짜여 있는 제3세계의 근대체험'에 대한 보고이고, 억압과 약탈과 절망에 맞선 대답으로서의 삶을 문학적 상상력으로 구현한 것이라고 설명하는 것은 부질없어 보인다. 문제는 언제나, '제3세계의', '남과는 다른 특수한', '식민지 경험'을 내세우면 모든 문제가 해소될 것이라는 뻔뻔한 현실 인식이 아직도 수정될 기미가 보이지 않는다는 점이다. 한 손에는 루카치의 칼, 다른 손에는 특수한 경험에 대한 윤리적 의무라는 정당성의 칼.

　중요한 것은 마술적 리얼리즘의 서사가 세계체제의 완결을 정당화하는 결백의 수사학으로 작동하는 원환적 구소 속에서 민족주의적 저항이라는 운동 또한 자유로울 수 없다는 점이다. 이를테면, 전지구화에 대한 저항과 국지성의 방어라는 좌파적 전략이 결국은 자율적이나 자기 결정적인 것이 아니라 자본주의적 제국 기계의 발전에 연료를 공급하고 그 발전을 지지하기 때문에 해로운 것이라는 『제국』의 저자들의 관점에서라면 민족문학은 어떻게 이해될 것인가[13]. 세계화가 진행될수록 국지적인 실천에 대한 요청과 그에 대한 이론적인 대응이 요구되기 때문에 여전히 민족의 문제가 중요하다는 윤지관의 주장은 이번에는 어떤 순발력을 보여주면서 그 곤경을 빠져나갈 수 있을 것인가.

5. 로망 느와르를 위하여

결국, "순수한 환상에서는 볼 수 없는 강한 사회적 환기력"(「뫼비우스의 심층」)을 지닌 작품만을 구제하고자 하는 시도가 지속된다면, 그것은 이 글에서 미처 다룰 수 없는 2000년대 한국소설의 서사들, "현실의 인과율에서는 용납될 수 없는 이야기들이 오로지 망상의 메커니즘을 따라 소설 속에서 실연(實演)"[14]되는 이야기들의 목록에 대한 배제로 귀결되고 말 것이고, 이는 민족문학의 유령학에서는 자명한 결과가 될 수밖에 없다. 「뫼비우스의 심층」에서 백민석의 많은 작품 중에서 유독 『헤이, 우리 소풍 간다』가 논의의 대상으로 선택된 이유는 "폭력의 형성을 좀더 구조적인 차원에서 접근하여 그 근거에 계급관계에까지 닿아 있는 사회모순이 있음을 환기하는 힘"이 이 작품에서 보다 뚜렷하게 발견되기 때문일

---

13 안토니오 네그리·마이클 하트, 윤수종 역, 『제국』, 이학사, 2001. 참조.

14 김형중, 「소설의 제국주의, 혹은 '미친 새로운' 소설들에 대한 사례 보고」, 『변장한 유토피아』, 램덤하우스중앙, 2006.

것이나. 그런 맥락은 "그의 역작 『목화밭 엽기전』은 엽기적인 파격과 기괴성의 극단을 통해서 무언가 충격효과를 노리지만, 그의 세계인식은 모더니즘의 논리가 만들어 놓은 틀에서 한치도 벗어나지 못한다."라는 평가와, 이에 이어지는 "『손님』의 엽기성은 가령 백민석의 『목화밭 엽기전』이 그려낸 폭력과 제도적 질곡의 알레고리와는 달리 추상화되지도 신비화되지도 않은 채 지금도 진행중인 민족사에 대한 살아 있는 물음을 야기하는 것으로서의 구체성을 띤다. 이것이 『손님』을 민족문학의 성과로 올려 놓는 리얼리즘의 요건이기도 하다."[15]라고 말했던 그 자신의 평가를 참조하여 살필 때, 그 포섭과 배제의 전략이 드러나게 될 것이다. 그러나 윤지관이 한국문학의 실재와 정직하게 대면하여 본다면, "괴물, 변신, 유령, 야만성, 어둠의 요소들이 일상적 삶의 공간을 거의 파괴할 지경으로 출몰하고 일상성을 꿰뚫고 나온 원초적인 욕망이 마그마처럼 흘러넘"(「뫼비우스의 심층」)치는 소설이 최인식과 백민석의 몇몇 작품에만 한정된 것이 아님을 이해하게 될 것이고, 오직 현실에 의미있게 개입하거나 사회적 환기력을 지녀야 한다는 자신의 강박이 그 앞에서 얼마나 무기력할 따름인지 이해할 수 있을 것이다. 외상으로 가득한, 외설스러운, 과잉의 이야기들로 넘쳐나는 이 실재들을 통합해낼 수 없는 민족문학의 이론과 비평에게 2000년대 한국문학은 악몽으로 이해되지 않을 것인가. 이 로망 르와르(le roman noir)의 괴물들을 대적하여 다시 루카치의 '소잡는 칼'을 빼드는 것은 정말 현명한 대응이 될 수 있을 것인가. 민족문학이 한국문학의 실재로부터 도망칠 때, 민족문학 혹은 리얼리즘이란 이름 자체는 하나의 환각이나 유령이 되어버릴지도 모른다.

---

15 윤지관, 「녹슨하늘에 맞서는 몇 가지 방법-리얼리즘·모더니즘·민족주의」, 《창작과비평》, 2002년 봄.

윤지관이 괴물이나 유령 같은 환상적인 요소들의 등장은 "그런 요소들이 진정으로 실재하는 것 혹은 현실다운 현실에 대한 탐구와 어떻게 결합되어 있느냐에 따라서 리얼리즘의 성취를 따지는 관건이 된다"라고 말할 때, 그는 어쩌면 여자에 대해 말하는 남성 우월론자처럼 보이기도 한다. 다시 말하면 여자란 참을 수 없는 해악임이 분명하지만, 여자가 없다면 상황이 더 나빠질 것이기 때문에 여자란 남자가 가질 수 있는 최선의 것이라고 말하는 남성우월론자 말이다. 요컨대, 환상이나 유령의 채택이나 활용 같은 것을 적극적으로 끌어안음으로써 리얼리즘의 작품과 비평 양자의 외연을 동시에 확장하려고 노력한다고 해도, 그것이 끊임없이 현실에 대한 비판적 개입이라는 자기동일성으로 회귀하고 마는 것이라면, '선언'의 차원에서조차도 리얼리즘의 갱신은 가능하지 않아 보인다. 문제는 정말 리얼하다고 믿고 싶어하는 '현실'과, 리얼하지 않은 '환상'이 뫼비우스의 띠처럼 연결되어 있다는 것을 아는 것, 리얼한 것의 경계를 확정하기 위해서 환상을 포획하고, 오직 배제를 통해서만 환상을 끌어안는 것이 아니라, 현실과 환상의 경계선 언저리를 떠도는 무수히 많은 삶의 계기들에 대해서 인식하고 그것이 우리 삶에 무언가 의미를 전달할 수 있으리란 작은 이야기들의 진실을 조용히 수락하는 것이다.

윤지관을 비롯한 리얼리즘론자들은 환상이란 것이 그 자체로 일종의 증상이며, 또한 놀이이기도 하다는 점을 간과하고 있다. 그들에게 로망 느와르를 생산하는 젊은 작가들은 '즐긴다고 가정된 주체'로 상정되고 있는지도 모른다. 그들은 그 젊은 작가들이 '부당하게' 누리고 있는, 참을 수 없을 정도로 무한하고 소름끼치는 쾌락으로부터 작가들을, 아니 한국문학을 보호하고 구제해야 한다는 일념으로 가득차 있는 것으로 보인다. 그러나 다들 알고 있듯이, 그런 강박이 불러오는 것은 결국은 자기자신을 파괴하고 마는 열정과 다른 것이 아니다. 칸트의 윤리와 라캉의 실재 개념에 대한 알렌카 주판치치의 진술에서 '실재와 사건'에 '민족문학과 리얼리즘'을 대입해서 가져오는 것이 허용된다면, 우리는 그것이 오늘의 쇠잔한 리얼리즘론에 대한 선취된 평가임을 이해할 수 있을 것이다. 민족문학과 리얼리즘이 그 자체로 윤리적 범주들이 아니라는 것을 '망각'할 때, 그리고 그것들을 어떠한 일이 일어나더라도 실현되어야 하는 최고선 개념에 대한 일종의 대체물이나 근대적 등가물로 이해할 때, 윤리는 재앙에 대한 모호한 욕망으로 변형되고 말 것이다.[16]

6. 한국문학과 유령의 정치학

정말로 오랜 시간 동안 차이와 반복으로 점철된 논의들이 오갔음을 충분히 이해한다면, 민족문학의 유령극장이 2000년대의 한국문학에 나타난 외상적인 존재들, 괴물들의 질주를 상영하기에 적절한 스크린을 제공하지 못한다는 것을 이해할 때도 되었다. 지겹도록 반복되는 민족이나 현실의 수식을 벗어버리지 못하는 한, 그것은 유랑극장처럼 떠돌다가 사라질 운명에 스스로를 가둘지도 모른다. 분명한 것은 그러한 문학론이 오늘의 젊은 문학들에 나타나는 유령이나 괴물들의 실재를 더 이상 감당할 수 없다는 것이다. 김영찬은 오늘의 젊은 작가들의 작품이 보여주는 "무기력한 자기방어와 자기위안의 미학"이 문학 자체의 갱신을 위해 희망적이지 않다고 지적하면서도, "후기근대 자본주의의 풍요와 활기 뒤에 감추어진 흔들리는 불안과 숨막히는 폐쇄성에 대한 정직한 실감에 바

---

16 알렌카 주판치지, 이성민 역, 『실재의 윤리』, 도서출판 b, 360쪽. 참조.

탕을 두고 있다는 사실"에 주목해야 한다고 말했다.[17] "발랄하지만 무기력한 공상이나 방어적 판타지말고는 그에 저항할 수 있는 의식과 현실의 견고한 거점이란 어디에도 없다는 생래적 감각"에서 기인한 그들의 소설을 인정할 필요가 있다는 것이다.

윤대녕과 정영문과 백민석에서부터 배수아, 강영숙, 박민규, 이기호, 편혜영, 박형서 같은 작가의 작품들에서 환상적인 요소를 찾아서 그것 의미 있는 현실 속으로 귀환시키려는 노력은 무의미해 보인다. 그들의 작품 속에 등장하는 살아 있는 것도 아니고 완전히 죽은 것도 아닌 유령은 정체를 갖지 않는 것으로 정체를 대신하고, 고정된 정체성의 경계를 넘나든다. 주체에 대한 담론들이 상연되는 한국소설의 극장에서 유령은 혼성적이고 이질적으로 출현한다. 작품들은 이질적인 주체의 탄생담을 증언하며 주체성에 대한 인식에 균열을 가져오고 있다. 분열된 정체성과 해체된 몸, 이중성의 환상을 적시하는 유령서사가 자아를 구성하는 상징질서를 심문하거나, 자아에 대한 독단주의의 토대가 되는 상징질서의 해체를 가져오기도 하고, 허구적으로 구성된 정체성을 넘어 더욱 유연한 자아개념을 탄생시키는 계기가 되기도 한다. 주체성의 생산이 언제나 이종교배hybridization와 경계교차의 과정이라면, 지금 한국 소설의 인물들은 유령과의 접촉을 통하여 '주체적 혼성물' 혹은 혼성적 주체성을 생산하려 하는지도 모른다.

이 지점에서 유령과의 조우를 기록하는 정치학이 필요할 것이다. 자아의 균열들을 메우고 자아의 내면에 새겨진 흔적으로서의 이미지를 들추어내는 것이 기억의 역할이듯, 인간의 현전에 대한 기억이고 인간이 경험하는 주체성의 역사에 대한 기억인 유령을 반추하는 것은 자아의 이

---

17 김영찬, 「2000년대 한국문학을 위한 비판적 단상」, 《창작과비평》, 2005년 가을.

미지를 구축하려는 자에게 주어진 소명이다. 주체성의 위기를 기억하는 것은 위기의 바깥이 아니라 그 위기의 내부에 새로운 주체성의 자유로운 공간을 구축할 것을 요구한다. 유령을 기억하고 유령과 더불어 살아간다는 것은 인간과 유령의 접속면interface에서 대안적 주체성을 생산하는 유력한 방안이다. 유령의 어둡고 황량한 영토를 횡단하고 탈근대의 마법을 기억할 때만, "주문을 외워 불러내었던 저승의 힘을 더 이상 감당할 수 없게 된 마법사와"도 같은 모더니티의 곤경을 넘어설 수 있을 것이다.

유령은 죽지 않고 다시 돌아오는 존재라는 점에서 유령을 기억하는 것은 또한 이미 죽은 자들, 아직 태어나지 않은 자들과 함께하는 연대의 정치학이기도 하다. 그것은 데리다가 말한바, "여기에 없는 자들, 더 이상 존재하지 않거나 아직 현존하고 살아 있지 않은 자들에 관련된 정의에 대한 존중"에 기반하여 새로운 미래에 대해서 말하는 연대이다. 다시 돌아올 유령의 자리를 주체성의 공간 속에 남겨 두면서, 더 넓은 세상으로 스며드는 정체성을 상상하기. 현재의 자아가 비동일적 존재라는 것을 인식하면서도, 자아라는 개념을 구제하기를 멈추지 않는 것. 그것은 유령과의 연대를 통해서만 이루어 낼 수 있을 것이다. 그것은 민족이나 계급 같은 특정한 공동체에 공통적으로 귀속되지 않은 채 이루어지는 연대이다. 그리하여 그것은 어떤 단일한 주체도 강령도 없는, 어떤 유령적 존재와의, 이상한 공동체를 꿈꾸는 정치학이 될 것이다. 한국 소설의 두렵고도 낯선 유령극장의 과제는 그러므로 어떤 강박의 틀을 멀리 벗어난 자리에서 그 기억과 연대의 정치학을 얼마나 올바르게 상연할 수 있는가에 달려 있는 것이고, 그것에 의해 소멸하거나 되살아나거나 할 운명이 결정될 것이다. 그것이 2000년대라는 모호한 연대의 양피지에 기록되어 있는 '소설의 운명'이 아닐 것인가.

차이와 반복,
2000년대 한국문학장의 표절과 문학권력

1. 2015년 한국문학장의 풍경

한국문학의 2015년은 신경숙의 표절에 대한 고발과 이로 인해 다시 점화된 문학권력 논쟁으로 점철된 해로 기억될 것이다. 2016년에도 여전히 지속되고 있는 이 논란의 중심 논제인 문학권력에 대한 문제가 2000년대를 전후한 시점에 제기된 것을 감안한다면, 이는 2000년대 이후 한국문학장의 뚜렷한 증상의 하나라고 보아야 할 것이다. 신경숙의 단편 「전설」이 일본 작가 미시마 유키오의 작품 「우국」을 표절했다고 하는 작가 이응준의 고발로부터 촉발된 이 논란은 신경숙에 대한 윤리적, 법적 질책을 넘어 한국 문학을 둘러싼 창작과 출판의 시스템을 뒤흔들기에 충분할 만한 파장을 불러왔다. 이 사태에 대한 진단과 처방을 모색하는 다양한 목소리들이 등장하고 있는데, 거기에는 표절 개념에 대한 상반되는 관점의 논의에서부터 2000년대 이후 문학장의 변화에 이르기까지 중요한 문제들이 제기되었다고 할 수 있다. 이 글에서는 표절과 문학권력을 둘러싼 논의들 중 주요한 주장들을 검토하며 2000년대 한국문학장의 표절과 문학권력론의 양상을 살펴볼 것이다.

이응준은 미시마 유키오의 「우국」와 신경숙의 「전설」에서 유사한 문장을 제시한 후, 그것이 "순수문학 프로작가로서는 도저히 용인될 수 없는 명백한 '작품 절도행위-표절'인 것이다."라고 선언하였다. 이어서 그는 "원래 신경숙은 표절시비가 매우 잦은 작가다."라고 말하고, "표절은 시대와 시절에 따라 기준이 변하거나 무뎌지는 '말랑말랑한 관례'가 아니다."라고 선언한다. 그리고 이러한 표절이 용인되는 이유는 "책이 많이 팔린다거나 그것과 음으로 양으로 연관된 문단권력의 비호"가 있어야 한다."고 주장함으로써 신경숙을 표절 작가로 낙인 찍으면서 이 표절 작가의 문학적 성공이 한국 문학장의 오래된 병폐와 관련을 갖는다는 주장을 완성한다.[01] 「우국」과 「전설」의 분명한 유비에 대한 지적 이외에 이응준이 제기하고 싶어 하는 주장은 세 가지인 것으로 보인다. 1) 신경숙은 원래 표절 작가이다. 2) 표절의 기준은 분명하다. 3) 이런 문제작가를 옹호한 것은 문단권력의 문제이다. 이응준의 성난 목소리 속에서 이 세 가지 주장은 신경숙과 문학권력을 고발하려는 단 하나의 목적론 속으로 정향되어 있다. 그러나 이후의 논의들은 문제 제기자의 목적론에 부응하지 않는 다양한 스펙트럼을 보여주면서 각자의 입장에서 이에 응답하려는 시도를 보여주었다.

이응준의 주장 중 1)의 문제에 대해 이응준은 신경숙이 표절을 일삼은 작가라는 근거로 "재미 유학생 안승준의 유고집 『살아는 있는 것이오』의 서문은 고인의 부친 안창식이 쓴 것인데 이를 신경숙이 자신의 소설 「딸기밭」에 모두 여섯 문단에 걸쳐 완전 동일하거나 거의 동일한 문장으로 무단 사용한 것이나, 신경숙의 장편소설 『기차는 7시에 떠나네』와 단

---

01 이응준, 「우상의 어둠, 문학의 타락-신경숙의 미시마 유키오 표절」, 『허핑턴포스트』, 2015년 6월 16일. http://www.huffingtonpost.kr/eungjun-lee/story_b_7583798.html

편소설 「작별 인사」가 파트릭 모디아노와 마루야마 겐지의 소설들 속 문장과 모티프와 분위기 들을 표절했다는 고발" 등 최재봉 기자와 박철화의 문제제기를 거론하였다. 이에 대해서는 정은경과 윤지관, 장은수의 반론이 나와 있고 이에 대한 더 이상의 논의가 전개되지 않았기 때문에 이 글에서 상론할 필요는 없으리라 판단된다.[02] 문제는 표절의 기준과 문학권력에 대한 논란이다. 이는 각각 장을 달리해서 살펴보도록 한다.

2. 표절담론, 낭만주의 혹은 상호텍스트성을 넘어서

이응준의 글이 발표된 다음 날 신경숙의 책을 출판한 창작과비평사에서는 '창비 문학출판부' 명의의 보도자료를 통해 "인용 장면들은 두 작품 공히 전체에 차지하는 비중이 크지 않다. 따라서 해당 장면의 몇몇 문장에서 유사성이 있더라도 이를 근거로 표절 운운하는 것은 문제가 있

---

02 윤지관, 「문학의 법정과 비판의 윤리」, 『창작과비평』 2015년 가을호. 정은경, 「신경숙 표절 논란에 대하여」, 『창작과비평』 2015년 가을호. 장은수, 「무엇을 표절이라고 할 것인가」, 『문학동네』 2015년 가을호. 윤지관은 "『전설』을 제외한 나머지 5개 작품의 표절 혐의는 「전설」과는 비교가 되지 않을 정도로 경미한 것이며, 여기에 표절 의혹을 제기하는 것이 과연 정당한 것인지조차 의심스럽다는 것이 나의 검토 결과다."라고 말한다. 정은경은 지적된 내용이 유사한 분위기와 모티프로 인한 것이라고 지적하면서 "한 단락 안에서 '여섯 개의 단어 동일'이라는 문장 단위의 표절 기준 이외에 모티프 및 이미지 차용 등은 모방과 영향 관계로 보아야 하는 것 아닐까"라고 의견을 제시한다. 장은수는 문학에서의 표절 여부를 가르는 기준이 매우 까다로운 문제라고 밝히면서, 거의 유일한 표절의 기준은 문장 레벨에서 구체적인 표현의 동일성 여부라고 주장한다. 그는 "두 가지 유 사이의 온갖 유사성을 발견한 후 표절 의혹을 제기하는 것은 비평적 감식안의 무능력을 보여줄 뿐 아니라 의혹 제출의 윤리마저 의심하게 만든다."고 주장하며 의혹제기자들을 비판한다.

다. "[03]는 입장을 발표하였다. 그러나 창비 편집주간인 백영서는 『창작과
비평』 2015년 가을호의 서문에서 최초의 보도자료가 내부논의를 거치지
않은 것이었다고 사과하면서, "저희는 그간 내부토론을 거치면서 신경숙
의 해당 작품에서 표절 논란을 자초하기에 충분한 문자적 유사성이 발견
된다는 사실에 합의했습니다. 하지만 동시에 그런 유사성을 의도적 베껴
쓰기로 단정할 수는 없다고 판단했습니다. 그렇다면 무의식적인 차용이
나 도용도 포함하는 넓은 의미의 표절이라는 점이라도 신속하게 시인하
고 문학에서의 '표절'이 과연 무엇인가를 두고 토론을 제의하는 수순을
밟았어야 했는지도 모릅니다."[04]라고 주장하였다. 이에 대해 비판자들은
"두 작품에 대한 평가를 말했지만, 두 작품에 대해 어떤 평가를 내리든
상관없이 「전설」이 적어도 문장 단위에서 「우국」을 표절한 것은 분명하
다. 이 분명한 사실을 '문자적 유사성'이나 작품의 성취 운운하면서 덮을
수는 없다."[05]라고 말하며 비판하였지만, 창비의 입장이 표절 논란을 불
러 온 작품의 성취에 대한 분석의 필요성을 제기한 점과 문학에서의 표
절이란 무엇인가에 대한 문제를 제기함으로써 표절 논란을 표절 담론으
로 이끈 점은 의미를 갖는 것이었다고 판단할 수 있다.

　　신경숙의 작품이 미시마 유키오의 작품의 일부를 차용하거나 베껴쓴
것은 분명하지만 그것을 표절이라고 낙인찍기보다 두 작품의 정향과 성
취가 갖지 않다는 차이에 주목해야 한다는 입장을 지닌 비평가들은 적지
않은 것으로 보인다. 표절 사태가 벌어진 후 한국작가회의와 문화연대가
공동 주최했던 긴급 토론회에 토론자로 참석하였던 정은경은 발제자이

03　2015년 6월 17일 '창비 문학출판부'가 배포한 보도자료.

04　백영서, 「표절과 문학권력 논란을 겪으며」, 『창작과 비평』 2015년 가을호.

05　오길영, 「한국문학의 아픈 징후들」, 『황해문화』, 2015. 겨울호, 228쪽.

자 최초로 신경숙의 표절에 대해 지적한 바 있던 정문순의 주장에 대해 "지적하신 '1) 플롯과 모티프의 유사성 2) 유사 문장과 동일문장'에서 확인된 동일 문장을 제외하면, 플롯은 유사하지 않고, 모티프의 유사성을 근거로 한 표절 유무는 좀더 논의해봐야 할 문제라고 봅니다."[06]라고 밝히며 두 작품의 차이에 처음으로 주목했다.

권희철은 계간 『문학동네』 가을호의 권두언에서 표절시비의 근거로 지적되는 공통사항에 대해 거론하며 "이 공통적인 소재와 구성이 두 작품의 구체적인 이야기의 흐름 속에서 대립되는 질감과 주제의식을 빚어내고 있다는 점에 대해서는 별다른 지적이 없는 것 같다."고 지적한 후,「우국」과「전설」에 대한 긴 분석을 이어간다. 그의 결론적 진술은 이렇다.

간단히 말해서「우국」의 안타까움은 관능적인 분위기를 표현하기 위해 동원된 감정이지만「전설」의 안타까움은 이 부부가 행복의 순간으로부터 굴러떨어져 앞으로 겪게 될 이별과 상실의 슬픔에 대한 예감이 된다.「우국」과「전설」이 서로 다른 주제를 갖고 있고 서로 다른 감정들을 다루기 때문에 그것이 이 유사한 구절들조차 미묘하게 바꿔놓고 있는 것이다.

저 명백하게 유사한 인용문들에 독자들이 분노하고 항의하는 것은 당연하다. 그러나 비평가들이 이 명백한 차이에 대해 고려하지 않거나 말하지 않는 것은 자연스러운 일이 아니다.[07]

「우국」과「전설」이 동일한 문장을 반복하고 있음에도 서로 다른 주제

---

06 정은경, 앞의 글, 323~324쪽.

07 권희철, 「눈동자 속의 불안」, 『문학동네』 2015년 가을호, 8쪽.

와 감정으로 나아가는 차이를 주목해야 한다는 것이다. 반복된 문장의 유사성이 너무도 분명한 것이기에 이를 표절이라고 지적하는 행위는 한편으로 정당성을 얻지만, 그것은 문학에 대한 일반 독자들이 제기할 수 있는 항의일 뿐이고, '비평가의 행위'는 그와는 달라야 한다는 것이 권희철이 무엇보다도 하고 싶어하는 말인 듯하다. 그가 이어지는 단락에서 "더 분명히 말하자면, 「전설」은 「우국」의 표절이다."라고 분명히 말하고 있는 것으로 미루어 보면, 그의 입장은 표절에 대한 옹호가 아니라, 표절을 고발하며 문학권력의 책임을 묻는 일에 대한 비평가의 태도를 검토하는 것이 중요하다는 지점에 서 있는 듯하다.

　두 작품에 대한 분석을 통해 반복과 차이를 발견하려는 노력은 최원식에게서도 발견된다. 그는 이응준이 지적한 대목은 표절이라고 해도, "작품 전체를 그리 보기는 어렵다"고 주장한다. 그는 두 단편이 같지 않은 작품이라고 주장하는데, 그 이유로 드는 것은 구성과 모티브가 유사한 분위기를 지니고 있지만, 그 삽화들이 변형되고 있으며, 그를 실현하는 문체를 비롯한 세부가 매우 다르다는 점이다. 무엇보다도 파시즘을 찬미하는 「우국」과 반전이라는 주제를 내세우고 있는 「전설」은 같은 맥락에서 파악될 수 없다는 것이다. 그러므로 "두 작품은 기본적으로 표절관계가 아니라 영향관계다."[08]라는 것이 최원식의 주장이다. 요컨대 유사하거나 동일한 문장들의 반복에도 불구하고 작품의 세부와 작의가 다르고, 그 성취에서 차이를 보인다면 그 두 작품은 표절이 아니라 영향관계로 파악해야 한다는 것이다.

　장정일은 「표절을 보호해야 한다」라는 도발적인 제목의 글에서 표절

08　최원식, 「우리 시대 비평의 몫?」, 『문학동네』 2015년 가을호, 49쪽.

에 대한 고발과 비난의 중심에는 낭만주의에서 발원한 작가 관념이 자리하고 있음을 지적한다. 그에 따르면 낭만주의가 창조와 개성으로 무장한 작가의 탄생을 강조하지만, 낭만주의 운동이란 그 자체로 "대규모 표절 운동이기도 했다"는 것이다. 이런 맥락에서 장정일은 창작에 대한 낭만주의적 관념을 버리고 창작을 위한 기반으로서 표절을 적극적으로 용인하고 활용하는 태도가 필요하다고 주장한다.

> 창작의 산실은 '스스로 하기(DIY)'의 작업장이 아니라 무한 재사용(reuse)이 벌어지는 곳이다. 보르헤스의 발상을 빌려오자면, 표절과 창작은 '1대1 지도(地圖)'이며, 문학을 하기 위해 표절은 필수적이다. 그럼에도 표절을 창조의 일부가 아닌 범죄로만 보는 편견은, 무한 경쟁과 낙오에 대한 두려움으로 폐색된 이 시대의 보수성이 작가의 표절을 '무임승차'와 '불로소득'으로 단죄하는 것으로 해석될 여지를 낳는다. 이런 족쇄는 창작을 제약하는 부메랑으로 되돌아온다. 역설적이게도, 독자들이 저 등식(작가=창조자, DIY)을 떠받들면 떠받들수록 작가들은 마치 자신이 신이기라도 한 양 착각하게 된다. 하지만 강조컨대 작가의 창조성이란, 사회와 역사를 비롯한 외부와의 교섭에서 나온 산물이며 그가 받았던 교육과 독서 편력도 거기에 포함된다.[09]

장정일의 주장은 흥미롭다. 그에 따르면 문제는 표절이 아니라 낭만주의적 작가 관념 속에 사로잡힌 독자와 대중들의 관념으로 인해 발생한 것이다. "다만 내가 바라는 것은, 나와 나의 문우들이 문학을 처음 시작했을 적에 신앙했던 문학의 그 치열하고 고결한 빛을 되찾는 일일 뿐이

---

09 장정일, 「표절을 보호해야 한다」, 『시사IN Live』, 2015. 7. 18.

다."[10]라고 주장하며 신경숙을 고발한 이응준의 신념이 낭만주의에서 기원한 것은 분명해 보인다. 신경숙의 '필사를 통한 소설쓰기' 작업을 '문학작품의 복제적 증식'이라는 측면에서 파악하면서 "'복제적 '증식'은 육화되지 않은 '자기 세계의 구현'이라는 측면에서, 문학예술의 창조성에 대한 심각한 위기의 증후이기도 하다."[11]고 주장하는 오창은의 논의 또한 낭만주의의 창조성에 대한 훼손으로 신경숙의 행위를 파악한다. 그러나 그러한 고발과 그로 인해 촉발된 세간의 논란에 대해 미숙한 대응을 보여준 작가 신경숙의 입장 또한 낭만주의로부터 그리 먼 곳에 자리하고 있는 것은 아니라는 점은 기억할 필요가 있다.

> 그건 표절을 받아들이는 공동체의 시선이기 이전에 애초에 신경숙이 그런 식으로밖에 대응할 수 없도록 강제한 그 자신의 어떤 이데올로기적 한계 지점이기도 하다. 즉 그런 의도적인, 어쩌면 비의도적 망각과 그런 식의 궁색한 대응을 낳게 한 배경에는 애초에 글쓰기가 자기 피와 살을 갉아먹으면서(『외딴방』에 이런 비슷한 표현이 나온다) 내면의 고유한 원천에서 끌어 올리는 독창적인 어떤 것의 표현이어야 한다는, 문학에 대한 그런 일종의 낭만주의적 관념의 작용이 있었을 거라는 얘기다. 어쩔 수 없이 돌출하는 필사의 부산물조차 자기 것이라고 착각하게 만든, 혹은 착각해야만 하는 그 어떤……[12]

김영찬에 따르면 작가의 비의도적 망각이라는 궁색한 대응이 사태를

---

10 이응준, 앞의 글.

11 오창은, 「베껴쓰기, 혹은 필사(筆寫)의 파국」, 문화과학, 2015, 9, 220쪽.

12 「표절 사태 이후의 한국문학」, 『문학과사회』 2015년 가을호, 396쪽. 인용은 김영찬의 발언이다.

초기에 진화하는 것을 막은 결정적인 문제였는데, 이는 작가가 지니고 있는 문학에 대한 낭만주의적 관념의 작용으로 인한 것이다. 표절의 문제를 비판하는 작가와 이에 대한 대응에 주저하는 작가에게는 모두 낭만주의적 작가관이라는 관점이 개입하고 있다는 점을 알 수 있다. 장정일이 문제라고 판단하는 대목은 바로 이 지점이다. 장정일의 주장에는 탈근대 문학이론이 주장하는 영향에 대한 불안과 상호텍스트성의 맥락이 개입되어 있다. 상호텍스트성이라는 맥락 속으로 신경숙의 표절의 문장들을 소환하는 논의는 차용과 표절을 분명하게 구분하여 이를 각기 다른 범주로 환원하고자 하는 윤지관의 논의에서도 발견된다. 그는 "문학에서 남의 작품의 구절이나 구상을 '차용'하는 것은 일반화되어 있고 어떤 점에서 차용은 문학창작의 가장 보편적인 방법 중의 하나이기도 하다."[13] 라고 말하며 창작의 방법론으로서의 차용과 표절은 다른 것이라는 주장을 펼쳐 보였지만, 같은 글의 결말에서는 "쿠데타는 성공해도 쿠데타지만, 표절은 성공하면 뛰어난 작품으로 변신한다. 그것이 정치와는 다른 문학의 마술이며 내가 엘리엇과 더불어 "작가들이여, 흉내에 그치지 말고 더 크게 훔쳐라"라고 말하고 싶은 이유도 여기에 있다."[14]라고 말하며 적극적으로 표절을 옹호하는 듯한 입장을 취한다. 결국 윤지관의 주장은 표절이 아닌 차용은 문제될 것이 없다는 주장에서 작품의 성취를 동반한 것이라면 일부가 표절이라도 허용되어야 한다는 주장으로 옮아간 것으로 보이는데, 상호텍스트성의 맥락에서 보자면 인용, 차용, 표절, 번역 등의 차원은 모두 동일한 범주들의 하나라고 보아야 할 것이다.

장은수는 표절에 대한 의견을 제시한 장정일과 윤지관의 주장이 비

---

13 윤지관, 앞의 글, 357쪽.

14 윤지관, 위의 글, 374쪽.

슷한 범주의 오류를 범하고 있다고 지적한다. 그는 "차용의 수준에 따라, 그리고 새로운 작품의 완성도에 따라서 표절 여부가 정해지는 것은 아니다"라고 말하며, 전체 작품의 성취에 따라 표절의 유무를 판단하려는 윤지관의 주장을 비판한다. 그는 "문학작품의 운명적으로 맞이할 수밖에 없는 영향 또는 차용의 문제와 개별 작가가 다른 작가의 문장을 의식적 또는 무의식적으로 표절하는 문제는 사실 전혀 다른 층위의 문제이다."[15] 라고 주장한다. 그러나 앞서 살펴본 것처럼, 상호텍스트성의 맥락을 받아들인다면 차용과 표절이 다른 층위를 지니게 되는 것은 아니다.

장정일은 낭만주의적 작가 관념이 문제라고 지적하고 있지만, 그가 완전히 그러한 관념을 벗어난 것으로 보이지는 않는다. 그는 "신경숙이나 귀여니나 살아생전 글로써 생계를 잇고 있는 것이지, 아직 '작가의 삶'을 시작한 것은 아니다. 진정한 작가의 삶은 그들이 죽고 나서 비로소 시작된다."(장정일, 앞의 글)라고 말하며 불멸하는 작가의 이름에 대한 믿음을 보여주는데, 작가의 진짜 삶이 사후에 평가되고 보존되리라고 보는 관념 또한 낭만주의가 발명한 것이다. 그러므로 장정일의 주장을 지지하는 한편, 그의 주장이 또한 작품의 진정한 기원으로서의 창조적 작가의 이름에 대한 옹호로 이해될 수 있는 것이라는 점을 덧붙일 필요가 있을 것이다.

사실 상호텍스트성과 낭만주의의 거리가 그렇게 먼 것만은 아니다. 플라톤의 모방에 대한 논의와 낭만주의의 시적 영감에 대한 믿음은 작가의 경험과 독서라는 상호텍스트성의 큰 자장에서 이해될 여지를 가진 것이기도 하다. 비평가 유종호는 김사인과의 한 대담에서 낭만주의가 강조

---

15 장은수, 앞의 글, 58~60쪽.

한 영감이라는 것도 작가가 무의식의 수준에서 추구한 것이 갑자기 의식의 수준으로 떠오른 측면을 지니는 것이고, 이런 맥락에서 상호텍스트성의 문제로 귀착되는 것이라는 주장을 펼친 적이 있다.[16] 상호텍스트성이 낭만주의로부터 포스트모더니즘에 이르기까지 문학 생산의 비밀을 말해주는 공간에 폭넓게 자리잡고 있는 것이며, 그 핵심에 무의식에 자리잡고 있는 체험과 감각에 대한 기억이나 망각의 문제가 놓여 있는 것이라면, 낭만주의적 문학관으로 표절을 고발하거나 포스트모던한 관점에서 그것을 옹호하거나 혹은 권장하는 것이 하나의 유일한 기준으로 제시될수는 없을 것이다. 중요한 것은 작가의 생산적 기억과 망각이 어떤 방식으로 그의 작품을 형성하는가를 작품의 창조와 그에 대한 비평의 맥락에서 섬세하게 접근하려 시도하는 일일 것이다. 여기에는 '이름'의 문제가 개입되어 있다.

> '말'의 주인은 보들레르도 그레이도 아니다. '말'에 주인이 있다고, 그러니 주인을 찾아주어야 한다고 보는 사고 자체가 어쩌면 잘못된 믿음의 산물이며 어느 한 시대의 '보편적 편견'일 수 있다. 말은 끊임없이 옮겨다니며 새로운 빛깔과 울림을 얻고 새로운 시대, 새로운 장소에서 새로운 의미를 계시한다. 그것이 말의 예술인 문학의 힘이자 원천이며 글 쓰는 이들이 앞으로도 계속 나올 수밖에 없는 이유이다.[17]

남진우는 상호텍스트성 속에서 글 쓰는 사람들은 누구도 그 말의 주인이 아니라고 말한다. 따라서 낭만주의 이후 근대문학에 자리잡은 독창

---

16 유종호, 김사인, 「시읽기는 주체적인 삶의 영역」, 『문학동네』 2002년 가을호, 참조.
17 남진우, 「판도라의 상자를 열며―표절에 대한 명상 1」, 『현대시학』 2015년 11월호, 41쪽.

성과 개별성의 신화를 다시금 사유하는 것이 필요하다고 주장한다. 그러나 우리는 이미 낭만주의가 문제인 것은 아니라는 점을 살펴보았다. 문제는 내 것이 아닌 '말'과 미처 의식하지 못하고 있던 '기억'의 부름에 응답하는 책임의 문제일 것이다. 그 부름에 답할 수 있는 주체라야 작가라는 위치에 자신의 이름을 기입할 수 있을 것이다.

신경숙의 『외딴방』에는 '삶은 독한 상처로 이루어지는 것'임을 깨달은 한 소녀가 공장에서 일하며 학업을 이어나가기 위해 서울로 올라온 후의 시간들이 있고, 그 시간을 기억하거나 망각하고 싶어하는 서른 두 살 화자의 고백이 있다. 소설의 화자는 그 고백을 힘겹게 완성함으로써 독한 상처를 통해 작가로 성장한 한 소녀의 이야기를 우리에게 들려준 것이다. 이 소설을 읽으며 우리가 깨닫게 된 것은 기억을 간직하는 것은 그것을 망각하는 것이기도 하며, 그리고 다시 그것을 상기하는 것을 통해 인간은 자신을 형성해가고 글쓰기를 수행할 수 있게 된다는 점이었다. 이번 표절 사태에서 신경숙이 보여준 것은, 아니 보여주지 못한 것은 자신의 과거를 상기하는 능력이었다. 그는 어떤 독서를 기억했고, 그것을 간혹 망각할 수 있었겠으나, 다시금 그 독서를 되살려내어 정직하게 자신과 대면하는 작업에 실패했거나, 실패하는 모습을 연출한 것이다.[18] 내 것이 아닌 말과 무의식 속에서 올라온 기억들에 응답함으로써 작가는 자신의 이름을 얻는다. 그리고 우리는 작가의 기억을 존중하면서 그의 망각을 질책할 수 있는 독자의 자리를 벗어날 수 없다.

---

18 허병식, 「그럼에도 불구하고, 한국문학을」, 『빅이슈』, 2015. 7. 15. 참조.

3. 문학권력 - 반복과 차이로서의 비판

모든 사태의 원인이 문학 권력에 있다는 것이 이응준의 정향이었고, 그리하여 이에 응답하는 문학 권력에 대한 비판론이 다시 돌아온다.

> 우리 출판시장은 창비 작가, 혹은 문지나 문동 작가로 나누어져 있지 않고 이들에 의해 구축된 주류 문단의 안쪽이냐 바깥이냐로 나누어져 있는 것으로 보입니다. 그것이 한국문단의 문학장의 구조로 보입니다. 문학 권력과 문학적 권위, 그리고 상업적 이익이 강고하게 구조화되어 있는 것이지요. 신경숙 사태는 그러한 구조가 드러난 국면이라고 해석할 수 있을 것 같습니다. 이번 사태에서 많은 이들이 창비의 문제에 주목하는 것은, 창비가 계간지를 통해서는 공공적 가치나 사회적 메시지를 전달하는 포즈를 취하면서도 새로운 문학적 가능성을 개발하거나 실체들을 발굴하지 못한 채 문학동네나 문지의 작가들을 꿔다 쓰고 이들을 비평이나 담론을 통해 후원하는 행태를 보이고 있다는 점에 있을 것입니다.[19]

문학 권력에 대한 비판적인 입장을 지닌 논자들의 주장은 위에서 인용한 내용을 핵심으로 삼는 것이다. 그것은 2000년대 초반 제기되었던 논쟁의 반복이다. 이명원은 이 좌담에서 천정환과 전봉관이 조사한 통계자료를 근거로 한국에서 주요한 문학상을 받은 작가 중 창비, 문지, 문동 출신 작가의 비중이 80퍼센트라는 점을 지적한다. 그리고 "그 동안 문단 안에서 문학 권력 얘기를 했을 때 그에 대항하는 쪽에서 심증일 뿐이

---

19 방민호, 김문주, 이명원, 서영인. 「좌담 한국문학 어디에 서 있나?」『서정시학』, 2015년 겨울호, 17~18쪽.

라고 했는데, 실제로 통계가 이렇게 나온 거죠."[20]라고 말한다. 그들이 반복 속에서 내세우고 있는 차이는 이러한 것이다. 문학상을 받은 작가의 성취가 어떠한 것인가를 묻지 않고 그들의 출신을 따지는 의식의 문제를 지적할 필요가 있겠지만, 보다 중요한 것은 차이를 만들어내지 못하는 반복이란 소극의 웃음조차 발생시키지 못하는 무의미한 소음으로 전락할 위험에 처한다는 점이다. 차이는 그들의 주장에서 오는 것이 아니라, 변화한 문학장의 문제로부터 온다.

"2000년대 초반의 '문학권력 논쟁'이 권력의 주체를 상정하고 그를 비판하는 형태를 취함으로써 문학장의 작동 구조를 단순화시켰고 결과적으로 문학장 내의 권력 투쟁 형태를 띰으로써 새로운 문학장의 구성과 주체의 문제를 충실히 제기하지 못했다는 한계"[21]에 대한 서영인의 지적과, "2000년대 초반에 쓰인 문학권력 논쟁과 관련된 수많은 담론들은 문학권력의 생성 원리와 게임의 규칙의 이행에 대한 구조적 분석에 집중하기보다는 대체로 문학권력으로 변질된 문학 주체들의 변절에 대한 윤리 의식의 사변적 비판이 주를 이루었다."[22]는 이동연의 지적은 최초에 제기된 문학 권력 논쟁의 한계에 대한 의미 있는 분석이다. 소영현은 "한국 문단이 지난 6월부터 공방을 벌였던 문제로 논의의 시야를 좁히기 위해서는, 비판적 공방이 한국문학의 미래와 문학장의 쇄신을 위한 논의로 수렴되어야 한다는 공동의 목표를 재확인할 필요가 있는 것이다."[23]고 말

---

20 위의 글, 20쪽.

21 서영인, 「한국문학의 독점 구조와 대중적 소통 감각의 상실」, 『실천문학』 2015년 가을호, 155쪽.

22 이동연, 「문학장의 위기와 대안 문학 생산 주체」, 『실천문학』 2015년 가을호, 173~74쪽.

23 소영현, 「비평의 공공성과 문학의 대중성」, 『실천문학』, 2015년 겨울호, 125쪽.

하며 권력 비판의 방향이 문학장의 쇄신을 위한 것이 되어야 한다고 말한다. 강동호는 "그런 상황에서 '문학권력'이라는 개념이 한국 문학장의 구조적 한계를 총괄적으로 드러내는 담론적 표지로 부상한 것은 의미심장하다. 최근의 문학권력 비판론은, 표면적으로는 10여 년 전의 논의와 동일한 외피를 두르고 있는 것 같으나, 과거보다 구체적인 쟁점과 현안들을 부각시키고 있다는 점에서 한국 문학장의 구조적 결여에 대한 생산적인 문제의식을 제기하고 있는 것처럼 보인다."[24]라고 주장하며 한국 문학장의 문제를 돌아보는 계기로 삼자는 주장을 펼친다. 문제 제기 자체는 반복이지만, 그것을 둘러싼 제도적 측면과 역사적 장의 변화가 의미 있는 변화를 만들어 낸 점을 주목할 필요가 있을 것이다. 한국 문학장이 생산, 유통, 소비되는 현재의 구조를 돌아보는 것은 2000년대 초반의 문학권력 논쟁이 돌아온 상황에서 어떤 차이를 발생시킬 것인가에 대한 정당한 방향이라고 볼 수 있다.

표절과 문학 권력의 문제제기 과정에서 발생한 흥미로운 장면이 있다. 심보선 시인은 한국문학작가회의와 문화연대에서 주최한 긴급토론회에서 대형출판사의 비평가나 그들을 비판하는 비평가 모두 자신들의 힘으로 좋은 작가를 발굴하고 평가해야 한다는 동일한 시스템을 지니고 있는 것이라고 지적했다. 비판의 대상이 되는 세 출판사만이 아니라, 그들을 비판하는 사람들 또한 동일한 시스템을 지니고 있다는 지적이었다. 이 지적은 그러나 그의 유머가 실패함으로써 전혀 다른 방식으로 대중들에게 전달되고 말았다. 그가 예능 프로그램의 유행어를 따와서 "신경숙은 우리의 에이스가 아니었다"라고 발화하는 순간, 현장에 있던 많은 청중들이 환호했고 기자들은 그의 말을 기계적으로 받아서 새로운 에이스

---

24 강동호, 「비평의 장소」, 『문학과사회』, 2015년 겨울호, 423쪽.

를 발굴해야 한다는 취지로 그의 말을 전했다고 한다. 권희철은 이 장면을 거론하며 이렇게 말한다.

특정한 문학작품을 선택하고 비평하는 행위가 한국문학 발전에 기여한다는 믿음, 스스로가 한국문학 시스템의 수문장 역할을 감당하고 있다는 자부심, 그에 근거하는 시스템이야말로 이번 사태의 근본 원인이다. 그런데 "새로운 비평세력"임을 자처하는 이들은 비평 중심주의를 벗어나지 못한다는 점에서 그들이 비판하는 대상과 근본적으로 똑같다. 그들은 "나쁜 비평이 아니라 좋은 비평이 개입하면 위기는 극복될 것"이라고 주장하며 "신경숙은 우리의 에이스가 아니었습니다. 앞으로 다른 에이스 혹은 다수의 에이스들을 발굴하고 육성합시다"라고 말한다. 시스템이 특정 작가를 "애호"하고 "비호"한 결과가 표절이었다면, 새로운 비평세력이 다른 더 많은 특정 작가를 "애호"하고 "비호"한다고 하더라도 결과는 똑같지 않을까?[25]

권희철의 주장처럼 비평이 작품에 개입하는 권력임을 상정한 자리에서 그것의 옳고 그름에 대해 묻는 주장들은 문제를 해결하지 못할 것이다. '에이스'의 부인과 대중들의 환호에는 이번 표절 논란만이 아니라 한국 문학장을 둘러싸고 있는 한국 문화계의 온갖 문제들이 집적되어 있다. 그것은 대중과 미디어가 신경숙의 자리를 대체할 새로운 에이스의 출현을 갈망하고 있다는 점이다. 그들은 장의 구조를 묻지 않고 잘못된 대표의 추인에 대해 비판한다. 승자 독식이라는 한국 사회의 정언 명령을 자신의 심장 속에 내면화하고 있는 대중들에게 출판 권력이나 비평

---

25 권희철, 앞의 글, 16쪽.

시스템에 대한 비판은 아무런 힘을 얻지 못할 것이다. 권희철은 그러한 권력의 자리에 대해 의문을 던지면서, "만약 문학 권력이라는 말이 성립할 수 있다면, 그것은 문학 그 자체의 힘이라는 뜻일 것이다."[26]라고 말한다. 문학을 권력의 문제와 결부시켜 문제 삼는 사람들의 주장에 대한 단호한 거부의 의지를 보여주며 문학 그 자체에 대한 자신의 신념을 드러내고 있다는 점에서 그의 입장은 존중받아야 할 것이다. 그러나 또한 그것이 2000년대 이후 한국문학장에서의 창작-출판-비평을 둘러싼 여러 가지 중층적인 문제들에 눈감고 있는 태도이며, 이후의 문학장의 쇄신을 위한 논의를 차단하는 것이라는 지적을 예비하고 있다는 것은 분명하다.

시인과 작가들이 그들의 고유성과 전문성을 인정받으면서 작품 제작의 주체로 등장하게 된 것은 근대적인 문학 제도의 성립과 관계가 있다. 부르디외가 그의 구분짓기에서 보여준 것처럼 문학적 질서가 부르주아 생산체계 속에서 자율적 구조화에 이르면서 고유의 약호와 '승인제도'를 갖고 이를 재생산하는 독립적이고 신성화된 형식을 구축해왔다면, 근대문학의 양식 또한 그러한 바탕 위에서 스스로의 신화를 구축해 왔다고 말할 수 있을 것이다. 문학을 문학으로 만드는 고유의 약호들에 대한 느슨한 합의와 그 작품들을 생산하는 주체들에 대한 승인제도의 구축, 그리고 그것을 재생산하는 시스템으로서의 문단이라는 제도 속에서 근대문학의 역사는 진행되어 왔다. 이러한 문학제도는 언론이나 출판 등의 미디어 장치, 새로운 시인을 승인하는 등단 시스템, 그리고 강연이나 합평회 등을 통해 문학 창작의 비의를 전달하는 다양한 방식의 교육적 실천들을 통해 문학제도로서의 지위를 확보하고 문학적 실천을 가능하게

---

26 위의 글, 12쪽.

만들었다. 이러한 시스템을 범박하게 문학제도라고 부르기로 한다면, 가치를 지니고 의미를 생산하는 모든 문학적 실천들은 이러한 문학제도의 내부에서만 수행되는 것으로 이해되어 온 것이 근대문학사의 역사라고 볼 수 있다.

문학을 제도로서 혹은 장치로서 바라본다는 것은 결국 제도라는 규율적 차원과 그 규율의 행사를 둘러싼 권력의 네트워크 속에 문학이 기입되어 있음을 인정하는 것을 의미한다. "권력이 가장 분명하게 스스로의 존재를 내비치는 순간은 역설적이게도 자신의 발화 위치에 대한 정치적 이해가 실종되어버리는 순간, 다시 말해 중심에서 배제되어버린 타자들이 감하고 있는 영향력과 효과에 대해 모르는 척 할때, 아니, 진심으로 모를 때이다."[27]라는 비판이 제기되는 것은 그러므로 권희철의 주장에 예비된 결과이다. 강동호는 권희철이 제기한 문학의 힘을 다시 규정하며 그것은 "문학을 둘러싼 모순을 사유하려는 의지와 더불어 타자의 비판에 열려 있으려는 용기에 있다"고 말하면서, 문학을 둘러싼 제도와 그 구조적 요소들에 대한 사회학적, 정치적 논의를 수행할 필요를 제기하고 있다.

이광호는 권희철의 글에 대해 언급하며, "문학에는 내재적 힘만이 존재하고 세속적인 권력 투쟁의 공간과는 분리되어 있다는 주장은 자율성의 신화를 둘러싼 오래된 믿음이며, 그 믿음 역시 문학이라는 상품 미학의 일부가 될 수 있다."라고 지적한다. 이광호에 따르면, 문학장의 권력 문제를 '주체와 대상'의 이분법 안에서 설정하거나, 혹은 문학 자체가 권력과 무관하다는 논리는, 권력과 무관한 담화 주체의 공간 좌표를 상정하고 있다는 측면에서 구조적으로 유사하다.[28] 이러한 상황을 타개할 수

---

27 강동호, 앞의 글, 435쪽.

28 이광호, 「문학 장치의 경계에서 - '문학권력론'의 재인식」, 『문학과사회』, 2015년 겨울호,

있는 가능성으로 이광호가 들고 있는 것은 대안적 주체성의 생산이다.

　　문제는 이 문학장에 균열을 내고, '예외적인' 문학 장치가 생성될
수 있도록 하는 문학적 주체의 잠재성이다. 문학이 시장과 제도의 내
부에 존재하는 한, 문학 장치의 바깥으로 탈주하는 것은 불가능할 것
이다. 그럼에도 불구하고 '문학적인 것'은 예외를 생성하는 것, 문학
장치에 속하지 않았던 것을 생성하는 활동이다.

　　그는 권력의 호출을 거절하고 '문학 장치의 상징 질서 안에 편입되지
않는 방법'을 고민해야 한다고 말한다. 그 가능성은 "기존의 문학 제도
안에 포섭되지 않는 자족적인 문학 주체의 잠재성"이다. 문학 제도와 시
장 바깥에서 문학적인 고립을 자발적으로 실현한 문학 주체는 문학 장치
를 넘어선 곳에서 자신의 주체성을 실현할 공간을 발견할 수 있다는 것
이다.[29]

　　이동연은 "신경숙 표절 국면을, 문학장의 위기가 임계점에 도달했다
는 징표로, 문학장의 내파 가능성이 현실성으로 이행할 수 있다는 판단
의 계기로 삼자"고 말한다. "신경숙 표절과 문학 권력에 대한 동어반복
적인 비판에만 가세할 게 아니라 지배적 문학장을 내파하는 문학 주체
를 어떻게 생산할 수 있을지를 상상하는 것이" 더 필요하다는 점을 인식
하여 새로운 문학 주체의 생산이 어떤 방식으로 가능한지에 대해 논의하
자는 것이다. 그에 따르면 "새로운 문학장의 시대를 급진적으로 형성해
나갈 '창작-비평-출판'의 어소시에이션"이 필요한 시점이고, "이러한 어

412~413쪽.

29　이광호, 위의 글, 415~416쪽.

소시에이션은 문학의 장과 언어적 자산에 대한 새로운 상상력을 원하며, 문학 행동의 급진적 현장을 요구하며, 작가와 출판사 독자의 새로운 동맹을 요청할 것"이라는 것이다.[30]

강동호, 이광호, 이동연의 글에서 표절과 문학 권력을 초래한 문학장의 '창작-비평-출판-운동'에 대한 대안적 흐름의 특질로 이야기되고 있는 제도 바깥의 주체, 잠재성, 타자화된 주체, 내파하는 주체의 생산 등이 넓은 범위에서 연결되면서 제시되고 있는 국면은 흥미롭다. 이러한 논의들은 근대 문학의 종말과 더불어서 대안적인 문학의 장을 마련해야 한다는 논의 속에서 종종 만나곤 했던 논의들로 그 자체로 의미 있는 주장이고 소중하게 탐색되어야 할 가치들이다. 그러나 그러한 논의들이 근대 문학의 제도적 한계를 지적하는 논의들에서 자주 언급되는 대안들이었다는 점 자체가 문제라고 지적될 수는 없을까. 다시 말하자면 2000년대 문학장의 대안적 공간을 마련하고자 하는 논의는 표절과 문학 권력에 대해 제기된 문제들에 구체성을 부여하려는 노력과 그것들 각각의 관계와 역사적 생성의 조건 등을 함께 논의하지 않는다면 정치적으로 올바르지만 그만큼 공허한 선언들 이상의 것이 되기 어려울 지도 모른다. 물론 갑작스러운 사태에 대한 진단으로 제시된 글들에 구체적인 대안을 마련해야 한다는 요구는 지나치게 성급한 것이며, 그것은 이 글 자체로도 해결할 수 없는 지점이다.[31]

이 대안적 주체의 생산에 관한 문제를 사유하기 위해 랑시에르의 주

---

30 이동연, 앞의 글.

31 이런 맥락에서, 표절과 문학 권력 논쟁에 대한 비평들의 대안 제시보다는 현장에 있는 작가들의 다양한 목소리를 들을 수 있었던 문학동네 2015 가을호의 좌담이 더 의미 있는 기획으로 느껴지기도 한다.

제 철학을 경유할 수 있을 것이다. 지배적인 문학장에 포섭되기를 거부하는 대안적인 문학주체란 공동체의 존재 자체를 문제로 삼고, 기존의 공동체로부터 배제된 자들이 자신들을 배제하는 자들에게 기존에 존재하지 않았던 하나의 공동체를 강제하는, '불화의 정치'로부터 시작될 지도 모른다. 그것은 서로를 볼 수 있고 들을 수 있고 서로에게 말할 수 있는 자들 사이에서만 설립되는 공통의 공간이 구성된다는 것을 의미하는데, 랑시에르는 이 공통의 공간을 평등의 원리가 작동하는 공간으로 제시했다.[32] 그러나 단지 문학적 발화의 무대를 옮김으로써 기존의 권력에 대한 전복이 가능하리라고 생각해서는 안 된다. 문학의 전복적 상상력은 규정되고 통치되는 문학의 장치들이 분리해 놓은 것을 새로운 통합으로 이끌고, 문학장의 규칙을 다른 방식으로 만들고자 하는 시도 속에서 비로소 가능할 것이다. 본래 문학이 일종의 제도이거나 장치라면, 그 속에 숨어 있는 '행복에 대한 인간적인 욕망'을 되살리는 것이 우리에게 주어진 과제가 된다. 이를 위해서는 문학의 장치 속에 포획된 주체화를 넘어 그 주체화과정에 능동적으로 개입하는 것이 중요한 관건으로 등장할 것이다.

4. 사이버 스페이스와 문학이라는 기록시스템

제도나 장치로서의 근대문학의 문제에 대한 사유는 종종 그것을 초과하는 지점으로 문학의 자리를 이끌고 간다. 문학장 내부에서 승인받지 못한 작가들이 문학 제도의 외부에서 문학의 생산과 수용을 향유하려는

---

32 윤영광, 「탈정체화의 정치-랑시에르 정치철학에서 주체(화) 문제」, 『문화과학』 제77호, 296~297쪽. 참조.

주체들의 움직임이 대안적 주체성의 창안과 관련이 있다면, 제도로서의 문학에 종언을 고하고 미디어 변화에 편승하여 책과 언어에 기반한 문학의 몸을 바꾸고 문학의 장을 탈영토화하려는 시도들 또한 오래 전부터 존재해 왔다. 임태훈의 주장은 그러한 사례의 한 극단을 보여준다.

> 한국문학이 활기를 되찾고 미래를 보장받을 수 있으리란 기대는 부질없다는 걸 말해야겠다. 단언하라면 단언할 수 있다. 미디어 환경이 급변하고 출판 산업이 사양화되고 있는 시대다. 현행 문학 제도를 이어갈 기초적인 토대 붕괴는 시간문제다. 우리가 준비해야 할 발명품이 꼭 문학일 필요도 없다. 세상의 편견에 치여서 '흥미롭긴 하되 중요하지 않은 것들' 취급받는 분야(게임, 웹툰 등등)를 키워내는 일에 문학이 역할을 할 수 있다면 그 또한 문학의 소임으로 소중하다.[33]

이것은 호기롭되 신선하지 않은 문학의 종언에 관한 선언이다. 문학의 게임화, 웹툰화는 문학을 기술적 미디어의 자명한 질서에 강제로 복속시키는 것이다. 그것은 미디어 교체의 당위성에 대해서만 이야기할 뿐, 그 교체 이후 문학을 구성하던 플롯과 문체가 어떤 방식으로 존재하는가에 대해서, 도대체 왜 그 새로운 이야기 방식이 여전히 문학이라고 불려야 하는지에 대해 설명하지 않는다. 문학을 둘러싼 정치적, 학문적, 기술적 제도를 광범위한 미디어 시스템의 관점에서 접근하여 문학을 미디어와 테크놀로지에 접속시키려는 시도는 흥미로운 것이지만, 그것은 문학과 미디어에 대한 재발견을 통해서 두 영역을 새롭게 개념화하려는

---

33 임태훈, 「환멸을 멈추고 무엇을 할 것인가」, 『실천문학』 2015년 가을호, 202쪽.

시도로 나아가야 할 것이다.[34]

임태훈의 논의는 사이버 스페이스에서 이루어지는 상호텍스트성의 구현으로 확장된다.

> 이런 깃허브에서 개발자 미시마 유키오[三島由紀夫]가 「우국」이라는 디지털 문서를 오픈소스 저장소(repository)에 올리면, 개발자 신경숙이 이걸 가지(fork) 쳐서 자기 저장소로 끌고 온다. 기존 프로젝트는 그대로 두고 신경숙은 새로운 가지에 「우국」을 맘껏 수정해서 새로운 버전을 만든다. 그 결과는 원래 프로젝트보다 훨씬 좋아질 수도 있고, 테스트 수준에서 망해버릴 수도 있다. 원(原)개발자가 동료로 받아들여준다면 원래 버전의 프로젝트에서 공동 작업을 진행할 수도 있다.[35]

역시나 이러한 주장은 새롭지 않다. 이미 문학의 역사 저 먼 곳에서부터 존재하는 상호텍스트성의 풍요로운 맥락을 살펴보았지만, 이러한 주장이 이야기의 무대만을 웹페이지로 옮긴 상호텍스트성에 대한 주장이라는 점을 알아차리기는 어렵지 않다. 오히려 상호텍스트성을 가능하게 만드는 것에 이야기를 수행하는 주체들의 기억과 망각의 문제가 개입되어 있다는 점을 상기할 필요가 있을 것이다. 이 '몹시도 새로운 낡음'의 형식을 동반한 주장에는 비자발적 망각이 작동하고 있다고 판단되기 때문이다.

---

34 윤원화, 「필자로서의 키틀러」, 프리드리히 키틀러, 『기록시스템1800-1900』, 윤원화 역, 문학동네, 2015, 780쪽. 참조.

35 임태훈, 앞의 글, 206~207쪽.

이제 우리가 해야 할 일은 상상력을 혁명시키는 것이다. 고루하고 진부한 소재들에서 과감하게 탈피하라!! 통신적 상상력!! 양 방향 소통매체가 가져다 주는 일상의 비인과성과 시공간의 비계기성을 씨줄로 하고 주체 소멸, 또는 대체 주체로 표징되는 인간관계의 무정형성을 날줄로 하여 컴퓨터와 그가 주도해가고 있는 정보화사회를 전형적으로 총체화할 수 있는 새로운 리얼리즘을 구축하자!![36]

이용욱은 1996년 1월 1일에 발표된 '통신문학'이 선언문에서 기존의 상상력을 혁명하고 새로운 시대에 맞는 리얼리즘을 구축하는 것이 통신문학 주체들에게 필요한 과제라고 주장하였다. 그는 기성문단에 도전하면서 통신문학 안에 자신들만의 문학을 건설하자고 말하면서, "자 일어나라!! 일어나 컴퓨터 앞에 모여라!!"라는 문장으로 자신의 주장을 하나의 격문으로 완성한다. 이는 "젊은 문학도에게 호소한다."라든가, "우리들의 시대에 필요한 문학을 발명하자."와 같은 문장을 동원하고 있는 임태훈의 격문이 기억하지 못하거나 자발적으로 망각한 선배 세대의 낭만적 선동이었다. PC통신과 '깃허브' 사이에 놓인 물리적이고 기술적인 거리가 아득한 것이라고 항변할지 모르나, 중요한 것은 그것에 기반한 인문학적 상상력의 속도가 원시 부족의 발걸음을 방불게 한다는 점일 것이다. 개발자가 오픈소스의 문서에 수정을 가해서 새로운 버전을 만들어낸다는 설명은 통신 공간의 씨줄과 날줄을 엮어서 새로운 문학의 리얼리즘을 이루자는 주장보다도 덜 혁신적이다. 무엇보다 20년 전의 저 선동이 어떠한 방식으로 귀결되었는지에 대해 기억해 보는 것이 필요할 것이다. 통신문학 혹은 사이버문학이라 불리던 새로운 시도들은 『버전업』이

---

36 이용욱, 「통신문학, 이제 시작하자!」, http://club.paran.co.//gulnare

라는 계간지의 창간과 더불어 본격문학의 대립항으로 자리잡는 듯했지만, 결국 "공허한 이론으로 스스로의 존재를 축소하여 결국 시효성을 상실한 개념이 되었다."[37] 이에 대한 후속 담론이 이른바 '인터넷 문학론'이라면, 임태훈은 깃허브 활용론은 그 버전의 최신판본이라고 불러도 좋을 것이다.

이 미디어 맹신자들이 자신들의 주장을 격문의 형식에 담아 발화하기를 즐긴다는 것은 그 주장이 테크노-종교적인 열기를 동반해서만 전달 가능한 것이라는 점과, 그리하여 그것이 현실을 올바르게 인식하기를 거부하고 신비주의 속으로 도피해 버리는 그노시스주의의 전통을 따른다는 점을 알게 해 준다. 그 속에는 지배적인 문학장을 대체해서 등장한 테크노-종교 공동체가 어떠한 대안적 주체성과 윤리를 펼칠 수 있을 것인가의 고민조차도 부재하는 듯하다. 당대의 글쓰기 공간이 미디어가 구축한 새로운 질서에 종속된다는 것[38]을 열광적으로 입증하려는 시도는 인간의 자율성이 기술의 지배 아래 놓여진다는 점을 기반으로 삼고 있는 것인데, 미디어 맹신자들은 자율성을 유지한 인간이 근대문학이 그러했던 것과 동일한 시스템을 구축해서 매체를 활용하기만 하면 된다는 식의 여전히 낭만주의적인 낙관론을 펼치고 있다는 점이 가장 큰 문제인 것으로 보인다

그러나 미디어의 변화에 따른 문학장의 변화가능성 그 자체에 대해서 우리가 무관심해서는 안될 것이다. 미디어의 변화와 기록시스템의 교체에 따라 읽기와 쓰기의 관행이 달라지는 것을 추적하는 한 미디어 연

---

37 이용욱, 「다중문학(多衆文學, 多重文學) 시론 - 디지털 시대의 문학논의를 위한 새로운 제언」, http://www.inmunin.com

38 키틀러, 앞의 책, 636쪽.

구자의 주장은 오늘의 우리에게 흥미로운 사유의 틀을 제공한다. 프리드리히 키틀러에 따르면 기록시스템이란 한 문화가 적절한 방식으로 정보를 선택하고 저장하며 생산하도록 만드는 기술 및 제도의 네트워크를 의미한다.

> 비참한 필사자가 책을 쓴다. 사실 책이란 문자들이 적힌 여러 쪽의 종이일 뿐이다. 이 문자들이 조화를 이룬다면 그것들로 이루어진 책도 질서정연해질 것이다. 이 문자들이 조화를 이루려면 이해 가능한 단어를 이루도록 배열해야 한다. 이렇게 만들어진 단어들은 언어를 이루도록 배열해야 한다. 이렇게 만들어진 단어들은 언어를 막론하고 수없이 재배열될 수 있고 그렇게 다채롭게 재배열되는 과정에서도 필수적인 조화가 훼손되지 않는다. 그러므로 누구나 글을 쓸 때 자기 멋대로 단어들을 뒤섞어 써도 무방하다.[39]

키틀러는 조나단 스위프트의 『걸리버 여행기』의 한 대목을 인용하면서 재현의 시대의 기계적 조립과 1800년대식 기록시스템의 언어 처리 방식을 대비한다. 키틀러에 따르면, 기계적 조립과 의미론적 확장은 역사적으로 구별되는 언어처리 방식으로 각각 대위법적 방식의 푸가와 동기-주제적 방식의 소나타에 비교할 수 있다. 푸가는 주제를 연속적으로 늘이거나 가속하는 것이 아니라 그저 음가를 정수배로 증폭하거나 단축한다. 이에 반해 소나타는 최소한의 음악적 질료에 기본적 의미작용이 더해져서 동기를 이루고, 이 동기들이 다시 주제를 구성한다.[40] 그렇다면

---

39 키틀러, 앞의 책, 80쪽.

40 위의 책, 81쪽.

우리는 2000년대 이후 한국문학의 기록시스템이 어떠한 언어 처리 방식을 구성해 왔는지에 대해 질문할 필요가 있다. 표절과 상호텍스트성을 둘러싼 논란도 이러한 기록시스템에 대한 입장이나 이해의 차이로부터 발생한 것인지도 모른다.

키틀러에 따르면 언어의 기계적 조립이 유행하던 1800년을 전후한 시기는 또한 권장되던 독서법이 가져온 읽기 중독과 그 치료에 몰두해야만 했던 시기이기도 하다. 대중들이 무용한 책들을 중독적으로 읽어나가는 것에 대해 우려한 사람들은 그들의 자연적 도취를 몰아내고 그 독서의 공간에 능동적 망각을 도입하려 하였다. "모든 지식인, 비평가, 문예지 편집자가 "나쁜 생산물을 무시한다"라는 "원칙"을 지킨다면 "아무도 그것들을 읽지 않을 것이다.""[41] 오늘날 우리가 목격하고 있는 상황은 정확히 그 반대인데, 아무도 읽지 않을 작품을 비평가와 문예지 편집자들이 선정하면, 그들은 잠재적 작가와 독자에 대해 능동적 망각을 도입하려 한다고 비판을 받는다. 읽기 중독을 불러온 문자의 시대가 저무는 것과 같이 비평가들이 출판과 독서의 목록에 개입하는 것 또한 이제 황혼의 어두움 속으로 사라져야 할 시대이다. 인간 주체가 아니라 새로운 미디어가 문학의 몸을 대체한다는 것은 그 미디어가 인간을 좌우할 권력의 중심으로 등장한다는 말이기도 할 것이다. 기술의 자기확장이라는 복음이자 위협의 도래 이면에 존재하는 권력의 독점과 자본의 개입에 대한 예감은 분명 문학의 운명에 대한 불신과 비관주의를 강화한다. 그러나 문자의 시대가 지나고 디지털 테크놀로지의 시대가 도래했다는 소문이 실감으로 다가올수록, 우리가 문자의 시대에 그것을 가지고 무엇을 수행했는지에 대해 묻는 작업은 소중하다.

---

41 위의 책, 251~252쪽.

비평의 진정성을 대면하며

— 황종연의 비평에 대한 짧은 생각

1. 어떤 안도에 대하여

의도적인 모른척하기의 전략인지 태생적인 둔감함의 결과인지 알기 어렵지만, 문학의 위기에 대한 소문과 무관한 자리에서 작가들이 너무나도 태연한 얼굴로 문학이라는 것을 지속해가고 있는 동안, 비평가들은 저마다 비장한 어조로 문학이라는 것이 이제 끝장나 버렸다고, 아니 그렇지 않을 것이라고 예언하며 한 시대의 종말에 대해 이야기하기 바빴다. 그것은 '근대문학의 종언'이라는 소문이 격발한 사태인 것처럼 보였으나, 근본적으로는 문화의 시대 이후 문학이 자신의 지위를 잃고 초라해져 버렸다는 점에 대한 자각으로부터 비롯된 것이었을 터이다. 그렇게 한 시대의 종말에 대해 혹은 몰락의 예감에 대해 이야기한지도 오랜 시간이 흐른 후, 황종연의 비평 「여성의 슬픈 향유 —신경숙, 「배드민턴 치는 여자」」(『현대문학』, 2019. 1.)를 읽은 독자라면 어쩌면 다소간의 안도를, 종말을 지켜보며 몰락해 가는 자의 우울을 위로하는 안도를 느꼈을 지도 모른다. 이 안도에 대해 말하기 위해서는 얼마간의 우회가 필요할 것이다.

90년대 이후 새롭게 등장한 문학계간지 『문학동네』의 비평가들이 이

전까지의 정치적이고 집단주의적인 문학과 대결하기 위해 제시한 것이 문학주의와 내면성이라는 개념이라면, 동시대 작가들이 산출한 작품 속에서 그 지각과 인식을 발견하기 위해서 가장 정밀한 작업을 수행한 것이 황종연의 비평이다. 그가 첫 번째 평론집의 서문에서, "문학작품 자체, 문학 자체라는 말은 한국 비평가들에게는 전통적으로 그리 인기 있는 표어가 아니다. 하지만 문학 특유의 자질과 역사에 대한 감각을 바탕으로 문학작품의 새로움을 세심하고 정성스런 작품 읽기 끝에 확인하는 작업을 떠나서 문학비평의 독자성과 창조성을 구하기란 불가능한 일이다."[01]라고 썼을 때, 그리고 신경숙과 윤대녕의 작품 속에서 '자기 정의적 주체'를 발견하고 이를 통해 이루어진 미적 주체성의 원리를 검토했을 때[02], 우리는 비로소 내면성이라는 개념의 역사적 형성과 그것이 지닌 곤경에 대한 새로운 이해를 얻을 수 있었다.

많은 사람들이 『문학동네』의 90년대적 의미로 문학주의와 내면성의 발견을 꼽지만, 그것이 왜 중요한가를 직접적으로 알게 된 것이 황종연의 비평을 통해서였다는 점은 거듭 강조될 필요가 있다. 그의 비평은 90년대의 문학 상황에서 진정성을 탐구하는 것이 동시대의 동료비평가와 작가들에게 어떤 중요성을 지니는가에 대해서 올바르게 인식하도록 해주었다. 그가 자신의 이론적 수행의 전범 중의 하나로 삼은 것으로 보이는 버먼은 『진정성의 정치학』에서 루소의 업적에 대해서 이렇게 말할 적이 있다. "그(루소)는 그 자신에게 그런 것만큼이나 그의 동세대들에게도 강조하여 자아(self)가 문제라는 것을 인식하도록 주문하였다. 이 문제를 의식의 표면에 떠오르도록 만들면서, 그는 더 나아가 자아에게 근대 세

---

01 황종연, 『비루한 것의 카니발』, 6쪽.
02 황종연, 「내향적 인간의 진실」, 위의 책, 참조.

계가 실제로 얼마나 억압적이고, 얼마나 심원하게 낯선가를 보여주었다. 그의 생활과 작품을 통해서 누구도 필적한 적이 없는 깊이와 강렬함과 상상적인 비전을 가지고 자아와 세계 간에 놓인 긴장을 탐구하였다. "[03] 아마도 황종연이 동시대의 문학장에서 수행하고자 했고, 실제로 수행하였던 작업을 이해하기 위해서는 버먼의 이러한 언급을 참조할 필요가 있을 것이다.

2. 진정성의 탐색

모더니티의 자기 전개에서 핵심적인 동력이 되는 진정성의 탐색이 90년대 한국소설에서 의미를 지니고 있다는 점을 강조한 황종연의 비평은 그것의 기원으로 돌아가서 한국문학에서 그 문학적 진정성이 어떻게 형성되었는가를 탐구하고, 그것의 전개에 영향을 주었던 한국 사회와 문학의 특별한 역사들과 대면하기를 마다하지 않는다. 황종연의 비평은 90년대 이후의 한국 문학이 대면한 내면성의 문제가 모더니티로부터 비롯된 근원적인 문제임을 주장하는데 많은 노력을 기울인다. "개인의 모든 사회적 관계를 본질적으로 임시적인 것으로 만들어가고 있는 새로운 근대성의 시대에 진정성 혹은 자율성의 이상이 개인들에게 요구하는 것은 계급이든 민족이든 성별이든 기성의 굳어진 정체성에 충성을 바침으로써 자신의 삶을 의미 있게 하는 것이 아니라 삶의 의미를 자신을 위해

---

03 Marshall Berman, The Politics of Authenticity: Radical Individualism and the Emergence of Modern Society, Verso, New York, 1970, p. 75.

스스로 창조하는 것이다."⁰⁴라는 문장은 이른바 모더니즘 논쟁의 과정에서 제출한 비평 속에 등장하는 것이지만, 사실은 황종연의 거의 모든 비평이 지지하고 있고 또한 그의 비평을 지탱하고 있는 기본적인 믿음을 표현한 것이다. 이 믿음을 자명한 것으로 만들기 위해서 그는 여러 쟁점들을 둘러싼 논쟁에 적극적으로 뛰어들었는데, 그것은 한국문학의 민족주의에 대한, 혹은 근대문학의 기원과 형성에 대한, 그리고 한국에서의 모더니즘과 그 결과에 대한 한국문학의 오래된 믿음들을 검토하고 수정하기 위한 작업이었다. 특히 그가 중점을 두었던 것은 모더니티의 형성에 대한 탐구 이상으로 그것이 정착하는데 어떤 방식으로든 방해가 되었던 한국 문학의 여러 증상들과 대면하고 논쟁하는 것이었다.

이를테면 그가 "민족문학이라는 이념의 규제하에서 한국 근대문학을 전근대문학의 역사적 발전으로 간주한 종전의 연구와는 다르게, 근대서양에서 발원하여 국가와 지역의 경계를 넘어 유통된 개념, 담론, 장르 등과의 관련하에서 한국 근대문학의 형성을 이해하는 관점을 제시하고자했다."⁰⁵라고 밝힌 일련의 연구가 노블이라는 장르를 통해 한국에서 모더니티의 형성을 탐색하는 것이었다면, 이에 대한 '내재적 발전론'이나 '민족주의 역사학 모델'의 비판적 논평에 대하여 다시금 '문제는 역시 근대다'라는 점을 주장한 것은 그에 따른 논쟁의 중요한 과정 중 하나이다. 그에 따르면 "한국 역사나 문학 연구가들은 한국 민족을 주어로 놓고 근대를 술어로 놓은 담론 방식을 좀처럼 버리지 못하고 있다. 지금도 한국민족이 자주적으로 근대화되었는가, 종속적으로 근대화되었는가를 이야기한다. 그러나 정말 중요한 문제는 민족이 어떻게 근대를 겪었는가가

---

04 황종연, 「모더니즘에 대한 오해에 맞서서」, 『탕아를 위한 비평』, 문학동네, 2012, 323쪽.

05 황종연, 「문제는 역시 근대다」, 위의 책, 264쪽.

아니라 근대가 어떻게 민족을 만들었는가이다."[06]

한편으로는 모더니티에 대한 시효 만료에 대한 이론적 공박 속에서 진정성의 탐색이 지니는 가치를 옹호하고, 다른 한편으로는 '루카치의 판례를 좇는 리얼리즘의 법정'으로부터의 기소에 맞서 모더니즘의 가치를 역설하는 작업은 황종연의 비평이 대면해야 했던 운명과도 같은 것이다. 한국사회가 포스트모던 사회로 진입하고 있다는 소문이 들려오던 90년대에 자아의 중요성에 대해 거듭 강조한 그의 비평이 직면해야 했을 곤경은 짐작하기 어렵지 않다. 그러나 90년대의 이론적 맥락에서 자아의 중요성과 진정성의 가치를 거듭 주장하는 것이 어떠한 맹점을 포함하고 있는가에 대해서는 누구보다도 황종연 자신이 가장 분명하게 파악하고 있다. 그는 후구조주의와 다른 많은 이론적 작업을 통해서 탄핵당한 것이 바로 모더니티 그 자체라는 점을 거듭 언급하며 다음과 같이 말하고 있다. "자아가 허구라는 소식은 이제 조금도 추문의 느낌이 없다. 허구라는 말을 그렇게 사용하기로 한다면, 인간 문화 전체가 허구다. 자아를 허구라고 말한다고 해서 자아에 대해 고민하고 탐구해야 하는 과제에서 면제되진 않는다. 우리는 자아가 언어적·문화적·정치적 연관 속에서 구축된다는 후구조주의적 교정으로부터 뭔가를 배워야 하지만 자아의 이상이 인간의 자기 해방에서 중요한 역할을 담당했다는 역사적 사실도 아울러 기억해야 한다.[07]

그리고 한국 사회가 포스트모던으로 진입했다는 주장을 단지 하나의 풍문으로 치부하는 또다른 논자들은, 이른바 '저개발의 리얼리즘'의 마지막 남은 숨을 몰아쉬며 모더니즘에 대한 황종연의 주장을 공박했다. 임

---

06 위의 글, 281쪽.

07 황종연, 「내향적 인간의 진실」, 『비루한 것의 카니발』, 앞의 책, 136-137쪽.

규찬이나 윤지관이 시도한 그러한 '모더니즘에 대한 오해'에 기반한 주장에 맞서 모더니즘의 의미만이 아니라 리얼리즘의 새로운 구성을 제안하고 있는 황종연의 비평은 포스트모던 시대에 문학의 존재 양상에 대한 적극적인 대안을 찾으려는 시도이기도 하였다.

3. 문학의 옹호

90년대 이후의 문학 비평과 문학 연구에서 중요하게 대두한 경향은 문학을 문화의 하나로 보고, 그 문학의 제도적 측면을 분석하고 문화의 구성에 개입한 이데올로기 비판에 주목하는 작업이었다. 90년대 이후 한국문학의 연구와 비평은 어떤 의미에서든 이러한 이데올로기 비판으로부터 자유롭지 못하다. 그것은 문학이 역사적으로 구축된 제도일 뿐이라는 것을 강조하고, 인간이 역사 발전의 주동자가 아니라는 것을 폭로한다. 이러한 비판적 연구의 과정에서 문학이 지니고 있는 고유한 자질들을 식별해 내지 못할 위험은 늘 상존하지만 또한 거의 지적되지 않은 것이기도 했는데, 황종연의 비평적 이력 중에서 이러한 이데올로기 분석에 비판적으로 개입하며 문학의 옹호에 앞장선 논의는 간과되는 측면이 있다.

문학의 탈신비화라고 일컬을 수 있는 이러한 비평의 관행이 가져온 기여를 인정하면서도, 그것이 지닌 문제를 지적하는데 황종연은 누구보다도 민감하다. "문학이라는 관념이 일종의 이데올로기적 구축물이며, 정전급의 작품들이 이런저런 지배권력과 유착되어 있다는 식의 주장은 사람들에게 정치의 편재성과 결정력을 확신하게 만드는 데는 효과가 있을지 몰라도 문학의 체험을 그들 자신의 삶과 관련하여 의미 있게 만드는 데는 별로 도움이 되지 않는다."[08] 이는 앞서 인용한 첫 번째 평론집의 서문에 등장하는 '문학 특유의 자질과 역사에 대한 감각을 바탕으로' 문학작품 그 자체의 새로움을 확인하는 비평의 과제에 대한 믿음을 다시금 상기시키면서, 많은 연구자와 비평가들로 하여금 자신이 자각하지 못한 채 빠져 있던 늪의 존재를 깨닫게 만들었다.

그러나 앞에서 이미 살펴본 것처럼, 근대 문학의 역사적이고 제도적인 측면에 주목하고 이데올로기 분석을 통한 '비판'에 앞장선 명단의 제일 앞에 황종연의 비평이 놓여 있었다는 점을 부정하기는 어렵다. 이는 그가 「민주화 이후의 정치와 문학」에서 고은의 『만인보』에 담긴 이념이 개인의 존엄을 강조하는 민주주의의 비전이 아니라 국민국가에 절대적인 권력을 부여하는 민족주의를 통한 전체주의를 부추길 가능성이 크다고 비판했던 점이나,[09] '민족을 상상하는 문학'에 대한 독해를 통해 한국 소설의 민족주의를 비판했던 이력을 떠올려 보는 것으로도 쉽게 이해할 수 있다. 그러나 이러한 이데올로기적 개입이 문학 그 자체의 역능을 무화시키는 지점으로 나아가는 것에 대한 최후의 저지선에 서 있던 것 또한 그의 비평이었음을 기억하는 것은 중요하다. 그래서 고은의 시에 대한 비판적 개입을 보여준 비평의 마지막 문장으로 "정치와 시는 다르면서도 비슷하다."[10]라고 말하였던 황종연은 「문학의 옹호」에서 "그러나 문학비평은 그 이름에 합당한 것이라면 문학과 정치의 유착을 폭로하는 가운데서도 문학은 정치가 아니라는, 문학은 '차이'가 있다는 사실을 고려

---

08 황종연, 「문학의 옹호」, 『탕아를 위한 비평』, 앞의 책, 289쪽.
09 황종연, 「민주화 이후의 정치와 문학」, 위의 책, 94쪽.
10 위의 글, 100쪽.

해야 한다."[11]라고 주장한다.

황종연은 가라타니 고진의 『근대문학의 종언』에 대한 논평에서, "문학의 시대가 끝난 이치를 냉철하게 인식하도록 요구하는 가라타니의 종언론은 문학의 존재이유를 좀더 깊이 생각하라는 도전으로 받아들일 필요가 있다."[12]라고 말한다. 그는 한국문학에서 문학이 살아 있는 증거나 소진해버린 흔적을 찾아나서려 하지 않고 근대문학이 끝난 후에도 문학이 존재해야 할 이유를 밝히려 한다. 그가 역사의 종언 이후에도 살아남는 인간의 능력으로 '부정성'을 거론하는 것은 모더니티를 형성한 문학의 제도 그 자체를 반성하면서도 문학을 통해서만 발휘되는 인간의 역능을 지켜보는 것이 의미있다는 주장으로 이해될 수 있다.

황종연 비평의 짧지 않은 여정을 거칠게 돌아본 것은 그가 모더니티와 진정성의 옹호자였음을 확인하기 위한 의도를 지니고 있었다. 그러나 두 번째 평론집을 발간하면서 그가 고백한 자신의 비평에 대한 '멜랑콜릭한' 고백은 지금까지 그가 수행하였던 비평의 진정성과 문학의 옹호에 대한 믿음이 흔들리고 있다는 것을 보여주고 있다. 그것은 "무엇이 문학인가, 어째서 문학인가는 쓸데없는 물음이 아닐까. 일찍이 인간이 존재한 흔적일 분인, 이제는 부질없는 안달이 아닐까. 나의 비평은 멜랑콜릭한 방식으로 역사 이후를 살고 있는지도 모르겠다"라고 그가 고백했을 때 절감할 수밖에 없었던 것, 그토록 굳건하게 모더니티의 지속성을, 그러므로 문학의 역능에 대한 믿음을 대변할 것이라 생각되었던 그 또한 가슴속에 자신만의 폐허를 쌓아왔구나라는 안타까운 확인이었을 것이다.

---

11 황종연, 「문학의 옹호」, 앞의 글, 289쪽.

12 황종연, 「문학의 묵시록 이후」, 위의 책, 18쪽.

4. 안도의 정체

황종연은 2019년의 벽두에 『현대문학』에 발표한 「여성의 슬픈 향유」에서 신경숙의 단편 「배드민턴 치는 여자」를 다시 읽고 있는데, 그것은 한 작품의 의미를 세심하게 밝히는 비평의 전범으로서도 의미가 있지만, 그가 여전히 문학의 진정성에 대한 탐색을 작품 읽기를 통해 수행하고 있다는 점을 확인할 수 있다는 점에서 더 큰 의미를 지니는 것으로 보인다. 그에 따르면 1992년에 이 작품이 처음 발표되었을 무렵에는 많은 독자들에게 공감을 얻기 어려웠는데, 그것은 이 작품이 개인의 사담이거나 미학적 퇴폐로 읽혀졌기 때문이다. 이 글에서 살펴본 황종연의 비평이 내면성의 탐색을 의미 있게 다루기 시작한 시점과 「배드민턴 치는 여자」의 발표시점이 거의 일치하는 점을 떠올려 본다면 이러한 지적은 매우 의미 있는 것으로 보인다.

「배드민턴 치는 여자」를 읽는 황종연의 독법은 이 작품에 대한 선행 연구들이 보여준 것처럼, 근대 시각주의의 우월한 지위를 차지한 남성 주체에게 바라봄의 대상으로 존재하는 여성의 이야기에 초점을 맞춘다. 그러나 그는 이내 작품의 여성 화자에게 보기와 보이기가 가장 중요한 감각은 아니라는 점을 확인하고, 세밀하게 기록된 그녀의 기록 속에서 촉각과 관련된 경험이 중요하게 논의되어야 한다고 주장한다. 여자의 욕망이 보이는 대상에서 보기의 주체로 변화되는 과정보다 그녀의 충동이 촉각에서 비롯된 것이었음을 파악하는 것이 더 중요하다는 것이다. "화원 여자가 사진기자를 원하기 시작한 것도 실은 그가 여자의 눈썹이 아름답다고 말해주었기 때문이 아니라 그가 그녀의 살갗을 "매만졌기" 때문이다." 그리고 그 충동의 기원이 서사 속에 제시된 유년 시절의 촉각적 경험과 관련이 있다는 것을 정밀하게 추적한다. 그리고 이 소설의 서술자가 서술된 이야기 속의 그녀 자신이라고 상정하면서 다음과 같이 말한다.

> 「배드민턴 치는 여자」의 서술자가 자신의 이야기를 일인칭이 아니라 삼인칭으로 하고 있다고 본다면 그 소설 전체는 한 편의 고백 텍스트를 이루게 된다. 그녀의 서술은 고백 양식의 서술이 대개 그렇듯이 그녀 외에는 누구도 모르는 비밀인 그녀 자신의 도덕적으로 미심쩍은 행위를 솔직하게 밝힌다는 특징을 띠고 있다. 사랑의 충동을 중심으로 하는 그녀의 서술은 좋은 고백 작품들에서 보이는 개인의 진지한 자기 노정(自己露呈, self-revelation)—자기와 정직하게 대면하고 자기의 마음을 있는 그대로 현전시키려는 성찰과 폭로의 요소를 가지고 있다. 그것은 특히 상징계의 혹은 기성문화 질서의 조리 있는 언어로는 좀처럼 포착되지 않는 개인의 내밀한 지각과 경험의 전달을 목표로 한다.[13]

자기와 정직하게 대면하고 자기의 마음을 있는 그대로 현전시키려는 성찰과 폭로, 그것의 다른 이름은 진정성이다. 황종연은 정신분석과 페미니즘의 안내를 충실히 따라가면서도 정성스런 작품 읽기의 수행을 통해 개인이 자아와 대면하는 장면을 포착하고 그것에 이름과 의미를 부여한다. 이 글의 서두에 나는 이 비평을 읽고 난 독자의 '안도'에 대해서 말했는데, 그것은 '멜랑콜릭한 방식으로 역사 이후를 살고 있는지도 모르겠다'며 모더니티와 문학의 존재 방식에 대한 우울을 드러냈던 비평가가 그 시대의 우울을 어떤 방식으로든 견뎌가면서 여전히 진정성의 탐색을

---

13 황종연, 「여성의 슬픈 향유」, 『현대문학』, 2019년 1월.

멈추지 않고 있음을 확인한 데서 오는 기이한 안도감이었을 것이다. 그리고 그 안도는 앞으로도 저 '둔감한' 작가들에 의해 쓰여질 소설들을 우리가 어떤 모습으로 읽어야 할 것인가에 대한 하나의 전범을 다시금 보여주고 있는 것이기도 하다.

제2부

귀신들린 소설의 시간

역사의 심연, 문학의 윤리

거대서사들은 이제 믿을 수 없게 되어버렸다.
그래서 사람들은 거대서사들의 쇠퇴라는
거대서사를 믿고 싶어한다.
- 장 프랑수아 리오타르.

1. 팩션이 어떻다구?

이 글은 최근 한국문학에 나타나는 역사소설과 팩션에 관한 논의를 살펴보고 그것이 지닌 가능성과 한계를 점검하고자 하는 의도를 갖는다. 최근 한국소설에 등장하는 과거로서의 역사가 지닌 허구적인 성격을 이야기하는 논의 중에서 먼저 검토하고 넘어가야 할 것은 이른바 '팩션'에 대한 담론들이다. 우리가 팩션에 열광하고 있다고 진단한 박진에 따르면 [01], 아직은 모호하고 수상한 신조어인 팩션은 "머지 않아 이 용어를 사용하는 사람들과 직관과 통념 속에 뚜렷한 장르 개념으로 자리잡을 가능성이 크다"고 한다. 사실(fact)과 허구(fiction)의 혼성어인 팩션(faction)은

---

01 박진, 「우리는 왜 팩션에 열광하는가?」, 《문학과사회》 2005년 겨울호.

그 의미상 모든 역사소설이나 실화소설을 포함하는 것이지만, 또한 그것은 우리 시대에 등장한 새로운 서사양식이라는 것이 박진의 설명이다. 그녀에 따르면, "팩션에서 역사와 허구는 단지 뒤엉켜 있거나 결합되어 있는 것이 아니라 완전히 다른 방식으로 관련을 맺는다. 역사는 허구화되고 허구는 역사화되는 방식으로, 역사와 허구는 서로 자리를 바꾼다." 이러한 설명이 몹시 혼란스럽다는 것은 누구나 느낄 수 있는 것이지만, 그 혼란은 여기서 그치지 않는다. 이어서 나오는 주장은 이렇다. "엄밀히 말해서 팩션은 일반적인 개념의 역사추리소설들과는 상당히 다른 서사 장르다." 여기서 팩션에 대응하는 장르는 역사소설 일반이 아니라, 역사추리소설이라는 특정한 양식이다. 그리하여, "한 번 더 엄밀하게 말하지만 서사 장르로서 팩션은 전통적인 추리물whod unit이 아니라 스릴러thriller에 속한다." 그리고 우리가 팩션에 열광하는 이유는 이러한 스릴러 장르의 대중성에 힘입은 바 크다는 것이다. 또한 팩션은 스릴러로만 그치는 것이 아니라, "스릴러에 역사물과 미스터리가 결합된 혼종 장르라고 말할 수 있"으며, 여기에 덧붙일 것은 "팩션이 지닌 멜로드라마적 요소"이다. 그리고 팩션의 제재는 미스터리한 성격을 지니고 있으며, 그 제재들이 진위 논쟁의 대상으로 쟁점화하는 것은 기독교적인 논점과 만나는 지점들이다.

한편으로 최근 팩션에 대한 또다른 주장을 제출한 정여울의 논의[02]는 이러하다. 역사소설의 붐은 문학사에서 여러 번 반복된 현상이지만, 2000년대 팩션 열풍과 식민지 시기 역사소설의 유행이 서로 다른 점은, "2000년대의 팩션이 '문학의 위기'라는 다소 유령적인 담론을 등에 업

---

02 정여울, 「팩션적 글쓰기와 미디어 친화력」, 《문학과사회》 2007년 가을호.

고 있다는 점이다." 그리하여 식민지 시대의 역사소설이 당대성을 다루고 있었다면, 2000년대의 팩션은 당대성에 대해서 침묵하고 있다는 것이 정여울의 진단이다.[03] 그녀는 역사소설과 팩션의 장르적 구분에 집중하지 않고, 그리하여 '팩션'이라는 신종 장르가 지닌 성격에 대한 정의를 모색하지 않고, 식민지 시기의 역사소설과 현재의 역사소설(팩션?)이 지닌 지향의 차이에 대해서만 주목하고 있다. 그리하여 현재의 "팩션 열풍의 진원지는 역사 자체에 대한 관심이라기보다, 현재를 부정하는 시대인식"이 된다는 것이다. 이후의 논의에서, 정여울은 역사소설과 팩션 사이에 어떠한 구분도 하지 않고 그 두 용어를 번갈아 사용하고 있다. 그리고 이러한 팩션 열풍의 사례로 제시하고 있는 대표적인 작가는 김훈, 김탁환, 그리고 김별아이다.

여기서 우리는 한 가지 놀라운 사실에 직면하게 되는데, 박진과 정여울의 설명에 귀 기울이다보면, 우리는 김훈의 『칼의 노래』, 『현의 노래』, 혹은 『남한산성』 같은 작품이 '스릴러'이며, 거기에 '역사물과 미스터리가 결합된' 소설이고, 그것이 기독교적인 논점을 다루고 있는지도 모른다는 결론에 도달하게 되는 것이다. 물론 이러한 분석은 각기 다른 두 사람의 주장을 다소 악의적으로 결합시킨 결과일 뿐이지만, 그럼에도 이러한 분석이 다소 의미를 지닐 수 있다면, 그것은 우리 시대의 이른바 '팩션'에 대한 주장의 수준을 이해하는데 일말의 도움을 주리라는 점 때문일 것이다. 공정을 기하기 위해 두 사람의 다른 글들을 좀 더 읽어보는 것이 좋겠다.

---

03 최근의 역사소설들이 당대성에 대해 침묵하고 있다는 정여울의 진단은 새로운 세대의 역사소설들이 "역사 속으로 뛰어들기보다는 오히려 생생한 현재성의 광장으로 역사를 끌어내는 쪽에 가까워 보인다."라고 말한 서영채의 의견과 상반되는 것이다. 서영채, 「뒤늦은 애도, 한 고결함의 죽음에 관하여」, 『리진』 해설, 문학동네, 2007.

박진은 「역사추리소설의 장르적 성격과 한국적 특수성」[04]이란 논문에서 역사추리라고 하는 새로운 장르의 출현이 근대적인 역사관이 붕괴한 것과 관련이 있다고 지적하면서, 그것이 20세기 후반에 역사학계에 새로 등장한 '언어로의 전환'이나 '신문화사' 등을 거치며 급격하게 진행되었다고 말한다. 그리하여 이들 새로운 역사학이 극명하게 드러낸 것은 역사란 서술된 형태로만 존재하게 되었고, 역사의 사료는 '전거'의 개념으로부터 '단서'의 개념으로 위상이 변화하게 되었다는 점이라는 것이다. 그러니까 그것이 팩션이든, 역사추리소설이든, 근대적인 역사에 대한 에피스테메의 전환으로 인해 소설은 새로운 방식으로 역사와 만날 수밖에 없게 되었다는 것이다.

정여울은 김영하의 『검은 꽃』을 논하는 자리에서[05] 다시 한 번 역사소설=팩션에 대한 주장을 펼쳐보이고 있다. 그녀는 가스통 르루의 『러일전쟁, 제물포의 영웅들』을 읽으면서, "〈사실〉은 오직 현장의 순간 속에만 존재하며 기록이나 서사는 그 조각난 현장성을 복원하고 재배치하는 작업일 수밖에 없다는 점에서, 모든 역사적 기록은 일종의 〈팩션(faction)〉일 수 있다. 또한 기억을 서사화하는 행위 자체에 기억에 대한 〈지배〉 혹은 〈관리〉의 욕망이 꿈틀거리고 있다."라고 말한다.

박진과 정여울의 서로 다른 팩션 이해에서 공통적으로 발견되는 것은 팩션이란 물건이 근대적인 역사관에 대한 비판으로 새로운 역사, 사실, 역사쓰기의 이해방식이 대두하였으며, 이것이 '기억의 윤리'에 대한 새로운 관점을 요구하고 있다는 점이다. 이러한 관점은 단지 문학연구자들에게만 지지를 얻고 있는 것은 아니다. 팩션이라는 신조어의 탄생이

---

04 박진, 「역사추리소설의 장르적 성격과 한국적 특수성」, 《현대소설연구》32집, 2006.

05 정여울, 「팩션 언리미티드(Faction unlimited) - 『검은 꽃』론」, 《작가세계》2006, 가을호.

사실은 진실이고, 허구는 거짓이라는 근대 사실주의 문법의 파괴를 의미한다고 지적하면서, 근대 사실주의 문법 파괴와 함께 탈근대 소통양식인 팩션이 탄생했다고 말하는 김기봉의 입장[06] 또한 이러한 탈근대 역사학에 기반하고 있다.

이러한 탈근대 역사학을 대표하는 해체주의 역사학이란 역사가 과거라는 실재의 퍼즐을 맞추는 것으로 성립하는 것이 아니라, 역사가가 사료로써 주어진 물감을 갖고 상상력을 발휘해서 그리는 그림과 같은 것이라고 믿는 역사인식론이다. 요컨대 해체주의 이전의 역사인식론이 '과거로서의 역사(the-history-as-past)'에 입각했다면, 해체주의는 반대로 '역사로서의 과거(the-past-as-history)'를 주장하는 '인식론적 전환(epistemological turn)'을 모색한다. 이같은 '인식론적 전환'을 통해 역사란 과거 실재의 모사가 아니라 담론적 구성물이라는 '언어적 전환(linguistic turn)'이 새로운 패러다임으로 등장했다.[07]

요컨대, 최근의 소설에 나타난 역사에 대한 새로운 인식을 '팩션'이라는 개념을 통해 설명하고자 하는 논의에는 역사에 대한 탈근대, 해체론적 관점이 기반하고 있는 것이다. 장을 달리해서 좀 더 살펴보겠지만, 탈근대 역사인식의 대두에 대한 설명이야 그다지 새로운 것은 아니어서, 우리는 그러한 논의를 전개하는데 왜 팩션이라는 용어가 필요한지 아직 이해하기 어렵다. 박진은 공들여 팩션이란 용어를 정의하려 노력하면서, 그것이 모든 장르의 운명이 그런 것처럼 앞으로 많은 이들의 직관과 통념 속에 뚜렷한 장르개념으로 자리잡을 것임을 예언하였고, 그 정의에 부합하는 작품으로 국내외의 특정한 소설들을 언급하였지만, 왜 그 작품들만이

---

06 김기봉, 「팩션으로서의 역사서술」, 《역사와 경계》 67집, 2007.

07 김기봉, 「우리 시대 역사 이야기의 의미와 무의미」, 문학동네, 2007년 겨울호.

해체적인 역사인식의 소산이라 봐야 하는지, 김훈이나 김영하의 이른바 뉴웨이브 역사소설이 팩션인지 그렇지 않은지에 대해서는 답변하기 어려울 것이다. 정여울은 『남한산성』이나 『검은 꽃』이 팩션에 속한다고 과감하게 분류하고 논의를 전개하고 있으나, 정작 팩션이란 무엇인지 정의를 내려야 하는 과제에 대해서는 앞으로도 답변할 수 없을 것이다.

새로운 역사인식을 드러내는 뉴웨이브 역사소설을 팩션이라 지칭하자고 제안하는 주장들의 곤란함은 여기서 그치지 않는다. 팩션(faction)이란 것이 알려진 것처럼 사실(fact)과 허구(fiction)의 합성어로 사실과 허구가 뒤섞이는 장면을 극적으로 드러내고자 하는 의도에서 나온 용어라면, 그러한 신조어에 맹목적으로 열광하기보다는 그것이야말로 사실과 허구에 대한 고정관념을 반영한 명명법이 아닌가 하는 의문을 떠올리는 편이 자연스럽다. 진정으로 사실(fact)이란 것이 어떻게 구성되는지에 대한 탈근대 역사이해에 대해 알고난 후에도, 혹은 허구(fiction)에 대한 현대의 이해와 인식들을 조금이라도 알게된 뒤에도 팩션이란 명명에 그렇게 열광하기는 어렵다. 가령 '진실된 이야기'를 발견하는 것, 즉 혼란스런 형태로 된 역사적 기록으로 우리에게 제시된 사건들의 내부, 혹은 배후에 있는 '진정한 이야기'를 발견한다는 일이 어떤 생각을 전제로 하고 있는지, 실제 사건들이 이야기가 지닌 형식상의 일관성을 드러내 보이도록 적절하게 표현될 수 있다는 환상에는 어떤 희망이 작용하고 있으며, 그것을 통해 어떤 욕망이 충족되고 있는지에 대해 숙고한 헤이든 화이트의 물음을 떠올린다면,[08] 팩션이란 신조어를 통해 현재의 탈근대적 역사이해를 대변하고자 하는 시도가 얼마나 가망없는 일인지 이해할 수

---

08 헤이든 화이트, 「리얼리티 제시에서의 서술성의 가치」, 석경징 외 편, 『현대 서수 이론의 흐름』, 솔, 1997, 182쪽 참조.

있을 것이다. 어찌됐든, 문제는 탈근대적 역사인식, 바로 그것인 듯하다.

2. 탈근대적 기억술

과거의 진정한 상은 빠르게 지나가 버린다. 우리는 그것을 인식하는 찰나에, 섬광처럼 스쳐 지나가는 상으로서만 과거를 포착할 수 있을 뿐이다. 그러므로, 역사에 대한 기억은 언제나 기술(記述)을 요구한다. 벤야민이 파악하였던 것처럼, 과거를 역사로 만들고자 하는 자는 어떤 위험의 순간에 섬광처럼 스쳐 지나가는 어떤 기억을 붙잡아 그것을 자신의 것으로 만들지 않으면 안 된다. 과거의 사건들의 진정한 의미는 기록되고 서술됨으로써 비로소 경험을 구성할 수 있는 가치를 획득한다. 역사와 소설은 삶의 육체적이고 정서적인 경험의 영역을 탐사함으로써 현실의 참다운 모습을 알게 만드는 기억의 양식이다. 객관적 사실에 대한 기록이라고 믿어지는 역사쓰기와 허구적 구성에 의한 재현이라고 여겨지는 소설쓰기를 포함해서 역사에 대한 이야기는 근본적으로 과거의 기억에 대해 기술적이고 재현적인 성격을 지니고 있다. 그것은 과거를 지속적으로 현재화시키는 방식으로 기억에 관여한다.

그러나 기억의 기술주체는 어떠한 위치에서, 무엇을 생산하는가. 그리고 기억을 형성하는 조건들, 구조들은 어떠한 것인가. 역사에 대한 인식에 나타나는 최근의 주목할 만한 변화는 역사서술의 재현적 성격에 대해 의문이 제기되고 있다는 점이다. 역사기록을 과거에 대한 객관적인 재현으로 파악하려는 시각은 이제 설득력을 갖기 어렵다. 역사를 이야기하는 서사의 형식과 기능, 그리고 그것에 내재한 권력의 효과에 대한 최근의 연구들은 역사기록이 더 이상 순수한 재현으로 그치지 않음을 주장하고 있다. 서술은 실제이든 상상이든, 특정한 사건을 재현하는 형식이라기보다는, 사건에 대해서 이야기하는 하나의 방식으로 간주된다. 역사서술은 현실을 재현하는 것이 아니라 그것을 의미화한다. 그것은 재현하고자 하는 현상들과 밀접한 관련을 맺으면서 그 현실에 관여하고 심지어는 새로이 현실을 구성한다.

그러므로 역사의 기억은 또한 기술(技術)이기도 하다. 역사쓰기든 소설쓰기든, 기억술로서의 역사에 대한 이야기란, 글쓰기의 대상인 과거와 쓰기의 시점인 현재 간에 특별한 관계를 만들어내는 것을 목표로 삼는다. 그것은 역사를 해석하고 그것에 의미를 부여함으로써 사건을 특별한 이야기로 만들어내는 기억의 기술이다. 역사를 이야기하는 기술주체는 경험되고 기억되는 과거에 질서를 부여하여 그것을 하나의 의미 있는 지식으로 생산해 낸다. 그러므로 특정한 역사를 기록하는 역사 서술에서 중요한 것은 어떠한 역사 해석이 역사기술의 지배적인 내러티브로 작동하느냐의 문제일 것이다. 역사 이야기에 나타나는 역사에 대한 서술이란 과거를 선택적으로 기억하고 재현하는 것이며, 이를 통해 해당 역사에 대한 특정한 관점을 창안하는 것이기 때문이다. 여기서 중요한 것은 역사에 대한 이야기를 수행하는 주체가 자신이 재현하고자 하는 대상과 어떤 관계를 맺고 있는가의 문제이다. 역사적 사실을 둘러싼 담론들은 그 사실을 서술하는 행위와 해석하는 행위에 의해서 비로소 의미를 지닐 수 있게 된다. 해석과 서술의 행위 그 자체가 사실을 구성한다고 할 수 있으며 그 구성하는 행위는 사실에 대한 재현을 넘어 의미를 창조하고 사건을 생성하는 것이다. 어떠한 위치에서 어떠한 방식으로 과거를 서사화할 것인가라는 기억의 정치학이 필요한 것은 그 때문이다.

대체로 이러한 맥락에서 제기되고 있는 것이 이른바 탈근대적 역사이해의 내용일 것이다. 그것은 공식적 역사를 벗어나서 파편화되고 억압된 역사, 기억, 주체의 복원을 시도하고 있다는 점에서 숙고할 만한 의미를 지닌다. 한편으로, 이러한 탈근대 역사인식이 이성적 합리성에 대한 회의를 불러오고, 객관성과 보편성에 대한 저주를 생산하며 무제한적인 상대주의의 유희를 펼치고 있을 뿐이라는 우려 또한 도처에서 들려오고 있다.

프레드릭 제임슨은 포스트모던 문화가 향수로서, 그리고 유행으로 재활용될 수 있는 어떤 것으로서 역사라는 개념을 향유하면서 역사적 사유를 외면한다고 비판한다. 그는 자신의 저서 『정치적 무의식』에서 라깡의 '상징화를 절대적으로 거부하는' 것으로서의 실재 the Real 개념과 스피노자의 '부재원인' absent cause 에 바탕을 둔 알튀세르의 역사에 대한 반목적론적인 정식, 즉 '역사는 주체도 아니고 목적도 아니다'라는 정식을 잠정적으로 수정할 것을 제안하고 있다. 그 정식에서 옥석을 가리지 않고 사용되는 부정성이란, 오늘날 일련의 후기구조주의자들, 포스트맑스주의자들의 논쟁적 주제들과 쉽게 동화할 수 있다는 점에서 잘못 이해될 여지가 있다는 것이다. 이들에게 대문자 역사는 나쁜 의미로 쓰이면서, '문맥' 혹은 '배경', 모종의 외부의 현실에 대한 지시, 다시 말해 숱하게 비방을 받아온 '지시대상' 자체에 대한 지시일 뿐인 것으로, 다시 말하자면 단지 여럿 중의 한 텍스트에 불과하고, 역사 교본이나 종종 '직선적 역사'라고 불리는 역사적 연쇄의 연대기적 제시에서 발견되는 어떤 것일 뿐으로 이해된다. 제임슨이 알튀세의 정식을 수정하자고 말하면서 제안하는 내용은 이런 것이다. "역사는 텍스트가 아니며, 지배적이건 혹은 그렇지 않건 간에 서사도 아니지만, 부재 원인으로서, 텍스트의 형식을 제외하고서는 우리에게 접근 불가능하며, 역사와 실재에 대한 접근은 반드시 선행하는 텍스트화, 정치적 무의식 속에서의 서사화를 거치게 되어 있다는 것이다."[09]

그리하여 제임슨은, 어떻게 기반이며, '부재원인'인 역사가 그러한 주제화와 사물화에 저항하는 방식으로, 혹은 다른 약호들과 구분되지 않는 하나의 선택가능한 약호로 변해버리는 현상에 저항하는 방식으로 파악될 것인가를 자문하는 것이 필요하다고 주장한다. 역사기술의 형식이 작용하는 원재료가 무엇이었건 간에 위대한 역사기술 형식의 정서는 항상 그 무기력한 재료의 발본적인 재구조화라고 볼 수 있으며, 지금의 예에 있어서는 그렇지 않으면 무기력할 연대기적이고 선적인 자료들을 필연성의 형식으로 강력하게 재조직화하는 일이다. 그리하여 역사는 필연성의 경험이 된다. 그리고 이 점만이 역사가 재현의 대상처럼, 또는 많은 지배약호들 중의 하나인 것처럼 주제화되고 사물화되는 것을 막을 수 있다. 이런 의미에서 필연성은 내용의 한 형태가 아니라, 오히려 사건의 엄혹한 형식이다. 그리하여 필연성은 전정한 서사적인 정치적 무의식의 확장된 의미에 있어 서사적 범주로 되며, 역사를 새로운 재현이나 '비전'으로서가 아니라 알튀세르가 스피노자를 따라 '부재원인'이라고 부르는 것의 형식적 효과로 제안하는 역사의 재텍스트화이며, 집단적 실천과 개인적 실천에 함께 엄혹한 한계를 지워주고, 그 '간지'가 앞의 실천들을 그드러난 의도와는 딴판의 소름끼치도록 역설적인 전도체로 바꾸어버리는 것이다.[10]

애초에 거대서사에 대한 불신을 선언하여 탈근대의 정신을 주창한

09 Fredric Jameson, *The Political Unconscious*: Narrative as a Socially Symbolic Act, muthuen, 1981, p. 35.

10 Ibid. 1장 참조.

장 프랑수와 리오타르는 제임슨의 『정치적 무의식』에 대하여, 역사가 세계를 더욱 공명정대하게 만드는 데 필요한 윤리적 투쟁과 결부되어 있다고 말한 칸트에 대한 독해를 통해 탈근대 역사이해의 새로운 가능성을 제시한다. 그는 칸트의 역사이해에서 역사가 전체로서 사유되지만 거대서사로 제시되지 않는다는 점에 주목하여, 거대서사를 넘어서도 여전히 유효하게 존재하는 역사의 가능성을 발견한다. 그는 "칸트의 필연이라는 개념이, 총체화하는 변증법의 형식을 통해 역사를 대문자화하는 것을 배제하며, 따라서 제임슨이 역사화하는 것에서 기대하는 것으로 보이는 '풍부한 의미론semantic richness'을 배제한다."라고 썼다.[11]

리오타르는 우리시대를 지칭하기 위해 사용되는 포스트모더니티라는 용어는 거대서사가 분열되면서 발생하는 감정인 사건성(Begebenheit)과 밀접한 관련을 갖는다고 설명하면서, 역사적이고 정치적인 것들은 모범적인 예나 선험적인 도식으로 환원되지 않는 '사건'으로 스스로를 드러낼 때 비로소 자신을 주장할 수 있게 된다고 말한다. 그리하여 진보를 향한 발걸음은 그것이 우리의 감정에 목격되는 '단일한' 목적을 지닌 이념일 뿐 아니라, 이미 그 이념 자체가 '복수적인' 이념들의 형성과 자유로운 탐색 속에서 그 목적이 구성된 것이고, 이질적인 목적성의 무한성이 시작되는 것이 이 목적이라는 사실을 바탕으로 존재하는 것이다. 그러므로 역사에 대한 마르크스주의적 해석으로 돌아가서 총체성을 복원하는 것이 중요한 것이 아니라, 이 '사건'으로서의 역사의 기호에 초점을 맞추는 것이 필요하게 된다. 그에 따르면, 칸트는 이러한 이질성을 인식하였으나, 그것의 연결고리를 만들기 위해 주체라든가, 합리성이라는 개면에 의존

---

11 사이먼 말파스, 윤동구 역, 『장 프랑수아 리오타르 포스트모더니즘을 구하라』, 앨피, 2008, 138쪽.

할 수밖에 없었지만, 오늘날 '사건' 속에 숨겨진 분열의 증언은 그러한 주체와 합리성에 의존하려는 시도를 불가능하게 만든다. 그리하여 중요한 것은 각각의 이질성을 존중해 주면서 이질적 어구들(phrases)간의 '이행(transitions)'을 강조하는 것이다.[12]

3. 문학에 대한 역사의 해로움과 안타까움

프레드릭 제임슨과 장 프랑수아 리오타르가 탈근대 특유의 역사인식을 둘러싸고 벌이는 논의들은 우리 소설이 경험하는 현재의 역사이해에 대해서도 무언가 의미 있는 관점을 제공하고 있는 것으로 보인다. 정치와 역사의 목적론을 믿을 수 없고 역사의 위대한 동인이나 주체의 효과도 믿을 수 없는 시대에 쓰여지는 역사이야기들이 주목하는 것이 이름 없는 채로 역사의 큰 이야기 속에 숨겨져 있던 인물들의 복원이라면, 우리 소설의 현재가 보여주는 것도 바로 그런 이름 없는 인물들에 대한 새로운 응시라 할 수 있을 것이다. 그 응시의 대표적인 기록들을 살펴보자.

3-1. 허망한 방랑 -『심청, 연꽃의 길』

황석영은 최근 자신의 소설『심청』(2003)을 개작하여 새로이『심청, 연꽃의 길』[13]을 간행하였다. 고전소설의 주인공인 '심청'의 이야기를 전근대와 근대의 이행기 속에 옮겨와서 중국, 대만, 싱가포르, 오키나와, 일본

---

12 Jean-François Lyotard, "The sign of history", Andrew enjamin ed, *The Lyotard Reader*, Blackwell; Oxford UK&Cambridge USA, 1989, pp. 407-410.

13 황석영,『심청, 연꽃의 길』, 문학동네, 2007. 이후『심청』으로 표기하고 쪽수만 명기함.

등 동아시아의 역사적 시공간 속에 위치시킨 이 장대한 서사는 이야기와 인물 모두를 동아시아의 근대성이라는 역사적 모멘트의 한 가운데 위치시키는 모험을 감행하고 있다. 심청이 경험하는 수난의 기록은 곧 동아시아의 초기 근대가 경험하였던 험난한 역사에 대한 알레고리로 작동하고 있다. 서사의 도입부에 심청으로 하여금, "명심해라. 네 이름은 지금부터 심청이가 아니니라."(10쪽.)라는 선언을 언도함으로써 자아의 탐색담이자, 정체를 발견해가는 성장담이 될 것임을 명확하게 제시한 이야기는, 그러나 그 서사의 종결에 이르기까지 탐색에 값하는 어떠한 내면도 심청에게 부여하지 않고 있다. 심청이 경험하는 세계는 동아시아라는 세계의 전역에 이를 정도로 광범위하지만, 그 세계이해는 세계의 다양성에 대한 순수하게 공간적이며 정태적인 이해방식에 기반하고 있으며, 그녀가 경험하는 세계는 차이와 대조의 공간적 인접성과 다르지 않고, 그리하여 인물들의 삶이란 성공과 실패, 행복과 불행, 승리와 패배의 여러 대조적인 상황의 교체로 대체되고 있다. 이 정식은 바로 바흐친이 소설의 변종들에 대한 역사적인 분류를 시도하면서 말했던 방랑소설의 특성들을 떠올리게 만든다.

바흐친에 따르면 방랑소설에서 시간적 범주는 극단적으로 약화되어 있으며, 시간이 그 자체로 본질적 의미와 역사적 색채를 갖지 못한다. 그리하여 유년기에서 성숙기를 거쳐 노년기에 이르는 주인공의 나이가 갖는 '생물학적 시간'조차 완전히 부재하거나 단지 형식적으로만 언급될 뿐이고, 민족, 국가, 도시, 사회 집단, 직업과 같은 사회적 문화적 현상들의 총체성에 대한 이해도 부재한다. 그리하여 주인공을 둘러싼 상황이 아무리 급격하게 변할지라도, 정작 주인공인 그 자신은 전혀 변하지 않은 채로 남게 되어, 소설은 인간의 성장과 발전을 외면한다.[14] 이러한 설명이란 곧 『심청』이 보여준 주인공 심청의 삶에 대한 예시는 아닐 것인가. 심청의 이름이 수없이 바뀌고 그녀의 존재의 장소가 종횡으로 이동해도, 심청의 자기정체성에는 어떠한 변화의 조짐도 보이지 않는다. 심지어 "내가 심청이 아니라면 그럼 나는 누구야?"(11쪽.)라고 말했던 자아에 대한 물음조차 하나의 공허한 물음으로 남겨질 뿐이다.

공적인 역사의 특정한 계기에 끊임없이 심청을 관련시키고자 하는 작가의 욕망, 자유를 향한 진보의 이념, 인간을 향한 계몽의 이념의 주인공으로 심청을 위치시키고자 하는 욕망으로 이어지지는 않는다. 심청이 주어진 삶의 여건 속에서 어떠한 자유를 쟁취하고자 노력하는지, 매춘부들의 유복자들에 대한 그녀의 동정이 어떠한 계몽의 계기로 이어지는지가 서사에서 분명하지 않기 때문이다. 이는 근대적 해방의 기획이라는 거대서사에 대한 작가의 방법적인 불신에 기반한 것으로 보여지는데, 그것은 또한 심청의 자기 창조를 불가능하게 만드는 주요한 동력으로 작동하게 된다. 그리하여 아편전쟁이나 일본의 개국 같은 역사의 주요한 모멘트들은 심청의 자기 창조의 계기가 되기보다는 그녀의 욕망을 규율하는 권위를 지니게 된다. 그 욕망 속에서 주어진 조건에 충실하는 삶이 바로 심청이 택하게 된 삶의 양식이며, 그것이 아무리 장대한 서사를 이루고 있다고 해도, 한낱 하룻밤의 꿈과 다르지 않은 이야기로 전락할 위험에 처한다. 그리하여,

"예전 어느 강변 마을에 아름다운 여인 하나가 나타났더란다. 나는 부모형제가 없는 사람으로 재물도 영화도 원치 않으나 내가 가진

---

14 미하일 바흐친, 『말의 미학』, 김희숙·박종소 역, 길, 2006, 288~289쪽.

경전을 외우는 이에게 시집을 가련다구 그랬다지. 여러 사내들이 다투어 그네와 정분을 나누었으나 마지막에 마씨 댁 총각이 경전을 외워 장가를 들게 되었구나. 혼인을 하자마자 몸이 아프다며 방에 들어가 쉬던 여인이 죽더니 삽시간에 육신이 재처럼 흩어져 금색 뼛가루가 되고 말 다더라. 며칠 후에 한 선승이 지나다가 보고 그이는 관음의 화신이었다고 그러더란다. 정분의 허망함과 살림의 덧없음을 깨우치려고 잠깐 보이셨다는구나."(669쪽.)

　라는 심청의 마지막 유언 같은 문장은 그대로 그녀가 살아온 덧없는 삶의 비유, 바로 그것이 된다. 마지막으로 심청이 품에서 꺼내어 전해주는 물건이 고향 황주에 갔다가 절에서 찾아온 자신의 위패였고, 그 속에 '심청지신위(沈靑之神位)'라는 글씨가 희미하게 각인되어 있는 장면은 그네의 긴 방랑이 어떠한 정체성의 창조도 이루어내지 못한 시간들이었음을 증언하는 역설이 된다.

　『심청』이 들려준 심청의 오랜 방랑에 대한 주목할 만한 기록은 주인공이 어떤 역할을 수행해야 하는지 이미 결정되어 있는 이야기, 리오타르가 전근대적 메타서사의 유형이라고 말한 바로 그런 이야기이다. 그것은 근대의 거대서사에 대한 불신을 드러냄으로써 고전소설의 활기 있으나 허망한 시간 속으로 빠르게 걸어 들어가 버린, 기억할 만한 인물의 뒷모습을 우리에게 보여주고 있다.

3-2. 우울한 애도 - 신경숙,『리진』

　신경숙의 『리진』[15]이 주목하고 있는 시기 또한 전근대와 근대가 교체

15　신경숙,『리진』1,2, 문학동네, 2007. 이후『리진』으로 표기하고 쪽수만 명기함.

되고 있던 한 시기이며, 이러한 역사적 격변의 와중에 한 왕조가 몰락하고 있던 풍경이다. 주인공인 리진은 이러한 역사적 시공간의 핵심에서 왕조의 소멸을 지켜볼 뿐만 아니라, 그것의 소멸을 불러온 근대의 핵심부로 이동하여, 근대적 도시와 문화를 직접 체험하는 역할을 떠맡게 된다. 그러니까, 이런 식이다.

> 프랑스가 대혁명의 성과물인 미터법을 국제적으로 통용시키고, 독일이 가스를 폭발시켜 에너지를 동력으로 전달하는 내연기관이 등장하던 무렵, 세계를 향해 이제 문을 연 조선에선 간밤에 궁궐이 불타는 모습을 보고 온 어린 소녀가 불한사전을 껴안고 울고 있었다. (1:97쪽.)

동일한 장면을 인용하며 리진이 역사의 필연적인 증인이 되어 등장하고 있음을 지적한 소영현은 "엄밀하게 말하자면 경복궁에 불이 난 사건을 통해 어린 소녀가 본 것은 역사의 한 장면이 아니다. 한 여인의 분노일 뿐이다."라고 말했다.[16] 이러한 지적이 의미 있는 것은 그것이 이 소설이 보여주는 역사에 대한 이중적인 태도와 관련이 있기 때문이다. 작가는 서사의 주인공이며, 실존인물로 알려진 리진을 저 굴곡 많은 역사의 정점에 위치시키고, 그녀로 하여금 역사의 생생한 현장들을 지켜보도록 만듦으로써 역사이야기가 지닌 압도적인 힘에 의지하여 서사를 전개하고 있으면서도, 한편으로는 리진으로 하여금 그러한 역사를 향한 시선을 지니는 것이 아니라 내면을 향한 응시를 수행하도록 만듦으로써 역사소설의 문법을 멀리 벗어하는 방향으로 달려가고 있다.

---

16 소영현, 「경계를 넘는 히/스토리, 포스트모던 모놀로그」, 《문학과사회》2007년 겨울, 384쪽.

그러므로, 『리진』의 해설에서 서영채가 이 서사의 정점에 왕비의 죽음이라는 비극적 사건이 있다고 지적하고, 그녀를 향한 뒤늦은 애도의 기록으로 작품을 읽은 것은 어쩌면 매우 정확한 통찰이라 할 것이다. 작품에 대한 공감이나 정밀한 독해가 아니라, 역사에 대한 탈근대적 인식의 윤리학에 대해 묻고자 하는 이 글이 주목하는 것도 바로 그 지점이다. 그러니까, 애도의 뒤늦음이나 그 수행의 완결에 대해서가 아니라, 그것이 과연 올바른 방향을 지닌 애도였는가 하는 점에 대해서 말이다.

먼저 그 애도의 내용에 대해 살펴보자. 리오타르는 프로이트가 우리에게 알려준 바대로, 애도의 작업이란 상실한 대상으로부터 리비도를 철회함으로써 사랑하는 대상의 상실로부터 회복하는 것, 그리고 리비도를 그들로부터 철회시켜 우리에게 환원함으로써 주체에게 그것을 돌려주는 것이라고 말하면서, 회복을 가능하게 만드는 많은 방식 중에 하나인 이차적인 자기애에 대해 이야기한다. 그에 따르면, "두려운 것은 우리가 신을 애도하던 시기, 바로 근대 세계와 타자의 정복이라는 그 기획을 가능하도록 했던 그 시기에 행했던 애도가 단순히 맹목적으로(또는 강박적으로) 반복되고 있다는 점이다."[17] 리오타르가 지적한 것은 애도의 작업이 지닌 주체중심적인 성격에 대한 비판인데, 우리가 『리진』에서 보고자 하는 것 또한 이러한 주체의 자기애에 기반한 맹목적이고 강박적인 애도의 반복이다. 서술자가 리진이라는 주체로 하여금 수행하도록 만드는 애도는 조선이라는 나라의 궁궐 속에 갇힌 왕비를 향해 있고, 리진이 프랑스로 떠나가서 수행하는 붙이지 못한 편지쓰기는 모두 이 애도의 과정으로 이해할 수 있다. 리진은 "푸른 잉크에서 떨어진 중궁 마마……[18]

---

17 Jean-François Lyotard, "Universal history and cultural differences", op. cit, p. 316.
18 신경숙 소설에 나타나는 '말할 수 없음', '말 없는 말'의 미학적 무의식은 그녀의 문학의 중핵

라는 조선어를 가만히 바라보았다. 몇 번째인지 몰랐다. 하고 싶은 말은 쌓이는데 그 말들을 써보려 하면 캄캄한 어둠 속인 듯 뒷말이 막혀버렸다."(2:63-64쪽.)라고 이야기하면서, "나는 개화된 세상에 나가보길 꿈꾸나 이 궁궐에서 한 발짝도 옮기지 못할 처지이니 네가 부럽구나."(2:65쪽.)라고 말했던 왕비의 마지막 모습을 떠올린다. 아직까지 죽지 않은 대상인 왕비를 향한 애도의 작업으로 홀로 거실에서 조선춤을 추는 리진의 모습은 "애도 작업을 완수하는 것에 대한 거부를 아직 대상이 상실되지도 않았을 때조차 그에 대해 필요 이상으로 과도한 애도를 표하는 거짓 장면을 연출"[19]하고 있는 것은 아닌가 하는 의문이 들기도 한다.

그러나 정작 묻고자 하는 것은 그 애도의 방향에 대해서이다. 리진은 미적인 것에 대한 감성 못지않게 합리적인 이성과 사유의 능력을 지닌 존재이다. 그녀가 프랑스 현지에서 생활하면서, 프랑스로 대표되는 제국주의의 문화적 지배에 대해 분명한 거부감을 지니게 되는 장면들은 그녀로 하여금 자신과 남편인 콜랭과의 사이에 거리감을 갖도록 만들게 된다. 자신이 사람들의 구경거리로 전락한 것을 인식하고, "이 공화국에선 자유, 평등이 으뜸이라면서요? 다른 인종들을 차별하거나 구경하듯 바라보는 이상은 그게 으뜸일 수 있을까요?"(2:164쪽.)라고 콜랭에게 반문하는 것이 그러한 대목들이다. 또한 콜랭이 조선서책을 수집하여 프랑스로 보내는 것을 못마땅히 여기던 리진이 프랑스에서 제국주의의 식민지 문화에 대한 강탈에 대한 거부감으로, 센강변을 나란히 걷다가 자신의 어깨를 감싸안는 콜랭의 팔을 밀어내고 "나는 누구일까?"(2:94쪽.)라는 생

쌓을 이룬다. 이 말과 침묵 사이의 모순적인 결합이 어떠한 미학적 무의식, 혹은 정치적 무의식을 지니고 있는가에 대해서는 보다 정밀하게 규명될 필요가 있다.

19 슬라보예 지젝, 한보희 역, 『전체주의가 어쨌다구?』, 새물결, 2008, 224~225쪽.

삭을 갖게 되는 장면은 그녀의 자기 인식의 중요한 계○○ 된다. 그러나 이러한 이성의 눈뜸의 순간에 왕비를 떠올리고, "중궁 마마는 ○○로즈 제독이 전리품으로 이곳으로 가져온 외규장각의 서책들을 무척 아○○○지요."(2:89쪽.)라고 말하며 제국주의에 대한 사유의 순간에도 그것을 왕비에 대한 그리움으로 전이시키는 감성은 합리적 사유의 영역으로부터 멀리 달아난다.

역사적 인물인 왕비에 대한 후대의 평가는 제각각일 터이다. 이 점을 의식하여 신경숙은 ○가 이루어내고 싶은 왕비의 내면에 영향을 받을까 봐 온갖 자료들을 다 보○면서도 왕비에 대한 건 피했어요. 「……」나는 그냥 세상일이 자기 뜻과는 ○지 않았던 한 인간의 숨소리, 살아야겠기에 강인해진 그녀의 외롭고 고단○ 내면을 전달해주고 싶었어요."[20]라고 말한 바 있다. 그러나 그러한 의도○인 부인이 조선의 사정을 지켜본 ○○린 수녀로 하여금 "두 분(왕비와 ○일군, 인용자) 다 백성의 살길에○ 관심이 없고 그 자리에 누가 앉느냐만○ 집착합니다. 남쪽 고부에○ 농민군이 들고 일어났지요. 들불처럼 번졌어○."(2:189)라고 당대○ 역사를 증언하는 것까지 막지는 못한다. 서술자는 ○러한 외부의 시○에 대비해서, 왕비 스스로 변호를 할 수 있는 기회를 마○해주고 있다.

> 그래 밖에선 사람들이 무슨 소릴 하더냐 ○○를 ○고 뭐라들 하더냐? 불여우라고들 하더냐? 전하로 하여금 아버지를 척지게 하고 내 안위만을 위해 청나라를 불러들여 제 백성을 죽이게 하는 불여우라 하더냐? 제 백성을 귀히 여기는 바 없이 일본군의 칼에 제 나라의 농민들을 죽게 하는 불여우라 하질 않더냐? (2:224쪽.)

---

20 신경숙·신형철 대담, 「해결되지 않은 것들을 위하여」, 《문학동네》 2007 가을, 158쪽.

서술자는 계속해서 왕비의 긴 장탄식을 들려주고 "내 소망은 내가 살아날 길이 곧 백성들이 살아날 길이기를 바랐다. 허망하고 부질없는 꿈이었을까?"(2:230쪽.)라는 자기 변명을 수행하도록 만든다. 어쩌면 이러한 왕비의 자기 변호를 리진으로 하여금 듣도록 만들기 위해서 그녀의 귀국이 필요했던 것은 아닌가 하는 생각이 들 정도이다. '궁중이 연일 놀이판'임을 서사에서 증언한 서술자가 이러한 변호를 수행하고 있는 것을 어떻게 이해해야 할까. 문득, 일찍이 조선의 예술과 광화문의 사라짐을 진정으로 애도하였으나 조선에 대한 제국주의의 지배에 대해서는 한 마디도 하지 않았던 야나기 무네요시라는 이름이 떠오르는 것은 왜일까. 제국주의의 지배에 대해 명민한 비판을 수행할 수 있는 리진은 왜 왕비에 대해서는 '깊은 슬픔'을 애도하기만 할 뿐, 그 바깥으로 한 걸음도 나가려 하지 않는 것일까. 다들 알고 있듯이, 그것은 왕비가 그녀의 상징적 어머니의 자리에 있는 존재이고, 감각의 기원에 위치한 존재이기 때문이다. "왕비와 나인이라는 격식도 무엇도 소용없던 때, 그저 서로 함께 있다는 것을 체온으로 확인하던 때"(2:221쪽.)의 기억이 리진의 모든 존재의 기억을 압도하고 있기 때문일 것이다. 그러나 그 고전적인 애도, 신에 대한 애도의 자리를 물려받은 육친에 대한 애도의 맹목적이고 강박적인 반복은 그대로 수행되어도 좋은 것일까. '한 고결함의 죽음'을 향한, 혹은 그 죽음 자체에 의해 수행되는 뒤늦은 애도를, 당신은 견딜 수 있는가.

4. 감성의 지도, 문학의 윤리

역사의 편재성과 사회적인 것의 양심 깊은 영향으로부터 격리된 자유의 영역이 애초에 존재하리라고 상상하는 것은, 개인 주체가 순전히 개인적이고 단순하게 심리적인 것에 불과한 구제의 기도인 도피처로서 찾고자 하는 맹목의 지대에 대한 필연성의 장악을 강화시킬 뿐이다[21]라고 제임슨은 말했다. 그러므로 진정으로 필요한 것은 미학만이 아니라 정치학이기도 하다. 자크 랑시에르는 의미를 하찮은 행동들과 평범한 대상들의 '경험적' 세계에 할당하는 방식이며, 스토리를 말하는 새로운 방식인 허구의 배치가 필연성과 사실임직한 것에 따른 행동들의 인과적 연쇄가 아니라 기호들의 배치라고 말했다. 그러나 중요한 것은 그 기호들의 문학적 배치가 결코 언어의 외로운 자기-지시성이 아니라는 점이다. 그리하여 문학의 미학적 주권은 허구의 지배가 아니라 허구의 기술적(記述的), 서술적 배치들의 논리와 역사적, 사회적 세계의 현상들에 대한 해석과, 기술(記述)의 배치들 사이에서 불명료한 경향을 띠는 체제가 된다.[22]

그렇다면 역사를 쓰는 것과 소설을 쓰는 것이 하나의 동일한 진리 체제에 속한다는 것을 아는 것만이 아니라, 거기서 그쳐서는 안 된다는 점을 인식하는 것이 더욱 중요해진다. 정치적이거나 문학적인 진술들이 실재 속에서 효과를 지니게 되기 때문이고, 그 진술들은 "볼 수 있는 것의 지도들, 볼 수 있는 것과 말로 표현할 수 있는 것 사이의 궤도들, 존재의 양식들, 행동의 양식들 그리고 말함의 양식들 사이의 관계들을"[23] 그려내고, 그리하여 '감성의 지도'를 재형성하기 때문이다. 랑시에르에 따르면, 인간은 단어들의 능력에 의해 제 자연적 목적지로부터 자신의 방향이 바

---

21 Fredric Jameson, op. cit. p. 20.

22 자크 랑시에르, 오윤성 역, 『감성의 분할』, b, 2008, 49~50쪽.

23 위의 책, 54쪽.

뀌게끔 하는 문학적 동물이기 때문에, 인간은 정치적 동물이라 불러야 하는 것이다.

2000년대 이후의 한국소설들이 역사를 사유하는 방식의 핵심에 기억의 정치가 놓여 있음은 살펴본 바와 같다. 그것은 실재와 허구의 고전적인 경계를 넘어서, 실재가 사유되기 위해서는 허구화되어야 하며, 오직 허구를 통해서만 실재가 생산되는 것임을 알려주었다. 그러나 그러한 역사와 문학의 경계넘기는 또한 언제나 중요한 것은 볼 수 있는 것의 지도와 말할 수 있는 것의 지도를 그려내는 행위 속에 놓여 있는 '정치적인 것'임을 끊임 없이 되묻도록 만든다. 2000년대 한국소설이 참조한 역사의 이야기가 유행에 따라 이루어지는 역사의 전유로 이해될 것인지, 새로운 기억의 정치를 통한 이야기의 창안으로 이해될 것인지에 따라 오늘의 역사소설에 대한 평가는 달라질 것이다.

2000년대의 한국소설과 환상의 몫

1. 죽음의 소설들

2000년대 한국 소설에 나타난 환상성에 대해 이야기하기 위해서는 하나의 전제가 필요하다. 그것은 시에 대한 최근의 논의가 보여주듯이 자유로운 상상력, 새로운 언어감각, 하위문화적 상상, 그리하여 '미래파' 등의 담론만으로는 설명되지 않는 무언가가, 또한 무중력 공간이나 자유로운 망상이나 탈현실의 문법이라거나 그리하여 '외계'라는 설명만으로도 포착되지 않는 어떤 중핵이 한국 소설의 공간 속에 자리잡고 있다는 점이다. 그것은 죽음이다. 지금 이 자리의 한국 소설에 대해 말한다는 것은 죽음에 대해서 말하는 것이다. 그러므로 2000년대의 한국의 소설에서 참된 문제는 다들 이야기하는 바와 같이 소설의 죽음이 아니라, 죽음의 소설이다. 우리는 지금 그 죽음의 소설들을 대면하고 있는 것이다. 그런데 어떠한 죽음인가. 그것은 살아 있는 시체들, 환영들, 무엇보다도, 유령들이다. 지금 유령들이 한국 소설의 공간을 배회하고 있다. 2000년대의 한국소설의 서사공간 속에는 유난히도 많은 '유령들'이, 산 죽음들이 출몰하고 있다. 유령이란 주체의 불안이 자신의 외부에 있는 형상들로 투사된 것, 그리하여 섬뜩함을 불러 일으키는 존재이다. 그것은 우리가 죽음에 대해 가지는 관계가 구체화된 허구이며, 주체가 그 자신 속에서 인정하길 거부하여 자아로부터 추방하기를 원한 대상이다. 유령과 대면한다는 것은 그러므로 무의식의 은폐된 욕망과 만난다는 것을 의미한다. 그렇다면 왜 죽음의 소설인가.

당연하게도 그것은 우리가 진정으로 사는 법에 대해서 배워야만 하기 때문일 것이다. 그러나 사는 법이란 어떻게 배우는 것인가. 사는 법을 자신으로부터, 스스로 배우는 것은 불가능하다. 그것은 삶으로부터, 삶을 경험함으로써 배우는 것도 아니다. 오로지 타자로부터, 죽음에 의해서만, 어떤 경우든 삶의 모서리에 있는 것, 삶이 아닌 것으로부터 사는 법을 배울 수 있을 뿐이다.[01] 데리다가 알려주는 이러한 지혜에 동의할 준비가 되었다면, 이미 환영이나 유령에 대해서, 시체들에 대해서, 오늘날 우리의 삶과 이야기들을 둘러싸고 있는 환상들에 대해 이야기할 준비가 된 것이다. 2000년대라는 어느 특정한 시점에서, 어떤 윤리, 어떠한 정치학도 가능하지 않고 생각할 수 없고, 정의롭지 않은 것처럼 보이는 시점에서 유령에 관해, 참으로 유령에 대해 그리고 유령과 함께 이야기해야 하는 것이다.

데리다가 알려준 것은 유령 없는 현실이란 존재하지 않는다는 것, 현실의 원환은 오직 불가사의한 유령의 보충에 의해서만 닫힐 수 있다는 점이다. 이에 대해 정신분석은 유력한 설명을 마련하고 있다. 유령 없는 현실이 불가능하다는 것은 우리가 경험하는 현실이 '사물 그 자체'가 아니라 항상 상징적 메커니즘에 의해 상징화되고, 구성되고, 구조화되기 때문이다. 그리고 문제는 그러한 상징화가 궁극적으로 언제나 실패하고,

---

01 자크 데리다, 『마르크스의 유령들』, 양운덕 역, 한뜻, 1996, 머리말 참조.

실재(the Real)를 결코 완전히 포괄하는 데 성공할 수 없다는 점이다. 그것은 항상 해결되지 않은 상징적 부채를 남겨두기 마련이다. 그렇기에 상징화되지 못한 실재들은 유령 같은 이물의 외양으로 되돌아오는 것이다.[02]

그러므로 참된 현실과 환상의 영역 사이에서 명확한 분할선을 그으려는 시도는 실패하기 마련이다. 환상이란 항상 실재적인 것과의 관계 속에서 작동한다. 그것은 현실을 재현하되, 특정한 방법론으로 그렇게 한다. 현실의 세계를 방법론적으로 재현함으로써 환상은 현실과 현실 아닌 것, 실재와 비실재의 본질을 문제로 삼는다. 그것은 개별 주체와 세계, 주체와 대상, 자아와 타자의 관계가 더 이상 자명한 것으로 남아있지 않다는 것을 의미한다. 「환상문학서설」에서 츠베탕 토도로프는 환상적인 것의 주요 원천이 망설임과 불확실성 속에 존재하며, 섬뜩함의 감정은 불확실성의 본질이 사라지기 전에 존재하는 협소한 중간지대에서만 존재할 수 있다고 말한 바 있다. 환상적인 것은 최종 심급에서 설명되고 해소되어야 하기에 실재는 감각을 획득하고 의미를 할당받아 이내 증발해버린다. 다시 말해 환상은 상상적인 것으로서 상징적 질서에 통합되어야 하는 것이다. 그러나 라캉에 이르러 환상은 상징적 영역과 실재 사이의 점점에 위치하게 되었다. 환상이란 망설임을 통한 도피가 더 이상 불가능하며 대상이 지나치게 접근할 때의 너무나 많은 확실성으로부터 오는 것이다.[03] 2000년대 소설들 속에서 환상들, 유령들이라는 직접적인

---

02 Zizek, S. ed, *Mapping Ideology*(London and New York:Verso, 1994) Introduction.

03 Mladen Dolar, I Shall be with you on your wedding-night: Lacan and the uncanny, (ed) Zizek, S. *Jacques Lacan, vol III, Society Politics, Ideology,*(London·New York; Loutledge, 2002) pp. 77~79.

형상을 제시하는 소설들을 일일이 거론하기는 불가능할 것이다. 그러나 이제 막 첫 번째 창작집을 펴낸 젊은 작가들인 편혜영, 한유주, 서준환, 박형서, 그리고 김숨 등의 소설들이 특히 유령이라는 대상을 상연함으로써 주체의 구성을 힘겹게 시도하고 있다는 것은 충분히 짐작할 수 있는 일이다. 그리하여 그들 소설에 나타나는 유령이야기는 우리가 믿어 왔던 이성과 리얼리티 속에 자리잡고 있는 섬뜩함의 차원을 정면으로 응시하면서, 이 새로운 세기의 현실을 직접적으로 구성하려 하고 있다. 그것은 그것은 친숙함의 한 가운데 있는 무시무시한 실재와의 대면을 요구한다. 우리가 살고 있는 근대의 내면 속에 존재하는 심연과 만나기 위해서는 그들이 들려주는 유령이야기에 귀를 기울여야 한다.

2. 섬뜩함과 '적대'의 삶

프로이트가 증언한 바, 환상적인 것들이 불러오는 감정은 섬뜩함(die Unheimlichkeit)의 감정을 불러온다. 그가 섬뜩함에 대해 말할 때, 그 자신이 든 예들은 특정한 역사적 위기들, 계몽주의가 가져다준 특수한 역사적 단절에 위치해 있다. 섬뜩함은 모더니티의 도래와 관계가 있으며, 모더니티의 내부에서 끊임없이 출몰하는 것이다. 유령들, 흡혈귀들, 괴물들, 살아 있는 죽음들은 장소 없이 죽어 매장되었다고 예상하는 특정한 시기에 출현한다. 그것은 모더니티 자체에 의해 불러내어진 어떤 것들이다.[04] 편혜영의 『아오이가든』에 나타나는 세계는 모더니티를 가져온 이성과 진보의 역사에 대한 전면적인 부정으로 읽힐 여지가 많다. 더불

---

04 ibid, p.65.

어 그것은 인간 주체의 구성에 대한 의문을 제기하고 있다고 볼 수 있다. 「저수지」의 아이들은 저수지에 대한 수색이 끝날 무렵에 시체로 발견된다. 「문득」에 등장하는 여자는 어느 순간 이미 죽어 있는 존재로 나타나고, 「시체들」에서 '나'는 아내로 추정되는 시체의 부분들과의 접촉을 통해, 스스로 시체되기를 택한다. 「아오이가든」의 인물들은 자신의 나이조차 알 지 못하고, 개구리나 고양이 같은 동물과 구분되지 않는 모호한 정체성을 부여받고 있는 것으로 보인다. 편혜영의 인물들은 그것이 본래성에 기반한 것이든, 허구에 기반한 것이든 간에, 정체성이라는 관념 속에서 개인 존재를 파악하려는 관습 자체를 거부하고 있는 듯하다. 그것은 근대적 주체성에 대한 신념을 비웃고, 인격을 구성하는 모든 특성으로부터 벗어난 인간의 현전을 상연한다.

그러한 인간 현전이 상영되는 극장으로서 편혜영 소설의 무대는 전적으로 불확실하고 고정점 없는 표류 속에 운명을 맡긴 비인간적 지대를 보여준다. 섬뜩함이 출현하는 곳은 바로 그러한 장소이다. 자연만이 아니라 문화와 삶으로부터도 배제된 유령들, 시체들, 괴물들이라는 존재가 문명이라는 악몽의 산물이며 우리의 문화가 억압한 사람의 이질성과 타자를 대표한다고 해석하는 것은 의미 있다. 그러나 그것은 유령의 출현이 수반하는 섬뜩함의 현전을 하나의 이데올로기 속으로 통합하려는 시도가 된다는 점에서 문제가 있다. 우리는 소설들 속에서 흔히 시체들이 유영하고 괴물이 출현하는 장면을 접하게 되지만, 거기에서 어떤 망설임을 경험하는 것이 아니라, 바로 섬뜩함의 감정을 지니게 된다. 우리가 일상의 경험을 거스르는 이러한 가설들을 쉽게 수용하는 것은 그것이 무의식적 믿음의 영역을 건드리고 있기 때문이다. 유령들, 시체들, 괴물들은 문명에 대한 알레고리적 구조 속에서 최종적으로 해소될 수 있는 어떤 존재가 아니라, 친숙한 현실의 중핵 속에 있는 어떤 대상이기 때문이다.

> "둘째는 자기가 태어나던 순간을 기억하고 있었다. 엄마 뱃속에서 자기를 끌고 나온 것은 저수지에 사는 괴물이었다. 괴물은 엄마의 비명 소리를 견디다 못해 기다란 혓바닥을 내밀어 엄마 뱃속을 핥았다. 피가 묻은 둘째의 몸뚱이를 핥아준 것도 괴물이었다. 괴물의 혓바닥이 붉은 것은 다 그 때문이었다."(「저수지」, 24쪽.)

「저수지」의 서사에서 둘째가 지니고 있던 스스로의 탄생의 장면에 대한 기억으로 제시되는 위의 대목은 아이들이 시체들, 유령들로 존재하고 있는 서사적 시간 속에서 읽을 때, 한 생명의 출생에 대한 묘사라기보다는 오히려 죽음의 장면에 대한 묘사로 여겨지기도 한다. 괴물의 존재는 살아 있는 죽음을 생산하거나, 죽음을 살아가도록 추동하는 어떤 존재로 이해될 수 있을 것이다. 그 괴물은, 아이들의 보호자인 엄마가 검은 차를 타고 도시로 떠나던 바로 그 순간에 출현한 것이다. 이 불가능한 주체의 외상적 현전은 주체성의 잃어버린 고리를 떠올리게 만드는 대상의 출현과 다르지 않다. 환상의 지탱물을 구성하는 대상을 상징적으로 해소함으로써 환상 '너머로 나아갈' 수 있는 것이 아니라 그것을 끝까지 고집함으로써 그렇게 할 수 있는 것이고, 이러한 '환상의 횡단'은 오로지 이 환상 '내부'로부터만 취해질 수 있을 한 걸음이다.

그런 점에서 「시체들」의 화자가 보여주는 '시체되기'는 의미가 있다. 그는 아내가 익사한 것으로 추정되는 계곡에서 발견된, 아내일지도 모르는 시체들의 부분들을 대면해야 하는 처지에 놓인 존재이다. 그는 그 다시 돌아온 아내의 조각난 육신이라는 과도한 실재를 현실적 경험 속에서 통합해 낼 수 없다. 그는 "아내가 어정쩡하게 산 것도 죽은 것도 아닌 상태에 있는 것"을 받아들이기 힘들어 하는데 그것은 "아내의 상태가 그와 별반 다르지 않았기 때문"이라는 자각으로 그를 이끈다. 그러한 상태로 그를 인도한 것은 아내의 부재가 아니라 그가 발딛고 있던 현실의 가상화와 관련된 사건 때문이다. 그가 아내와 공들여 가꾸어 오던 생선가게는 재건축으로 인해서 철거를 당해야 할 상태였는데, 시공사에서 건물 좌우로 높게 벽을 세우고 그 벽에 나무숲의 정교한 벽화를 그리자 실제의 건물은 폐기를 피할 수 없는 운명에 처한다. "가짜 나무숲에 비해 단단한 시멘트 벽을 가진 건물은 쓰레기통처럼 하찮아 보"인 것이다. 그는 결국 아내의 시신의 조각들이 환영처럼 출몰하는 계곡 속으로 실족하여, 혹은 자발적으로 몸을 던지고, "이슬에 젖어 촉촉하고 말랑한 냄새를 풍기고 있는" 밤의 계곡의 흙 속에 매장된다. 그 죽음은 다만 현실에 다시 뿌리를 박으려는 어떤 과격한 시도로 이해해야 할 것이다. 그것은 자기 자신이 실존하지 않는 것으로 보일 때 느끼는 견디기 어려운 불안에 맞서서 우리의 자아를 신체적 현실 안에 굳건히 정초하려는 어떤 과격한 시도이다.[05]

인간은 자기 보존과 쾌락에 대한 추구를 넘어선 맹목적인 반복의 자동성에 종속되어 있다. 근본적인 부정성의 영역인 '죽음 충동'은 단순히 소외된 사회의 조건들의 표현으로 환원될 수 없다. 그것은 인간 조건 그 자체를 규정한다. 거기에는 어떠한 해결책도 탈출구도 없다. 우리가 해결해야 할 일은 그것을 극복하거나 소멸시키는 것이 아니라, 그것과 대면하고 그 무시무시한 차원을 있는 그대로 인정하는 것이다. 편혜영의 소설 속에 나타나는 자연과의 불균형, 온갖 동물들의 시체들이 등장하는 세계 또한 그러한 차원을 반영한다. 인간이 할 수 있는 유일한 길은

---

05 슬라보예 지젝, 『탈이데올로기 시대의 이데올로기』, 김상환 외 역, 철학과현실사, 2005, 19쪽.

단절, 균열, 구조적인 뿌리뽑힘을 인정하고, 이러한 적대(antagonism) 속에서, 상징적 통합이나 해결에 저항하는 적대 속에서 살아가는 것이다.[06] 그것이 우리에게 주어진 삶의 양식이거나, 죽음의 양식이 될 것이다. 우리는 언제나 삶과 죽음의 틈 속에 끼여 살고 있으며, 빌려온 시간 속에서 살아가는 것이다.

3. 유령의 윤리학

죽은 것도 살아 있는 것도 아닌 존재, 존재와 무 사이에서 정지된 존재를 지칭하는 일반적인 이름은, 유령이다. 한유주의 소설을 읽는 독자들은 죽음을 사는 존재들, 인물의 재현을 통한 의미화의 기반이 되는 인간 주체의 신체를 얻지 못한듯한 하나의 주체성을 발견하게 된다. 그 주체성의 공간에서는 하나의 목소리, 1인칭 화자의 형태를 겨우 유지하거나 때로는 목소리로만 존재하는 하나의 음성이 들려 온다. '그것'은 이렇게 말하고 있다. "다리는 어디로 갔을까? 팔은? 어깨는? 무릎은? 그리고 나는? 어디로 갔을까?"(「암송」, 『달로』, 문학과지성사, 2006, 216쪽.) 그들은 "저마다 등 뒤에 하나의 유령을 늘어뜨린 채, 조용히 귀를 열고 입을 닫"(220쪽.)고 있는, 어떤 유령적 존재들이다.

작품집 『달로』에 실린 한유주의 소설들 속에서 만나는 인물들은 유령의 상태를 살고 있거나 유령과 동행하여 죽음을 향해 가고 있다. 그 유령적 존재는 사회로부터 떨어져 나와서 전적으로 죽은 것도 아니고 살아 있는 것도 아닌 유령적 spectral 영역을 점유하고 있는데, 이는 자신이 상

---

06 슬라보예 지젝, 『이데올로기의 숭고한 대상』, 이수련 역, 인간사랑, 2001, 24~26. 참조.

징적 질서 속으로 통합되기에 어려움을 느끼고 있기 때문이다. 그는 삶과 죽음, 이성과 광기, 기억과 환상의 경계선 위에 있는 존재로서, "한낮에도 유령은 사라지지 않았고, 살아남을 그를 저주했다."(『죽음의 푸가』, 43쪽.)고 말하거나, "그렇지만 그들이 죽어 다시 또 하나의 생이 될 수 있을지, 하나의 유령이 되고 말지는 아무도 알지 못했고, 자기 자신조차도 확신할 수 없었다."(『암송』, 213쪽.)고 말한다. 또한 "세계는 접속사와, 짧게 울리는 감탄사로 간결하게 짜여 있었고, 나머지 통 빈 공간은 기억이라는 환상과 환상이라는 고통으로 채워졌다."(208쪽.)는 인식 속에서 그들은 자신들에게 정체를 부여해 줄 수 있는 기억의 문제로 인해 고통받고 있다. 『달로』의 유령적 발화 안에서, 기표와 기의의 신뢰할 만한 관계는 점진적으로 해체된다. 기의와의 어떠한 관련도 갖지 않는 순수한 기표들의 중얼거림은 문학의 의미화 행위 자체를 의심스런 대상으로 만든다.

그러나 한유주 소설의 유령학 속에는 또한 일종의 세대론적 윤리학이 존재한다는 점을 잊어서는 안 된다. 그 윤리학은 "치장된 언어는 윤리적으로 거짓말보다 더 나쁘다. 그러므로 우리는 옳지 않다. 가상의 세대에 걸맞은 가상의 언어-우리는 닥치는 법을 배워야 한다."(『그리고 음악』, 110쪽.)라거나 "우리는 아무것도 가진 것이 없는 세대지. 우리의 과거는 전파로 얼룩져 있고 그러므로 우리는 어떠한 반성도 회의도 추억도 갖지 못한다."(118쪽.)와 같은 돌연한 선언으로 드러난다. 이 세대론은 좀 더 살펴볼 필요가 있다. 한유주의 작품 속에서 유령들이 살아가고 있는 공간을 만들고 있는 배경은 세상이 온통 전쟁과 폭력으로 얼룩져 있다는 인식이다. 그러한 인식의 중핵에는 2001년 9월 11일의 텔레비전 화면이 송신하는 전파와 이미지가 있다. 그것은 세상이 폭력적이라는 인식으로 그치는 것이 아니라 그러한 폭력에 가상의 세대인 우리가 이미 깊이 관여되어 있으며, 그러므로 윤리적인 책임을 통감해야 한다는 자각으로 드러난다. 그러므로 살아있는 것이 이미 '야만'이라고 말하는 한유주의 유령서사는 끊임없이 기억되고 발화되는 생의 경험들이 믿을 수 없는 거짓말로 드러나고 그리하여 어떠한 주체의 구성에도 관여하지 못하는, 텅 빈 발화를 상연한다. 세계의 가상화와 자아의 허구화를 동시에 끌어안을 줄 아는 그 서사가 전달하는 인물들과 사건들의 이야기는 방법적으로 공허해지고 실천적으로 의미에 도달하지 못한다. 아니 무의미를 성취한다. 그 이야기는 "이미 입 밖으로 나온 말들의 유령, 되풀이될 수 없는 말들의 유령, 거짓으로 판명된 말들의 유령, 유령,"(「암송」, 209쪽.)이라고 발화되는 이야기들이다. 그 발화의 주체는 자신이 무엇을 원하는지를 정확히 아는 '온전한' 주체가 아니다. 주체는 이 발화의 행위 속에서 겨우 실현되는 희미한 정체 속에 있다.

한유주의 텍스트 속에서 유령이란 그 희미한 목소리들의 자유의 심연 속에 있는 또 다른 주체의 가능성을 갖는다. 그녀의 소설은 스스로 믿을 수 없는 기억을 상기함으로써가 아니라 유령의 현전을 상연하면서 '자아'를 구성하는 권력 그 자체를 문제 삼고 있는 것으로 보인다. 유령적인 존재의 독백만으로 이루어진 『암송』에서 사람들은 텔레비전의 이미지 속에서 끝없이 익사하여 사라져 가거나, 유령의 말들을 들으며 탄식하고 있다. 누구나 다 비밀을 가지고 있지만, 그러한 비밀스러운 개인사는 어디에나 있는 흔하디 흔한 것이고, "자신이 자신임을 증명하기 위해 무수히 많은 증명서와 신분증을 사들"여도, 그들 삶의 구체적인 현실은 복원되지 않는다. 끝없이 등장하는 말줄임표에 의한, 발화의 불가능성에 대한 추구는 의미를 지닌 언어들에 의해 구성되는 사회적 질서인 상징계를 해체하고, 상징계에서 상상계로의 재진입을 기획함으로써 급진적인 문화석 변형의 가능성을 제시한다. 그것은 상징계의 언어와 이성을 통한 의미화 작업, 즉 문화가 의미를 확립하는 수단을 해체한다. 그리하여 의미화 작업이 지닌 자의적이고 상대적인 속성을 드러냄으로써 문화적 형성 과정에서 상실한 것들에 대한 불온하고도 전복적인 이야기를 제공하는 힘을 갖게 된다. 텅 빈 발화는 이제 무의미를 재현하는 행위를 수행함으로써 무에 이르는 미궁을 열어놓는다. 그리하여 그것은 고정되고 가득 찬 의미를 기반으로 하는 경계와 구별 같은 개념들의 공허함을 드러내고 그 공허함 자체를 주제로 삼는다. 말과 대상의 궁극적인 분열을 증언하는 듯한 그의 발화는 무의미를 성취하기 위한 제사(祭辭)와도 같다.

> 말하고 싶다, 말하고 싶다, 말하고 싶다. 입 속의 세 치 뼈, 한 덩어리의 혀가 감추고 있는 유령과도 같은 기억, 기억들. 말하고 싶다, 사람들은 생각하고, 또 생각한다. 말하고 싶다, 말하고 싶다. ……말하고……싶다. (「암송」, 227쪽.)

유령과 다름없는 존재들이, 유령과도 같은 기억을, 말하고 싶다고, 말줄임표들 사이에서 발화하고 있는 「암송」의 결말은 '자아'의 유한한 정체를 넘어서고, 고통스러운 세대의 현존을 감싸안는다. 『달로』에 등장하는 유령의 목소리는 단일한 주체가 아니라, 이미지를 통해 드러나는, 익명적인 유한성의 형상화이다. '자아의 덫'과 이미지의 가상성에 사로잡힌 자들의 곤경을 적시하고 있는 그 유령적 발화는 특정한 주체의 것이 아니라 죽음이라는 필연을 마주 보아야만 하는 유한성의 한계 안에 있는 존재의 것이고, 불안한 실존과 사라짐에 관해 말하는 목소리이다. 유한성의 현전이 상연되는 극장은 '자아'를 구성하는 권력에 대한 전복을 통해 급진적이고 근본적인radical 정치적 사유에 이르는 길을 여는 무대가 되어줄지도 모른다.

4. 초자아의 응시

　김숨의 소설에서도 무의미의 환상적인 공간 속에서 유령적인 삶을 사는 존재들을 발견하는 것은 어렵지 않다. 이를테면 「카페, 천사」에 등장하는 여자는 "지상으로부터 십여 미터난 떨어진 곳"에 살면서 유령처럼 먼지를 뒤집어쓴 차들이 질주하는 도시를 한 눈에 내려다보고 있고, 도시의 노동자들은 천국으로 향하는 일군의 유령처럼 도시를 배회한다. 「지진과 박쥐의 숲」이나 「질병통제」, 혹은 「검은 염소 세마리」의 어느 페이지를 펼치더라도 이야기의 도처에서 환영이 출몰하며 인물들은 유폐와 감금의 삶을 살아간다.

　그러나 김숨에 소설에서 섬뜩함이 출현하는 원초적인 장면은 「부활」에 나타나고 있다.

> 　　그리고 눈동자……오른쪽……
> 　　카나코는 구원을 바라듯 노파의 오른쪽 눈동자로 손을 뻗었다.
> 　　찰흙뭉치에 손가락을 찔러넣듯 엄지와 검지를 오른쪽 눈동자 깊숙이 찔러넣었다.
> 　　그리고 눈동자……오른쪽……
>
> 　　　　　　　　　　　　　　(「부활」,『투견』, 문학동네, 2005, 239~240쪽.)

　이 소설에는 "그리고 눈동자……오른쪽……"이라는 주술적인 표현이 강박적으로 반복되고 있다. 소설의 초점화자 카나코가 노파의 오른쪽 눈동자를 파내고, "썩지 않는 플라스틱 덩어리"에 지나지 않는 그 눈동자를 그것이 박혀 있던 텅 빈 공간에 다시 집어 넣는 행위의 반복은 이 소설에서 섬뜩함을 생산하는 중핵으로 작동한다. 프로이트에게 섬뜩한 인물형의 주요 원천인 눈에 대한 위협은 직접적으로는 거세 콤플렉스와 관련이 있으며, 가장 귀중한 것에 대한 상실의 위협이다.[07] 노파의 오른쪽 눈동자가 주는 섬뜩함은 카나코의 주체성에 균열을 가져오고 마침내 응시를 되돌려주는 하나의 스크린으로 기능한다. "어느 순간 카나코는 자신의 '오른쪽 눈동자'가 노파의 '오른쪽 눈동자'를 들여다보는 것이 아니라, 노파의 '오른쪽 눈동자'가 카나코의 '오른쪽 눈동자'를 들여다보는 것만 같은 착각이 들었다."(252쪽.)와 같이 증언되는 전도의 순간이 그것이다. 그 전도는 응시와 더불어 발생한다.

> 노파의 오른쪽 눈동자가 카나코를 뚫어지게 응시하고 있었다. 마치 천육백여 년 동안 카나코의 목덜미와 등허리를 응시해온 눈동자처럼. 카나코는 마법에 걸리듯 그 어떤 경이에 휩싸여 노파의 오른쪽 눈동자에 장악되어버렸다. (254쪽.)

「부활」에서 응시의 유령은 주체에 속하지 않은 채 자유로이 떠다니고, 그로 인해 카나코는 노파의 주체 위치에서 스스로를 발견하게 되어 자기 자신의 눈을 찌른다. 김숨 소설의 섬뜩함은 담지자 없는 목소리의, 불가능한 주체성의 응시로부터 출현한다. 이러한 불가능한 주체의 출현은 현실에서의 구멍의 열림은 즉시 참을 수 없는 현전을, 존재보다도 더한 어떤 존재를 향해 정향된 응시의 무시무시한 출현이다. 눈동자를 파

---

07 Mladen Dolar, op. cit, p. 67

내고 다시 그것을 텅빈 구멍 속에 집어넣는 행위는 공허와 충만 모두를, 공허의 직접적인 결과로서의 충만을 채우려는 시도가 된다.

그러나 우리는 김숨의 소설 속에 현실의 어떤 중핵이 자리잡고 있음을 간과해서는 안 된다. 「유리눈물을 흘리는 소녀」에 나타나는 가난의 상징과도 같은 "좁고 어두운 골목들이 미로처럼 얽혀있는" 가난한 산동네의 첫 번째 집에는 "백내장을 앓아 한쪽 눈이 하얗게 지워진 할머니"(270쪽.)가 살고 있다. 이 소설의 화자로 등장하는 가난한 소녀가 소설의 서사에서는 단 한 번 무심한듯 스쳐지나가며 묘사되지만, 그러나 아마도 매일 같이 지나쳐야 했을 이 '한쪽 눈이 지워진' 할머니의 존재는 김숨의 작품 속에서 환상적으로 재구성되어 일종의 거세 콤플렉스와도 같은 상실의 경험으로 확장된다. 그렇다면 카나코의 서사에서 보여지는 환상은 골목의 기억이 회귀하는 것에 대한 심리적 방어기제로 이해되어야 할 것이다. 이 대목은 김숨 소설의 무의미와 환상과 유령들이 실은 가난이라는 초자아의 응시로부터 출현한 것임을 알려주는 원초적 장면이 된다. 그렇다면 김숨 소설의 유령들은 무의미를 향한 상상의 산물이라기보다는 가난이라는 현실의 어두운 그림자, 혹은 자본과 문명이라는 초자아의 응시(gaze)와의 싸움을 이어가는 고통의 산물로 이해되어야 할 것이다. 그것은 환상이 언제나 실제와의 관계 속에서 작동한다는 점을 다시 한 번 알려주고 있다.

5. 환상의 몫

편혜영, 한유주, 김숨의 소설을 통해 2000년대 소설의 환상과 유령학을 살펴보았다. 이들만이 아니라는 것은 다들 알고 있을 것이다. 백가흠과 서준환과 박형서의 소설을 더 읽을 수 있을 것이고, 김애란과 김유진과 염승숙의 이름 또한 기억해야 할 것이다. 개인의 정체성이 가상의 공간 속으로 증발해 버리는 듯한 삶 속에서, 개인을 초과하는 현실 속에서 그 무게를 힘겹게 감당해 가고 있는 작가들이 생산하는 유령이야기는 2000년대 문학이라는 지층의 무의식으로 형성되어 가고 있다.

프로이트에 따르면 정신활동으로서의 환상은 현실원칙으로부터 고도의 자유를 유지하는 것이다. 그것은 현실의 검사로부터 자유롭고 오직 쾌락 원칙에만 종속된다. 이 사고 활동이 바로 어린 아이들의 유희에서 시작되어 나중에는 백일몽으로 계속되다가 현실 대상에 대한 의존을 포기하게 만드는 환상이다.[08] 환상은 대상을 향하는 것이 아니라 주체의 어떤 측면을 반영한다. 근본적이고 독립적인 정신 과정으로서 환상은 자신의 경험에 일치하는, 즉 적대적인 인간의 현실을 극복하는 자신의 진리가치를 소유한다. 환상은 주체의 욕망이 위장된 형태로 상연되는 상상적 드라마이다. 그리하여 그것이 불러일으키는 자유와 행복의 형태는 역사적인 현실을 구원하기를 요구한다. 현실 원칙에 의하여 자유의 행복에 부과된 한계를 최종적인 것으로 수락하기를 거부하고, '무엇이 가능한가'라는 질문에 대하여 망각하기를 거부하는 데에 환상의 비판적 기능이 있다면[09] 젊은 작가들의 소설 또한 그러한 맥락에서 읽지 않으면 안 된다. 그들은 탈근대의 가상을 인간과 유령의 접속면interface에서 살아가면서, 환영이나 유령과 친밀해지고 그것들과 갈등함으로써 자신의 정체를

---

08 프로이트, 「정신기능의 두 가지 원칙」, 『정신분석학의 근본 개념』, 윤희기·박찬부 역, 열린책들, 16~17쪽.

09 마르쿠제, 김인환 역, 『에로스와 문명』, 나남, 1994, 125~129쪽. 참조.

형성해 가는 길을 택했다. 그것은 유령과 더불어서만 대안적 주체성을 생산할 수 있다는 절실한 체험으로부터 온 것으로 보인다.

　젊은 작가들의 소설에 나타나는 환상과 실재의 변증법은 단순하게 현실 그 자체로 환원되지 않는다. 일상의 가상화를 점점 더 많이 경험하면 할수록 환상은 현실적인 실제 안으로 통합되지 못한다는 점을 그들 작가들과 소설의 인물들은 너무나 잘 알고 있다. 그렇기에 소설의 악몽들, 죽음의 소설들은 계속해서 쓰여졌고 쓰여질 것이다. 모든 가상들, 환상들을 통해 경험하는 바로 그 무엇으로부터만, 괴물이나 유령들과 함께 살아감으로써만 실재의 단단한 중핵을 인식할 수 있다는 것은 2000년대 한국 소설이 획득한 소중한 깨달음이다.

귀신 들린 소설의 시간

1. 귀신 들린 소설들

귀신들이 나타난 것은 오래된 일이다. 귀신들, 원령들, 유령들이란 생명을 지니고 있던 인간이 죽음을 맞게되어 인간주체가 아닌 다른 자리에 서게 된 존재들일 터이다. 그 주체의 자리는 사람들이 마땅히 죽음 이후에 가야할 장소라고 상정하는 곳과는 여러 층위에서 다른 위치임이 분명한 것이어서, 생명을 지니고 살아 있는 사람들은 그들의 존재를 불편해하거나 두려워하기 마련이다. 그러나 오래되어 익숙한 일들이 흔히 그렇듯이, 유령들의 출몰을 빈번히 목격한 사람들에게 그 불편함이나 두려움은 중화되어 더 이상 강렬한 경험으로 인식되지 않는다. 그리고 2000년대 이후의 한국소설에서 인간이 아닌 기이한 존재가 인간의 주위를 떠돌면서 현실과 정체성의 경계를 문제삼고 있다는 것은 다들 알고 있는 일이어서, 그것을 읽는 독자들에게 강한 인상을 전달해주기는 어려운 것이 사실이다. 그렇다면 유령들이 출몰하고 있는 소설들에 대한 이야기란 새삼스럽게 제기해야할 문제가 아닌지도 모른다. 귀신들, 유령들이란 오직 주체와 그것이 맺는 관계 속에서만 그 정체를 파악해야할 대상들일 터이므로, 귀신의 출몰을 보고하고 있는 소설들이 나타난다는 것은 우리가 대상과 맺는 관계에 뭔가 새로운 것이 발생하고 있다는 의미라는 보고들 또한 많이 들어본 일인 것도 같다.

그러나 우리가 여전히 귀신들린 소설의 시간을 살고 있다는 것은 부정할 수 없는 현상이다. 어떤 과거가 현재에 회귀하고 있다는 것, 죽은 자가 재귀하고 있다는 것, 유령이 출현하였다는 것에 대해 숙고해야 할 시간을 아직도 우리가 살아가고 있다는 것이다. 그것은 이러한 삶의 양상이 한동안 지속될지도 모른다는 예감을 지니도록 만든다. 유령이라는 관념이나 대상이 이미 자명한 것으로, 지극히 자연스러운 것으로 소설에 나타나고 있다면, 그러한 자명성을 독자의 의식 속에 상정하도록 만든 과정의 계보를 추적해보는 일은 필요할 것이다. 주체가 자기 외부의 타자와 맺는 관계에서만이 아니라 주체가 자아와 맺는 관계의 불안한 형상을 유령이라는 두렵고 낯선 대상을 통해 제시하는 서사는 우리 소설이 당면하고 있는 새로운 영토이기도 하다. 이런 사정은 각각의 주체와 세계, 주체와 대상, 자아와 타자의 관계가 더 이상 자명하지 않다는 작가들의 자각을 반영하고 있는 것으로 이해할 필요가 있다.

그렇다면 주체와 그 대상인 유령이 어떠한 방식으로 관계를 맺고, 그 관계맺음이 주체를 어떠한 자리로 다시 세우는가에 대해서 좀더 고찰해보는 일이 필요할 것이다. 유령의 출몰이 주체성의 경계를 심문한다는 세간의 이야기가 정설이라면, 여전히 우리가 문제삼아야 할 우리들의 주체의 자리와 주체성의 경계에 대해서 다시금 물음을 제기할 필요가 있을 것이다. 그러므로 유령에 대해 우리가 말한다는 것은 주체가 되는 것은 어떤 존재인가, 하나의 인간으로 간주된다는 것은 어떠한 전제를 필요로 하는 것인가라는 물음을 동반한다. 어떻게 그것은, 그것의 시간이 더 이상 거기에 존재하지 않는 때에, 우리와는 어긋나 있는 시간을 살아야 마땅할 존재가, 지금 여기에 존재하는 것으로 보고되고 있는가? 이것이 우리의 존재와 비존재 사이, 삶과 죽음 사이와 같이 우리가 늘 고민하고 있는 대칭 사이에서 발생하는 어떤 문제라면, 분명한 것은 그 어떤 환영과 함께함으로써만 존재와 삶에 대해 배울 수 있다는 것을 데리다는 강조한 바 있다. 함께-존재하기가 없이는 어떠한 타자와 함께-존재하기도, 어떠한 사회적 관계도 없다고 그는 말했다.

유령에 대해 말하기로 했다면, 그것이 육체성을 상실한 존재라는 것은 떠오릴 필요가 있을 것이다. 주디스 버틀러는 주체가 담론적으로 구성된다는 구성주의의 한계에 대해 말하면서, 그것이 영락된 혹은 탈정당화된 육체들이 "육체들"로서의 유효성을 상실하는 곳인 육체적 삶의 경계들에서 드러난다고 지적한 바 있다. 성의 물질성이 담론 속에서 경계를 지니게 된다면 이러한 경계는 배제되고 탈정당화된 '성'의 영역을 산출하게 될 것이다. 그리하여 육체들이 어떻게, 그리고 어떠한 목적을 위해 구성되는지에 대해 숙고해 보는 일이 중요하듯이 육체들이 어떻게 그리고 어떠한 목적을 위해 구성되지 못하는지에 대해 숙고해 보는 일 또한 중요할 것이라고 버틀러는 말했다. 유령에 대해서도 그러할 터인데, 유령이라는 주체의 위치란 끊임없는 반대의 목소리, 즉 그 자신이 존재하는 것을 반대하는 어떤 주체와 끊임 없이 대면해야 하는 자리일 터이기 때문이다. 그러므로 물질화를 수행하는데 실패한 육체들이 규범을 물질화시키는 과정에서 '쟁점이 되는 육체'라는 자질을 지니는 육체들에게 어떻게 하여 필연적인 "외부"를 제공해 주는지에 대해 물음을 던져보는 일 역시 필수적일 것이다.[01] 유령이 쟁점이라면, 그것이 어떠한 외부를

---

01 쥬디스 버틀러,『의미를 체현하는 육체』, 김윤상 역, 인간사랑, 2003, 47쪽.

산출하고 있는가를 살펴보는 일이 우리에게 주어진 과제일 것이다.

2. 미래는 오래 지속된다

윤성희의 「5초 후에」(《문학과사회》2008년 가을호)에는 몸이 점점 투명해지고 있는 Y라는 인물이 등장한다. Y가 초등학교 때 자신에게 별명을 붙여주었던 담임선생님의 기억을 떠올리는 것으로 시작된 소설의 서사는 다양한 단위로 제시되는 시간의 축과 그 시간 속에서 그가 만난 사람들과의 인연의 축을 펼쳐놓고 그 좌표 위에서 벌어진 각종 우연의 산물들을 경쾌한 상상력으로 보여주고 있다. 졸업한지 사십 여년 만에 열린 초등학교 동창회에서 담임은 Y의 어머니에게서 촌지를 받은 사실을 고백하고, 사흘 후 Y가 구입한 흔들의자에 앉아 이십이 년 동안 낮잠을 자던 어머니는 그에게 하겠다던 말을 끝내 하지 못한 채 숨을 거둔다. 육십 년이 넘는 그 긴 시간의 기억 속에는 잠을 자다가 심장마비로 죽은 남편과 Y에게 전재산을 물려주고 공동체 마을로 들어간 아들과 Y가 제안한 여행을 혼자 떠났다가 죽은 친구 J의 이야기가 등장한다. Y는 그 회상 속에서 자신이 모두 일곱 번이나 죽을 뻔한 적이 있음을 기억해 낸다. 어린 시절 텔레비전 채널을 돌리다 감전 사고를 당했고, 남편을 처음 만날 날 그의 차가 교통사고를 냈으며, 남편의 친척을 방문하는 기차여행에서 두 번의 사고를 당하고, 남편이 죽은 것도 모르고 그의 다리에 자신의 다리를 올려놓고 잔 죄책감에 자살을 감행했으며, 아파트에서 투신 자살을 감행한 사람의 몸이 자신의 어깨 옆으로 스쳐서 떨어지고, 친구 J와 함께 계획했던 여행을 가지 않아서 J 혼자 사망한 사건이 그것이다. 이 사건들은 서로 긴밀한 연쇄를 이루고 발생한 것인데, 이 모든 사건들에서 Y는 지극히 사소한 우연에 의해서 기적처럼 살아남았다고 느낀다. 그 기적들은 또한 시간의 축 위에서 긴밀한 연관을 지닌 채 발생한 것이고 그것을 경험한 어느 순간부터 Y는 자신이 삶과 죽음의 경계를 벗어난 어떤 존재가 되어가고 있다는 것을 느꼈을 것이다. 어머니의 마지막 말이 Y에게 전해지지 않은 것처럼, 자신이 살아온 그 많은 기적들의 연쇄의 의미를 다 감당할 수 없다는 느낌은 그에게 자신의 유령적인 상태를 수락하도록 인도한다.

소설의 결말에서 Y는 또다른 친구인 '나'와 함께 오십삼 년 전에 졸업한 고등학교를 찾아가 그들이 J와 함께 운동장에 묻었던 타임캡슐을 찾아내려 한다. 그러나 그들이 묻었던 타입캡슐은 발견되지 않고, 그들은 자주 가던 분식집이 있던 건물이 철거되는 현장을 지켜보게 된다. 집이 절반쯤 허물어 졌을 때, Y는 '나'에게 "그만 하자"고 말한다.

> "난 사라질 거야" Y가 내 앞에 서서 두 팔을 벌렸단. "언제?" 나는 Y를 올려다보았다. Y의 어깨 너머로 허물어진 집터에서 피어오르는 연기가 보였다. "오 초 후에." Y가 말했다. "하나, 둘, 셋, 넷, 다섯." 나는 눈을 감고 다섯을 세었다. "나 지금 춤추고 있어. 눈 떠봐." 나는 춤을 추는 Y의 모습을 상상해 보았다. "눈을 떴는데 니가 보이면 어쩌지?" "보인다면…… 어쩔 건데." "그럼…… 과자나 사 먹으러 가자." 나는 눈을 감은 채 말했다. 그리고 지금 우리들의 모습을 누군가 보고 있다면 얼른 정지버튼을 눌러주세요, 하고 기도를 했다. (「5초 후에」, 130쪽.)

인용된 소설의 마지막 장면은 서사의 중간에 Y의 친구로 등장한 "나"

가 Y의 다른 모습이거나, 그와 동일하게 유령적인 상태를 살고 있는 인물임을 알려주고 있다. 그들이 함께 지나온 그 날들은 마치 Y가 처음 감전을 당했던 텔레비전의 앞에서 본 세계가 그랬던 것처럼 희미한 이미지들로 우리의 눈 앞에 지나가고 있다. 우리가 읽은 그들의 세계는 그저 흘러가고 있는, 붙잡을 수 없는, 소멸해 가는 현실의 모습들이다. 그 현실의 모습에 어떤 개입도 하지 않으면서, 육체성을 점점 상실해가고 있는 Y의 존재는 우리에게 어떤 의미를 열어보이고 있는 것인가. 현실의 텔레비전 화면의 이미지들처럼 그저 흘러가기만 하는 것처럼, 우리 자신도 덧없이 흘러가고 있는 유령적인 존재들임을 깨달아야 한다는 것일까.

윤성희의 또다른 단편 「웃는 동안」(《문학수첩》, 2008년 겨울호)에도 역시나 죽어서도 친구들의 곁을 떠나지 못하고 있는 한 인물이 등장한다. 그는 자신이 죽은 후, 친구 세 사람과 동행하며 그들이 자신의 장례식에 참석하는 장면을 독자들에게 전달하고 있다. 화자인 '나'가 병으로 죽자, 나의 친구들인 성민, 영재, 민기는 발인을 마치고 나의 자취방으로 찾아갔다가 소파를 들고 나온다. 그 소파는 그들이 오래 전 재수 끝에 수능을 보던 날 시험을 보지 않고 극장에 갔다가 재미 없는 영화에 대한 보상으로 극장에서 훔쳐서 가지고 나왔던 물건이다. 그들은 서로 소파를 차지하겠다고 예전과 다름 없는 비루하기 짝이 없는 실갱이를 벌이다가 결국 성민의 집 옥상에 가져다 놓게 된다.

> 녀석들은 두 손을 배꼽에 대고 허리를 굽혔다 폈다 하면서 마치 처음 웃어보는 사람처럼 웃었다. 웃는 동안 녀석들은 아주 먼 곳으로 여행을 갔다. 민기는 15년 후의 자신의 모습을 보았다. 살이 빠져 있었다. [……] 웃음을 그친 녀석들은 조금 전에 자신들이 왜 웃었는지

그 이유를 알지 못했다. 하지만 웃고 난 후에 녀석들은 이런 자신감 이 들기 시작했다. "이제는 공중 부양도 할 수 있을 것 같아."

이유를 알지 못하면서도 그 이유를 따져 묻지 않는 마음의 상태와, 그런 마음들의 연민어린 연대가 성립하는 세계가 작가 윤성희가 유령의 시점을 통해 보여주고자 하는 인간세상의 모습이다. 유령화자가 들려주는 15년 후의 세계에서 민기는 국도변에서 평화로운 시간을 보내고 있고, 영재는 텔레비전 퀴즈 프로그램의 퀴즈 왕이 되었으며, 성민은 '나'를 만나 자신이 마흔도 되기 전에 죽었다는 사실을 알게 된다. 그러나 그들은 여전히 웃음을 잃지 않는다. 그 웃는 동안, 15년의 세월과 생사가 엇갈리고 있으나, 그것이 그들의 삶의 의미를 규정하는 심급이 될 수 없다는 것을 화자와 더불어 각각의 인물들은 이해하고 있는 듯하다.

윤성희의 소설은 흔히 환상을 다루는 소설들이 그런 것처럼 주체가 환상의 무대를 만들어내고 있는 것이 아니라, 주체가 대상이 되는 인물과 사건들 속에 스며들어 있되, 그것들과 개별적으로 존재하며 어떤 종류의 연대를 기도하고 있다는 점에서 주목할 필요가 있다. 그 연대 속에는 죽은 친구에 대한 애도가 깃들어 있다. 이 작품에서 주목할 만한 부분은 그 애도가 산 자로부터 죽은 자에게로만 향해 가는 것이 아니라, 죽은 화자가 산 자들과 동행하며, 그들의 보잘 것 없는 삶의 방식들을 위무하고 있다는 점이다.

인간이란 쾌락의 추구나 자기보전 등의 넘어선 맹목적인 반복의 자동성에 종속된 존재라는 것을 가리키는 개념이 프로이트가 말한 죽음충동이라면, 그리고 이성이나 언어 등을 향한 만족을 모르는 추구에 갉아먹힌 동물이 인간이라면, 우리가 할 일은 그것을 극복하거나 소멸시키는 것이 아니라 그것과 대면하고 그 무시무시한 차원을 있는 그대로 인정하는 것이다. 그 인정의 형태는 그것을 일상생활의 양상들과 접속시키는 방식으로 나타나야 할 것이다.[02] 윤성희의 소설들은 우리가 경험하고 있는 이 세계가, 이 시간과 공간이 그저 덧없이 흘러가고 소멸되는 환영에 불과하다는 것을, 그러나 온전히 이해할 수 없고 전달할 수 없는 그 소멸의 기억들을 잘 보존하는 것이 바로 세상을 잘 살아가는 방법임을 알려주고 있다.

3. 소멸하는 존재의 사랑법

그리하여, 유령들은 이제 우리의 일상에서 낯설지 않은 존재로 더불어 살아가게 되었다. 유령이 그의 생존시에 함께 했던 사람들 곁에 머물며 그들의 일상을 지켜보는 이야기로 황정은의 「대니 드비토」(《자음과 모음》2008년 겨울호)를 빼놓을 수 없다. 이 소설의 일인칭 화자인 유라는 "펭귄맨이었던 배우의 이름이 뭐였더라"는 물음을 떠올린 순간에, 자신이 죽었다는 점을 깨닫는다. 이 죽음은 갑작스러운 사태이지만, 소설은 그 죽음의 이유를 설명하지 않고, 죽음 이후의 일들을 사건으로 전경화시킨다. 유라는 원령이 되어 자신이 함께 살던 유도와 키우던 개 복자의 곁에 머물러 희미한 존재를 이어나간다. 유라는 죽기 전에 함께 살던 유도에게 죽음 이후의 쓸쓸함을 견딜 수 없어서 그에게 '붙을 거야'라고 말하지만, 원령이 되어 그에게 붙어다니게 된 이후에도 그가 원령인 자신을 지각할 수 없다는 사실 때문에 당황하여 조금씩 형체를 잃어가게 된다.

---

02 슬라보예 지젝, 『이데올로기의 숭고한 대상』, 이수련 역, 인간사랑, 2001, 24~25쪽.

유도씨는 일상의 생활을 영위하면서 무심히 유라의 이름을 부르는 버릇을 갖게 되는데, 유라는 그 반복적인 호명에 대해서 "나는 거저 말(言)로, 아무것도 바랄 것도, 기댈 것도 없는, 두 음절의 말로서, 유도 씨의 입버릇이 되었다."고 말한다. 이름, 혹은 이름을 부르는 호명 행위가 갖는 상상적 동일화의 과정 속에서 유라는 유도와 관계를 이어나갈 수 있게 되지만 그것을 아무 것도 기대할 수 없는 지극히 미약한 관계맺기의 방식이다. 유라는 그러한 관계에 만족하지 못하고 계속해서 유도의 곁에 머무는데, 유도가 미라라는 여인을 만나 육체를 지닌 두 사람이 완결된 하나의 모습을 이루게 되자 "원령으로써 나는 분했다."는 느낌을 털어놓는다. 그것은 원령으로서의 나의 존재가, 사람인 유도의 존재와 만날 수 없는 거리에 대한 체념적인 인식의 소산이다. 이후 유도씨는 유라의 이름을 부르는 행위조차도 수행하지 않게 된다. 유라는 이제 주체의 동일성을 보장해 주는 최소한의 장치로서 호명되는 존재의 자리에서도 벗어나게 된 것이다.

유라는 유도가 미라와 결혼하는 모습과 복자가 죽어서 어딘가로 흔적없이 사라지는 모습과 유도와 미라의 딸인 안이 자라는 모습과 그녀가 결혼하여 아이를 낳는 모습을 지켜보지만 "어디로도 수거되지 못하고" 계속 이 세계에 머물러 있다. 유라의 오랜 기다림은 유도가 죽고 나서 원령으로서 다시 만날 날을 향한 것이고, "언젠가 사라지더라도 원령으로서, 함께 사라지고 싶다는 것"이 그녀의 바람이다. 그 정념은 지나치게 강렬한 것이어서, 미라가 죽고 유도가 늙기까지 그의 주변에 머무를 수 있는 힘을 지니도록 만든다. 이 정념의 발현은 이 소설에 등장한 다른 죽음이 원령으로 화하지 못하는 장면과 비교해 본다면 그 의미가 더욱 강조되고 있다는 점을 파악할 수 있다. 유령의 정념이라니! 그러나 유라는

"복근과 단전이을 열심히 단련한 경우, 죽어서도 얼마간 남아서 이런 생각을 하게 되는 걸까"라는 지극히 희화적인 덧붙임으로 그 정념이 지닌 부조리함으로부터 발생할지도 모를 공포를 중화시킨다.

유도가 늙고 병들어 가는 모습을 지켜보던 유라는 죽기 전에 그가 유도와 나누었던 대화를 기억해 낸다.

> 농담이 아니라, 너는 나를 보는데 내가 너를 볼 수 없다면 너는 어떨 것 같아.
> 쓸쓸하겠지.
> 그거 봐. 쓸쓸하다니, 죽어서도 그런 걸 느껴야 한다면 가혹한 게 맞잖아. 나는 이생에 살면서 겪는 것으로도 충분하니까, 내가 죽을 때는 그것으로 끝이었으면 좋겠어. 이왕 죽는 거, 유령으로 남거나 다시 태어나 사는 일 없이, 말끔히 사라졌으면 좋겠다는 얘기야.
> 그건 너무 덧없다고 내가 말하자, 덧없는 편이 낫다, 라는 것이 유도 씨의 대답이었다. 죽어서도 남을 쓸쓸함이라면 덧없는 것만 못하다는 것이었다. (『대니 드비토』, 312~313쪽.)

유라의 정념은 그것이 다가가서 반향될 수 있는 상대를 갖지 못한다. 그러나 이 쓸쓸한 사랑의 이야기는 그것으로 끝나지는 않는다. 서사의 처음으로 돌아가 "펭귄맨이었던 배우의 이름이 뭐였더라, 하고 생각한 순간에 깨달았다. 나는 죽고 만 것이었다."는 첫 문장들을 기억할 필요가 있을 것이다. 이 두 문장의 어느 순간에 발화하는 나는 그것을 통해 죽음의 존재로 정립되는 나로 전환된다. 그 두 존재의 거리는 "나는 죽었다"라는 진술에 의해 수행되는, 주체의 불가능한 질적 전환을 발생시키고 있다. 그 불가능한 거리는 유도가 중얼거리는 말로서만 유라를 기억하다가 더 이상 그 숭얼거림조차도 수행하지 않았던 것처럼 말이 지니는 한계에 대한 인식을 동반할 것이다. 그러나 소설의 결말에서 그 최초의 순간에 발화된 바로 그 말에 대한 답변이 유도의 목소리로 들려오는 순간, 서로 이해될 수도, 만날 수도 없는 두 존재의 자리는 한 지점으로 합류한다. 이것은 위안인가 쓸쓸함인가. 그것이 소멸하는 존재들 사이에서만 가능한 사랑법의 하나라는 것은 알 듯하다.

4. 다시 돌아오는 존재들

정소현의 「돌아오다」(《문학과사회》 2009 봄호)에는 끝없이 다시 돌아오는 존재인 유령들을 맞이하는 살아 있는 사람의 자세에 대해 무언가 들려주고자 하는 이야기가 있는 듯하다. 이것은 유령들이 바라보고, 말하는 이야기가 아니라, 유령을 만나는 살아 있는 사람의 이야기이다. 그 이야기에는 퇴락한 일본식 2층 목조건물에서 한 때 유명한 동양자수였으나 지금은 은퇴한 할머니와 살아가는 손녀가 화자로 등장하고 있다. 시력을 잃고 더 이상 일을 할 수 없게된 할머니는 생활의 곤궁함을 해결하기 위해 2층의 방을 세주고자 하나, 관리가 되지 않은 낡은 집으로 들어오고자 하는 세입자를 찾지 못한다. 네 살 무렵부터 할머니와 살아온 화자는 어린 시절에 대해 파편적인 기억밖에는 갖고 있지 못하고, 엄마가 오래전에 재혼해서 다른 삶을 살고 있다는 할머니의 말에 엄마에 대해 품어왔던 미련과 원망을 떨치고 무심하게 일상을 살아가고 있다. 화자는 "읽기만 해도 가슴이 터질 것 같아 외면했던 엄마라는 단어는 병따개, 나무토막, 손잡이같이 아무런 감흥을 불러일으키지 않는 단어로 변질되었다."라고 말하고 있지만, 소설의 서사는 이것이 곧 돌아온 엄마를 만나게 되는 이야기라는 점을 알려주고 있다. 집을 잃고 소리 없이 화자의 집으로 스며들어와 할머니 몰래 동서하는 임산부 윤옥이라는 여인이 곧 죽은 엄마의 유령이라는 사실이 밝혀지게 되는 것이다.

> 나는 두 손으로 그녀의 눈에 남아 있는 눈물을 닦아주었다. 울지마. 모두 지나간 일이잖아. 스무 살의 그녀는 반짝반짝 빛났다. 나는 오래전 가고 싶었던 길로 떠났다가 잠시 돌아온 또다른 내 자신을 만난 듯한 기분이 들었다. 나는 그녀가 마치 스무 살의 나인 듯 머리를 쓰다듬어주었다. 다시 스무 살이 되어 그녀와 합체하고 싶었다. 그렇다면 지금과 같은 미래를 맞지 않게 될 것 같았다. (「돌아오다」, 201쪽.)

'돌아오다'라는 소설의 제목은 중층적인 의미를 지니고 있다. 화자의 독백을 통해서도 짐작할 수 있듯이 이것은 우선적으로 돌아오지 않는 존재들에 대한 이야기이다. "내가 사랑하는 사람들은 모두 떠났고 다시 돌아오지 않았다."라고 말하는 화자는 그녀의 보모들, 집안일을 돌봐주었던 강씨 아줌마 등 고아와 같던 그녀가 혈육처럼 의지했던 존재들이 모두 할머니와의 불화로 집을 떠난 것이다. 윤옥은 자신이 남자로 인해 잃은 딸에 대한 기억을 말하면서, "그놈이 우리가 자는 방에 불을 질러서 내 딸은 죽고 나만 살았던 거예요."라고 말하는데, 진위가 불분명한 그녀의 기억이 만약 올바른 것이라면, 윤옥만이 아니라 화자 또한 이미 죽어 있는 존재, 유령이라고 독해해야 할 것이다. 이것은 돌아올 수 없는 존재들이 머물고 있는 집, 귀신들린 집에 대한 이야기이다. 유령과의 조우가 친밀한 것의 이면에 있는 두렵고 낯선 타자와 대면하는 것의 다른 이름이라면, 이 귀신들린 집의 주인인 화자의 할머니야말로 진정한 의미에서 유령이라고 말할 수 있을 것이다. 그는 자신에 대한 강렬한 집착으로 인해 다른 모든 대상들을 내쫓는 존재인 것이다. 그러니, 화자의 2층짜리 목층주택이야말로 진정으로 귀신 들린 집이라고 불릴만한 것이다.

그러나 다들 알고 있듯이, 유령이란 죽지 않고 다시 돌아오는 존재인 것이다. "나도 이 집과 함께 늙어갈 것이다. 한없이 삐걱거리다가 언젠가는 부서질 것이다. 살다보면 어쩌면 할머니도 돌아오고, 엄마도 돌아오고, 내가 만나지 못한 외삼촌과 외할아버지도 돌아올 것이다. 떠난 사람들은 언제가 돌아올 것이다. 나는 집을 지키며 언제 돌아올지 모르는 그들을 기다릴 것이다."라는 소설의 마지막 문장은 그 돌아오는 존재를 만나는 자세에 대해 알려주는 바가 있다. 유령을 기억하는 것, 이미 죽은 자들을 기억하는 남아 있는 자의 윤리에 대해서, 더 이상 존재하지 않는 자들에 대한 존중에 기반하여 새로운 미래에 대해서 말하는 어떤 연대에 대해서 말이다. 그것은 다시 돌아올 유령의 자리를 주체성의 텅빈 공간속에 남겨두면서, 더 넓은 미래 속으로 스며드는 정체성을 기획하기, 현재의 자아가 놓은 비동일적 존재로서의 불안함을 드러내면서, 자아라는 개념에 대한 물음을 잃지 않는 것, 그것은 유령과의 연대를 통해서만 가능할 것이다. 유령에 대한 목격담이란 타자에 대한 환대의 문제라는 것. 그 환대는 좀더 근본적으로는 타자와의 연대를 불가능하게 만드는 속성속에서 다른 존재와의 연대를 기획하는 것은 어떻게 가능한지, 그리고 연대를 불가능하게 만드는 우리 삶의 고정된 주체위치를 어떻게 개선할 수 있는가에 대한 물음이라는 것을 「돌아오다」는 떠올리게 만든다.

세 명의 여성작가들의 소설을 읽었다. 그 소설들은 무엇이 자연적인 것인가, 무엇인 리얼리즘인가, 그리하여, 무엇인 진정으로 인간적인 것인가에 대한 물음을 유령 이야기를 동반하여 들려주고 있다. 유령들이 출몰하는 이 젊은 여성작가들의 세계에서 우리가 확인할 수 있는 것은 인간과 자연의 근원적인 일치에 대한 물음이 순수하게 존재하는 인간적인 상태에 대한 무조건적인 옹호가 아니라 그것을 가볍게 뛰어 넘어 가상과 유령학의 세계에 몸담음으로써 진정한 인간적인 연대의 의미에 대해 고찰하는 과제가 우리에게 도래해 있다는 점이다.

5. 공포의 귀환

우리는 유령과의 조우를 기록하는 여성작가들의 몇 편의 소설을 통해 그들이 만들어내는 유령이라는 타자를 향한 어떤 연대의 이야기를, 자기 자신과의 만남이라는 낯선 화해의 서사들을 확인할 수 있었다. 이러한 연대는 어쩌면 여성작가들이 만들어내고 있는 어떤 돌봄의 윤리 속에서, 유령과 타자와 낯선 자아가 연대하는 아름다운 만남의 장면들이라고 이해되어야 할 것이다. 그러나 이러한 돌봄의 윤리는 여성들에게 당위적으로 요구되는 어떤 담론에 순응한 결과는 아닐 것인가. 타자의 위치를 승인하는 윤리의 전략 속에는 어떤 (여성)주체의 위치를 자명한 것으로 가정하는 역설이 숨어있는 것은 아닐 것인가. 정체성이 어떤 언어와 담론 안에서 수행적으로 구성되는 것이란 생각은 고정된 주체 위치로 회귀하는 존재들에게 물음을 던질 것을 가르친 바 있다. 우리가 읽은 작품들이 혹시 유령이나 인간의 존재를 정체성에 선행하는 본질을 지닌 존재로 상정하고 있는 것은 아니었을까.

우리는 영락된 육체들의 영역, 즉 전인으로서의 자질을 획득하는 데 실패하여 그러한 규제적 규범들을 강화시키게 되는 기형화된 영역을 산

줄하는 서사를 살펴보았다. 그처럼 배제되고 영락된 영역은 '쟁점이 되는 육체'의 자질을 지니는 것에 대해서 뿐만이 아니라, 보호되고 구제되며 애도될 만한 가치를 갖는 삶으로서의 유효성을 지니는 생활방식들에 대해서도 근본적인 재교정화를 강행할 수 있는 상징적 헤게모니를 향해 어떠한 도전을 펼치게 되는 것인가를 살펴야 한다고 쥬디스 버틀러는 말한 바 있다. 그리하여,

귀신들린 세계를 전혀 다른 윤리로 대면하는 여성작가의 작품이 또한 생산되고 있음을 기억해야 할 것이다. 김숨과 편혜영의 이름을 우선 떠올릴 수 있겠다. 「김숨의 「룸미러」(《작가세계》2008년 가을호)를 먼저 읽어 보자. 아이들을 데리고 장례식장을 찾아가는 부부의 이야기를 들려주는 김숨의 「룸미러」는 온갖 죽음의 상징들로 가득차 있다. 야근으로 아이들의 얼굴을 대할 시간이 거의 없는 남편은 출장에서 박제가 된 새를 사와서 아이들의 방문에 매달아 놓았고, 아이들 앞에서 그들이 키우던 도마뱀을 죽이려는 시늉을 한다. 차안에서 들여다본 관광버스의 노인들의 입 속에는 혀가 없고 도축장으로 끌려가고 있는 돼지를 실은 트럭을 여러 번 만난다. 도로 변을 날아다니던 검은 새들은 돼지를 잡아먹고, 그 중 한 마리의 새는 주인공의 차로 돌진하여 앞유리에 달라붙어 죽어간다. 급기야 앞 뒤로 꽉 막혀 있던 차들에서 사람들이 다 사라지고, 화자는 행렬에 휩쓸려 간 남편을 따라 앞으로 나아가서 눈 앞에 펼쳐진 끔찍한 광경을 목격한다. 이 부조리한 상황 속에서 화자가 본 것인 무엇인가는 끝내 밝혀지지 않는다. 자신의 아이들을 두려워하는 남편은 태도는 이 이야기가 가족이라는 공동체에 잠재되어 있는 두렵고 낯선 이질감에 대한 이야기라는 점을 알려주고 있다.

편혜영의 소설은 또한 어떠한가. 「관광버스를 타실래요?」(《세계의 문

학》2008년 가을호)에서 에스와 케이라는 두 명의 인물들은 무엇이 들어 있는지 알 수 없는 '자루'를 어딘가로 옮기라는 회사의 명령을 수행하고 있는 중이다. 그 자루는 매우 무겁고 알 수 없는 냄새를 풍기고 있다. 그들은 오직 상사의 명령에 따라 지방 도시의 한 폐가에 그 자루를 남겨두고 온다. 폐가에서 에스는 어린 시절 동네에 있었던 귀신의 집 이야기를 들려준다. 그가 귀신의 집에 들어가서 본 것은 그냥바닥에 나뒹굴고 있는 괘종시계일 뿐이었지만, 그는 귀신의 집 마당에 고여 있던 흙탕물 때문에 자신이 점점 더러워졌던 것이 가장 무서웠던 기억이라고 고백한다. 그리고 그들이 폐가에서 나와서 버스를 타러 가는 길에서 그들은 흙이 튄 옷을 휴지로 닦지만, 남아 있는 얼룩까지 지우지는 못한다.

「통조림공장」(《문학동네》2009 여름호)에서도 우리의 삶을 둘러싸고 있는 죽음의 냄새를 맡을 수 있다. 평생을 통조림 공장에서 통조림을 만드는 일을 하며 살아온 공장장이 어느날 실종된다는 서사가 들려주고자 하는 것은 무엇인가. "열심히 일했고 고분고분 살았지만, 어쩌면 그래서인지도 모르지만, 씹고 있는 통조림의 맛처럼 삶이 너무 자명해진 느낌이었다."는 말은 아마도 우리들 모두의 삶에 해당하는 고백이 아닐 것인가. 그리하여 "어느 날인가 피냄새에 섞여 곯은 내를 풍기는 정체 모를 뼈와 살덩어리 같은 게 나온다면", 그 형태를 알 수 없고 위치를 알 수 없는 대상들로부터 발생하는 기이한 두려움들이 이미 우리 삶 속에 잠재되어 있는 공포의 형태임을 짐작할 수 있을 것이다.

김숨과 편혜영의 소설은 가족이나 회사와 같은 일상적인 영역 속에 밀봉된 삶 속에 있는 두려운 적대를 응시하는 것이 여전히 중요하다는 점을 일깨워 준다. 육체적 자질이 배제되고 영락된 유령적인 영역이 우리 일상 속에서 기꺼이 돌보고 연대해야 할 어떤 자리를 형성하고 있다

면, 그들과 더불어 보호되고 구제되며 애도될 만한 가치를 갖는 삶으로
서의 유효성을 지니는 상징적 헤게모니로 자리잡고 있는 생활방식 안에
도 유령과도 같이 끊임없이 돌아오는 공포가 잠재되어 있음을 기억하는
일이, 무엇보다도 필요할 것이다. 그러므로, 유령과 연대하되 일상의 적
대를 기억하라는 명령은 오늘날 한국소설이 그 독자들에게 일깨워주고
자 하는 귀신들린 삶에 대한 긴 애도에 해당할 것이다.

성장소설에 대해 말할 때
우리들이 하는 이야기

1. 성장소설 잔혹사

기억을 되살려 보자. 우리는 언제부터 성장소설을 읽기 시작한 것일까. 그리고 언제부터 성장소설에 대해 이야기하기 시작한 것일까. 우리가 소설이라는 이름으로, 그러니까, 서양에서 물건너온 신상품인 근대소설, 즉 노블novel이라는 장르의 작품으로 처음 대면하였던 작품인 이광수의 장편 『무정』이 성장소설에 속한다는 것은 이제 모두들 아는 이야기다. 스물 여섯 살의 경성학교 영어교사인 이형식이 주인공으로 등장하는 소설이 성장에 관한 이야기라니, 뭔가 어리둥절할 법도 하다. 그러나 결국 이형식과 그 친구들이 참사람이 되기 위해서 미국으로 유학을 가는 이야기가 『무정』의 서사이니, 이것이야말로 최초의 근대소설이자 최초의 성장소설에 해당하는 것이다. 그러니, 우리는 소설을 읽기 시작하던 그 순간부터 성장소설과 함께 한 셈이다.

그렇다면 우리는 언제부터 성장소설에 대해 이야기하기 시작한 것일까. 창작과 비평 간에 발생하는 지체현상은 종종 믿기 어려운 것으로 드러나기도 하는데, 일찌감치 시작된 성장소설에 대한 비평적 인식의 지체가 바로 그러하다. 이광수가 『무정』을 쓰고, 김남천, 이태준 등이 장편을 쓰던 식민지 시기에는 물론이고, 최인훈이 『광장』을 쓰고 황순원이 『신들의 주사위』를 쓰던 6-70년대에 이르기까지도 성장소설에 대한 비평적 인식은 거의 존재하지 않았던 듯하다. 물론 작품 속에 등장하는 주인공들의 인격형성이나 성장에 관해서 비평이 이야기하지 않았을 리는 없을 것이다. 그러나 주인공들이 인격을 형성해가는 과정에 대한 이야기와 개인과 공동체가 화해하거나 불화하는 만남의 서사를 성장소설이라고 명명하는 비평의 등장은 1980년대에 와서 가능했던 것으로 보인다. 물건이 있으나 그 물건에 붙여줄 이름을 알지 못했던 비평의 존재란, 우리가 제일 먼저 떠올릴 수 있는 성장소설 잔혹사의 첫 장에 해당할 것이다.

그렇다면 성장소설에 대한 뒤늦은 비평의 인식은 어떻게 전개되어 왔는가를 검토함으로써 그것이 왜 잔혹사일 수밖에 없는가를 이야기할 필요가 있을 것이다. 성장소설에 대해서 쓰여진 글 중 가장 오래된 글로는 김병익의 논의를 떠올릴 수 있다. 김병익은 1981년 여름 〈세계의 문학〉에 발표한 「성장소설의 문화적 의미」에서 김주영의 『아들의 겨울』, 최인호의 『내 마음의 풍차』 등을 성장소설로 분류하고 그 문화적 의미를 밝히려는 시도를 하고 있다. 이 글에서 그는 괴테의 『빌헬름 마이스터의 수업시대』에 대해서 아놀드 하우저가 "시민적 공동체의 이념에 바탕을 둔 매우 현실적인 생활철학으로 나아가는 길을 발견"한다고 논평하였던 것을 예로 들어 성장소설이라는 개념을 설명한다. 그러니까 성장소설이란 자본주의 체제가 이미 성립되고 시민계급이 완숙하게 형성된 부르주아 사회의 문화이념과 상응되고 있을뿐더러 그 시민사회의 이념을 이 소설의 주인공이 지지하며, 지향하고 있음을 지적하는 양식이라는 것이다. 김병익이 성장소설이라고 명명하는 소설의 양식이 독일의 교양소설에 바탕을 둔 것임은 누구라도 짐작할 수 있다. 다음과 같은 내용이 그 점을 뒷받침하고 있다.

> 성장소설(혹은 발전소설 Entwicklungsroman)이 교양소설Bildung sroman 과 동의어라는 것은 한 개인의 자각과 성장이 그것을 가능하게 한 사회의 보편적 가치, 그것의 소산인 교양, 다시 말하면 문화 이념을 축으로 전개된다는 사실을 뜻한다. 그러므로 성장소설이 정 석적으로 취하게 되는 각성의 계기가 무엇이며, 성인이 된 후, 그가 어떤 삶의 태도를 취하는가 하는 것은 곧 문화사적 조명을 받게 될 것이며, 개인의 세계와 집단의 세계간의 가치관적 간극이 그 문화이 념의 보편적 용량과 위상을 설명해 주는 것이 된다.[01]

김병익은 위의 인용에서 성장소설이 지니는 문화적 이념에 대해 이야기한 후, 성장소설이 가능하기 위한 조건으로 개인의 자아가 성립되고 허용되는 문화체계의 존재, 두 자아 간의 갈등이 내성적인 각성으로 지양될 것, 그 사회의 문화가 보편적인 이념을 명백하게 표현하고 있고 그에 대한 개인의 선호가 이루어져야 한다는 것 등을 들면서 우리의 문화적 위상이 이러한 조건을 충분히 만족시키지 못하였음을 지적한 바 있다. 말하자면, 성장소설이란 독일의 교양소설과 동일한 장르로서, 개인이 한 사회의 보편적 가치를 이루는 문화 속에서 어떻게 성장의 과제를 수행하는가에 대한 서사를 의미하며, 우리 사회는 그러한 서사를 가능하도록 만드는 문화의 이념을 가져본 적이 없다는 것이다. 그러나 70년대 이후 활발해진 우리의 성장소설이 우리 문화에 대한 성찰을 제기하고 그

---

01 김병익, 「성장소설의 문화적 의미」, 〈세계의 문학〉 1981년 여름호.

위상을 능동적으로 인식하려는 태도를 지니고 있다는 점에서 성장소설로서 기능한다는 것에 비평이 인색할 필요는 없다는 것이 이 양식에 대해 처음 이야기한 저자의 관점이다. 이것은 대단히 의미 있는 인식이었고, 이후로 많은 비평이 이 선구적인 업적을 따라 우리 소설의 특정한 작품들에 성장소설이란 이름을 부여하는 것에 주저하지 않을 수 있게 되었다. 다시 언급하겠지만, 그러나 이러한 시각은 또한 성장소설 잔혹사를 열어젖힌 주요한 계기가 되었음을 기억할 필요가 있다.

김주연은 1993년 4월에 〈현대문학〉에 발표한 「성장소설의 한국적 성취」에서 김원일의 『늘푸른 소나무』에서 주인공 석주율의 내면적 성장의 계기가 나타나는 것에 주목함으로써 이 작품에서 성장소설의 면모를 발견하고 있다. 그도 역시 성장소설을 독일에서 발생하고 괴테의 『빌헬름 마이스터』를 연원으로 삼는 교양소설과 동일한 개념으로 상정하면서 "18세기 후반에서 19세기에 이르는 시민사회 형성의 진통과 그 발전은, 한 인간의 경우로 유추시킬 때, 소년기적 내면의 진통으로부터 청년기로 성장하면서 의식과 행동이 일치되어가는 그 실현과 비교할 수 있다"[02]고 말함으로써 성장소설을 규정하는 하나의 방식을 제시하고 있다. 즉, 소설의 특정한 인물에 주목해서 그의 성장의 이야기가 작품 속에 두드러지게 드러난 경우, 그 작품을 성장소설로 독해하는 것이 가능하다는 것이다.

『늘푸른 소나무』에서 특정한 인물의 성장의 서사와 그 의미를 분석하는 김주연의 시각은 매우 정교하지만, 이것을 성장소설의 한국적 성취라고 말함으로써 성장소설이라는 장르의 외연을 지나치게 확대할 여지를 남겨두고 있다는 점에서 이 논의의 문제를 지적할 수 있을 것이다. 이후

---

02 김주연, 「성장소설의 한국적 성취」, 〈현대문학〉 1993년 4월호.

로 성상소설이란 언제나 다른 장르와 접속될 가능성을 지닌 하나의 양식으로서, 인간의 성장이나 변모과정에 대해 무언가 이야기하기만 한다면, 곧 성장소설이라 불려질 수 있는 여지를 지니게 된 것이다.

1996년 〈문학과사회〉 여름호에 발표한 「성장소설의 한 맥락」에서 황종연은 김원일의 『마당 깊은 집』을 분석하며 한국사회에 개인의 사회화를 유도할 문화가 존재하지 않는다는 점에서 한국에서 개인의 성장담이 교양영웅의 이야기로 이어지지 않는다는 것을 지적하고 있다. 그는 이미 앞에서 살펴보았던 김병익의 논의에서 제시된 것처럼 우리 소설을 독일의 고전적 교양소설의 이념을 추수하여 독해할 필요는 없다고 말하면서, "우리 소설이 특수한 역사적 경험과 문화적 조건 속에서 개인의 자기 성장을 문제화하는 방식에 주목하고 그것의 맥락을 그것대로 존중하여 이해할 필요가 있다."[03]고 주장한다. 그는 이러한 전제에 따라 김주영의 『고기잡이는 갈대를 꺾지 않는다』, 송기원의 『너에게 가마, 나에게 오라』, 장정일의 『아담이 눈뜰 때』가 어떠한 방식으로 개인의 자기 성장을 보여주고 있는가를 분석한 후, "우리 성장소설이 근대적 개인의 자아 발전을 이야기하면서도 자아 발전에 필요한 인간사회의 형식들은 제대로 탐구하지 않았다는 것을 말해준다."고 지적하였다. 즉 고전적인 교양소설이 상정하는 개인과 공동체의 조화로운 만남을 상정하지 않더라도, 자아에 눈뜬 개인이 그 성장을 완수해 줄 사회적 제휴를 탐색하는 것은 성장소설에 핵심적인 요건인 바, 한국의 성장소설이 그러한 사명을 다하고 있지 않다는 것이다. 성장소설을 독일 교양소설의 이념에 비추어 이해하는 방식의 지속과 더불어, 우리 문학이 산출한 작품에 성장소설이라

---

03 황종연, 「성장소설의 한 맥락-편모슬하, 혹은 성장의 고행」, 〈문학과사회〉 1996년 여름호.

는 명명을 행하는 일의 곤혹스러움에 대한 의미 있는 지적을 기억하고 넘어가야 할 것이다. "인간 사회를 기성품적인, 근본적으로 불변적인 세계로 가정하고, 자아 발전을 개인 내면의 사건처럼 처리하는 것은 근대적 개인의 자유와 곤경에 철저한 성장소설이 되지 못한다."는 논평은 비단 이 평론에서 논의된 몇몇 작품에만 해당되는 이야기는 아닐 것이다. 김경수는 〈문학과사회〉 1997년 봄호에 발표한 「성장소설의 새로운 모색」에서 최시한의 『모두 아름다운 아이들』을 성장소설로 규정하는 이 장르에 대해 언급하고 있다. 이 글의 서두에는 성장소설에 대한 비평계의 일반적인 통념들이 지닌 맹점을 지적하고 있는 다음과 같은 대목이 등장한다.

성장소설이라고 하는 장르에 대한 일반의 인식은, 그것이 워낙에 일반적인 것인 까닭에 그 의미가 엄정하게 한정되지 않는다. 따라서 엄정한 장르 지표의 구분 작업 없이 어떤 주인공의 정신의 성장의 궤적이 나타나 있으면 그 소설을 일단 성장소설의 지표에 편입시키고 보는 잣대가 문학논의의 타성을 공고히 할 뿐 아무런 후속논의의 발판도 마련하고 있지 못한 저간의 실정은 거의 필연적인 현상이다. 그리하여 성장소설에 대한 우리의 인식은 어머니의 육아 일기와 사춘기 청소년의 반성문, 대입 수석 합격자의 체험 수기, '파란만장한'과 같은 광고문구를 동반하는 숱한 이혼녀나 연예인들의 위장된 자기 과시의 글들을 모두 한몫으로 이해하려 드는 포용력의 예가 되기도 하지만, 동시에 그만큼 스스로의 맹점의 정도를 드러내는 한 예가 되기도 하는 것이다.[04]

---

04 김경수, 「성장소설의 새로운 모색」, 〈문학과사회〉 1997년 봄호

김경수는 이러한 전제를 제시한 후, 최시한의 『모두 아름다운 아이들』이 선재와 윤수 같은 주요 등장인물들로 하여금 자신의 정체성에 대한 의문을 추구하도록 만들면서도 그러한 의문을 학교라는 제도의 울타리에 대한 물음으로 이어가고 있다는 점에서 진정으로 성장소설이라는 이름에 값하는 것이라고 주장하고 있다. 그가 제시한 성장소설에 대한 통념들과 맹점들은 우리가 살펴보고자 하는 성장소설 잔혹사의 핵심적인 증상에 해당하는 것이라고 보아도 좋을 것이다. 그러나 과연 최시한의 『모두 아름다운 아이들』이 진정으로 성장소설이라는 이름에 값하는 것인가는 또한 의문으로 남겨둬야 할 필요가 있다.

신승엽은 〈문학동네〉 2000년 봄호에 발표한 「잃어버린 시간과 자아를 찾아서-90년대의 성장소설」에서 90년대 소설에 유난히 성장소설이 많았다는 점을 밝힌 후, 그것의 사회문화적 배경을 찾아볼 필요가 있다고 말하고 있다. 그는 90년대에 성장소설이 많이 발표된 이유가 80년대를 사로잡았던 변혁적 열정이 사그라지면서 찾아온 환멸을 넘어서는 과정에서 새로운 자아정체성을 모색한 결과였다고 분석하고 있다. 이런 맥락에서 "그것은 한편으로는 당면한 현실의 조건들 속에서 자아의 정체성을 재점검하는 작업으로 나타났으나, 이 작업을 좀더 역사적인 조건으로 심화시킬 경우 자연히 성장소설이라는 형식과 마주치지 않을 수 없었던 것으로 보인다."[05]라고 말하며, 90년대 장편소설의 주류를 형성한 것이 성장소설이었다는 주장을 펼치고 있다. 이 글에서 신승엽은 박정요의 『어른도 길을 잃는다』와 현기영의 『지상에 숟가락 하나』를 분석하면서, 이 소설들에서 각기 '주인공이 독립적인 자아로서 세상에 부딪혀서 겪는

---

05 신승엽, 「잃어버린 시간과 자아를 찾아서-90년대의 성장소설」, 〈문학동네〉 2000년 봄호.

경험이 부재한 점', '공동체적 관계의 균열을 경험하지만, 아직 하나의 '자아'로서 독립된 상태에 도달하지 못한 점'을 지적하며 이 작품들이 본격 성장소설에서 미치지 못한 것이었다고 말하고 있다. 이러한 평가는 지금까지 살펴보았던 대로, 교양소설의 이념형에 비추어 성장소설의 요건을 비준하고 있는 분석에서 나온 것이다. 90년대가 이른바 성장소설의 시대라고 명명될 수 있다는 주장은 의미 있지만, 김병익은 그의 평론에서 70년대 이후 성장소설이 분출하기 시작했다고 이야기했다는 것을, 또한 기억해야 할 것이다. 이는 누구나 자신이 주목하고 있는 시대를 성장이 필요한 시대라고 느끼고 있는지도 모른다는 암시를 동반하고 있다.

윤지관은 〈문학동네〉 2000년 여름호에 발표한 「빌둥의 상상력: 한국 교양소설의 계보」에서 이광수의 『무정』, 최인훈의 『광장』, 이문열의 『젊은 날의 초상』, 신경숙의 『외딴 방』, 배수아의 『랩소디 인 블루』를 "한국 교양소설이 각 근대의 단계마다 도달한 곤경과 그 표현의 한 전형적인 형태를 보여준다"[06]고 주장하고 있다. 1910년대에서부터 1990년대에 이르기까지, 각각의 시기마다 그 시대의 가장 예민한 상처와 대결하는 개인의 기록은 성장의 이야기가 될 수밖에 없었으리라는 것을, 이 분석을 통해 짐작할 수 있다. 윤지관은 신승엽이 언급하였던 현기영의 『지상에 숟가락 하나』와 박정요의 『어른도 길을 잃는다』에 대해서, 유년기의 경험을 소재로 한 '성장소설'이기는 하지만 엄밀한 의미에서 '교양소설'일 수는 없다고 말하고 있다. 이는 신승엽의 판단과 거의 동일한 관점이지만, 본격성장소설/성장소설의 구분과 교양소설/성장소설의 구분법을 기억할 필요가 있다.

---

06 윤지관, 「빌둥의 상상력: 한국 교양소설의 계보」, 〈문학동네〉 2000년 여름호.

지금까지 성장소설에 대한 주목할 만한 비평적 인식의 역사를 검토하고, 그것을 잔혹사라 명명하였다. 짐작하는 바와는 달리, 성장소설의 잔혹사가 이 비평들로 인해 발생했다는 주장을 펼치려는 것은 아니다. 김병익 이후로 전개된 이 비평의 역사는 성장소설이 무엇이고, 우리 문학의 성장소설이 어떻게 전개되어 왔는가에 대한 매우 뛰어난 안내에 속한다. 그러나 이러한 최량의 비평에도 불구하고, 성장소설에 대해 우리들이 지니고 있는 인식은 여전히 불투명하며, 그 이유의 일단이 또한 바로 이 비평들로부터 비롯된 것이기도 하다는 점을 이야기할 필요가 있다. 먼저 교양소설이라는 이념형을 전제로 삼고 성장소설이란 장르의 법칙을 이야기하고 있는 인식에 대해서 좀더 이야기해 보자. 교양소설을 성장소설의 이념형으로 제시하는 것과 그 장르의 규칙을 충실히 반영하지 못한 우리 소설을 성장소설로 아우르고자 하는 시도 사이에는 쉽게 메울 수 없는 결락이 존재한다. 비록 그것이 우리 소설과 근대사에 대한 사려 깊은 애정에서 비롯된 것임을 이해하더라도, 그런 시도가 근본적으로 성장소설에 대한 혼란을 불러온 것은 아닌가 하는 생각을 덧붙일 수 있겠다. 그리하여, 우리는 이후로 모든 형태의 성장에 관한 서사가 등장하면, 그것을 성장소설이라고 명명하는 비평의 폭주를 목격하게 되는 것이니, 이야말로 성장소설 잔혹사의 핵심대목에 해당할 것이다.

　　윤지관은 앞의 글에서 성장소설이라는 명명에 대하여 문제를 제기하며, 그것을 교양소설과 구분하여 사용하자고 제안한 바 있다. "교양소설의 서사는 유소년기의 형성이 물론 질료가 되겠으되, 바로 그같은 체험이 끝나는 시점에서 비로소 시작되기 때문이다. 이런 까닭으로 필자는 학계나 평단에서 혼용하여 쓰고 있는 성장소설과 교양소설이라는 용어를 경우에 따라 변별적으로 사용해야 한다고 본다."라고 그가 제안했던 바가 받아들여졌다면, 아마도 성장소설이란 명칭의 잔혹사는 종결되었을 것이고, 필자 또한 그 역사를 지루하게 정리하지 않아도 좋았을 것이다. 그러나 사태는 정반대인데, 지금까지 살펴본 대로 성장소설을 교양소설의 이념형에 비추어 이해하는 일반적인 인식 속에서라면, 성장소설이라는 이름을 교양소설과 분리하여 사용하자는 주장은 받아들여지기 힘들 것이기 때문이다.

2. 교양의 과제, 모더니티와 대결하기

성장소설이 교양소설의 이념형으로부터 발생한 장르라는 점에 대해 많은 평자들이 지적하였다는 점을 살펴보았고, 거기에서 쉽게 정리하기 어려운 혼란이 발생하고 있음을 이해할 수 있게 되었다. 도대체 교양소설이란 무엇이기에, 이렇게 혼란스런 인식을 동반하도록 만드는 것일까. 독일에서 발원했다고 알려져 있는 이 장르에 대해 잠시 이야기해 보자. 교양소설이란 명칭을 처음 사용한 사람은 독일 도르파트(Dorpat)의 미학 교수인 칼 모르겐슈타인이었다. 자신을 계몽의 전파자이자 인문주의의 스승이라고 여겼던 모르겐슈타인은 1817년에 『철학, 문학, 그리고 예술의 애호가를 위한 도르프센의 기고』라는 책에 실린 강연문 「정신과 철학적 소설의 관련에 대하여(Über den Geist und Zusammenhang einer Reihe Philosophischer Roman)」란 글에서 처음으로 교양소설Bildungsroman이라는 용어를 사용하고 있다. 그에 따르면 교양소설이란 개인의 성격 혹은 인격의 전개와 형성의 과정을 추적하며, 이러한 과정 속에서 부조화한 것들은 비가시적인 조화로 나아가는 것이다. 그러나 모르겐슈타인은 1820

년에 쓴 「교양소설의 역사에 대하여(Zur Geschichte des Bildungsromans)」에서 "모든 좋은 소설은 교양소설이다"라고 말함으로써 그 경계를 무화시켜 버리는 개념의 혼란을 자초하고 있기도 하다.[07] 애초에 교양소설이 그 개념을 처음으로 세상에 나타내었을 때조차도, 그것은 혼란을 피할 수 없는 것이었던 듯도 하다. 이는 교양의 과제가 보편적인 인간 이성의 자기구현의 문제이기도 하다는 점과 맞물려 있는 문제이다.

교양소설을 괴테의 『빌헬름 마이스터의 수업시대』(Wilhelm Meisters Lehrjahre)를 기점으로 하는 독일 근대문학의 일정한 성취를 토대로 한 개념으로 규정한 것은 빌헬름 딜타이였다. 딜타이는 「교양소설Bildungsroman」이란 글에서 교양소설에 대해서 이렇게 말하고 있다. "이전의 모든 전기 문학과 교양소설이 구분되는 것은, 그것이 의식적으로 또한 예술적으로 보편적 인간성을 삶의 흐름에 즉하여 서술한다는 점에서이다. 그것은 라이프니츠가 정초하였던 바 새로운 발달심리학과의 연관 속에, 그리고 루소의 '에밀'에서부터 시작되어 독일 전역을 휩슬어버린, 영혼의 내적 추이를 뒤쫓는 자연스러운 교육이라는 사상과의 연관 속에, 또 레싱과 헤르더가 그들의 시대를 열광시킨 인문주의적 이상과의 연관 속에 서 있다. 개인의 삶 속에서는 합법칙적 발전을 볼 수 있게 되는데, 각각의 단계들은 모두 고유한 가치를 가지며 동시에 다음 단계를 위한 토대가 된다. 삶의 부조화와 갈등은 성숙과 조화로 가는 도정에서 필연적으로 지니게 되는 통과지점들로 나타난다." 딜타이가 교양소설의 양식에서 주목한 가장 중요한 특성은 인간 현존의 통일적이고 확고한 형식으로서의 '인격성'이었다. 딜타이는 횔덜린의 문학에 대해 쓴 「히페리온(Der

---

07 Fritz Martini, Der Bildungsroman, in: Rolf Selbmann(Hrsg), *Zur Geschichte des Deutschen Bildungsromans* (Darmstadt: Wissenschaftliche Buchgesellschaft, 1988.) S. 260.

Roman Hyperion)」에서, 교양소설이란 "루소의 영향을 받은 당대 독일의 내면 문화의 문학"이라고 말하면서, 그것이 괴테와 장 파울의 작품들, 그리고 티이크의 『슈테른발트』, 노발리스의 『하인리히 폰 오프터딩겐(푸른 꽃)』, 그리고 횔덜린의 『히페리온』에 의해 지속적으로 문학적인 가치를 확보했다고 말하고 있다. 딜타이에 따르면 『빌헬름 마이스터』와 『헤스페루스』로 시작된 교양소설은 당시의 모든 젊은이의 생활을 묘사하는 것으로, 어떻게 그가 행복한 여명 속에서 삶으로 들어서며, 마음이 통하는 영혼을 찾아 우정과 사랑을 시작하고, 어떻게 그가 세상의 무정한 현실과 투쟁하고, 여러 가지 삶의 체험을 통해서 성장하고, 자기 자신을 발견하고, 그리고 세상에서의 자신의 사명을 인식하는가에 대한 이야기"이다.[08] 딜타이의 논의를 통해 우리는 자기 자신을 발견하는 것과 세상에서 자신의 사명을 인식하는 것이 조화롭게 화해하는 이야기가 곧 교양소설의 근본적인 이념형임을 이해할 수 있다.

성장에 관한 서사를 대표한다고 할 수 있는 교양소설에서 자기 결정과 사회적 통합의 조화를 교양의 이념으로 삼는다는 것을 확인할 수 있었다. 교양소설이 독일의 근대시민사회의 형성과 긴밀한 관련을 지니고 있다면, 이는 교양이라는 개념 자체가 모더니티 문제의 핵심에 자리잡고 있다는 점을 시사하는 것이다. 개인의 자기형성과 공동체로의 입사에 대한 조화로운 이야기로서의 교양소설. 그러나 프랑코 모레티가 유럽의 교양소설에 관한 연구서인 『세상의 이치』에서 독일의 교양소설 이념형에 충실한 장르를 고전적 교양소설이라고 분류하고, 모든 교양소설이 이러한 이념형을 추수하고 있는 것은 아님을 증명한 사실은 이제 많이 알려

08 Wilhelm Dilthey, 「Bildungsroman」, Rolf Selbmann(Hrsg), op. cit.

져 있다. 모레티는 교양소설이라는 거대 서사가 등장하게 되는 이유는 19세기 유럽이 젊음에 대해서와 마찬가지로 근대에 대해서 어떤 의미를 부여할 필요가 있었기 때문이라고 보았다. 특히 젊음이 지니고 있는 이동성(mobility)과 내면적 불안정이라는 특성은 그 자체로 근대의 특정한 이미지를 제공하기에, 사회와 조화하는 것이 아니라 갈등하는 청년들의 이야기가 교양영웅의 형상으로 등장하는 것은 교양소설에서 필연적인 징후이다.

교양소설에 대한 이러한 서구의 인식에 동의하고, 그것을 통해 성장의 이야기를 돌아보고자 한다면, 이제 우리는 모더니티와 대면하는 교양의 주인공이 하나의 뚜렷한 젊음의 이미지를 부조해내는 서사에 한해서만 성장소설이라는 이름을 부여하는 것이 올바른 비평에 속하리라는 관점을 제시할 수 있을 것이다. 20세기의 한국이 젊음에 대해서와 마찬가지로 한국 근대가 안고 있는 질곡 많은 공동체 형성과 그 좌절의 역사에 대해 특정한 이미지를 제공하는 장면을 부조해내는 교양의 이야기. 그것을 성장소설이라고 불러야 한다. 모더니티와 대결하는 교양영웅의 뚜렷한 이미지를 제공하는 이야기가 아니라, 건너 마을의 소녀와 처음 대면하여 성에 눈뜨는 아이들의 이야기, 세상의 억압을 상징하는 학교라는 제도에 맞서 스스로의 정체성을 형성해가는 아이들의 이야기는 성장에 대한 서사임에 분명하나 우리의 맥락에서 그것을 성장소설이라고 불러서는 안되는 것이다. 모더니티가 종말을 고하고 다른 미래를 상상하는 뉴웨이브의 서사가 등장하고 있다는 세간의 이야기가 정설이라면, 그리하여 미래 세계의, 디스토피아 속에서의 인간의 성장을 다루는 이야기들이 나타난다면 그것 또한 의미 있는 성장의 기록일 수 있겠으나, 그것은 성장소설이 아닌 다른 이름으로 불려야 한다. 성장소설이 하나의 장르라면, 그것은 모더니티와의 대결을 완수하는 순간 장르로서의 운명을 고하는 것이다. 그러니 모든 형태의 성장의 서사를 성장소설이라고 부르던 잔혹사는 이제 종결하자. 그러나 과연 그것은 우리의 희망대로 쉽사리 종결될 수 있는 것일까.

3. 판타스틱 청소년 백서

그리고, 청소년문학이 등장했다. 성장소설의 잔혹사는 쉽사리 종결되기 어려운 것이니, 2000년대 이후에도 성장소설이라고 불리는 서사들은 끊임없이 쓰여지고 비평의 대상이 되어왔다. 2000년대 성장소설에 관한 담론들이 이전 시기에 비추어 특징적인 면모를 보여주는 점이 있다면 그것은 이른바 '청소년문학'의 범주에서 성장의 이야기들이 창작되고 논의되기 시작했다는 점이다. 몇몇 논의들을 살펴보자.

유성호는 〈오늘의 문예비평〉 2009년 봄호에 발표한 「청소년 문학의 미학과 교육」에서 청소년 문학의 범주 속에는 아직 사회적 구성원으로 편입되기 이전인 청소년의 시선과 언어로 발견된 새로운 정체감이 담겨 있다고 말하면서, 그 정체감 형성의 역할은 전통적으로 교양소설, 성장소설, 이니시에이션 소설이 담당해 왔던 것이라고 지적하고 있다. 그리고 이 세 가지 소설의 양식을 각기 정의한 후, "우리 '청소년문학'의 주류적 속성은 이 세 가지가 모두 큰 구획 없이 통합된 성격을 많이 보여주는데, 그 점에서 우리는 이 모두를 '성장소설'로 귀일시켜도 무방할 것이다."라고 말하고 있다.[09] 그의 설명에 따르면, "'교양소설'이란 주인공이

---

09 유성호, 「청소년 문학의 미학과 교육」, 〈오늘의 문예비평〉 2009년 봄호.

어떤 환경에서 유년시절부터 청년시절에 이르는 사이에 자신을 발견하고 정신적으로 혹은 내면적으로 성장해가는 과정을 묘사한 소설을 뜻하며, '성장소설'은 주인공의 내면적 성장 과정을 계기적, 인과적으로 짜 놓은 소설을 가리킨다. 그리고 '이니시에이션 소설'이란 성인이 되는 과정에서 겪는 일련의 시련들을 통해 사회에 발을 들여놓은 과정을 담은 소설을 뜻한다." 이 구분을 분명하게 이해하기는 어렵지만, 중요한 것은 '청소년 문학'을 이 세 양식을 아우르는 통합적인 개념으로 설정하고 있으며, 그것은 다시 성장소설에 포함되고 있다는 점이다. 청소년 문학을 곧 성장소설과 동일한 맥락에 놓으려는 이러한 관점은 최근의 청소년 문학 논의의 핵심적인 인식이라고 보아도 좋을 것이다.

이도연은 「2000년대 성장소설의 몇가지 맥락들」에서 흔히들 청소년 문학으로 분류되는 『개밥바라기별』, 『완득이』, 『굿바이 미스터 하필』에서 2000년대 성장소설의 전형적인 존재양식을 읽어내고 있을 뿐만 아니라, 특히 『굿바이 미스터 하필』을 진정한 성장을 가능케 하는 한국사회의 구체적인 역사적 조건을 성찰한 작품으로 이해하고 있다. 그가 교양소설의 이념형에 비추어 "2000년대 한국의 성장소설은 아직 진정한 성장이 가능한 사회적 이념을 발견하지 못한 것으로 보인다."[10]라고 말할 때, 이 주장 속에 얼마나 많은 결락이 내재되어 있는가를 발견하지 못하기는 어렵다. 무엇보다도 그가 선택한 작품들의 주인공들은 아직 공동체 속으로 들어가지도 않은 존재들이라는 점을 기억해야 되지 않을까.

청소년문학을 성장소설과 등가에 두고 그것을 교양소설의 이념형에 비추어 사유하는 2000년대 비평의 태도에서 성장소설 잔혹사가 더욱 잔

---

10 이도연, 「2000년대 성장소설의 몇 가지 맥락들『개밥바리기별』, 『완득이』, 『굿바이 미스터 하필』을 중심으로」, 문학동네, 2008년 겨울호.

혹해지리라는 예감을 느낄 수밖에 없을 것이다. 그러나 사태는 심상치 않다. 〈문학동네〉 2007년 봄호는 〈어린이 문학의 가능성〉이라는 기획을 마련하여 네 사람의 동화작가로부터 이른바 어린이 문학에 대한 생각들을 제시하도록 하였는데, 이 자리에서 김진경은 이른바 '어른을 위한 동화'라는 표어로 많은 독자층의 확보한 『연어』에 대해 말하면서, "『연어』를 통해 성장소설에 대한 독자들의 요구가 있다는 것이 확인되었다는 점"이 중요하다고 말한다. 그의 말을 좀더 들어보자.

> 왜 이러한 독자들의 요구가 생겨났는가는 좀더 깊이 짚어보아야 할 필요가 있습니다. 성장소설, 교양소설이 가장 발달한 나라는 잘 알다시피 독일입니다. 독일에서는 성장소설이 성인문학을 포함한 전체 문학에서 핵심적인 장르입니다.
> 근래에 오면서 우리 사회에도 중산층이 꽤 형성되었습니다. 그래서 중산층의 성장에 대한 욕구가 성장소설에 대한 문학적 욕구로 나타날 가능성이 있죠. 좀 과장해서 말하자면 『연어』를 통해 그런 성장소설에 대한 잠재적 욕구가 표출된 것이라고 볼 수도 있겠죠.[11]

이제 교양영웅의 연령층은 더욱 낮아질 수도 있을 것임을 예감할 수 있으니, 우리는 아직 10대가 되지 않은 유아들에게 공동체의 문화와 대결할 것을 주문하고 동화라는 장르를 통해 그것을 수행하는 성장의 오딧세이를 펼쳐야 할지도 모른다. 동화라는 장르에서 성장의 과제를 발견하려는 노력들을 김진경은 중산층의 성장에 대한 욕구로 이해하지만, 우리는 그것이 입시준비에 대한 강박적인 요구들이 신생아에게까지 작동

---

11 「고요한 수면을 깨는 상상력의 출현을 기다리며」, 《문학동네》 2007년 봄호.

하고 있는 최근의 영재교육과 교양 형성을 논술에 대한 준비 정도로 생각하는 시대적 분위기, 그리고 그러한 추세에 편승하여 책을 팔아보려는 거대 출판기업들의 상업주의와 연관시키지 않을 수 없을 것이다.[12]

정혜경은 〈오늘의 문예비평〉 겨울호에 실린 「이 시대의 아이콘 '청소년'(을 위한) 문학의 딜레마」에서 "문학교육적인 관점과 성장의 결말에 대한 강박은 청소년문학 전반에 나타나는 딜레마이다. 청소년독자에게 성장의 계기를 마련하고 희망과 의지를 심어주기 위한 화해로운 결말에 대한 강박, 그리고 청소년의 특수성을 의식한 듯한 직접적인 주제의 발설은 청소년을 미숙한 존재로 보는 담론의 결과이며 이는 오히려 청소년문학의 상투화를 재촉할 수 있다."[13]고 지적한 바 있는데, 이는 다시금 기억해야 할 대목일 것이다. 더불어 그 성장의 결말이 논술을 위한 소재는 될 수 있지만 교양의 요구와는 아무런 관련이 없다는 점을 덧붙여야 할 것이다.

소영현은 「청년문학의 계보」에서 청년시절을 회상하는 소설들이 등장하는 최근의 경향에 대해 주목하면서 "청년 시절이 낭만적 향수의 대상으로 호출된다는 것은, 아니 청년 시절에 대한 회상이 반복된다는 것은, 결국 낭만적 회귀 혹은 반복이 아니고서는 성장소설 자체가 이미 불가능해졌음을 말해주는 역설적 반증이라고 해야 한다."[14]고 말하고 있다. 과연 그러하다. 우리는 이제 성장소설 잔혹사가 아니라 성장소설이 더

---

12 황석영, 박범신, 최인호의 근작을 포함해서, 최근의 청소년 문학이 성장소설 미달의 양식이며, 이 배후에 논술의 득세와 출판자본의 요구가 개입되어 있다는 주장으로는 필자의 졸고, 「청소년을 위한 문학은 없다」, 〈오늘의 문예비평〉 2009년 봄호를 참조.

13 정혜경, 「이 시대의 아이콘 '청소년'(을 위한) 문학의 딜레마」, 〈오늘의 문예비평〉 2008년 겨울호.

14 소영현, 「청년문학의 계보」, 〈문학동네〉 2008년 겨울호.

이상 쓰여질 수 없는 시대에 대해 이야기하는 편이 더 생산적일 것이다. 〈젊은이를 위한 나라는 없다〉라는 〈문학동네〉 2008년 겨울호의 특집은 최근의 성장소설에 관한 조명으로도 이해될 수 있을 것인데, 여기서 이른바 '칙릿'에 대해 한 꼭지를 할애하여 분석하고 있는 것은 징후적이다. 우리는 최근에 생산되고 있는 '칙릿'들에서, 성장이 더 이상 가능하지 않고, 교양의 프로세스가 백화점 쇼핑으로 대체되는 이 시대의 증상들을 얼마든지 읽어낼 수 있을 것이다.

4. 성장소설의 종언

이른바 종언론이 유행하는 시대에 우리는 다시금 성장소설의 종언이란 과제에 직면하였다. 성장소설의 잔혹사가 해소되지 않은 상태에서 종언을 고하고 말리라는 예감은 쉽게 받아들이기 어려운 씁쓸함을 동반한다. 교양소설이 모더니티의 과제와 대면하는 근대문학의 핵심적인 영역에 속하는 것이었다면, 성장소설의 종언은 곧 근대문학의 종언으로 이어지는 문제이기도 하다는 점에서 그 종언의 예감은 더욱 비장한 감상을 동반한다. 받아들여지기 어려울 것이 분명한 어떤 예감에 대해 애써 말하는 것은 분명 기분좋은 일은 아니다. 그러나 우리가 성장소설이라고 인식하고 비평하는 장르에 무언가 문제가 발생하고 있다면 그것이 어떠한 의미를 지니고 있는 것인가를 분명히 들여다보고 그 응시를 통해 무언가를 다시금 인식할 필요가 있을 것이다.

모든 형태의 성장의 서사를 성장소설로 지칭해서는 곤란하다는 이야기를 하였다. 정한아의 소설 「나를 위해 웃다」의 첫 대목에는 다음과 같은 구절이 나온다. "오래 전에 엄마는 밥풀보다 작고 보드라웠다. 그때 엄마는 탄탄하게 윤기가 흐르는 태내의 세포 덩어리였다. 스스로를 쪼개어 내면서 성장한 엄마는 칠 일 동안 천천히 자궁 안으로 하강했다. 주위는 따뜻했고 캄캄했으며 고요했다."[15] 우리는 이 대목을 세포 덩어리의 성장소설이라고 불러서는 안된다는 것을 이해할 수 있을 것이다. 성장하고 발육하는 것에 무조건 성장소설이란 이름을 갖다 붙이기로 한다면, 고양이의 성장소설, 파충류의 성장소설, 그리고 뱀파이어의 성장소설도 나와야 할 것이다. 그러나 성장소설이라는 명명에 대한 문제 제기와는 별개로, 태아의 성장, 동물의 성장, 유령과 귀신과 환영들의 성장에 대해 이야기하는 우리 소설의 현재가 무언가 암시하는 바가 있는 것은 아닐까.

과연, 우리 소설의 현재는 온갖 종류의 동물들, 귀신들, 괴물들의 출몰들로 가득하다. 아직 인간이 되지 못한 존재들, 인간과 비인간의 경계를 문제삼는 이 서사들이 우리 소설의 극장에서 유행하는 상영작이라는 것은 다들 알고 있을 것이다. 거칠게 말해 인간의 종말을 알리는 것과 같은 이러한 서사들이 생명의 주권과 통치 권력의 문제를 제기함으로써 돌아가고자 하는 것은 근대적 인간의 존재에 대한 물음, 바로 그것일 것이다. 인간 이후를 문제삼는 문학적이고 철학적인 주제들이 결국 모더니티에 대한 물음을 넘어서지 않는 것은 그 때문이다. '인간'이라는 존재에 대한 근본적인 부정을 보여주는 듯한 최근의 한국문학의 경향에 주목한다면, 그리하여 인간이라는 존재의 조건을 발본적으로 되묻고, 산 죽음을, 문학의 외계를, 곤혹스러운 미래를 상연하는 한국문학의 현재에 대해서 고민해 본다면, 그것이 근본적으로 인간과 비인간의 경계에 대한 우리의

---

15 정한아, 『나를 위해 웃다』, 문학동네, 2009.

고정된 시각을 허물고 새로운 인간의 정치를 써나갈 것임을 이해할 수 있을 것이다. 그리고 그 불가능한 시도들 속에서 전혀 새로운 교양 영웅이 등장하여 우리 시대에 걸맞는 교양의 이야기를 들려줄 수도 있을 것이다. 그러니 우리는 그 미지의 주인공들에게 다만 이렇게 말하도록 하자. 여기가 로두스다! 여기에서 성장하라.

5. 청소년을 위한 문학은 없다

5-1. 아이들의, 문학

아이들에게 무슨 일이 일어났는가. 들리는 말에 의하면 아이들이 촛불을 들면서 정치에 관심을 갖게 되어 스스로 판단하고 행동할 줄 아는 '저항의 주체'로 대두하기 시작했다고도 하고, 아이들이 자신의 욕망에 따라 혹은 타인들의 욕망을 따라 구매하는 '소비의 주체'가 되어 시장의 주역이 되었다고도 한다. 한편으로는 아이들을 주인공으로 삶는 소설들만이 아니라, 아이들이 창작의 주체가 되는 소설들이 이미 시장의 주요한 부분을 차지하기 시작했다는 이야기들도 들려오고 있다. 좀더 자세하게 사정을 알아보기 위해 최근에 제출된 청소년 문학에 대한 면밀한 보고 한 편을 살펴보자. 정혜경에 따르면, 이른바 'P(participation) 세대'나 '1318세대'라고 명명되는 청소년들에 대한 담론과 청소년 문학에 대한 담론이 최근 풍성하게 진행되고 있다고 한다. 즉 오늘의 아이들이 현실에 대한 적극적인 참여를 보여주는 세대라거나, 컴퓨터, 인터넷, 휴대폰 등의 미디어를 생활화하고 그러한 매체 공간에 참여하여 개인의 의사를 표현하는 적극적인 사회의식을 가진 동시에 유희적이고 강한 소비 성향을 띠어 자신의 욕망을 위해서는 부모의 지갑을 반드시 열게 하는 세대라는 것이 청소년 담론의 내용이다. 또한 청소년 문학과 청소년 출판의 필요성이 부상하고 주목할 만한 역량을 갖춘 청소년문학 작가들이 대거 출현한 것이 오늘의 청소년문학 담론을 이끌고 있다는 것이다.[16] 과연, 아이들에게 무슨 일이 일어나기는 한 것인 듯하다. 그러나 아이들에 관한 담론과 아이들의 문학에 관한 담론을 여기서 다시 검토하는 것은 적절하지 않으므로, 우선 관심을 아이들 문학, 이른바 청소년문학으로 돌려보자.

아이들의 문학에는 무슨 일이 일어났는가. 아이들이 갑자기 문학의 중심으로 등장하거나, 아이들이 문학창작에 열정적으로 참여하기 시작했다는 말인가. 그러나 청소년문학이라는 화두에 대해서는 보다 분명한 개념정의가 필요할 것이다. 그 말은 창작의 주체로 아이들이 대두했다는 얘기로도 이해되고, 실제로 아이들이 쓴 작품들이 문학상 수상작품집의 형태로 출간되고 있기도 하지만, 청소년문학의 창작의 주체는 여전히 어른들, 기성문단의 등단제도를 통과하거나, 청소년문학을 위해 마련된 등단제도를 거친 어른들이 주를 이루고 있다. 한편으로 청소년문학을 청소년의 사고와 행위를 다루고 있는 문학으로 이해한다면, 그것이 이른바 성장소설과는 어떻게 다른 것인지에 대해서도 면밀하게 검토될 필요가 있을 것이다. 그러나 청소년문학이라는 말은 여전히 낯설다. 아이들이 자기나름의 고민을 수행하면서도 결국은 자라서 어른이 되어 사회로 진입하는 이야기가 근대소설의 중핵을 차지하고 있다는 것은 다들 알고 있는 것인데, 이 아이들의, 아이들을 둘러싼 이야기들에 어떤 지각변동이 발생

---

16 정혜경, 「이 시대의 아이콘 '청소년'(을 위한) 문학의 딜레마」, 〈오늘의 문예비평〉 2008년 겨울호, 107~109쪽.

하고 있다는 것일까. 그것은 혹시 근대소설 자체에 뭔가 심각한 문제가 발생했다는 항간의 풍문들과 어떤 연관을 지니고 있는 사태일까. 아이들의 이야기를 따라가며 대체 무슨 일이 일어난 것인지 살펴보도록 하자.

5-2 성장과 소명

현재의 아이들에 대해 말하기 전에 가까운 과거의 아이들의 면모를 살펴보기 위해, 90년대에 발표되었던 대표적인 성장의 서사 두 편을 통해 아직 어른이 되기 전의 아이들의 모습을 지켜보도록 하자. 박완서의 『그 많던 싱아는 누가 다 먹었을까』[17]는 1930년대부터 1950년의 6.25에 이르는 시기를 이야기의 배경으로 삼고 있지만, 그것이 쓰여진 1990년대를 상징적으로 표상할 수 있는 성장의 모습을 제공하고 있다는 점에서 주목할 필요가 있는 작품이다. 『그 많던 싱아는 누가 다 먹었을까』에서 미성년의 화자가 성장을 이루는 과정은 도서관의 책들을 경유한다. 화자는 친구와 함께 처음으로 부립도서관을 찾아가서 그 곳의 개가식 서가에 가득 꽂혀 있는 책들을 보고 그 곳이 '별천지'라는 생각을 한다. 이후로 그는 공일날마다 도서관에 가서 책을 한 권씩 읽는 것을 "내 어린 날의 찬란한 빛"이었다고 기억한다. 본래 책이란 인류의 보편적인 기억과 사유가 축적되어 있는 지식의 저장고이다. 책읽기의 경험을 통해 한 인격은 인류의 보편적인 지식들을 자신의 것으로 전유하여, 자아의 갱신과 변모를 꿈꾸게 된다. 화자가 책읽기를 하고 난 후, 세상은 "줄창 봐 온 범상한 그것들하곤 전혀 다르게 보였"고, "나는 사물의 그러한 낯섦에 황홀

---

17 박완서, 『그 많던 싱아는 누가 다 먹었을까』, 웅진출판, 1992. 앞으로 이 텍스트에서의 인용은 쪽수만 표시함.

한 희열을 느꼈다."(135쪽.)고 말하는 것에서 알 수 있듯이 도서관 체험은 자신의 존재의 변모를 통해 세상을 새롭게 인식할 수 있는 계기를 마련해 준다.

또한 해방 후 처음으로 우리말로 된 글을 읽은 후, "그때까지의 독서가 내가 발붙이고 사는 현실에서 붕 떠올라 공상의 세계에 몰입하는 재미였다면 새로운 독서 체험은 현실을 지긋지긋하도록 바로 보게 하는 전혀 새로운 것이었다."(181쪽.)고 말하는 대목에서 보이는 것처럼, 화자가 어린 시절 식민지의 부립도서관에서 행하던 책읽기의 체험은 해방 이후 식민지 근대의 규율을 넘어 자발적이고 자각적인 주체형성의 가능성을 펼쳐주는 것으로 변모하게 된다. 화자는 할아버지의 죽음 후 창씨개명을 의논하는 가족들에 맞서 그것을 반대하는 오빠를 보고 "전형적인 속물의 세계에서 별안간 우뚝 솟은 어떤 정신의 높이를 본 것 같은"(131쪽.) 느낌을 갖게 된다. 그런 느낌이 "그무렵 왕성해진 독서체험과도 무관하지 않을 듯하다"는 진술은 화자의 성장과정에 독서체험 지닌 중요성을 알게 해 준다. 독서는 『그 많던…』의 화자에게 주체구성의 결정적인 계기를 제공하고 있다.

1.4후퇴로 텅 빈 서울에서 부상한 오빠 때문에 피난을 떠나지 못한 화자는 "바뀐 세상의 눈치를 보려고" 문 밖으로 나가 세상을 내려다보다가 찰나적인 사고의 전환을 경험한다.

나만 보았다는 데 무슨 뜻이 있을 것 같았다. 「……」 그래, 나 홀로 보았다면 반드시 그걸 증언할 책무가 있을 것이다. 그거야말로 고약한 우연에 대한 정당한 복수다. 「……」 그건 앞으로 언젠가 글을 쓸 것 같은 예감이었다. (『그 많던…』, 269쪽.)

아무도 보지 못한 텅 빈 세상을 자신만이 보았다는 데에 어떤 뜻이 내재되어 있을 것 같다는 느낌은, 그것을 증언하는 글쓰기를 수행함으로써 자기발전을 꾀하는 일을 정당화한다. 그것은 개인의 자기결정이 사회에 대한 소명을 수행하는 것과 분리되지 않는 성장의 모습이다. 그러한 자기발전을 교양의 다른 이름이라고 부를 수 있다면, 『그 많던 싱아는 누가 다 먹었을까』에서 우리는 교양(Bildung)의 이상을 소명의식(Vocation)으로 새롭게 정립하려는 서사를 발견할 수 있다. 자기발전을 담보하는 소명의식을 '글쓰기'의 찬란한 예감으로 드러내고 있는 장면으로 위의 대목을 잊기는 어렵다. 아마도 90년대에 봇물처럼 솟아져 나온 성장의 서사들이 -장정일의 『아담이 눈뜰 때』와 신경숙의 『외딴 방』을 포함하여- 글쓰기의 소명의식을 갖게 되는 것으로 주인공의 성장을 완결시키고 있는 것은 이러한 교양의 대체물로서의 소명의식의 면모로 이해할 수 있을 것이다.

신경숙의 『외딴방』[18]은 또한 하나의 성장소설로서 탐색될 수 있는 가능성을 지니고 있는 작품이다. 모내기가 끝난 날 밤기차를 타고 고향집을 떠나며 "잘 있거라, 나의 고향. 나는 생을 낚으러 너를 떠난다."(28쪽.)라고 말하는 열여섯의 '나'에 대한 이야기는 그녀의 성장에 대한 서사가 이 이야기의 주요한 지향을 이루리라는 것을 알게 해 준다. "자연 속에서 중간다리도 없이 갑자기 공장 앞으로 걸어가야 했던 나"가 "삶의 질곡들과 자연의 숨결이 끊어진 이 도시"와 조우하여 당혹해 하는 장면은 그녀의 성장이 순탄한 과정이 되지는 않으리라는 점을 암시하고 있다. 고향을 떠나 도시의 '외딴 방' 속으로 들어가야 했던 열여섯의 '나'의 내면에는

---

18 신경숙, 『외딴방』, 문학동네, 1995. 이후 쪽수만 표시함.

언제나 고향/외딴방이라는 대립이 자리잡게 된다. 화자는 '제사가 많았던 시골의 집'에서 살다가 갑자기 도시의 하층민이 되어버린 자신의 상황에 어리둥절해 하였음을 증언하고 있다. 산업화라는 폭력적 역사의 풍속화 속에 놓여진 화자와 모성적인 공동체의 대비는 그녀가 이루어야 할 성장의 곤경을 적시한다.

『외딴방』의 서사는 사회적 제관계들의 기민한 변화와 유동성(mobility)을 그 특질로 삼는 근대성의 경험 하에서의 성장의 모습을 보여주고 있다. 화자가 맞닥뜨린 도시에서의 성장과정은 "내게도 여고시절이 있긴 있었는데 여고시절의 친구가 한 사람도 없는" 상황, "내게는, 그리고 내게 전화를 걸어온 그녀들에겐, 그런 시절이 없었다. 토라질 틈도 나뭇잎을 말릴 틈도 우리들 사이엔 없었다."라는 고백에서 보이는 것처럼 정상적인 성장 과정의 결핍으로 이루어진 것이다. 그것은 화자가 휴가를 얻어 고향에 돌아가서 "이 산 밑에서 성장했다. 그리고 저 들 앞에서. 여름의 폭우와 겨울의 장설 속에서 나는 키를 키웠다."(56쪽.)라고 말하고 있는 장면에서 보이는 것처럼, 그녀가 공동체와 자연 속에 살았더라면 자연스럽게 경험할 수 있었을 성장을 박탈하는 도시에서의 삶의 양식이다. 열 여섯의 내가 갑자기 서른 두 살이 되어버렸다고 느끼도록 만든 도시의 삶은 "누구에게나 자양분"이 되는 자연을 통한 안정되고 평화로운 성장과 자아함양을 가로막는 사회의 모습을 대변한다. 이러한 사회에서 경험하는 곤경 속에서 성장을 수행하는 개인은 스스로 삶의 질곡에서 빠져나와 자기의 정당성을 증명하고 자신을 하나의 주체로 정립해야 한다. 사회 속에서 의미 있는 생존의 양식을 스스로 기획하고 증명해야 하는 개인에게 그러한 자기초월의 욕망을 달성하는 방식 중의 하나인 세속적인 출세와 성공의 길이 얼마든지 열려있다는 것은 도시적인 삶이 제공하는 선물의 일부이다.

화자의 심미주의적인 지향은 '내적 망명'이라고 불러야 좋을 삶의 양
식을 선택하도록 만들었으며, 그러한 미적 실존의 풍경으로 다가서기 위
해 화자가 선택하는 삶의 양식이 글쓰기이다. 글을 쓰는 사람이 될 것이
라는 염원은 화자가 고향 마을에서 쇠스랑으로 자신의 발등에 내리꽂던
순간부터 마음 속에 자리잡고 있던 '순결한 무엇'이었다. 그 염원이 소설
을 쓰는 것으로 구체화되는 것은 도시에서 진학한 산업체 특별학급에서
최홍이 선생님을 만나고, 그로부터 소설을 써 보라는 권유를 들으면서부
터이다.

> 최홍이 선생이 소설을 써보는 게 어떻겠느냐는 말 대신 시를 써
> 보는 게 어떻겠느냐고 했으면 나는 시인을 꿈꾸었을 것이다. 나는 꿈
> 이 필요했었다. 내가 학교에 가기 위해서, 큰오빠의 가발을 담담하게
> 빗질하기 위해서, 공장 굴뚝의 연기를 참아낼 수 있기 위해서, 살아
> 가기 위해서.
> 소설은 그렇게 내게로 왔다. (『외딴방』, 176~177쪽.)

글쓰는 사람이 되겠다는 그녀의 자기 인식과 자기 규정은, 산업화라
는 풍속화 속에 놓여진 주변의 인물들과 자신을 구분 짓는 근거로 작용
한다. "책이, 그중의 소설이나 시 같은 것이, 나를 그 골목에서 탈출시켜
줄 것이라고 생각했던 건 아니었을까."라는 고백에서 엿보이는 것처럼,
생활의 질곡을 벗어나 자아를 정립하는 자기 정당성의 근거를 내적인 영
역에서 발견해 내는 '내향적 인간'의 탄생은 『외딴방』에 나타나는 성장의
중요한 이미지를 대변한다.

그러나 글쓰기에로 투신하는 것은 자기결정과 사회화의 갈등이라는

성장의 주제에 정면으로 대응하지 않고, 그 과제를 에둘러 수행해 가는 것이다. 『그 많던 싱아는 누가 다 먹었을까』와 『외딴방』에서 '증언할 책무'를 자각하는 자아의 발견이 사회적 제휴를 향한 탐색담으로 나아가게 될 가능성은 아직 잠재적인 가능태로 남아 있다. 그 가능태가 90년대의 다른 소설들에서 개인 내면의 층위에서만 일어나는 자아발전의 면모나 나르시시즘적 자아의 탄생으로 나타나는 것을 살필 수 있다면, 자아 발전을 위한 모색이 사회적 현실과의 제휴로 이어지는 서사가 아직까지 우리 문학에서는 해결해야 할 과제라는 판단을 내릴 수도 있을 것이다.

6. 죽은 시인의 사회

식민지와 해방전후로 이어지는 역사적 연대와 산업화를 바탕으로 한 90년대의 소설을 통해 아이들이 성장해 가는 과정을 지켜보았다. 2000년대에 이르러, 성장하는 아이들의 이야기는 어떠한 변화를 보여주고 있는가. 박범신의 『더러운 책상』[19], 황석영의 『개밥바라기별』[20], 최인호의 『머저리 클럽』[21]을 읽어 보자. 이 작품들 또한 아이들의 성장과정에서 독서의 중요성을 강조하고 있는 점에서는 앞서 살펴본 90년대의 성장소설들과 다를 바가 없다.

---

19 박범신, 『더러운 책상』, 문학동네, 2003. 이후 쪽수만 표시.

20 황석영, 『개밥바라기별』, 문학동네, 2008. 이후 쪽수만 표시.

21 최인호의 『머저리 클럽』(랜덤하우스, 2008)은 1973년에 『우리들의 시대』(학원출판사)라는 제목으로, 1985년에는 『황홀연습』(중앙일보)이라는 제목으로 출간되었던 작품이다. 그러나 2000년대에 새롭게 출간되어 현재의 맥락에서 다시 읽히고 있다는 점에서 2000년대의 소설에 포함시켜 읽기로 한다.

인간의 존엄과 가치…… 행복추구권, 이라는 말을 그는 듣는다. 우습다. 경제개발……이라는 말도 우습고 낯설다. 그런 것보다, 열일곱 살이 될 때 비로소 그는 『데미안』을 통해, 새는 알을 깨고 나온다……라는 문장과 만난다. 알은 세계다……라고, 헤르만 헤세는 덧붙인다. 세계는 그럼 죽임인가 삶인가. 「……」 동아출판사의 세계문학전집과 을유문화사의 세계문학전집을 들쭉날쭉 빌려오고, 가끔 『벌레 먹은 장미』 따위를 섞거나 『철학입문서』 등도 포함한다. (『더러운 책상』, 74쪽.)

박범신의 『더러운 책상』에서 주인공 '그'가 세계에 눈뜨는 경로는 열일곱 살에 만난 소설 『데미안』의 문장이다. 그에게는 개발독재 시절에 삶을 풍요롭게 만들어 준다고 홍보되던 각종 구호들보다 책에서 만난 한 문장이 더 의미 있는 삶의 가능성을 엿보도록 만들어 준 것이다. 그리하여 그에게는 비로소 내면성이라는 것이 생겨나는데, "열일곱이라는 숫자는 그러므로 그에게 아무런 의미도 주지 않는다. 그에게 표상으로서의 세계는 안에 있을 뿐이다."(75쪽.)라는 고백은 그러한 내면성의 탄생을 적시하고 있다. 이후로 베트남전 참전을 전하는 뉴스나 국가주의를 강요하는 '우리의 맹세' 같은 것을 볼 때마다 이마를 찌푸리는 모습을 보여준 화자에게, "책은 그가 믿는 유일한 길이고 수많은 길"(164쪽.)이 되어, 그를 성장으로 인도하고 있다.

책을 통해서 내면을 발견하는 아이들의 이야기는 새로운 것이 아니다. 그것은 90년대 소설에서 그랬던 것처럼 2000년대의 성장소설에서도 어찌보면 진부하기까지 한 성장의 프로세스를 상징한다. 『개밥바라기별』에서 역시 유준을 비롯한 아이들의 성장의 근원에는 책이 존재하고 있었다. "그 무렵에는 해방 무렵에 쏟아져나왔던 번역서들이 다시 정리되던 중이었고 전후 복구가 어느 정도 마무리된 그해 사월 이후에는 문고판과 전집들이 산더미처럼 출판되고 있었다."(53쪽.) 그 책들이 아니었다면, 그들은 학교에서 요구하는 바람직한 삶의 양식과 다른 어떤 가능성을 꿈꾸지 못했을 것이다. 그 책들은 통해 유준이 나아간 장소는 자아라는 자기정체성의 근원에 대한 대면이었다. "그것은 언제나 내 몸 근처의 한 걸음 곁에 따로 떨어져서 나를 의식하고 관찰하고 경멸하거나 부추겼다. 나는 그 부자연스러운 느낌을 안과 바깥이라는 불완전한 말로 표현할 수밖에 없었다. 그는 누구인가."(개밥바라기별, 198쪽.) 그 자아와의 낯선 만남이 그에게 내면성을 부여하고, 미성년으로서 자신에게 주어진 궤도를 이탈하도록 만든 것임은 소설의 서사가 증명하는 바이다.

『머저리 클럽』의 주인공 역시 종종 수업을 빼먹고 학교 뒷산의 숲에 앉아 홀로 상념에 잠기는 장면들을 보여준다. "숲 사이로 흘러내리는 차가운 냇물을 손으로 받쳐 들면 청빛으로 빛나고 있었다. 나는 풀숲에 누워 시집을 읽거나 혹은 수없이 시를 지었다."(208쪽.) 이 작품에서 빈번하게 인용되고 있는 시들은 주인공들의 내면을 형성한 바로 그 문학의 모습을 직접적으로 제시하고 있는 결과물들이다. 그 내면의 형성은, 자아라는 낯선 존재와의 만남과 자신의 삶의 행방에 대해 고민해야 할 과제를 스스로에게 부여하게 된다. "열여덟살 나이가 갑자기 무서워졌다. 내가 지금 과연 어디에 있는 것일까를 생각해 보았다."(머저리 클럽, 239쪽.)

『더러운 책상』에서 고교생들로 이루어진 '나르시스' 그룹의 모습이나, 『개밥바라기별』에서 일반 학생들과 다른 궤도로 이탈하는 유준의 동아리, 그리고 『머저리 클럽』의 '머저러 클럽'과 '샛별 클럽' 같은 모임들은 문학이나 독서라는 교양의 습득형태에 대한 아이들의 자발적인 참여가 남과는 다른 동아리 의식을 이들에게 부여하는 과정을 분명하게 보여주고 있다. 이 아이들은 자신에게 주어진 삶의 양식화된 길을 이탈하여 다른 삶의 여로로 나아가고 있다. 그러한 선택을 필연적으로 그들에게 부과한 것은, 그들이 문학을 통해 알게 된 자아에 대한 물음과, 자신에게 강요된 훈육과 그 제도로서의 학교에 대한 거부감으로 인한 것이다.

> 교실로 가는 히말라야시더 사잇길을 검은 교복의 물결이 아침저녁 가득 채우는 것은, 이성과 감성의 균형을 갖춰 마침내 참된 문화의 중심에 이르려는 지성을 좇기 위해서가 아니라, 다만 욕망의 야만성을 전략적으로 컨트롤해서, 많이 먹고 굵은 똥을 누기 위해서이다. (『더러운 책상』, 158쪽.)

> 학교는 아이들의 개성을 사회적으로 거세하는 임무를 위하여 세상에 나타났다. 관습이나 기호는 법이나 제도서 억압적으로 굳어진 경우도 있지만, 그런 것들로부터 인간이 놓여날 수 있게 되면 그는 자신이 원하는 대로 스스로의 삶을 창조할 수 있다. (『개밥바라기별』, 82쪽.)

이 제도화된 학교에서 정상적인 수업을 받고 졸업을 하는 것은 그저 '세상의 광기에 편입'되기 위한 것이기에, 그들은 주어진 삶을 넘어서 다른 삶의 양식을 꿈꾸게 되고, 그들에게 다가온 것은 또한 문학의 길이다. 『개밥바라기별』의 유준은 오랜 방황의 뒤에 "그렇다. 세상의 표면만이 또렷할 뿐 나는 아무것도 아니었다. 글을 쓸 수 없다면 내 존재는 없는 거나 마찬가지다."(『개밥바라기별』, 262쪽.)라고 자신의 길을 분명히 인지하게 된다. 『머저리 클럽』의 동순은 자주 수업을 빼먹고 학교 뒷산으로 올라가서, "나는 소나무의 솔잎을 뜯어 이 사이로 쑤셔 넣어 아릿아릿

한 아픔과 또 한편의 쾌감 속에서 이 사이로 고여 드는 피를 조금씩 조금씩 삼키고 있었다. 그럴 때엔 이상하게도 가슴이 불처럼 투명하게 끓어 올라 무언가 적어보고 싶은 충동을 이기지 못하는 것이었다."(『머저리 클럽』, 163쪽.)라고 말하여 시인이 되어간다. 이들에게도 성장의 양상은 자신에게 주어진 소명을 인식하는 것으로 다가온다는 점에서 앞서 살펴본 90년대의 성장소설과 다르지 않은 면모를 보여주고 있지만, 이 작품들에 나타나는 나르시시즘과 젊음에 대한 의미부여가 앞선 시기의 성장소설과 갈라지는 지점을 형성하고 있음은 지적할 필요가 있을 것이다.

7. 이것은 성장소설이 아니다

지금까지 살펴본 2000년대의 소설은 작가가 된 화자가 자신의 글쓰기를 사회화의 중요한 과정으로 제시하는 것이 아니라, 젊음의 한 때에 대한 과도한 의미부여와 나르시시즘적인 조명을 통해 미성년의 시기 그 자체를 부각시키고 있다는 점에서, 성장소설의 양식을 벗어나고 있다. 이미 한국소설에서 조화로운 성장이 좌절에 이르고 만다는 사실을 지적하면서, 이른바 '반성장'의 양식으로서의 성장소설의 형태에 대해 지적한 논의들이 있었음을 우리는 잘 기억하고 있지만, 개인의 자기인식과 사회화의 과제라는 성장의 조건에 대한 한국소설의 대응이 어떠한 것이었고, 그 속에서 미성년의 시기를 다루고 있는 작품에 대한 이해가 어떠한 것이어야 하는지에 대해서는 깊이 있는 논의가 이루어진 적이 없다는 것을 지적할 필요가 있다.

90년대의 작품들이 성장을 통해 수행해야 할 사회화의 과정을 글쓰기의 소명을 자신을 것으로 확인하는 것으로 대체하고자 했다면, 2000년 대 이후의 서사는 사회화의 부재를 회고의 양식과 미성년의 날들에 대한 회한어린 시선으로 은폐하고 있다. "나는 그 순간에 회한덩어리였던 나의 청춘과 작별하면서, 내가 얼마나 그 때를 사랑했는가를 깨달았다."(『개밥바라기별』, 31쪽.)라는 문장들, 혹은 "너무 사랑하기 때문일까. 아직도 시시때때 살의를 느끼게 하는 그는 나보다 무려 마흔 설이 적다."(『더러운 책상』, 28쪽.)라는 현재와 과거의 대비 양식을 통해 그러한 면모를 살필 수 있다. 그러므로 "막연하고 종잡을 수 없고 그러면서도 바라는 것들은 손에 잡히자 않아 언제나 충족되지 않는 미열의 나날."(『개밥바라기별』, 227쪽.)에 대한 기록은 미성년의 날들에 대한 예찬으로 그치고, "나는 내 자신이 보이지 않는 무위의 시간에서 움썩움썩 자라온 모습을 보았다. 나는 지난 겨울보다 성장했다."(『머저리 클럽』, 272쪽.)는 증언은 아이들이 자라서 조금 더 성숙한 아이가 되었다는 것의 다른 표현이 된다.

『개밥바라기별』의 유준이 사회의 지방으로 떠돌면서 변두리인생들의 삶의 양식을 껴안는 것이 결국 또 한 번의 자살시도로 이어지는 것이나, 『더러운 책상』의 '그'가 철인동 유곽의 창녀들의 세계로 진입함으로써 그들의 삶의 지평 속으로 내려서는 것이 현재의 문학에 대한 담론들을 철저하게 거부하고 그 시절 존재했던 시의 진정한 이해자들에 대한 회한어린 예찬으로 이어지는 것은 이들 소설이 미성년과 순수한 시절에 대한 예찬이지 삶의 성숙에 대한 조명이 아니라는 점을 알게 해준다. 그리하여 『머저리 클럽』의 동순이는 졸업식날 담임 선생님으로부터 자신의 학창시설의 정당성을 추인받는 과정을 거쳐서야 학교 밖으로 나갈 자격을 얻게 되었던 것이다. 이러한 성장소설 미달의 양식들에 대한 호명의 필요로 인해 등장한 것이 청소년문학이라는, 현재의 담론이었는지도 모른다.

8. 책읽기에 대한 경멸

이른바, 청소년문학이라는 규정을 부여받고 있는 작품들의 면모는 매우 다양하다. 그 속에는 아직 미성년인 작가가 쓴, 작품들도 있지만, 이른바 청소년문학을 전문적으로 생산하는 작가들에 의한 작품들이 그 주를 이르고 있음을 확인할 수 있다. 몇몇 작품들을 살펴보자.

제2회 세계청소년문학상 수상작인 전아리의 『직녀의 일기장』[22]은 이른바 청소년문학의 현재를 가장 잘 보여주고 있는 작품이라고 할 수 있을 것이다. 이 작품에 등장하는 지금 현재의 아이들의 모습을 생생하게 반영하고 있다고 판단되는 미성년들에게서 과거의 아이들과 다른 특징적인 면모가 있다면 그것은 우선 '책읽기에 대한 경멸'이 거침없이 드러나고 있다는 점이다. 이들은 도대체 책읽기의 경험을 자신의 성장의 자양분으로 삼을 생각이 전혀 없어 보인다. 작품의 서사를 통틀어 직녀와 그녀의 친구들의 고교시절에 책읽기가 의미 있는 양식으로 등장하는 일화는 거의 없다. 단지 직녀의 생일에 친구인 민정이가 '나는 살구가 좋아요'라는 소설책을 선물하자, 직녀는 "야, 내가 언제 책 읽는 거 봤어?"(208쪽.)라고 대답하는 일화가 전부이다. 그리고 직녀가 그 책을 읽고 느낀 점은 "역시 애들 소설다운 해피엔딩이구나. 실제 상황이었으면 동네 사람들에게 욕을 잔뜩 먹고, 집에서 신나게 얻어터졌을 게 분명한데."(209쪽.)라는 것이다.

---

22 전아리, 『직녀의 일기장』 현문미디어, 2008. 이후 쪽수만 표시함.

소설은 학교의 문제아인 직녀의 좌충우돌 학교생활과 집안에서의 작은 일탈들을 중심으로 빠르게 전개된다. 그 속에서 확인할 수 있는 일상으로부터의 가장 큰 이탈은 직녀가 잠시 가출을 감행하는 사건이라 할 것이다.

> 나는 가방을 챙겨 조용히 집을 나왔다. 당장의 생활비를 위해 오빠의 비상금을 들고 나오는 것도 잊지 않았다. 오해를 하고도 도통 사과할 줄 모르는 어른들에게는 신물이 났다. 뿐만 아니라 문제가 불거질 때마다 당연한 듯 불려 나가게 되는 내 처지도 답답했다. 집과 학교를 떠나 새 인생을 시작하리라. 보란 듯 돈을 벌어서, 나를 무시하던 사람들을 비웃어 줄 생각이었다. (『직녀의 일기장』, 91쪽.)

직녀의 가출은 수원에 있는 친구의 쪽방에 가서 이틀밤을 지내고 돌아오는 것으로 종료된다. 그 경험을 통해 직녀는 "내 힘으로 비상할 수 있을 때까지는 참자"(99쪽.)라는 구절을 자신의 일기장에 적어넣는 것으로 그 경험을 정리하고 있다. 그러나 서사가 종결에 이르기까지 직녀가 자신의 힘을 자각하는 계기나 비상을 향해 노력하는 장면은 등장하지 않는다. 다만 "언제까지나 나보다 약한 사람들 속에서 큰소리를 치며 생활하고 싶다."(240쪽.)라는 바램을 실현시켜 줄 직업으로 간호사라는 미래상을 발견하고, 간호대학에 진학하는 것으로 서사가 끝나고 있을 뿐인 것이다.

또 한 편의 소설을 읽어보자. 임정연의 장편 『질러!』[23]는 학교를 자퇴하고 자유를 쟁취한 열여덟 살 선우의 이야기를 담고 있다. 『직녀는 일기

---

23 임정연, 『질러!』, 민음사, 2008. 이후 쪽수만 표시함.

장』의 주인공 직녀가 "엄마는 오빠의 광팬이자 나의 안티"(11쪽.)라고 가정에서의 자신의 위치를 규정하고 있는 것처럼, 『질러!』의 선우 또한 자신의 쌍둥이 형이지만 자신과는 너무도 다른 형 진우에 대한 엄마의 전폭적인 지원과 자신에 대한 무관심을 받아들이고 있다. 그 속에서 그가 선택한 삶의 길은 학교를 자퇴함으로써 자유를 획득하는 것이다.

> 학교를 다니지 않았어도 훌륭하게 된 사람들이 궁금했다. 당연히 컴퓨터를 켰다. 인터넷으로 검색을 해 보았다. 인터넷 검색엔진이 나한텐 알라딘 램프의 지니랑 똑같았다. 「……」 세상에 이제 보니 위대한 인물들은 학교 다니는 걸 좋아하지 않았다. 다녔어도 엉망인 사람들이 더 많았다. 예수, 링컨, 아인슈타인이 모두 함께 내 어깨를 두드렸다. 그냥 밀고 나가! (『질러!』, 13~14쪽.)

이 소설은 학교를 그만 둔 선우의 결심에 따라 학교가 아니라 그가 다니게 된 돈키호테 독서실을 중심 무대로 설정하고, 그 속에서 선우가 만나게 된 아이들의 일상을 조명하고 있다. '돈키호테'라는 독서실의 이름이 어디에선가 들어본 소설의 제목임을 알게 된 선우가 그 책을 구해서 힘겹게 읽어나가지만, 소설의 서사 속에서 그 독서의 행위는 어느 순간 실종된다. 선우는 역시 책읽기를 수행하지 못하고, '돈키호테'의 독서는 '돈키호테 독서실'에 모여든 인물들에 대한 선우의 독해로 대체된다. 궁금한 것이 생기면 무엇이든 자신이 '지니'라고 부르는 인터넷 검색에 물어보는 선우의 이야기와 어린 시절 부모의 무관심으로 인해 사람들과 관계맺기를 힘겨워 하고 핸드폰의 문자만으로 소통을 시도하는 규오의 이야기는 『질러!』를 이 아이들 세대의 가상적인 현실에 밀착해서 애정을 지닌 채 그것을 들여다봄으로써 그들의 이야기를 실제의 현실 속에 자리잡도록 만드는 서사로 읽게하는 힘을 갖는다. 무엇보다도 다른 아이들이 모두 기피하는 손미나의 고민에 대해 선우가 깊이 이해하고 결국 그녀와의 애정을 통해 그들이 성장할 것임을 암시하는 『질러!』의 서사는 학교에 다니지 않고서도, 책읽기를 통하지 않고서도 아이들이 밝고 건강하게 자랄 수 있음을 역설하는 주장에 독자들을 공감하도록 만든다.

그러나 그러한 아이들의 이야기에 공감을 보내는 것과 그것을 의미있는 성장소설의 한 양상으로 규정하는 것은 별개의 문제이다. 개인의 교양적 완성을 목적으로 하는 소설의 어느 장르를 '성장소설'이라고 불러왔다면, 그리고 한 연구자가 지적한 대로 서구의 교양소설이 내면의 진실과 세상의 이치 사이의 갈등을 그 조건으로 삼고 있는 것이라면, 오늘의 청소년문학에는 교양적 완성도 사회화로 이끄는 성장도 없고, 세상과 대결하는 내면이 아니라 서둘러 갈등을 봉합하고 종결시키는 서사가 존재할 뿐인 것이다.

9. '청소년을 위한 문학'의 종언

이른바, 청소년 문학이라고 불리는 몇몇 작품들을 거칠게 살펴보았다. 이들 작품에서 이전 시대의 작가들에게 중요하게 작용하였던 성장의 프로세스로서의 책읽기의 경험이 사라진 것을 지적하였으나 그것이 그다지 놀라운 일은 아닐 것이다. 어찌보면 그것은 오늘의 세계에 대한 젊은 작가들의 자의식이 의도적으로 작동한 결과로 읽어야 할지도 모른다. 이름하여, 교양의 시대, 논술의 시대인 것이다. 책읽기는 이제 논술을 위한 준비과정으로 격하되었다. 오늘날 교양의 요구는 끊임없이 증대하고 있으며, 현대 사회에서 '교양'은 모든 사람이 지녀야 하는 보편적 가치로 인정되고 있다. 그 교양이 멀게는 사회에서의 성공을 위한 핵심적 덕목으로, 가깝게는 청소년들에게 절대 명제인 대학입시 논술의 성적으로 직결된다는 것이, 오늘날 우리 사회에서 광고되는 명제이다. 그러니, 논술과 직결되지 않는 책이 아이들에게 권장될 리가 없다. 『질러!』의 선우는 그러한 사정을 너무도 잘 알고 있다. "원장님한테 쓸데 있는 책도 있긴 있다. 학교에서 논술용이라고 소개하는 책들이다."(『질러!』, 46쪽.)

그러나 교양이란 정말로 모든 사람이 가져야 할 보편적 가치인가. 또한 교양은 삶의 필수적인 지침이고 생존의 전략인가. 교양이 보편적 가치를 지닌다는 생각은 교양이란 개념의 역사에 대한 무지를 담고 있다. 교양은 특정한 시기에 출현한 근대적인 관념이며, 언제나 특수한 계급과 문화의 이데올로기를 반영하고 있다. 교양이라는 근대적 지의 양상의 이면에 작동하는 사회적 원리는 구분짓기와 상징투쟁을 통해 발생하는 것이다. 그 구분짓기의 도구로서 오늘의 교양이 지향하고 있는 바는, 높은 학력을 갖춘 자가 많은 돈을 벌고, 좋은 배우자를 만나, 넓은 아파트에 살게 된다는 자본주의의 명령이다.

청소년문학 융성의 배후에 있는 것이 출판자본의 시선 이동이며, 그것의 심층에 청소년들에게 사회의 주류이데올로기를 전파하고 그들을 관리하고자 하는 정치적 무의식이 자리잡고 있는 것이라면,[24] 오늘의 청소년문학은 한없이 무기력한 면모만을 보여주고 있을 뿐이다. 그러니 이쯤에서 새로이 읽어야 할 작품이 또 한 편 있다. 김사과의 장편 『미나』[25]가 그것이다. 학교를 중퇴하고 대안학교로 가게 된 미나의 이야기를 들

---

24 정혜경, 앞의 글, 121~122쪽.
25 김사과, 『미나』, 창비, 2008. 이후 쪽수만 표시함.

어보라. 대안학교에서 만난 아이들의 일탈을 자기에게 관심을 보여달라는 투정으로 이해하는 미나는 "어떤 애는 지가 시를 쓴대. 「……」 적어도 일반 학교 애들은 시는 안 쓰지 않냐? 완전히 무슨 18세기 사람들 같애."(140쪽.)라고 말함으로써 책읽기에 대한 경멸을 전략적으로 드러낸다. 그것이 전략적인 이유는 시스템 속에 아이들을 가두려는 사회의 책략을 미나가 누구보다도 더 잘 간파하고 있기 때문이다.

> P시의 사교육 시장은 붕괴된 P시의 공립학교 시스템을 비웃으며 학생들을 계급에 따라 분리하여 양질의 교육을 제공했다. 그러나 그것은 대안이 아니라 붕괴된 P시의 공립학교 시스템에 기생하는 거대한 시장일 뿐이었다. 「……」 그들이 만들어낸 필수 도서목록에는 서양문명에 획기적인 전환점이 되었던 고서들이 오른다. "미국 동부의 유명 사립대학은 물론이고……" 강사가 리스트가 빼곡이 적힌 목록을 흔든다. "P대에 가려면 무조건 읽어야 한다." 아이들은 고개를 끄덕이고 리스트가 적힌 종이를 반으로 접어 가방에 집어넣는다. (『미나』, 23~24쪽.)

> 그녀에게는 별다른 경험 자체가 없으므로 그녀가 만들어내는 아카데미용 관념들이 그녀가 가진 전부, 그녀 자체가 되어가고 있다. 「……」 중요한 것은 그녀가 루소에 대해서 진지하게 사유하였는가 루소를 좋아하는가 따위가 아니다. 「……」그런 식으로 적절한 문법을 사용하여 미국 동부지역의 발음과 억양으로, 루소에 대해 지껄이면 그녀는 루소에 대해 안다는 결과가 나온다. (『미나』, 76~77쪽.)

이 '학원의 시간'을 사는 『미나』의 두 인물 미나와 수정은 자기들 나름의 방식으로 이 시스테에 적응하기 위해 안간힘을 쓰고 있다. "수정은 언제나 깊이 생각하지 않기 위해 노력한다. 수치심과 모멸감의 기억을 깊이 마주보면 결국 박지예처럼 자살에 이르게 될 뿐임을 알기 때문이다."(미나, 72쪽.)라는 서술자의 전언이나, "도시는 점점 더 수용소의 담장을 높이 쌓아가고 있으며 수정은 그런 세계에서 빠져나가고 싶은 생각이 전혀 없다."(72쪽.)는 인물들의 이야기는 그들을 '완벽하게 체제순응적인 인간'으로 제시함으로써 이 체제에 대한 파괴의 열정을 정당화시키는 초과의 서사를 독자들에게 감당하라고 명령한다.

"결국 삶은 수정을 질식시킬 것"(88쪽.)임을 잘 알고 있으므로, 그들은 질식당하지 않기 위해 누군가를 죽여야만 하는 상황을 맞게 된다. 『미나』의 서두는 수정과 미나와 민호라는 세 등장인물이 집안에서 장난을 치고 있는 장면을 비춰주고 있다. "수정이 손에 좀더 힘을 싣자 미나의 얼굴이 고통스럽게 일그러지며 입이 벌어진다. 민호는 여전히 웃고 있다. 점차 아이들은 어둠에 가려 잘 보이지 않는다. 이것은 장난이다. 이것은 장난이다. 이것은 장난이다."(10쪽.) 이 아이들이 한바탕 장난을 치는 이야기가 『미나』의 전체 서사를 이루고 있다. 질식할 것 같은 상황에 자신들을 던져 놓은 시스템에 대해서 상대를 질식하도록 만드는 장난으로 맞서기. 오직, "비유가 아니라 진짜로. 그렇게 하면 어떻게 될까? 어떤 일이 일어날까?"(308쪽.)라는 물음과 그에 대한 답변으로서의 폭력을 보여주는 이 이야기는 청소년에 대한 담론과 청소년 문학에 대한 거대 출판자본의 투자를 비웃음으로써 오늘의 '청소년을 위한 문학'의 종언을 선언하고, 아이들의 역사를 아이들 스스로 써나가도록 만들 것이다. 이것이 교양이 몰락한 '미친' 시대에 대해 장난처럼 제출된, 미치지 않은 아이들의 답변이다.

칙릿의 시대

1. 칙릿 등장

2000년대 후반 한국문학에 나타난 현상 중 가장 주목할 만한 것은 이른바 칙릿이 대거 등장했다는 점일 것이다. 90년대 이후 우리 소설의 영토에 강세를 띠며 등장한 여성작가들의 작품들이 2000년대 이후 조금씩 변모한 모습을 보이기 시작하였고, 2000년대 후반 각종 문학상에 젊은 여성들의 일상을 다룬 소설들이 대거 등장하면서, 칙릿은 비평적인 조명을 받기 시작했다. 젊은 여성을 뜻하는 슬랭 chick 과 문학 literature의 합성어인 칙릿 chick-lit 은 1988년 미국의 '여성문학전통'이란 강좌에서 처음 등장한 신조어이다. 크리스 마자와 제프리 드쉘은 1995년 발간한 『칙릿:포스트페미니즘 소설 Chick Lit: Postfeminist Fiction』이라는 엔솔로지에서 칙릿이라는 용어를 통해 새로운 여성문학을 조명하였다. 칙릿은 흔히 세련되고, 현대적이고, 직업적인 성공을 추구하는 이삼십대의 여성 주인공들을 다룬다. 그 소설들에서 여주인공들은 외모로 인해 고민하거나 쇼핑에 대한 열정을 지닌 것으로 묘사된다. 칙릿의 배경은 일반적으로 도시이고 플롯은 주로 인물들의 애정과 출판, 광고, 패션 산업 등에 종사하는 인물들의 직업적인 성공을 위한 투쟁을 다룬다. 칙릿의 문체는 가볍고 불량한 톤으로 쓰여지고, 공공연하게 성적인 주제를 묘사한다. 그리고 칙릿은 종종 유행하는 비속어들과 클리쉐들을 동원한다.[01]

영화와 드라마로 제작되어 잘 알려진 〈브리짓 존스의 일기〉와 〈섹스 앤 더 시티〉같은 작품의 등장은 칙릿의 도래를 알리는 신호와도 같았다. 이 작품들이 우리나라에 소개되면서, 젊은 여성들의 일과 사랑에 대한 이야기들은 빠른 속도로 전파되어 가기 시작했다. 2000년대 후반의 한국문학만이 아니라, 문화에서도 중요한 용어로 등장한 칙릿의 유행은 비단 한국에서만 일어나고 있는 현상은 아니다. 뉴욕타임즈 2006년 5월 19일자에 실린 「칙릿이 전세계에 유행하다(The Chick-lit Pandemic)」라는 기사는 칙릿이 세계 전역에서 2000년대 문화의 우세종으로 등장했음을 알려주고 있다. 칙릿은 뭄바이에서 밀라노, 그단스크에서 자카르타까지, 다양한 지역에서 발생하고 있다. 자신의 재량에 달린 수입을 원하고 독립과 매력을 쟁취하기 위한 열망을 지닌 전업직장에서 근무하는 이삼십대 여성들이 그 주제와 독자층 양면에서의 인구학을 이루며 칙릿이 떠오르고 있다는 것이다. 칙릿의 이야기는 자신들의 어머니가 가졌던 것보다 더많은 번영과, 사회적이고 성적인 자유를 원하는 나이에 이른 도시거주 사무직 종사자들에게 흥미를 준다.[02]

2000년대를 전후한 시점에서 전세계적으로 유행하기 시작한 칙릿이라는 장르의 대두에는 사회문화적인 배후가 존재할 것이다. 칙릿이 문화적 우세종으로 등장하여 시세를 얻기 시작한 것은 1990년대 중후반에 페미니즘을 대신할 담론으로 새롭게 등장한 포스트페미니즘의 주장과 무관하지 않다. 포스트페미니즘이란 기존 여성주의의 성과를 인정하면

---

01 http://en.wikipedia.org/wiki/Chick_lit

02 Rachel donadio, "The Chick-Lit Pandemic", *The New York Times*, 2006. 5. 19.

서 이를 넘어 일련의 특정한 정치적 가치와 상업적 목적을 결합시킨, 대중 문화 속에 확산된 문화이자 지배적 담론현상으로 정의될 수 있다. 이른바 지식경제와 초상업화된 문화환경, 신보수주의적인 가치들의 전파, 그리고 신자유주의의 부상 속에서 포스트페미니즘은 주체적인 여성의 '선택'과 자기계발, 독립성, 그리고 자기표현을 강조하며, 특히 이 과정에서 여성주체의 행위자성(agency of woman)을 소비와 특정한 스타일의 추구로 치환시킨다. 특히 소비(행위)는 포스트페미니즘이 주창하는 주체가 선택하는 주요한 전술이며 레저와 대중문화의 영역은 주체를 형성하는 장소가 된다. 또한 주체의 형성적 측면에서 포스트페미니즘이 주목하는 대상은 활기차고 우울하지 않은, 동시에 자신의 즐거움과 욕망의 추구에 매우 역동적으로 대처하는 발랄하고 독립적인 여성상이다.[03]

말루리 영은 페미니즘이 충분히 뿌리내리지 못한 나라에서는 칙릿이 페미니즘적 자유의 즐거움과 포스트페미니즘적 소비주의의 즐거움을 동시에 안겨줄 수 있다고 말한 바 있는데,[04] 오늘날 한국의 칙릿에서 발견할 수 있는 것은 가부장제와 같은 여러 억압으로부터 자유를 얻은 자아의 형상과 소비에 대한 욕망을 거부하지 않는 여성 주체의 자기구현에 대한 이야기인 것으로 보인다. 정이현의 『달콤한 나의 도시』이후 봇물처럼 쏟아져 나온 칙릿들의 이야기를 들어보자.[05] 이것은 칙릿에 해당하는

03 이정연·이기형, 「픽릿소설, 포스트페미니즘, 그리고 소비자본주의 사회의 초상」, 〈언론과 사회〉 17권 2호, 2009년 여름. 95~96쪽.

04 Rachel donadio, ibid.

05 이 글에서 다룰 칙릿 소설들의 목록은 다음과 같다. 정이현, 『달콤한 나의 도시』, 문학과지성사, 2006. 이홍, 『걸프렌즈』, 민음사, 2007. 서유미, 『판타스틱 개미지옥』, 문학수첩, 2007. 백영옥, 『스타일』, 예담, 2008. 서유미, 『쿨하게 한걸음』, 창비, 2008, 박주영, 『냉장고에서 연애를 꺼내다』, 문학동네, 2008.

작품들에 대한 상세한 분석이 아니라, 칙릿이라는 장르에 대한 비판적인 보고이므로, 칙릿에 등장하는 주요한 주제에 따라 칙릿의 서사를 읽어볼 것이다.

2. 칙릿과 더불어 성장을

칙릿은 종종 성장소설을 논의하는 비평의 목소리로부터 소환된다. 칙릿이 이삼십대를 지나는 여성들의 이야기, 결혼을 앞두고 있거나 연애에 고민하는 청춘의 이야기를 다루고 있다는 점에서, 칙릿이 오늘날의 성장소설로 읽힐 수 있다는 시각은 이해할 만하다. 정이현의 『달콤한 나의 도시』는 옛 애인의 결혼식날 베스트 프렌드의 결혼 발표를 듣게 된 31살의 주인공 오은수의 하루로부터 이야기를 시작한다. 그녀는 '혼자 금 밖에 남겨진 자의 절박함과 외로움'에 처음 만난 일곱 살 연하의 태오와 하룻밤을 보내지만, 그 일에 큰 의미를 부여하지 않는다. 그 돌발적인 '원나잇 스탠드'에 대해서 은수는 "그런 것들이 성숙한 인간의 태도라면, 미안하지만, 어른 따위는 영원히 되고 싶지 않다. 성년의 날을 통과했다고 해서 꼭 어른으로 살아야 하는 법은 없을 것이다. 나는 차라리 미성년으로 남고 싶다. 책임과 의무, 그런 둔중한 무게의 단어들로부터 슬쩍 비껴나 있는 커다란 아이. 자발적 미성년."(『달콤한 나의 도시』, 43쪽.) 이라고 말하며 성장의 과제를 외면한다. 그러나 이 서른 한 살 여성의 이야기를 따라 읽은 독자들이 만나게 되는 것은 이 소설이 결국은 그녀의 성장에 대해 말하고 싶어 한다는 점이다. "지금 생각하면, 참 이상해요. 내 성장을 왜, 제도에 끼워 맞추려고 했을까요? 물 밖으로 나간다고 해서 어른이 되는 것도 아니고, 물 속을 떠돈다고 해서 어른 되기를 멈출 수 있는 것도 아닌데."(『달콤한 나의 도시』, 434쪽.)라는 오은수의 자기 고백을 보라. 삼십 대 여성을 둘러싼 사회의 여러 가지 제도들 속에서 성장을 수행하는 이야기가 『달콤한 나의 도시』가 목표로 삼는 서사인 듯하다.

　서유미의 『쿨하게 한걸음』에 등장하는 33세의 여성 이연수는 오랜 남자친구 K와 헤어지고 나서 "K와 헤어진 것보다 서른세살씩이나 된다는 게 더 실감나지 않았다."(『쿨하게 한걸음』, 21쪽.)라고 말한다. "이십대에는 더 이상 자란다는 것을 생각할 필요도 없을 만큼 스스로 성숙하다고 느끼지만 삼십대에는 좀더 성숙할 필요가 있다고 생각하게 된다."(『쿨하게』, 22쪽.)는 것이 막 실연을 경험한 그녀의 소회이다. 회사를 그만두면서 "이정표와 목적지가 사라진 도로 위에 망연히 서 있는 기분"에 빠졌던 이연수는 영화공부를 하면서 자신이 원하는 뚜렷한 목표를 발견하게 되고, 결국 한 영화잡지의 비평가 현상공모에 응모 준비를 하는 그녀의 모습을 보여주며 이야기는 끝을 맺는다. 이 소설에서 연수가 '쿨하게 한걸음' 걸어가고자 한 영역도 자아의 성장이라는 영토였음을 알 수 있다.

　백영옥의 『스타일』에는 패션지에서 일하는 서른 한 살의 이서정이 주인공으로 등장한다. 그녀는 유기농 커피를 파는 카페를 취재한 후, 아이들의 노동을 착취하지 않는 커피 농가들을 위한 모금에 앞장서지만, 정작 무엇이 참된 윤리인가에 대해서는 고민하지 않는다. 다만 "누군가 잡지에서 내 기사를 읽고 꿈을 키우듯, 나도 내 꿈을 펼칠 수 있는 시대에 곧 탑승할 것이라고 믿었다."(『스타일』, 332쪽.)는 것이 자신의 삶에 대한 보고인 것으로 보아, 이 유행하는 삶의 최신 '스타일'에 긴 보고도 결국 자아의 성장을 위한 이야기로 읽히게 된다. 그렇다면 칙릿은 진정으로 이 시대의 성장소설로 이해될 수 있는 것일까. 그녀들이 원하는 것은 어떠한 모습의 성장인 것일까.

이들 소설을 성장소설로 읽을 수 있을 것인가의 문제는 칙릿이 주목하는 여성의 일상에 대한 좀더 많은 우회를 통해 살펴보아야 할 것이다. 『스타일』의 작가인 백영옥은 그녀가 쓴 다른 책에서 "무엇보다 한 끼 점심 값으로 제3세계 아이들의 미래를 고민하는 어른이 된다는 건 꽤 근사한 일 아닌가. 이 시대에 혁명이 있다면 나는 이런 사소한 것들이 아닐까란 생각을 종종 한다. 이런 것이야말로 진정한 생활의 발견이다."(백영옥, 『마놀로 블라닉 신고 산책하기』, 예담, 2007, 84쪽.)라고 말한 바가 있다. 우리가 칙릿을 읽으며 발견하는 것은, 이들 소설에 나타난 생활의 발견에서 가장 앞에 와야 할 항목이 쇼핑이라는 점이다.

3. 쇼핑하는 존재들

칙릿에 등장하는 여성 주인공들의 관심사 중 가장 우선 순위를 차지하는 것을 들라면, 그것은 무엇보다 쇼핑과 연애라는 항목이 될 것이다. 칙릿이 본격적으로 등장한 2000년대가 이른바 전지구적인 소비자본주의가 그 절정기에 이른 시기라는 것을 증명하기라도 하듯, 이야기의 주인공들은 공들여 소비를 실천하고 유행하는 흐름에 몸을 싣는다. 그녀들은 "백화점 안에서 보내는 시간은 밖에서 내는 시간과 좀 다르게 흘러간다. 풍경도 없고 계절도 없다."(『판타스틱개미지옥』, 139쪽.)라는 것을 인지하고 있으나, 그 곳에서 어떻게 벗어나야 하는지 알지 못한다. 벗어나지 못하는 것이 아니라, 왜 그 쇼핑의 지상낙원을 벗어나야 하는지 이해하지 못하는 것일 터이다. "나는 소비하기 위해 사는가, 살기 위해 소비하는가."(『달콤한 나의 도시』, 139쪽.)라는 것이 그녀들의 중요한 고민 중 하나이기 때문이다.

　『판타스틱 개미지옥』에 등장하는 소영의 독백은 이러한 인물들의 내면을 여과 없이 보여주고 있다. "요즘 들어 툭하면 이런 식이다. 자꾸만 갖고 싶은 게 생긴다. 얼마 전에는 지갑을 샀고 그 전달에는 가방을 샀다. 처음에는 기껏해야 청바지, 티셔츠 정도였는데 점점 비싼 물건에 마음을 빼앗기고 있다."(『판타스틱 개미지옥』, 33쪽.) 쇼핑을 향한 욕망에 점점 더 자신의 마음을 빼앗기는 것을 넘어, 이 욕망을 정당화시키고 인정받기 위한 투쟁에 칙릿의 서사는 많은 대목을 할애하고 있다. 중요한 것은 그녀들이 이 쇼핑을 향한 욕망을 노골적으로 드러내는 것이 문학의 영토에서 수행된 바가 없다는 점, 또한 쇼핑에 빠진 여성들에 대한 세간의 평가가 그리 호의적이지 않다는 점을 강하게 인식하기라도 한 듯, 어떻게든 그 욕망의 정당화시키기 위해 안간힘을 쓰고 있다는 것이다. 그러한 자기정당화의 제일 앞에 선 인물로『스타일』의 이서정을 빼놓을 수 없을 것이다.

> 내가 원하는 걸 당장 취하고, 자기 욕망에 충실한 것만이 훌륭한 인생의 본보기 같았다. 열심히 일해서 번 돈으로 내가 원하는 걸 샀다. 그것이 프라다란 이름을 가졌든, 샤넬이란 레테르를 붙였든 무슨 상관인가. 그것이 왜 부당한가! 아름다운 물건을 취하고자 하는 당장의 욕망이 미래를 어떻게 붕괴시킬 거란 말인가. (『스타일』, 166쪽.)

　이서정이 이렇듯 자신의 욕망의 정당성에 대한 자기 확신을 지니게 된 계기는 성수대교가 붕괴하여 자신의 친언니가 죽게 된 사건을 경험하고 나서부터이다. 그녀는 언니가 갑작스러운 재난에 의해 죽음을 맞게 되자, '언제든 이 삶이 무너져버릴 수 있는데, 현재를 빼면 사람들에게 남는 게 뭔가.'라는 깨달음을 얻게 되고, 현재의 삶에 충실한 삶이 올바른 것임을 자신의 생활 속에서 실행하게 된다. 그 정당성의 구현은, 지금 갖고 싶은 것을 주저 없이 갖는 것으로 나타난다.

물론, 모든 칙릿의 서사가 이러한 쇼핑에 대한 정당화를 목표로 삼고 있는 것은 아니다. 자본주의적 쇼핑의 집약적인 공간인 백화점을 알레고리화하여 그 안에서 일어나는 물신화되는 존재들의 상실의 현장을 묘사하고 있는 『판타스틱 개미지옥』은 근대적 소비의 공간을 일종의 지옥도로 묘사하고 있다. 그러나 이 작품에서 인물들을 돌연한 죽음과 파국으로 이끄는 방식은 이 소설이 애초부터 자본주의의 지옥도에 대한 도전을 수행할 수 없는 한계 속에서 시작된 것임을 알려주고 있다. 작품의 결말에서 어쩔 수 없이 주인공이 다시 백화점의 그 '위풍당당한' 문 속으로 들어가고 있는 장면 또한 이러한 대목을 증명하고 있다.

4. 불가능한 연애, 계산되는 결혼

칙릿의 인물들을 사로잡고 있는 또 하나의 정념은 연애를 향한 것이다. 『달콤한 나의 도시』의 은수는 이렇게 말한다.

> 쇼핑과 연애는 경이로울 만큼 흡사하다.
> 한 개인의 파워를 입증하는 장(場)일뿐더러, 그 안에서 자신과 비슷한 취향을 가진 공동체에 속해 있다는 정서적 안도감을 느낀다.
> 그래서 쇼핑도 연애도 인간을 고뇌하게 한다. (『달콤한 나의 도시』, 114쪽.)

칙릿의 인물들로 하여금 인간적인 고뇌를 하도록 만드는 장이 쇼핑과 연애라는 점은 의미가 깊다. 『걸프렌즈』의 한송이가 자신의 애인에게 따로 만나는 여자들이 있음을 처음으로 감지하게 되는 것은 "그가 가슴에 독수리 날개 모양이 찍힌 짙은 초록색 니트를 입고"(『걸프렌즈』, 77쪽.) 있는 것을 발견하면서부터이다. 패션의 취향은 그 사람의 정체와 인간관계를 대변하는 바로미터와도 같다. 그 사람이 무엇을 입었느냐가 그가 누구인지를 말해주는 것과 같이, 그 사람이 어떤 상대를 꿈꾸는가가 그 자신의 현재를 보여준다.

『냉장고에서 연애를 꺼내다』의 주인공 서나영은 현모양처가 되는 것이 꿈이라고 늘 말하고 있지만, "누군가를 만나서 사랑을 하는 것, 게다가 오직 한 사람을 사랑해서 결혼을 하는 것은 아주 어려운 일이다."20쪽. 라고 말한다. 이 작품은 서나영을 둘러싼 여러 친구들이 누구를 만나고 누구와 헤어지는가에 대한 이야기를 요리에 빗대어 이야기하고 있는 작품이다. "연애도 사랑도 인생도 요리처럼 레시피가 있으면 얼마나 좋을까"(9쪽.)라는 바람을 노골적으로 드러내고 있는 서두에서도 알 수 있는 것처럼, 이 작품은 철저하게 결혼적령기를 지나고 있는 여성들의 시각에서 어떤 남자를 어느 시점에서 선택할 것인가에 대한 고민에 집중하고 있다. 『걸프렌즈』에 여성들의 쇼핑에 대한 욕망이 노골적으로 등장하지 않는 것은 그런 이유로 인한 것이다. 인물들의 쇼핑의 욕망은 연애-결혼의 상대를 향하고 있다. 그러므로 작품의 층위에서 이 소설은 연애의 문제를 요리에 빗대어 설명하고 있는 듯이 보이지만, 그 속에 숨은 것은 소비자의 관점에서 본 쾌락추구의 문제로 전환된 남자만나기-결혼하기의 층위인 것이다. 오늘날 칙릿의 영토에서 결혼의 상대자를 구하는 것이 쇼핑하기와 다를 바 없음을 증명해주는 이야기로 『냉장고에서 연애를 꺼내다』 이상의 서사를 만나기는 어려울 것이다.

그러나 쇼핑에 대한 욕망을 집요하게 인정받으려 했던 칙릿 주인공들의 내밀한 욕구는 연애에 대한 이야기에서는 전혀 다른 면모로 나타나게 된다. "그러나 자신의 편협한 경험을 토대로 만들어진 기준을 타인에게 들이대고 단죄하는 일이 가능할까. 사랑에 대한 나의 은밀한 윤리 감각이 타인의 윤리감각과 충동할 때, 그것을 굳이 이해시키고 이해받을 필요가 있을까."(『달콤한 나의 도시』, 330쪽.)라는 내면의 토로는 연애에 대한 칙릿 주인공들의 윤리를 대표한다. 그들에게 쇼핑의 욕구가 어떻게든 사회적인 추인을 받아야 하는 욕망이었다면, 연애를 향한 정념은 오로지 자신의 모습을 부조해내는 방편으로 이해되고 있다. 『냉장고에서 연애를 꺼내다』가 요리의 레시피에 빗대어 제시하고 있는 결론적인 연애의 요건은 다음과 같은 것이다. '아무리 요리를 못하는 사람도 한 가지쯤은 잘할 수 있다는 사실을 잊지 말자. 준비할 수 있는 최상의 재료를 준비하자. 처음부터 너무 욕심내지 말자. 돌이켜보고 반성하자. 느낌, 감각, 습관, 그리고 무엇보다 자기자신을 믿자.'(『냉장고에서 연애를 꺼내다』, 275~277쪽.) 어떠한 사회적인 인정의 필요도 없이 자신의 감각을 신뢰하는 것이 좋은 연애에 필요한 최량의 방편이 된다.

『걸프렌즈』에도 이러한 연애의 법칙이 등장한다. 그것은, '첫째, 가족 얘기는 삼가도록 한다. 둘째, 싸이월드에 함께 찍은 사진을 올리지 않는다. 셋째, 과분한 선물은 하지 않는다. 넷째, 사생활을 침범하지 않는다.'(『걸프렌즈』, 71-72쪽.)와 같은 항목으로 이루어져 있다. 자아를 존중하면서 동시에 철저하게 자신의 영역을 침범당하지 않는 것이, 이 후기현대를 살아가는 인물들이 여러 번의 실패를 경험하면서 체득한 사랑법인 것이다. 그 사랑법의 핵심은 "훗날 떠안게 될 막중한 책임이나 고통 따위를 진즉에 없애는 거다."(『걸프렌즈』, 73쪽.)라는 말 속에 잘 드러나고 있다.

　이러한 연애를 향한 정념은 그 연애의 귀결이라고 생각되는 결혼에 이르러서는 조금 다른 면모를 지닌 채 다가오게 된다. 『쿨하게 한걸음』에서는 이연수의 베스트프렌드인 선영이 자유로운 생활을 추구하던 모습을 버리고 갑작스레 잘 나가는 의사와 결혼을 결심하게 된 이야기를 들려주고 있다. 집안에서 어머니의 건강이 나빠지고 오빠의 사업이 휘청거리게 되자 자신이 '이 나이 되도록 무얼 하고 살았나 싶은 생각이 들어서', 이제부터 자신이 보호자가 되어야겠다는 결심을 하게 되었다는 것이다. 자신이 가족의 보호자가 되는 일은 부유한 남자와의 결혼이라는 사회적인 계약을 통해 단번에 획득된다. 이 이야기를 전해 들은 연수는 "피터 팬과 네버랜드에 갔던 소중한 추억을 간직한 채 얼마나 더 멋진 웬디로 성숙해 가느냐가 관건일 뿐이다. 나는 멋진 웬디의 탄생을 축복해 주기로 했다."(『쿨하게 한걸음』, 185-186쪽.)라고 말한다. 연수가 선영의 결정을 추인하는 것은 여성이 결혼이라는 제도 속으로 들어감으로써 얻을 수 있는 재화들과 잃어야만 될 자질들에 대한 면밀한 계산을 통해 도출된 것이다.

　『달콤한 나의 도시』의 오은수는 김영수와 맞선을 본 다음 "관능을 자극하고 함께 있는 시간이 기쁘고 서로에 대해 더 많이 알고 싶어지던 남자들하고만 거듭하여 만나온 결과, 현재 나의 모습을 요 모양 요 꼴이 되었다."(『달콤한 나의 도시』 126쪽.)라고 말한다. 그녀는 '첫인상이 강력하지 못했다는 이유만으로 놓쳐버린 인연'들을 탄식하며, 그런 우를 되풀이하지 않기 위해 김영수를 계속 만나보려고 마음먹는다. 그러나 그녀가 김영수를 계속 만나보려고 하는 이유는 놓쳐버린 인연에 대한 회한으로 인한 것이라기보다는, 현재의 남자친구를 대체할 든든한 보호막으로서의 결혼상대자에 대한 욕망에 따른 것이다. 은수는 자신보다 여섯 살이나 연하인 태오를 사랑한다고 느끼지만, 그와 평생 함께할 수 없을 거라는 예감을 늘 지니고 있다. 그 예감의 원인은 그가 다시 태오를 만나기로 결심하면서, "현재의 사랑과 안정된 미래를 동시에 가질 수 없다면, 타협을 선택하여 현재의 사랑을 더나은 미래를 보장할 남편감으로 길들이기."를 시도한다는 말에서 선명하게 알 수 있다. 올바른 남편감이란 언제나 더나은 미래를 담보하고 있는 존재여야 한다는 성숙한 여인의 계산법.

자신의 연인이 사귀고 있는 또다른 연인들과 걸프렌즈 클럽을 결성한 『걸프렌즈』의 한송이는 "그녀들과 그에 대한 이야기를 나누다 보면, 이 세상 누구도 알 수 없는 내 후미진 내부를 충분히 나누고 있다는 기분이 들었다. 정말 아무와도 나눌 수 없는 결핍을 그녀들과 나눌 수 있었다."(『걸프렌즈』, 235쪽.)고 말한다. 그녀가 말하는 '걸프렌즈'라는 우정의 동성공동체는 그러나 그녀에게 충만한 만족을 안겨주지는 못한다. 그녀 역시 "그런데 이토록 나약한 남자를 믿고 이 한 몸 결혼이라는 제도 속으로 훌쩍 들이밀 수 있을까."(『걸프렌즈』, 268쪽.)라는 고민을 늘 지닌 채 살아가야 하기 때문이다.

칙릿의 주인공들이 대체로 안정적인 결혼을 꿈꿀 수밖에 없는 이유는 오늘날의 사회가 그녀들에게 그러한 것을 요구한다고 느끼기 때문이다. "정신적으로는 미성숙하지만 미모도 출중하고 부유한 남편을 만나서 번듯하게 가정까지 꾸리고 사는 삼십대 여자와 가진 것도 없고 인구감소의 주범 역할을 하지만 머릿속에는 늘 생각이 들끓고 있으며 무언가를 향해 질주하고 싶어하는 삼십대 여자가 있다면, 세상은 누구의 편을 들어줄까."(『쿨하게 한걸음』, 63쪽.)라는 항변 속에 세상의 이치를 넘어 자아의 자유를 꿈꾸는 칙릿 주인공들의 내밀한 욕망이 담겨 있다. 그러나 그늘은 정말로 질주를 하고 싶었던 걸일까.

5. 그게 세상의 이치야

그녀들이 자신들의 넉넉히 감싸줄 결혼상대를 염원하는 이유는 이해해 줄 만하다. 그녀들은 여성의 몸으로 살아가기에 만만치 않은 이 사회를 이미 충분히 경험한 나이에 이르렀기 때문이다. 그녀들은 "삼십대는 빛나지도 않고 젊음의 절정도 아니며 여전히 바람과 파도가 아슬아슬하게 키를 넘기는 태풍 속일 뿐이다."(『쿨하게 한걸음』, 67쪽.)라는 점을 일찌감치 깨달았으며, 회사의 구조조정 소식에 "안정적인 궤도라는 것은 어디에 있는지도 모르겠고 이루어놓은 것은 아무것도 없다."는 자각을 씁쓸하게 되뇌어 본 적이 있기 때문이다. 이 사회 속에서 어떻게든 발을 붙이고 살아가기 위해서는 누구보다도 먼저 시스템의 방식을 습득해야만 한다. "사회화가 덜 된 어린애들은 윗선들이 하는 말을 해석해내는 능력이 없다. 회사도 가르쳐주지 않는 냉혹한 조직의 생리란 보스가 모든 걸 결정한다는 사실이다."(『스타일』, 17쪽.)라는 점을 깨달아야 하는 것이다. 이 사회에 올바로 진입하는 것조차도 그녀들에게는 쉬운 과정이 아니어서 그들은 늘 "서류심사와 면접에서 떨어지는 것보다 더 지긋지긋한 일은 전화연락을 기다리는 일"(『판타스틱 개미백서』, 37쪽.)이라는 점을 깨달아야만 했던 것이다.

뿐인가. 그녀들은 가족과도 알 수 없는 불화를 경험한다. 어린 시절의 남자친구와 만남을 이어가는 엄마를 의혹에 찬 눈으로 감시하거나(『달콤한 나의 도시』), 느닷없이 대학을 가고 싶어하는 엄마와 퇴직을 하고 집에서 눈물을 흘리는 아빠의 모습을 보며 곤혹스러워 하는 경험(『쿨하게 한걸음』)을 누구나 한번쯤 겪어야 했던 것이다.

칙릿의 주인공들은 자신이 사는 원룸의 바로 위층에서 한밤에 강도를 당해 비명을 지르고 쓰러져 구급차에 실려간 여인의 생사를 파악하지 못하는 도시에서 살아간다. (『달콤한 나의 도시』) 그리고 분식집에서 자신과 마지막 만찬을 하고는 다음날 자살한 친구의 장례식에 가서도 "타인의 죽음은 개인의 치통을 뛰어넘지 못하는 법이다. 이제 그걸 순순히 인정하는 나이가 되었다."라고 쿨하게 친구의 죽음을 받아들이는 모습을 보여준다. (『쿨하게 한걸음』 242쪽.) 그녀들이 이러한 비정한 현실 속에서 깨닫게 되는 것은 『쿨하게 한걸음』의 이연수가 동남의 장례식장에서 현실 속의 자신의 모습을 받아들이고 인정하는 장면 속에 잘 드러나고 있다. "그러면서도 이런 보잘것없는 삶마저 전복될까봐 두려웠다. 그러다보니 나와 화해할 틈이 없었다. 자기 자신과 사이좋게 지낼 수 있다면 삶은 꽤나 평화로울 것이다."(『쿨하게』 244쪽.) 자기자신과 화해하는 평화로운 삶에 대한 갈망. 세상의 이치를 다 이해하고 따라갈 수 없다면, 그 속에 사는 자아를 보존하여 최소한의 자유와 평화를 확보하기. 그것이 오늘날 칙릿의 인물들이 깨달은 삶의 방식이다.

『스타일』에서 주인공 이서정은 성수대교가 무너지는 것을 목격하고, 그 장면 속에서 자신의 친언니의 죽음이 상연되었음을 알게 된다. 그 후 '집 안에 드리워진 두꺼운 커튼' 속에 자아를 가두게 된 서정은. "그것은 어떤 빛도 투과되지 않는 짙은 벨벳 같아서 그 속에서 나는 근원적인 어둠을 보았다고 믿었다. 보고 싶지 않던 삶의 이면을."(『스타일』, 161쪽.) 이라고 고백한다. 그러나 그러한 '생의 이면'을 응시한 자들이 보여주는 자각이란, 지금까지 살펴본 바와 같이 세상의 이치를 온전히 수락한 상태에서 자신의 욕망을 긍정하고, 사회의 체계 속에 안착하기 위한 전략을 수행하는 것으로 드러나고 있다. 오늘날 자기-실현에 전념하는 자기애적 개성의 발전 자체가 자기 통제를 강화하게 만들어서, 주체들이 스스로를 생명정치의 대상들로 다루게 되는 것이고, 또한 국가적 생명정치의 공공연한 목표가 개인의 행복과 즐거운 인생, 자기-실현을 막을 수 있는 모든 외상적 충격의 제거에 있는 것이라면,[06] 세상의 이치를 깨닫고 만 칙릿의 인물들이 수행하고자 하는 개성의 발전과 자기 실현이란 정확하게 그러한 생명정치의 통제하에 있는 주체의 모습을 반영하고 있는 것이라고 볼 수 있다.

6. 결백의 수사학, 칙릿의 시대

그리하여, 칙릿은 세상과 소통하는 그들만의 방식을 전개하게 된다. "작은 텔레비전 모니터 속에서 삶의 고단함을 잠시 잊고 울고 웃게 만드는 힘, 내 꿈도 노력하면 이룰 수 있을 거란 믿음, 세상이 어쩌면 살만한 곳일지도 모른다는 희망, 노인과 아이를 동시에 열광하게 하는 것, 나는 이것이 드라마가 가진 통속의 힘이라고 믿는다."(『스타일』, 120쪽.) 이 말은 지금 이곳의 칙릿의 저자들이 독자들과 비평가들에게 하고 싶은 말일 것이다.

그리하여 칙릿이 선포하는 통속적인 윤리의 최대치는 다음과 같이 제시된다. "'프라다'에 끌리는 눈길과 굶어 죽는 아이들을 돕고자 하는 마음, 이 상반된 욕망은 어떻게 화해할 수 있을까."(『스타일』, 246쪽.) 더불어

---

06 지젝, 『시차적 관점』, 김서영 역, 마티, 2009, 584쪽.

"내겐 에르메스의 매혹적인 오렌지색 쇼핑백과 버림받은 아이들의 배고 픔을 책임지고 싶은 욕망이 동시에 존재한다."(『스타일』, 327쪽.)는 자아의 선언이 뒤따른다. 무릇 세상과 소통하고 싶은 욕망이란 권장되어 마땅할 것이다. 또한 인물들의 윤리가 다소 통속적이라 해서 그것이 거부되어야 할 이유는 없을 것이다. 그러나 이 자유주의적 관용의 윤리란 자본주의적 질서에 대한 복종에 의해서만 가능한 것이며, 기존의 세계를 조건 없이 수락하고 그것이 허용하는 윤리를 부여받은 것을 마치 자발적인 선택인 것처럼 혼동한 결과에 의한 것이라는 점을 알아차리지 못하기는 어렵다.

영미권의 칙릿을 분석한 성은애는 "칙릿의 대부분은 여성이 개인적 변화와 '자기관리'의 노력에 의해 원하는 것을 성취할 수 있다는 낙관적 인 환상과, 사회의 구조적인 문제이기도 한 여성의 경제적인 문제를 너 무나 간단히 해결해버리는 안이함, 그리고 여성이 사회에서 부딪히는 모 든 문제들을 탈정치화하거나 정치적인 접근 자체를 조롱하는 경향을 보 인다."[07]라고 말한 바 있다. 오늘날 우리 문학 속에 등장한 칙릿을 살펴본 결과는 위의 언급에 나타난 칙릿 비판이 정확히 우리의 소설에도 적용 될 수 있다는 점이다. 칙릿에 대한 이 비판의 핵심은 이러한 작품이 현 실에서 벌어지는 갈등을 주인공들이 구매하는 품목들에 대한 고민과 동 일한 층위에서 '소비'하고 있다는 점이며, 또한 화려한 소비가 가져도 주 는 쾌락과 자신의 불완전한 삶을 구원해줄 이성에 대한 추구에 지나치게 얽매인 나머지 실질적으로는 그들의 불안감을 조성한 원인이 되는 바로 그 현실을 고착하고 유지하는 데 기여하게 된다는 것이다. 이러한 맥락 은 서두에 제시하였던 바, 칙릿에 등장하는 성장에 대한 판단을 내리는

---

07 성은애, 「『악마는 프라다를 입는다』와 그 자매들」, 〈안과밖〉 22호, 2007, 241쪽.

데도 많은 암시를 준다고 할 것이다. '세상의 이치'에 대해 어떠한 이의도 제기하지 않은 채 자아의 안정된 영역을 확보하려는 이야기를 성장에 대한 것이라고 부르는 관행을 문학사는 알려주고 있지 않다.

수전 손택은 예루살렘상 수상 연설문인 「말의 양심」에서 우리시대에 '개인'이라는 말이 가지는 의미에 대해 의문을 제기하면서, "개인성과 자유란 끝없이 자기를 크게 만들 권리, 쇼핑하고 획득하고 사용하고 소비하고 낡은 것을 폐기할 자유에 지나지 않을지 모릅니다."[08]라고 말한 바 있다. 자본주의 사회가 '개인성'과 '자유'를 드높이는데 있어 기득권을 갖게 되었다는 손택의 증언을 읽다보면, 오늘날 칙릿의 작가들이 얻어내고자 하는 바가 무엇인지 짐작할 수 있게 된다. 손택의 말처럼 소설이 '문학이라는 기획 자체를 영속화화는 것'이자 '현대의 포만에 저항하는 어떤 내성內省을 발달시키게끔 하는 것'이라면, 이러한 소설의 영토에서 칙릿의 자리가 얼마나 멀어진 것인가를 우리는 이해할 수 있을 것이다. 오늘날 자본주의 소비사회가 요구하는 신자유주의적인 문화가 문학을 불필요한 것으로 만들 것이라는 예언은 귀기울일 필요가 있다. 이러한 신자유주의적 이데올로기에 저항하고 비판하는 것이 진정한 '소설가의 임무'라는 손택의 말이 옳다면, 우리는 오늘날 칙릿의 서사가 당면한 과제가 무엇인지 이해할 수 있을 것이다.

소비자본주의에 대한 전면적인 순응 속에서 칙릿의 인물들은 '자기 자신보다 더 큰 어떤 것'에 복종하는 즐거움에 대해 이야기하고 있을 뿐이다. 이 '유동하는 근대' 속에서 소비자의 자유를 영위하며 살아가는 존재들이 발신하는 진정한 자아의 성장이라는 이상은 그리하여 헛된 꿈에

---

08 수전 손택, 홍한별 역, 『문학은 자유다』, 이후, 2007, 201쪽.

불과한 것으로 판명된다. 누구도 그 성장이 이루어지리라는 기대를 하지 않으며, 애초부터 그 꿈을 꾸어 온 것이 진정한 것이었는가도 의문에 부쳐지고 말, 그런 헛된 소망의 표명으로서의 칙릿. 세상은 온통 이해할 수 없는 일들로 가득차 있지만, 나의 욕망은 그것에 책임이 없다는, 이 결백의 수사학이 도래한 지금 여기의 시간은, 바야흐로 칙릿의 시대이다.

우리는 여전히 근대를 살아간다

1. 자연주의 2.0

근대성의 구조에 어떤 변화의 조짐이 보이고 있다거나, 이미 근대성이 파국에 이르렀다고 진단하는 주장들은 이제 상투적으로 느껴질 만큼 빈번하게 등장하고 있으며 이는 때로 근대문학의 위기나 종언으로 치환되어 선언되기도 한다. 근대성의 구조 변동을 어떻게 진단하고 어떻게 받아들일 것인가는 각자의 입장에 따라 다양하게 분기할 것이지만, 우리가 어떤 이행의 시대에 살고 있다는 감각들을 모두가 공유하고 있다는 것은 분명해 보인다. 그러나 이행이라는 말을 근대적 진화론의 관점에서 받아들이고 있는 우리의 무의식에 대해서는 한번쯤 점검해 볼 필요가 있을 것이다. 하나의 시대에서 다른 시대로 넘어가는 것이 필연적이라는 인식은 그러한 시간 구조가 직선적인 흐름 위에 있다는 전제로 필요로 한다. 그러나 우리가 하나의 시간에서 다른 시간으로 이행하고 있는 순간에 필요한 것은 때로 같은 사건들로부터 다른 시간성을 획득하는 것이라는 점을 기억할 필요가 있다. 가령 부르노 라투르의 권유를 따라서 동시대의 요소들을 직선이 아닌 나선형 위에 재구성한다면 어떨 것인가. 우리에게는 여전히 하나의 미래와 하나의 과거가 주어지지만 그 미래는 사방으로 확장하는 원형을 띠며 과거는 뛰어넘어야 하는 대상이 아닌 재고하고, 반복하고, 둘러싸서, 보호하고, 재조합하고, 재해석하고 다시 섞어야 하는 대상이 된다.[01] 나선 위의 다른 시간성 속에서 사유할 때, 우리는 여전히 근대 속에서 극복하려고 했고, 성취하려고 했던 많은 시도들이 회귀하여 우리 주변에 산재해 있다는 점을 발견하게 될 것이다. 그렇다면 반복되고 재조합되고 다시 돌아오는 증상들이란 어떤 것인가.

최근의 젊은 소설에 대한 인상적인 보고들에 따르면, 한국문학에 새롭게 등장한 작가들의 소설에 유난히 두드러진 특질로 들 수 있는 것은 이른바 간접 현실이 급증하는 경향이라고 할 수 있다. 젊은 작가들의 소설이 간접현실이나 비체험의 서사를 다루고 있으며, 이는 현실을 매개하지 않는 인공적 허구의 서사라는 점을 기억하는 것이 중요하다는 주장이나,[02] 현실을 반영하지 않는 젊은 소설들이 중첩시킨 허구의 회로를 통해 알레고리화의 여지를 차단함으로써 기존의 소설들과 결정적으로 분기되는 조짐을 보인다는 주장은[03] 최근 일이년 사이에 등장한 작가들의 소설을 꼼꼼히 읽고 분석한 결과이기에 신뢰가 가는 것이라 할 수 있다. 이른바 '체험없는 세대'의 글쓰기에 대한 논의라면 그다지 새로운 것은 아니겠지만, 이들의 진단은 그러한 경향이 압도적으로 증가하는 것이 오늘의 우리 소설의 주요한 국면이라는 점을 강조하고 있는 점에서 의미가 있다. 그러나 이러한 사태에 대해서 전혀 다른 방식으로 접근하는 것도 가능할 것이다. 묘사의 대상이 되는 현실이 간접현실이라거나, 이야기되는 서사가 현실을 반영하지 않는다거나 하는 설명이 근대성의 구조에 균

---

01 브루노 라투르, 『우리는 결코 근대인이었던 적이 없다』, 홍철기 역, 갈무리, 2009, 194쪽.

02 백지은, 「공감 의지2012-독자 시점의 소설들」, 『세계의 문학』, 2012, 가을호.

03 손정수, 「허구 속의 허구, 꿈속의 꿈-현실을 반영하지 않는 소설들」, 『현대문학』2012년 7월호.

열이나 변동이 발생한 결과가 아니라 오히려 그것의 기원에 자리잡고 있는 것이라면 어떨 것인가. 신이 사물들에 대해 아는 것이 그가 그 사물들을 창조했기 때문이라면, 우리가 사실들의 본질을 알고 있는 것은 우리가 완벽하게 통제되는 상황에서 그 사실들을 개발했기 때문이다.[04] 근대 과학의 실험실에서 관찰된 것이 선험적으로 존재하는 자연이 아니라 인위적으로 창출된 현상이라는 것, 사실들이란 실험실의 새로운 기자재들 안에서, 그리고 인위적인 중재자에 의해 구축된 것이라는 점을 이해한다면, 과학을 문학에 도입함으로써 근대의 합리성을 구현하려 했던 자연주의가 생생하게 묘사한 바로 그 현실이, 실은 작가에 의해 구축되고 인위적으로 창출된 어떤 대상이라는 점을 또한 이해할 수 있을 것이다.

과학혁명 이후의 근대 세계란 인간 주체와 상관없이 떨어져서 존재하는 물리적 대상의 세계라는 객체의 개념이 성립하게 되면서 객체 세계에 대한 과학-기술적 지배가 그 목표로서 추구되는 것이라는 설명을 떠올려 본다면,[05] 이제 우리는 오늘의 젊은 문학들에 등장한 대상으로서의 세계에 대해 말해야 하는 이유를 알게 될 것이다. 주체에 대응하는 객체의 존재, 자아에 대립하는 사물의 존재를 포착하는 것이 근대 과학주의의 영향을 받은 자연주의의 목표였으며, 거기에 자연을 객관적으로 이해 가능한 대상이며, 정복당하기 위한 재료로 파악하는 관점이 개입하고 있었다면, 각종 미디어의 영향을 받은 간접 현실들을 포착하여 그것으로부터 발생한 주체성의 모습을 진단하려 한다는 점에서 오늘날의 어떤 소설들은 자연주의로 나아간다. 주관을 절대화하여 객체 세계를 지배할 수 있다는 근대 자연주의의 관념은 자신의 체험의 영역에서 현실을 창출해

---

04 브루노 라투르, 앞의 책 61~62쪽.

05 장성만, 「개항기의 한국사회와 근대성의 형성」, 『모더니티란 무엇인가』, 1994, 266쪽.

낼 수 있다는 생각으로 이어지게 된다. 자연Nature이라고 했을 때의 그 자연이란, 자연스러움이나 무작위를 의미하는 자연이 아니라, 자연과학의 대상으로서의 자연이다. 그 자연은 때로 인공적이거나 허구적인 현실을 포함한다. 그렇기에 현실을 매개로 삼고 허구를 창작하는 것과 가상을 매개로 허구를 만들어 내는 일, 체험의 대상으로서의 현실이 직접적으로 경험한 현실인지 간접적 체험 혹은 가상 현실인지의 문제는 예상과는 달리 그리 큰 의미를 지니지 않는다. 소설이나 영화나 위키피디아의 정보들을 매개로 삼아 만들어낸 현실의 모습 또한 물리적 대상의 세계로서의 객체라는 점에서 주체의 대상으로 작동하게 된다는 것은 분명하다. 이 때 중요해지는 것은 그것이 실제 현실인지 가상 현실인지의 문제라기보다는 그 대상으로서의 현실들을 주체가 어떠한 방식으로 재현하고 묘사하는가의 문제일 것이다. 그러한 대상으로서의 현실을 다루는 방식에서 우리가 주목하고 싶은 것은 자연주의적 경향이다.

2. 결정론

인간과 사회의 모든 행위가 유전과 환경의 영향으로 이루어진다는 결정론은 자연주의의 첫 번째 강령과도 같다. 최근의 소설과 관련해서 자연주의적 결정론을 이야기하기로 한다면, 가장 먼저 거론되어야 할 작가는 박성원일 것이다. "여자가 간선도로를 빠져나온 시각은 오후 세 시 십구 분이었다."는 「하루」의 시작은 이후의 서사가 인물과 사건들을 시간의 그물망으로부터 빠져나갈 수 없게 결박할 것이라는 암시를 던져주고 있다. 시간의 비유가 근대과학의 기계론적 철학을 반영하는 자연주의와 관련이 많다는 것을 떠올린다면, 시간의 진행에 강박적으로 묶여 있는 「하루」의 서사가 근대의 기계론적 시간관을 반영하고 있다는 것을 이해할 수 있다. 여자는 은행의 마감 전에 일을 처리하기 위해 아기를 남겨 놓은 차를 불법 주차시키고, 곧 견인된 그 차량 속에서 아기가 사망하는 사건이 「하루」가 조명하고 있는 주요한 서사이다. 어쩌면 비극적인 그 '하루'의 시작은 좀더 먼 기원을 지니고 있는 듯하다. 여자는 늘 사업에 실패하던 '헐렁한 삶'을 살던 아버지의 기억을 떠올리며 "사춘기에 접어들면서 여자는 아버지가 던져준 헐렁한 삶에서 벗어나고 싶다는 생각을 했다."고 고백한다. 그것이 그녀를 연기에 몰두하도록 만들었고, 극장의 어둡고 아늑한 공간은 그녀의 차창의 선탠의 명도를 결정했다. 그러니, 자동차 안이 조금도 보이지 않았다고 다급하게 말하는 견인기사의 항변은 그녀의 아버지의 삶에 대한 질책으로 여겨지기도 한다.

> 여자는 눈을 감은 채 머릿속으로 초침 움직이는 소리를 따라했다. 째깍째깍, 째깍째깍. 그러자 어쩐 일인지 그 소리에 맞춰 춤추는 나비가 어둠 속에서 보였다. 견인기사 때문이야. 아니야, 진하게 코팅한 탓이야. 아니야, 은행 영업시간 탓이야. 아니야, 정체 탓이야. 아니야, 연극 탓이야. 아니야, 아버지 탓이야. 아니야 모르겠어. 여자는 눈을 감은 채 입술을 열어 조용히 째깍째깍 소리를 냈다.[06]

그녀는 자신의 아기가 죽은 이유를 인과론적으로 유추하다가 아버지의 '헐렁한 삶'에까지 거슬러 올라가지만, 그 원인을 누구의 탓으로 돌려야 할지 알지 못한다. 알 수 있는 것은 그녀가 시간의 그물에 사로잡혀 있

---

06 박성원, 「하루」, 『하루』 문학과지성사, 2012, 33쪽.

는 자유롭지 못한 존재라는 점이다. 그녀는 어둠 속에서 알 수 없는 편안함을 느끼는데, 그 어둠은 자아의 자기결정과 자유를 부정하고 유전과 환경 속에서 인간을 탐사하려는 자연주의가 그녀에게 부여한 것일 터이다.

인물들의 행위가 유기적으로 서로 연관을 맺고 있다는 생각은 결정론의 또다른 버전이다. "누군가의 하루를 이해한다면 그것은 세상을 모두 아는 것이다"라는 「하루」의 명제는 우리가 누군가의 하루를 이해하는 것이 불가능하다는 진실을 전달하고 있다. 그러므로 우리가 세상을 모두 아는 것 또한 불가능한 일일 것이다. 알 수 없는 세상의 이치 앞에서 사람들은 어떤 표정을 짓는가. "지구에 발을 붙이고 사는 지구인들은 지구의 운명을 그대로 닮았다. 그게 진화며 적응이고 인간들의 숙명이다." 그의 또 다른 작품인 「흔적」에 나오는 이러한 서술자의 목소리는 자연을 통제할 수도, 이해할 수도 없는 지구인의 운명을, 자신이 결코 완전하게 파악할 수 없는 별 위에서 살아가야 할 인간들의 운명에 대한 건조한 비가이다.

에밀 졸라는 그의 실험소설론에서 "소설가가 부도덕한 행위에 대해 분개한다거나 도덕에 매혹당하는 것은, 마치 화학자가 인간에 유해하다는 이유로 질소를 미워하고 반대의 이유로 산소를 찬양하는 것처럼 가소로운 일이다."라고 쓴 적이 있는데, 박성원의 소설 속에 등장하는 악한들에 대한 서술자의 태도에서 느낄 수 있는 것은 이렇듯 윤리를 넘어선 악에 대한 관찰자적인 묘사이다. 결코 이해할 수 없으며, 인간이 만들어낸 윤리와는 무관한 지점에서 벌어지는 인물들의 생을 조명하는 박성원의 소설쓰기는, 오늘날 우리 문학이 대면한 가장 강력한 자연주의의 산물이다.

3. 사물들

자연주의의 강령 속에서 결정론과 함께 그 토대를 이루고 있는 것은 물질의 법칙과 인간의 법칙이 별개의 것이 아니라는 관점이다. 최근의 소설들에서 사람의 이야기가 아니라 사물의 이야기가 주요한 화소로 등장하는 것은 이러한 점에서 흥미롭게 살필 수 있는 대목이다.

김희선의 「페르시아 양탄자 흥망사」는 한 양탄자와 관련된 이야기를 들려준다.[07] 페르시아 양탄자라고 불리는 헤라트 카펫의 이야기 속에는 그것이 생산된 이란의 호라산과 그것이 소비된 한국의 서울이라는 장소와 그 장소의 역사에 관련된 다양한 이야기가 동반되고 있다. 양탄자를 만든 사람의 외손자인 이란의 아부 알리 하산은 팔레비 왕조의 통치와 제1차 석유파동과 호메이니의 이란혁명과 이란 이라크 전쟁과 이란-콘트라 스캔들과 미국의 무역 봉쇄에 대해서 이야기한다. 그 양탄자가 최초로 놓여졌던 서울 시청의 세탁 담당자였다가 우여 곡절 끝에 양탄자를 소유하게 된 김선호는 1979년 12월과 1987년 6월과 1988년 겨울의 한국의 역사적 상황과 1997년의 외환위기에 대해서 이야기한다. 1977년 한국과 이란의 친선 외교로부터 시작되어 각기 다른 역사의 결로 전개되어 간 두 나라의 역사가 긴밀한 관련을 갖고 있다는 점은 오직 하나의 양탄자의 생산과 소비라는, 한 상품의 유통과정에 대한 추적을 통해 가능해진다.

그러나 정작 「페르시아 양탄자 흥망사」가 들려주고 싶어하는 것은 두 나라의 역사적 사실에 대한 이야기가 아니다. 아부 알리 하산의 어머니

---

07 김희선의 「페르시아 양탄자」에 대한 이하의 논의는 『젊은 소설 2013』(문학나무, 2013)에서 개진한 바 있다.

아이샤가 자신들의 카펫 사업에 호황을 가져온 제1차 석유 파동에 대해 "그 역사적 의의나 문제점 같은 것은 사실 그녀가 알고자 하지도 않았으며 알 필요도 없었"다고 말하고 있는 것처럼, 이야기의 서술자 또한 이란과 한국의 역사와 그것을 둘러싸고 있는 국제관계의 긴밀한 관련에 대해 크게 관심을 기울이고 있는 것은 아니다. 오히려 이야기는 페르시아 양탄자라는 한 사물의 내력에 집중함으로써 그것이 이동한 두 나라의 역사와 정치라는 맥락을 낯설게 만든다.

이쯤에서, 애초에 이 양탄자에 대한 이야기가 전개된 것이 김선호의 아들인 김영식의 의뢰에 의한 것이었음을 기억할 필요가 있을 것이다. 그는 아버지가 보관하고 있던 한 장의 페르시아 양탄자의 원본성에 대해서 의문을 갖게 되는데, 마침내 그것이 진짜인지 아닌지 도저히 알 길이 없어서 한 방송국에 취재를 의뢰하게 된 것이다. 이후로 소설의 서사가 들려주는 페르시아 양탄자의 흥망사는 흥미롭지만, 양탄자에 관련된 생산자 가족과 소유자 가족의 이야기와 그들이 속한 두 나라의 역사를 다듣고 난 이후에 확인할 수 있는 것은 어느 누구도 그 양탄자의 원본성을 증명할 수 없다는 점이다.

　　그러니 확실한 것은 아무것도 없습니다. 단 한 장의 헤라트 카펫을 가져갔다고 기록하고는 두 장의 카펫을 가져갈 수도 있고, 두 장의 카펫을 가져간 걸로 기록되어 있지만 알고 보면 한 장의 카펫을 가져갔던 걸 수도 있으니까요. 지나간 일들의 기록이라는 게 다 그런 거 아니겠습니까? 다만 이 카펫을 짠 사람이 누구든 간에, 정말 대단한 솜씨라는 것은 인정하고 싶습니다. 육안으로 봐선, 그리고 이렇게

만져봐서도, 나는 이게 진품인지 아닌지 알 수 없습니다.[08]

아부 알리 하산은 그것이 진품인지 아닌지 자신도 알 수 없을 뿐만 아니라 그것을 만들었던 외조부도 알아내지 못할 것이라고 말한다. 김선호는 그 말을 전해 듣고 그것이 진품이든 아니든 이제는 상관없는 일이라고 말한다. 그것이 진품이라는 확신은 오로지 이 이야기의 의뢰인인 김영식의 마음 속에만 존재하고 있다. 작품의 결말에서 서술자는 그 확인 불가능한 확신을 안은 채 걸어나가는 김영식의 쓸쓸한 뒷모습을 조명하고 있는데, 이는 역사의 의미와 사물의 진실이 사라져 가는 한 세계의 몰락을 지켜보는 것과 다르지 않다.

김희선의 소설은 신선하고 활달하게 이야기를 들려주지만, 그 소설의 서술자나 화자들은 결코 인물과 사물의 운명에 대한 책임을 떠맡으려 하지 않는다. 사람들의 관심과 역사의 과정으로부터 잊혀진 채 한 세탁소의 창고에 처박힐 운명에 놓인 페르시아 양탄자도, 세상에 맞서서 그것의 진실을 믿으려고 하는 김영식의 쓸쓸한 뒷모습도 그들을 위협하는 허구적이고 익명적인 삶의 위협 앞에서 정당한 방식으로 애도되지 않는다. 적어도 그것이 작가와 서술자의 몫은 아니라는 것이 김희선의 입장인 것으로 보인다. 이러한 입장들이 자연주의적 태도와 관련이 있다는 점을 언급하는 것은 췌언에 불과할 것이다.

김희선의 「페르시아 양탄자 이야기」가 사물 그 자체의 역사에 초점을 맞춘다면, 김언수의 「소파이야기」는 어떤 가죽소파와의 조우를 기록한다. 아내가 가출한 후 수면제로 겨우 잠이 든 화자에게 한 통의 전화

---

08 김희선, 「페르시아 양탄자」, 『작가세계』, 2012, 봄호.

가 걸려온다. 자신의 방에 옮겨 놓은 물소가죽 소파를 다시 제자리에 갖다 놓아야겠으니 그 일을 좀 도와달라는 친구의 전화였다. 처음에 버려진 소파를 보고 그것에 매혹당해 자신의 방으로 소파를 옮긴 친구는, 그 소파로 인해 자신의 삶이 조금씩 파괴되고 있다는 고백을 한다. 이후 소설의 서사는 '명동백작'으로 불리는 친구 '안'에 대한 이야기를 전달한다. 이십대 중반까지 세계 이곳 저곳을 열심히 돌아다녔던 안은 이십대 후반의 어느 순간부터 명동에 거처를 정하고, 명동 밖으로 한 걸음도 벗어나지 않는 삶을 살아가고 있다. 그는 "명동에서만 일을 하고, 명동에서만 잠을 자고, 명동에서만 밥을 먹고, 명동에서만 여자를 꼬시고, 명동에서만 섹스를 하는 삶"을 살기를 택한 것이다. 그러한 선택의 이유를 알지 못하는 친구들은 그가 늘 명동에 있기에 언제든 부담없이 그의 집을 찾아가서 편안한 휴식을 취하곤 한다. 그러나 소파를 집에 들여놓은 후, 안은 자신의 삶이 어떤 위기에 직면했음을 감지하게 된다.

> "항상 이런 근사한 소파를 가지고 싶었어. 어릴 때부터 늘 좁은 집에 살아서 한 번도 소파를 가져본 적이 없었거든. 봐봐. 이 소파, 굉장히 안락해 보이잖아. 누워서 텔레비전도 보고 낮잠도 자고 참 좋겠다 싶었어. 그런데 막상 방에 들여놓으니까 안락은 개뿔, 덩치만 산만해가지고 아무짝에도 쓸모가 없어. 처음에는 그냥 조금 불편하고 거슬리는 정도였는데, 슬슬 짜증이 나더니 나중에는 무서워지기 시작하는 거야. 나 이 소파 때문에 며칠 동안 잠도 못 잤어."[09]

자신을 안락하게 만들어 줄 것이라는 기대를 품게 했던 소파가 점점

---

09 김언수, 「소파 이야기」, 『문학동네』, 2012, 가을호.

불편해지고 결국에는 무서운 존재로 변하는 것은 그 소파가 안에게 있는 어떤 결여를 드러내는 실재로 기능하기 때문일 것이다. 이 감당할 수 없는 외상적 마주침은 주체의 텅 빈 공간들을 드러내 주는 효과로 나타난다. 이후 화자와 안은 "삶에 대해 더 이상 기대할 것도 없고 그래서 더 이상 불안할 것도 없는" 공허함을 자신들이 지니고 있음을 깨닫게 되는데, 그것은 자신들의 삶이 안락해 보이는 소파의 물성物性과 다르지 않다는 점을 알게 해준다. 집으로 돌아가 여전히 아내가 돌아오지 않았다는 사실을 확인한 화자가 자신의 소파에 누워 달콤한 잠에 빠져드는 결말은 이러한 점을 정확히 증명하고 있다. 사물이란 그 자체가 아닌 어떤 더 큰 실재를 드러내주는 대상이라는 인식은 자연주의가 낭만주의와 공유하고 있는 것이다. 그러나 초자연적이거나 초월적인 관념들의 영역으로 나아가는 낭만주의와 달리, 자연주의는 사물의 숨겨진 힘을 통해 인간에게 어떤 효력을 발휘하는 자연의 실재를 실험적으로 증명하려 한다. 이 실재로서의 자연이 출몰하고 있는 것이, 오늘날 한국문학의 현장이다.

4. 벌거벗은 얼굴들

부르주아 사회의 대두와 함께 나타난 신흥 부르주아들의 속악성과 사회와 인간의 어둡고 추악한 면면들을 폭로하는 것이 자연주의의 특징 중 하나였다면, 오늘날 한국 소설의 어떤 양상들은 정확하게 그러한 길을 밟고 있는 것으로 보인다. 동물의 하나인 인간은 자신이 던져진 세계를 완전히 이해할 수 없는 것과 마찬가지로 자신을 둘러싸고 있는 사회적이고 경제적인 환경을 이해할 수 없다. 특히 모든 것을 경제로 환원하는 신자유주의 사회에서 인간은 서로가 서로에게 늑대가 되어갈 수밖에 없다.

권여선의 「길모퉁이」는 오늘날 인간들이 놓인 이러한 조건을 잘 보여주고 있다. 채무자들에게 쫓겨 가명을 쓰며 독서실에서 살아가는 미용사인 나는 자신을 찾아온 오랜 친구인 상미의 방문을 받는다. 화자는 "우리가 고등학교 때부터 얼마나 친한 사이였는지, 그 후로 얼마나 많은 시간을 함께 보냈는지, 얼마나 많은 고민과 위로를 나누었는지 아무도 모를 것이다."라고 독백하는데, 이 진술에 나타난 '아무도 모를 것이다'라는 단정은 참으로 많은 의미를 지니고 있다. 모두가 서로에게 늑대인 세상에서, 그 중 어느 늑대들이 한때 어떠한 유대를 지니고 있던 존재였는가에 대해서는 당사자들 스스로도 기억하거나 믿기 어려울 것이기 때문이다. 그러므로, "오늘 밤만은 모든 걸 잊고 그때로 돌아가고 싶었다."라는 화자의 기원은 결코 성취될 수 없는 것이다.

소설의 이야기는 화자의 실수로 인해 친구인 상미와 그녀의 애인이었던 인찬에게 경제적인 피해가 발생했다는 점을 암시하고 있을 뿐 상세한 정보를 들려주지는 않는다. 다만 미용사인 화자가 미용실 유리창에 거꾸로 비치는 '올림머리, 신부화장, 예약'이라는 글자와 '녹은머리 탄머리 재생'이라는 글자 사이 존재하는 길모퉁이를 돌아 다시는 돌아올 수 없는, 재생될 수 없는 국면으로 접어들었다는 사실을 알려주고 있다.

내가 알지 못하는 사이에 빚은 계속 불어나겠지만 내가 명백히 느끼고 있는 것처럼 내 삶은 점점 줄어들 것이다. 나는 아무도 믿지 못하고 누구와도 사귀지 못할 것이다. 남은 내 삶은 고시원의 방보다 좁아지고, 내가 앉아 있는 이발관 앞 평상보다 좁아지고, 내가 겨

우 끌고 다니는 짐 꾸러미보다 작아지고, 마침내 지금 내가 들고 있
는 앙상한 닭의 목뼈 같은 롯드만 하게 줄어들 것이다. 그건 살아보
지 않아도 알 수 있는 일이다.[10]

자신의 삶이 점점 줄어들 것이라는 점을 살아보지 않아도 알 수 있다
는 화자의 독백으로 마무리되는 「길모퉁이」의 이야기는 전망이 부재하
는 삶을 살아가고 있는 비참한 인물들의 생을 조명하고 있다. 친구나 연
인과 같은 사회적 유대로부터 결연한 인물에게, 다가올 미래가 이미 결
정되어 있다는 이 자연주의적 시각의 단호함은 오래도록 이야기를 기억
하게 만들 것이다.

비참한 상황에 빠진 인물들의 벌거벗은 얼굴을 보여주는 현대의 자연
주의를 수행하고 있는 작가로 김이설의 이름을 빼놓을 수 없을 것이다.
이미 장편 『환영』을 통해 현실의 추악함을 생생하게 보여주면서, 한편으
로 80년 전 이 땅의 문학사에 자연주의의 이름을 등재한 단편 「감자」의
세계를 리로드한 바 있는 그녀는 여전히 그 자연주의의 기억을 우리 문
학의 장으로 다시 불러오기에 여념이 없다. 지난 가을에 발표한 단편 「흉
몽」은 그러한 전략적 글쓰기가 불러온 또 하나의 진경을 상연한다.

남편이 일자리를 잃고 돈을 빌려 시작한 자영업에도 실패하여 빚더
미에 앉은 채 가족이 뿔뿔이 흩어지는 이야기, 그리하여 홀로 바닷가의
모텔에서 방을 청소하는 일을 하는 여성화자의 이야기는 오늘날 자연주
의 서사의 기본 전제인 것으로 보인다. 화자는 아직 자신의 불행을 다 이
해하지 못한 듯, "언제쯤이면 세 식구 모두 같이 살 수 있을까"라고 되뇌
며 자신의 미래에 대해 한가닥 희망을 지니고 있는 것으로 보이지만, 그

---

10 권여선, 「길모퉁이」, 현대문학 2012, 9월호.

러나 소설의 서사가 그녀를 데리고 가는 곳은 더나은 전망이 보이지 않는 생의 막다른 골목이다. 그녀는 "어쩔 수 없다는 건 도망칠 데가 없다는 의미였고, 도망쳐서도 안 된다는 뜻이었다."라고 되뇔 만큼 자신이 처한 조건의 운명적 성격을 잘 이해하고 있다. 그러나 알 수 없는 이유로 말을 잃은 청년과 알 수 없는 돈을 들고 실성한 채 나타난 남편과 같은 그녀의 주변 환경은 어쩔 수도 없고 도망칠 수도 없는 막다른 장소를 더 비참하고 더 파국적인 상황으로 만들어간다.

> 남편과 서로 가방을 잡아당겼다. 가방끈이 팽팽해졌다. 손잡이의 실밥이 두두둑 뜯어졌다.
> "아아—악!"
> 남편이 괴성을 질렀다. 멈추지 않을 기색이었다. 나는 손을 놓았다. 뒤로 벌렁 넘어진 남편은 그래도 비명을 질렀다. 남편이 입을 다물 때까지 나는 손에 잡히는 대로 집어던졌다. 소주병과 재떨이, 주전자와 컵, 국물이 남은 컵라면 용기까지……, 남편은 온몸으로 다 맞아냈다. 남편의 턱 밑으로 라면국물이 뚝뚝 떨어졌다. 남편이 비실비실 웃기 시작했다. 남편이 미친 건지, 내가 미친 건지 알 수 없었다. 사위가 고요해질수록 남편의 웃음소리는 점점 더 커졌다. 나는 비틀거리며 방을 나섰다.[11]

주인집 남자에게 성폭행을 당할 위기에서 진흙범벅이 되어 돌아온 화자를 맞이한 남편과의 사이에서 벌어진 이 웃지 못할 돈가방 쟁탈전은 일체의 인간됨을 벗어나 짐승이나 야생의 삶을 향해가는 어떤 존재의 무

---

11 김이설, 「흥몽」, 실천문학 2012 가을호.

력한 생리를 생생하게 전달한다. 이를 자연주의적 전망이 아닌 다른 관점에서 이해하기란 불가능하다.

5. 근대적 삶의 작가들

김형중은 21세기 한국소설의 주요 경향을 '신경향파'적인 것으로 설명하면서, "그러나, 21세기에 귀환한 신경향파에게 부재하는 것, 그것은 바로 이와 같은 윤리적 동기와 사회학적 원인이다. 차라리 결정론과 운명론이 동기와 원인을 대신한다."[12]라고 쓴 적이 있다. 이제 우리는 21세기에 귀환한 이 낯설지 않은 '신경향;을 좀더 분명하게 지시할 이름을 알게 되었다. 윤리적 동기가 부재하는 악의 냉담한 묘사와 결정론으로 이루어진 세계를 대변하는 이름, 그것은 자연주의이다. 김억(金億)은 1921년 『개벽』에 발표한 「근대문예」라는 글에서 에밀 졸라의 실험소설론과 과학주의를 소개하면서, 그것이 낭만주의에 대한 안티테제로서, 현실의 추악성과 수성(獸性)의 묘사, 객관적 관찰과 실험 등의 경향을 지닌다고 설명하였다. 과연, 80여 년 전 근대문학의 선구자 김억의 소개대로 오늘날의 작가들 또한 그러한 경향을 충실하게 반복하고 있다.

어떤 정념의 세계도 드러내지 않는 인물들이 등장하는 객관주의의 차가운 서술, 유전과 환경의 영향 아래에서 신음하는, 미래가 이미 결정되어 있음을 너무도 잘 알고 있는 결정론의 세계, 사물과 다를 바 없어진 존재인 인간에 대해 어떠한 동정도 보여주지 않는 냉담한 관찰, 현실의 추악성 속에 짐승이 되어가는 존재들의 수성을 냉혹하게 드러내는 묘

---

12 김형중, 「돌아온 신경향파」, 『자음과모음』, 2010년 봄호.

사들이, 오늘날 한국소설을 통해 살펴본 자연주의의 모습이다. 그렇다면 오늘날의 젊은 작가들의 소설은 새로운 경향이 아니라 소설의 기원으로 다시 귀환하고 있는 것이라고 이해할 수도 있지 않겠는가. 우리는 여전히 근대의 한 가운데에서 살아가고 있거나, 어쩌면 근대의 입구에서 아직 서성이고 있는 것인지도 모른다.

박성원의 소설 속의 어떤 인물은 "모든 생물은 생존하기에 필요한 것만 진화시킨다. 그런데 소설이란 게 과연 인간이 생존하는 데 필요한 것인가"(「흔적」)라는 물음을 던진 적이 있다. 그 물음에 우리는 이제 이렇게 대답할 수 있지 않겠는가. 한국소설은 이제 겨우 이 냉혹한 자연의 생리를 이해하기 시작했다고, 그리하여 이 물리적 세계에 대한 탐사가 막 시작되었다고. 그러므로 이제 다시 자연주의의 시대가 도래한 것이라고. 이것은 참으로 흥미로운 역설이다.

제3부

우리 시대 소설의 진정성

진정성의 서사와 주체의 귀환

— 최윤론

1. 정체성의 경계들

최윤은 지금까지 모두 세 편의 장편소설을 발표하였다. 그 세 편의 장편은 모두 주체는 어떻게 주체로 구성되는가라는, 정체성의 구성과 그 경계에 대한 일관성 있는 질문을 담고 있다. 이를테면, 그의 첫 번째 장편인 『너는 더 이상 너가 아니다』[01]의 등장 인물 박철수는 낯선 사내로부터 아버지의 사망을 알리는 전화를 받고 아버지가 살던 도시로 가는데, 그 도시에서 그는 아버지의 죽음 혹은 실종을 둘러싼 문제와 그의 옛 애인이었던 나영희와 관련된 문제에 얽혀들게 된다. 그 두 가지 문제가 대변하고 있는 것은 한 인간의 정체성이란 어떻게 형성되는가라는 물음에 대한 응답이라고 할 만한 것들이다. 좀 더 자세히 살펴 보자.

『너는…』의 서두에서 주인공 박철수의 신원을 밝히는 서술이 한자의 표상을 선명하게 각인하며 보여주는 것처럼, 그는 '流嶺 朴氏 璟軒公波

---

01 최윤, 『너는 더 이상 너가 아니다』, 민음사, 1991. 이하 『너는…』으로 약칭하고 페이지 수만 표기함.

磨村 子孫'의 삼십칠대 손이다. 그는 어느 날 낯선 자로부터 전화를 받고 아버지가 살고 있는 도시로 가서 유령 박씨의 삼십육대 손인 아버지의 행적을 추적한다. 그의 아버지는 고가를 복원하는 일에 평생을 전력하여 재산을 탕진하고 삶을 파탄에 이르게 한 인물이다. 아버지가 구입하여 수리하려던 고가들은 "끊임없이 수리를 요구하고 한 곳을 고치면 다른 곳이 무너져 내리고", 그와 더불어 박철수의 가족도 해체되는 위기에 이른다. 그러나 그 가족의 해체는 이미 예고되어 있던 것이다. 박철수가 유령 박씨라는 것은 그의 정체성이 놓인 위치를 알려주는 알레고리와도 같다. 그는 '유령'을 선조로 삼고 있으므로, 족보에 의해서 그의 정체성을 파악하려는 것은 무망한 노력에 가깝다. 인간이 혈통 속에서 정체성의 기원을 발견하는 것은 유령을 선조로 삼는 것과도 같다는 것이 그 알레고리에 숨은 전언이다. 가족이나 출생의 기원을 넘어서 자아를 스스로 형성하겠다는 정체성의 기획은 여기에서 출발한다. 그러므로 아버지가 평생 동안 간직한 고가의 수리와 관련된 서류를 넘겨주면서 그가 "단! 마형과 내가 저 종이다발을 처음부터 끝까지 몽땅 다시 쓴다는 조건하에서!"(202쪽.)라고 말하고 있는 대목은 간과해서는 안 된다. 그것은 자신의 정체성을 아버지와 전통의 유산 속에서가 아니라 스스로의 구성을 통해서 발견해 내겠다는 의지의 표현이다.

박철수의 옛 애인인 나영희와 관련된 사건들도 정체성의 구성에 대한 문제를 다루고 있다. 그녀는 늘 "익명의 인파 속에 익사하는" 것을 좋아하는 존재이다. 그녀가 그녀의 고유한 이름을 불편하게 생각하고 익명의 인파가 쫓는 욕구에 순응하는 것을 추구하는 것은 그녀의 정체성이 놓인 위기를 대변한다. 그녀는 "익명의 얼굴 없는 다수가 몰리는 곳에서만 평화를 찾"고 "익명의 인파의 무수한 발길이 다져놓은 땅 위에서만 공고한 안정을 확인"(184쪽.)한다. 그녀는 대중의 욕망을 모방하기 위해서 물질에 대한 욕구로 자아를 대신하려 하고 소비의 욕망 속에 정주하는 삶을 산다. 그녀는 단순히 타인만이 아니라 그녀 자신으로부터 자신을 숨기는 좀 더 심오한 형태의 자기 소외에 놓여있다. 그녀가 '익명의 그, 익명의 그녀'로 화하길 원하였으므로, 그녀는 더 이상 자아를 만날 수 없는 존재가 된다. 그녀가 자아의 해체를 상징적으로 완성하기 위해서 금강석을 입에 넣고 분수대로 돌진하는 서사의 마지막 장면은 정체성의 위기와 그 파탄에 대한 상징적인 함의를 지닌다.

정체성이라는 용어는 항상 그것이 지시하는 대상과 그 대상이 표상하는 바의 관계에 대한 물음을 갖도록 만든다. 정신분석학을 비롯한 현대의 이론들이 밝혀낸 바에 따르면 주체가 자신을 자명하다고 느끼는 것은 어떠한 이미지나 이데올로기적 형상 속에 자신을 복속시킨 결과이다. 알튀세에 의하면 인간은 자아에 대해 앎으로써가 아니라 오히려 자아에 대한 상상적 오류 속에서 하나의 이데올로기에 의해 구축됨으로써 주체로 형성되는 것이다. 주체는 언제나 하나의 상징 질서 속에서, 어떤 이데올로기에 전적으로 종속되는 한에서만 주체로 존재한다. 그러므로 개인적인 것이든 집단적인 것이든, 관념이든 실체이든 간에 어떤 대상의 정체성을 탐구하려면 먼저 그것이 어떠한 방식으로 구성되었는가를 돌아보는 과정을 거쳐야 한다. 최윤의 작품은 낯선 형식의 강렬함과 상상적인 비전을 가지고 자아와 세계 간에 놓인 긴장을 탐구한다. 자아를 구성하는 정체성의 경계를 탐구하는 최윤의 글쓰기는 그의 다음 장편들에서 더욱 깊어지고 더욱 세련된 주제로 구성된다. 『겨울, 아틀란티스』[02]와 『마

---

02 최윤, 『겨울, 아틀란티스』, 문학동네, 1997. 이하 『겨울,…』로 약칭하고 페이지 수만 표기함.

네킹』[03]에는 내면의 상처를 지닌 인물들이 어떻게 그것을 이겨내고 자아를 되찾게 되는가의 서사가 하나의 흥미로운 소설론으로 펼쳐지고 있다.

2. 두 개의 산책, 글쓰기의 기원

제라르 주네트가 명시하고 있는 것처럼 모든 서술물이 하나 혹은 여러 가지의 사건을 다루는 언어의 산물이기 때문에, 문법적인 의미에서 '나는 걷는다'와 같은 하나의 동사를 발전시킨 형태로 볼 수 있다면, 『겨울, …』은 '한진영은(이학은) 걷는다'가 발전된 형태라고 볼 수 있다. 실제로 『겨울, …』에서 한진영과 이학이 행하는 산책은 서사와 담론의 양 측면에서 중요한 기능을 담당하고 있다. 그러나 그 두 사람이 거의 동시에 행하는 산책의 층위는 각기 상이하다. 『겨울, …』의 이야기를 파악하기 위해서는 그러므로 두 사람이 동시적으로 행하는 각각의 산책을 상이한 독법으로 뒤따라가는 것이 요구된다.

중년의 성악가 한진영은 매일 한 두 시간씩 거리를 걷는다. 그녀는 그 산책이 호흡연습을 위한 것이라고 말하지만, 실제로 그것은 잃어버린 자신의 자아를 회복하는 일과 관련이 있다. 그녀가 서울 외곽에 위치한 K산장에 머물며 하는 일은 오전의 산책과 오후의 독서, 두 가지로 요약될 수 있는데, 이 두 가지는 모두 그녀의 기억을 회복하기 위한 방편이 되고 있다. 그녀가 행하는 독서의 대상은 모두 장기영이라는 작가의 책이며, 그녀는 그의 책에 자신의 과거가 서술되어 있다고 믿는다. 그녀의 말에 따르면 장기영의 여섯 권의 장편 속에는 그녀가 그녀의 옛 애인인 고진

---

03 최윤, 『마네킹』, 열림원, 2003. 이하 페이지수만 표기.

과 경험한 사소하고 내밀한 사건들, 그래서 그들 외에는 아무도 알 수 없는 일들이 고스란히 나타나고 있다는 것이다.

한진영의 기억 속에 등장하는 고진이란 어떤 인물인가. 그녀의 증언에 따르면 그는 무명의 소설가였으며, 그녀와 만나던 이 년여에 걸친 기간동안 모든 것을 포기하는 운명적인 사랑을 나누다가 홀연히 사라진 인물이다. 서사상의 현재에 한진영이 묵고 있는 K산장은 과거에 고진과 그녀가 네 달 동안이나 사랑의 도피처로 삼았던 장소이며, 한진영이 매일 조금씩 경로를 바꿔 걷는 산책로는 이전에 그들이 걸었던 길들이다. 그러므로 그녀에게 산책과 독서는 등가적 행위이며, 그 산책-독서 행위의 내면에는 고진이라는 기억 속 인물의 흔적이 자리하고 있다. 한진영이 산책을 통해 그 흔적을 찾고자 하는 인물이 '고진'이라는 이름을 가졌다는 것은 작가 최윤이 즐겨 구사하는 언어유희의 일종이라고 생각된다. '고진'이란 이름을 길을 가는 사람, 즉 '行人'의 일본어식 발음(こうじん)으로 생각한다면, '行人'의 흔적을 확인하는 방법은 그의 뒤를 따라 걷는 길밖에 없을 것이기 때문이다.

고진의 흔적을 찾아가는 한진영의 이야기에서 중요한 것은, 그녀가 하나의 문학작품을 해석하는 방식이다. 그녀는 장기영의 작품에서 발견되는 그녀와 고진의 이야기에 밑줄을 그어가며 독서를 하고 있지만, '나는 사실은 이 책들을 읽고 있는 것은 아니에요'(151쪽.)라는 그녀의 말에서 알 수 있듯이 그녀에게 장기영의 작품은 별다른 의미를 지니지 못한다. 그녀의 독서 행위는 하나의 작품에서 의미를 생산하는 단 하나의 지점, 작품의 기원이 되는 단 하나의 이야기를 찾아가는 해석자의 태도를 드러낸다. 그녀에게 중요한 것은 장기영의 텍스트가 아니라 그의 작품에 의미를 부여하는 고진이라는 개인주체이다. 고진이란 작품의 단일한 주

체인 '個人'(こじん)이기도 한 것이다. 작품에 의미를 부여하는 단일한 '개인'으로서의 저자를 상정하는 것은 문학에 관한 근대적 신념과 관련이 있다. 그것은 데리다가 말한 바와 같이 책이 하나의 진리를 담고 있다는 것, 책에는 그 진리의 저자가 있으며, 저자의 자기 영혼과의 대화, 자기 진술의 가치에 의해서 책의 진위가 결정된다는 것, 그리고 책은 영혼을 모방한다는 신념들이다.

한진영의 산책-독서 행위가 단일한 주체를 상정하는 근대적 책의 관념에 바탕하고 있다는 점은 그녀가 읽는 세계라는 책의 기원이며 저자인 고진이라는 인물의 돌연한 실종이 그녀에게 스스로의 자아와 기억의 상실이라는 결과로 나타나게 되는 이유가 된다. 그녀의 산책은 그 기원의 장소, '모든 일이 일어난 장소'를 발견하기 위한 행위이다.

> 그보다도 더 불확실한 곳이예요. 모든 일이 일어난 장소, 그런데 무슨 일이 언제, 어떻게 일어났는지 아무 생각도 나지 않는…… 그곳이 어딘지 모르기 때문에 나머지 얘기들이 결국 자리를 찾지 못하고 흩어지는 거죠. 사람들은 흔히 멀리 있는 곳이라서 그렇다고 하지만, 어떻게 알아요, 그곳이 바로 내가 걷고 있는 이곳일지. (185쪽.)

한진영은 '기원에 대한 향수'를 통하여, 기원의 실존을 기억함으로써 자아의 순수성을 되찾으려 하는 근대적 주체이다. 그녀는 자신의 산책을 '내 몸이 기억하는 길'을 따라 걷는 것이라고 말한다. 그리고 그녀는 '몸이 기억하고' 있는 것을 스스로 명확하게 파악하기 위해서 자신의 산책-독서 행위를 수행하게 된다. 그녀는 이학이 한 달 가량의 미행 기간이 지난 후에 그녀에게 처음으로 말을 건네면서, 최모와의 계약을 파기하겠다는 뜻을 밝히자 매우 실망한 표정을 보인다. 그러한 그녀의 반응은 그녀가 자신의 산책의 동반자로서의 이학을 진정으로 필요로 하고 있다는 것을 의미하며, 그것은 또한 자신의 산책-독서 행위에 대한 독자로서 이학의 도움을 요구하고 있다는 것을 뜻한다. 이것은 한진영의 산책-독서행위가 '이야기꾸미기'의 형태로 전환될 것임을 암시하는 대목이다.

다른 사람들에게 '이야기'처럼 들리는 그녀의 이름이 암시하듯이, 이학은 이야기의 운명을 보여주는 인물이다. 최모와의 계약을 통해 이학에게 주어진 임무는 한진영의 뒤를 따라 걷는 것, 즉 한진영의 이야기를 들어주는 것이다. 그러나 그녀는 한진영의 좋은 독자가 되지 못한다. 산책의 충위에서 이학은 한진영의 뒤를 따라 걷는 것을 조금씩 게을리하기 시작하며, 독서의 충위에서 그녀는 처음부터 한진영의 이야기를 경청하지 않는다. 그녀는 한진영의 주장에 대한 반론으로 창작과 실제에 대해서, 작가의 경험과 그 소설적 변용에 대해서 나름대로의 의견을 전한다. 이학은 한진영의 주장을 전적으로 믿지는 못하면서도, 그녀의 요구에 따라 그녀가 밑줄을 그어가며 읽은 장기영의 여섯 권의 소설책을 읽어가기 시작한다.

장기영의 텍스트에서 이학이 발견하는 것은 현실과 허구, 창조와 모방이 뒤섞이는 경계선이다. 그리고 그 경계선에서 이학은 실재하는 것, 현실의 참모습들이 모래 위에 지어진 성곽처럼 공허하다고 느낀다. 텍스트의 진리를 보장해 주는 진짜 작가, 작품의 가치를 입증하는 의미의 기원으로서의 주체는 존재하지 않는다, 그것은 텍스트의 직물 속에서 쓰여진 것이다, 텍스트 너머에는 아무 것도 없다는 것이, 한진영과 장기영의 이야기를 읽는 이학의 해석인 것으로 보인다. 그리고 그것은 명백하게 해체론이 가르쳐 준 텍스트 읽기를 닮았다. 이학의 독서행위는 텍스트와 의미, 그리고 정체성을 만들어내는 의식을 지닌 자아에 대한 믿음이 주는 안정감의 토대를 의심하고 일관성 있고 자율적인 주체라는 개념을 심문한다.

이학의 명백하게 해체적인 텍스트 읽기는 한진영의 책읽기와 대척적인 지점에 놓이지만, 『겨울,…』의 서사에서 흥미로운 것은 이학의 텍스트 읽기가 한진영의 그것을 보충하고 꾸며주는 방식으로 그녀에게 영향을 미친다는 점이다. 이학은 한진영의 책읽기를 '그렇게라도 짓지 않으면 안 되는 기억의 성'(214쪽.)으로 이해한다. 그것은 존재하지 않는 과거를 존재하게 만드는 전략이며, 그것을 통해 현재의 자아를 구성하기 위한 근거를 마련하는 작업이다. 그래서 이학은 한진영에게 한진영 자신의 과거의 이야기를 들려준다. 그 이야기는 장기영의 텍스트 읽기의 과정에서 이학의 머리 속에 떠오른 문장들을 엮어 짜서 이루어낸 또 하나의 텍스트이다. 그리고 그 텍스트 속에서 이학과 그녀의 사라진 애인인 Z 사이에 일어난 일들이 각색되어, 한진영과 고진의 이야기 속으로 스며든다.

이학이 한진영을 위해 꾸며주는 그들의 이야기 속에 두 사람 각자의 연애가 섞여 들어가는 사실이 암시하듯이, 그녀들은 서로의 분신과도 같은 존재이다. 최모가 증언하듯이 실제로 그녀들의 외모는 쌍둥이처럼 닮았으며, 그녀들은 또한 동일한 상처와 기다림을 간직하고 있다. 그리고 그녀들은 서로의 이야기에 대한 독자들이고 그들 자신을 증명하기 위해 서로를 독자로서 필요로 한다. 자신에 대해 안다는 것은 해석하는 일이고, 자신에 대해 해석하는 것은 이야기 속에서, 그리고 여러 다른 기호와 상징들 속에서 특별한 매개를 발견함으로서 가능해지는 것이라면(리쾨르), 한진영은 자신의 자아를 발견하기 위해서 산책이라는 이야기하기의 행위를 수행하였고 이야기를 꾸며주는 이학의 도움을 필요로 했던 것이며, 이학은 한진영을 통해 글쓰기의 기원에 대한 탐색을 시작하게 된다.

이학이 이야기를 들려주던 밤의 산책길의 끝에서, 한진영은 이학이 만들어준 자신의 이야기를 만나기 위해, 잃어버린 고진을 만나기 위해 밤의 다리를 건너 홀로 걸어간다. 그로부터 며칠이 지난 어느 날 이학은 자신에게 일어난 일의 의미를 깨닫는다.

> 그녀가 그렇게 다리 저쪽으로 건너가 버린 그날 밤으로부터 충분히 멀어진 후에야 나는 내게 일어난 일의 크기를 알아차렸을 뿐이다. 아주 오랜 시간이 지나서도 가끔 마른 흐느낌을 만들면서 내 몸을 흔들 그런 아름다운 일이 내게 일어났던 것을. 아마도 한 작가의 작품이 한 개인에게 해줄 수 있는 가장 위대한 일이 바로 한진영에게 베풀어졌고, 한진영은 그 일의 중요성을 일깨워주기 위해서 내게 나타났다고 생각할 정도로. (226~227쪽.)

하나의 이야기가 한 개인에게 해줄 수 있는 가장 위대한 일, 그것은 자기 자신에 대해서 알도록 도와주는 일일 것이다. 잃어버린 기억을 꾸며주고, 상처를 해석하여주며, 모호한 기다림의 대상을 구체화시켜주는 것, 그것은 장기영의 작품을 통해서, 더불어 이학의 이야기를 통해서 한진영에게 주어졌던 것이다. 『겨울…』의 결말에서 한진영이 성악가로 재기하여 독창회를 갖는 장면이 보여주듯이, 이학의 '이야기꾸미기'는 한진영의 자아를 회복하게 해 주었으며, 그로 인해 한진영은 "질서와 일관성으로 가득찬 세상"(226쪽.) 속으로 걸어들어 갈 수 있었던 것이다.

한진영의 주체 구성담이 보여주는 것은 자아가 글쓰기의 효과라는 관점이다. 현대의 서사이론들이 증언하는 것처럼, 자아는 글쓰기에 선행하는 것이 아니라 오히려 글쓰기가 정체성의 서사적 형성을 탐색하고 문제화한다. 자아는 텍스트에 선행하지 않고 오히려 텍스트를 통해 자신의 기원을 요구하고 창출한다. 그러므로, 『겨울,…』에서 보다 흥미로운 것은 한진영의 자아 회복이 아니라 이학의 정체성의 기획이다. 이학은 한진영이 남겨 놓은 밑줄이 쳐진 문장들을 읽으며, 그 문장들의 전후에 존재하였을 다른 문장들을 상상하는 방식으로 독서를 수행해 간다. 그녀가 장기영의 책 속의 밑줄들을 옮겨 적는 행위는 근본적으로 부재하는 기원을 대리하고 보충하기 위한 행위라고 할 수 있다. 그것은, 그녀만의 글쓰기가 시작될 것임을 예고한다. '한진영은 걷는다'로 시작된 『겨울…』의 서사는, '이학은 작가가 되었다'라는 언표의 확장이라는 국면으로 전이되는 것이다.

『겨울…』의 서사를 '이학은 작가가 되었다'라는 언표를 확장한 것으로 이해할 수 있다면, 그리고 그것의 심층 주제를 이학의 자아구성담으로 이해한다면, 그것은 작품의 주체가 되는 저자, 동일성을 간직한 자아가 아니라, 무수한 기원 없는 욕망들의 흔적으로 남는 분열된 자아를 구성하는 글쓰기의 차원에서 파악되어야 할 것이다. 그것은 자기동일성을 확신하는 기억을 넘어서고, 현존과 부재의 대립을 넘어서는 전복적인 글쓰기의 시작을 알리는 표지이다. 기원이 부재하는 그 글쓰기는 무한한 텍스트의 연속성에 의해 대체되며, 따라서 텍스트의 의미는 항상 새롭게 생겨나고, 스스로로부터 거리를 취하게 된다. 텍스트의 유희에 의해 생산되는 진리가 이데올로기의 결과인 것처럼, 텍스트에서 생산되는 주체는 텍스트의 효과에 불과하다는 것이 이학이 최종적으로 하고 싶은 말인지도 모른다. 그녀는 글쓰기의 심연 속으로 독자들을 안내한다. 해저 깊은 곳으로 잠겨간 아틀란티스의 운명처럼, 작품의 주체와 글쓰기의 기원은 푸른 미궁 속으로 사라진다. 사라진 섬 아틀란티스에 대한 사람들의 원망처럼 글쓰기의 기원을 찾으려는 노력도 무망한 것에 지나지 않을지도 모른다. 그녀의 이야기는 존재하는 '글쓰기의 기원'에 대한 것이 아니라, 없는 기원을 찾아가는 글쓰기, 이야기의 기원을 발명하고 고안해내는, '기원의 글쓰기'의 시작이다. 불변하는 과거의 기억 속에서 진짜 자아를 만나는 것이 아니라, 글쓰기를 통해 자아의 창출을 추구하는 것, 그것은 루소가 창안했던 진정성의 기획과 다른 것이 아니다.

3. 진정성의 서사학

단일한 주체의 구성을 유도하는 사회적이고 문화적인 체계를 전복하려는 움직임은 정체성의 서사가 지닌 근본적인 자원의 하나이다. 그것은 주체의 이중성과 유한성에 대한 재현을 통해서만 가능해지는 위반의 양상이다. 그러나 자아가 텍스트의 효과에 불과하다는 인식은 자아를 구성하는 권력에 대한 전복이나 인간의 소외에 대한 적시를 넘어, 그 소외의 상태를 극복할 수 있는 정치적 자원을 제공하려는 기획과 만나야 한다. "우리가 가진 모든 것, 우리가 아는 모든 것, 우리 자신을 구성하는 모든 것을 파괴하려 위협하는 환경에 처한다는 것"(버먼)은 탈근대성이 제기하는 주제가 아니라 이미 근대성 자체에 내재한 인간생존의 조건이다. 주체에 대한 비판적 인식을 말하는 것과 동일한 바로 그 사실들이 주체성들과 비판적 사유를 그것들 자체의 구성이라는 새로운 과제로 향하도록 만든다. 그러므로 자아의 다른 모습인 유령의 상태를 벗어나서 어떤 형태로든 '자아'의 모습을 상상하는 것은 현대의 인간이 놓인 소외의 상태를 극복하려 하는 작가에게는 여전히 문제적인 주제가 된다. 자아를 인식하고 상상하는 작업은 또한 유령을 넘어서 인간 실존의 윤리를 기억하고자 하는 작가에게는 반드시 해결해야 하는 과제이기도 하다. 『마네킹』은 그러한 자아의 허구적 구성을 파국 없이 넘어서는 방식에 대한 하나의 서사를 제공하고 있는 것으로 보인다.

　『마네킹』의 서사가 조우한 위기의 정체성을 지닌 존재는 가족들의 생계를 책임지기 위해 어려서부터 광고모델로 활동하고 있는 지니라는 소녀이다. 그녀는 호적상의 이름을 잊고 '지니'라는 예명으로만 불려지고 있다. 자아의 이름으로 불리지 않는다는 점에서 알 수 있듯이 그녀는 타자가 부여하는 정체성 없이는 기호화되지 않는다. 그녀의 수입에 전적으로 의존해서 살아가는 가족들이 그녀의 실종 소식을 듣고 "지니가 자기의 이름으로 불린다는 것은 그애가 지니라는 이름이 통하지 않는 세상 어느 구석으로 사라져버렸다는 불길한 징조니까."(28쪽.)라고 말하는 장면은 그녀가 직면하고 있는 소외의 양상을 대변한다. 그것은 카프카적인 불길한 세계의 면모이다. '갑충'보다도 한층 더 인간의 영역을 벗어난 것으로 보이는 얼굴 없는 마네킹이라는 사물이 그녀의 자아를 상징한다는 점에서 보자면 그녀의 상황은 카프카보다 한층 더 불길한 것인 듯하다. 카프카의 소설에서 갑충으로 변신한 존재에게 그의 아버지가 사과를 던졌던 것처럼, 가족들은 한밤중에 지니의 목을 졸라서 그녀의 목소리를 상실하게 만들었다. 부재하는 존재와도 같은 그녀는 마네킹과 같은 '타자'의 영역으로 물러난다. 사실 그녀를 둘러싸고 있는 사람들 또한 고유한 이름으로 불리지 못한다는 점에서는 그녀와 다를 바 없이 주체를 상실한 존재들이다. 주로 바다생물들의 이름으로 불리는 그들의 호칭은 하나의 동일성을 지닌 인격의 표지가 아니라, 분열하는 무수한 욕망들의 삶을 지칭하는 기호이다.

　지니가 광고 모델로 이름을 알리면 알릴수록, 그녀의 실재하는 정체성은 거짓 위에 자리를 잡고, 비진정성 위에서 번창한다. '지니'라는 이름과 그것이 지시하는 삶의 모델은 궁극적으로 그녀 자신을 기만하고 파괴할 위험에 처하게 만든다. 그것은 규정된 사회적 역할에 맞게 그녀를 주조하고, 그녀의 자연적 개인성을 파괴하고, 그녀를 자신이 아닌 것이 되도록 강제한다. 한 사람이 그의 개인으로서의 자연적 정체성을 다시 얻을 수 있고 그의 진정한 자아가 될 수 있는 것은 그에게 주어진 사회적인 지위, 사람들이 그에게 기대하는 사회적 역할을 포기할 수 있을 때에야 비로소 가능해진다. 사람들이 체계 속에서 자기 자신으로 있을 수 없다면, 체계에 반하여 자기 자신이 되려고 노력하지 않으면 안 된다. 지니가 하루 여섯 시간씩의 긴 훈련과 무수한 반복 연습들, 그리고 장식과 의상을 실험해 보는 반복되는 시간들을 벗어나기로 결정하고 집을 나설 때 대면한 마네킹, 그것은 그녀가 벗어던진 '허구의 정체성' 바로 그것이다.

지니가 집을 떠나서 떠돌게 되면서부터, 그녀는 자신을 통제하는 세력에 반해서 자신의 내면의 삶을 사용하는 법을, 타자의 통제를 비정하게 넘어서서 내면의 삶을 사용하는 법을 배운다. 그녀는 자신에게 주어진 역할로부터 멀리 떨어져서 존재할 수 있는 곳에서 '살아 있는' 자신을 발견하고, 무언가를 원하고 있는 자신을 발견한다. 그녀가 자신을 알아갈수록 그녀는 자신의 인식을 위한 투쟁 속에서 생생하고 자연적인 원천을 발견하는데 그것은 춤이라는 육체성의 양식으로 다가온다. "그녀가 거의 잊고 있었던 어떤 상태를 되찾는 과정에서 그녀의 표정이나 걸음걸이, 몸짓과 안색에 이르기까지 모든 것이 조금씩 변모하기 시작"(116쪽.)하는 경험은 자아 발견의 시작을 알리는 '변신'의 양상이다. 그것은 오래도록 익혀온 몸의 규율에서 해방되어 자아의 육체성을 되찾아가는 과정을 적시한다. "가장 단순하고, 가장 깊은 희열 속에 모든 사건, 모든 기억이 하얗게 산화해 흔적도 없이 우주 저 멀리로 날아가버릴 때까지"(144 쪽.) 춤을 춘 그녀는 허구적 정체성이라는 어두운 성의 기억을 조용히 벗어나고 있다.

지니가 추는 춤은 그것을 지켜보는 사람들에게도 작은 변화를 만들어 낸다. 그녀의 춤을 본 사람들은 알 수 없는 슬픔을 느끼게 되고, "오래된 불순물이 몸 안에서 빠져나가고 난 다음의 개운해진 표정을 하고"(203 쪽.) 자리를 떠난다. 그리고 오래도록 그녀를 찾아다니던 솔배감팽은 그녀를 발견하고 그녀의 춤을 본 후 "나는 다른 사람이 되었다."라는 고백을 한다. 『마네킹』에서 어떤 형태로든 자아를 발견하는 인물은 지니 외에도 여럿이지만, 솔배감팽의 자아구성담은 특히 인상적이다. 바다 속의 세계를 탐색하는 스쿠버 다이빙 동호회의 회원인 그에게 바닷속의 세상은 "절대적인 평화, 마치 육체가 완벽히 투명해지는 듯한 상태"(18쪽.)를 안겨주는 경험이다. 바다란 모든 것이 흘러들면서 나누어지지 않고 구별되지 않는, 항상 자기 그대로인 정체성의 상징이 아닌가. 그 바닷속 세상에서 솔배감팽은 지니를 만나게 된다. "바다색과 거의 구별이 되지 않을 정도의 얇은 청색 천으로 된 슈트를 입고 여자는 아기가 어머니의 자궁 속에서 그렇듯이 몸을 구부리고 우리를 향해 내려오고 있었다."(21 쪽.)라고 그가 묘사하는 지니와의 첫 만남은 그에게 갑작스러운 절대성의 출현, 세계와 융합된 자아의 환상이라는 에피퍼니를 제공한다. "D도 나도 우리가 그날, 그 순간 세상에서 가장 눈부신 것을 보았음을 알아차렸다."(48쪽.)라는 말에서 알 수 있듯이, 특히 미적인 것이 제공하는 초월에 대한 감각은 그러한 '자아'와의 만남을 가능하게 해 주는 특별한 경험으로 작동한다. 지니는 미적인 세계로의 여행에 사람들을 강제로 인도하는 불가사의한 사신과도 같은 존재이다.

지니가 춤의 형식과 사랑의 경험을 통해 자아에 대한 감각을 회복하고 자연의 정체성으로 돌아가는 죽음을 맞이할 때, 그녀의 소멸을 묘사하는 다음과 같은 구절은 그녀가 발견한 정체성이 고정되고 단일한 정체성을 의미하지 않는다는 것을 알려주고 있다.

> 바람은 가끔 생명의 자연스런 부패에서 그녀를 보호하려는 듯 건조하게 불어와 주위를 배회하고, 자라기를 멈춘 채 풍성하게 펼쳐진 머리카락을 날리게 하며, 강인하게 굳어진 그녀의 몸의 이곳저곳을 실로폰처럼 두드리다가, 마침내 그녀가 단단한 세계에서 유연한 세계로, 형체에서 추상으로, 유채색에서 무채색으로 그렇게 멀리, 마침내 액체나 기체 혹은 그 어느 것도 아닌 무형으로 세상 깊이 스며드는 일을 돕는다. (278~279쪽.)

그것은 더 이상 자신의 '이상적' 자아, 즉 문화적으로 형성된 에고와 일치하지 않는 정체성의 탄생을, 단단한 것을 모두 허공 중에 날려 버리고 유연함을 획득한 정체성의 탄생을 증언하고 있다. 삶에서 자신을 단단하게 고정시켜 주체화할 수 없으며, 형체를 갖는 것이 거울 이미지의 심연으로 빠져드는 것을 의미한다면, 분명하게 완성된 정체가 아니라, 고정된 본질의 구체화가 아니라, 지속적이고 활동적이며 종결 없는, 무한한 성장을 담은 정체를 상상하는 것이 하나의 유력한 대안이 될 수 있다. 그것은 주체의 곤경을 증언하는 모더니즘이 이미 우리에게 가르쳐준 약속이기도 하다.

그러나 『마네킹』의 서사가 증언하는 정체성 확인의 도정에 대한 서술은, 그 도정의 각 단계에 대한 묘사에는 충실하지만 그러한 단계로 자아가 나아가는 계기를 알려주는 데는 허술한 측면이 많다. 이를테면 지니가 집을 나서게 되는 계기로 제시되는 것은 "아주 오래 전부터 새벽에 집 문을 나서는 자신의 영상"이 매일 그녀의 머릿속을 스쳤다는 정보이지만, 지니는 그것을 소급적으로 확인하고 있을 뿐이어서 그것이 그녀의 자아구성을 향한 열망이 되었다고 보기는 어렵다. 또한 지니에게 "세상에서 가장 눈부신" 존재라는 지위를 부여하는 것은 그녀의 자아구성담이 인격의 범위를 넘어서 신성으로까지 나아감을 암시하는 것으로 보인다. 위에 인용한 동일한 구절이 소설의 첫 대목에서는 "마침내 세상에서 멀어지는 것을 돕는다."(16쪽.)라고 변주되어 제시되었던 것은 『마네킹』의 서사가 처한 곤경에 대한 예시는 아닐까. 절대성이나 신성으로의 초월을 암시하는 그 서사는 허구적인 정체성을 넘어서기 위해 공들여 획득한 자아의 육체성과 인물의 인격까지도 초월해 버릴 위험 또한 안고 있다.

4. 주체의 귀환

대중매체와 상품으로 넘쳐나는 도시에서의 생존은 욕망과 감각의 확대를 가져왔지만, 동시에 그것은 더 심원한 인간의 소외를 불러오기도 하였다. 도시의 삶은 자아를 자아가 아닌 다른 것으로 만들고 그 허구의 정체성을 욕망하고 소비하라고 유혹한다. 그러므로 자아에게 이 세계가 얼마나 억압적이고 얼마나 심원하게 낯선가를 인식하는 것은 그러한 도시의 유혹에 저항하기 위한 출발지가 된다. 자아가 본래의 자아로부터 얼마나 멀리 벗어나 있는지를 알아차리는 것은 진정성을 향한 탐색의 원천을 제공한다. 자신을 문화적으로 형성된 것으로 여기고 자아를 낯설게 체험하는 것은 더 넓은 우주적 질서 속에서 그 자신과 진실하게 접촉할 수 있는 가능성을 예시하는 역설을 안고 있기도 하다. 그것은 근대와 탈근대의 접경지대에서 여전히 유효한, 모더니티의 역설이다. 루소의 고전적인 언급처럼, 진정성과의 대면은 "사람들의 다수가 그들 자신과 매우 다르고, 종종 그들 자신을 다른 사람 속으로 변형하는 것으로 보이는" 세계에 필수적인 경험이다.

최윤 소설의 인물들은 모두 도시에서의 삶을 통해 정체성의 위기를 맞는 경험을 한다. 『너는…』에 등장하는 유령의 후손인 박철수는 자아가 해체되는 위기에 놓이고, 『겨울…』의 한진영은 자아를 상실한 채 유령과도 다를 바 없는 고진의 흔적을 끊임 없이 추적하고 있으며, 『마네킹』의 지니는 유령과도 같은 목 없는 마네킹이 되기를 끊임없이 요구받고 있다. 그 인물들은 또한 자신을 대체할 수 있는 또 다른 자아의 앞에서 자신을 증명해야 하는 위기에 빠진다. 『너는…』의 나영희와 나영화는 쌍둥이 자매이고, 『겨울…』의 이학은 젊은 날의 한진영을 빼닮았으며, 『마네킹』의 불가사리 또한 지니를 대체할 정도로 닮아 있다. 자신을 닮은 그 존재들은 자아라는 친밀한 것의 이면에 있는 두렵고 낯선 타자를 대면할 것을 요구하고 있다. '자아'가 지닌 이중성에 대한 인식은 결국 스스로의 주체적 위치가 갖는 허위성을 일깨우게 된다. 거울과도 같은 타자와 대면한 자아는 언제나 긴장을 내재하고 있으며 따라서 자아는 결코 통일된 정체성 속에 안주할 수 없고 자아와 타자와의 순수히 상상적인 균형은 항상 근본적인 불안정의 표식을 지니고 있다. 주체란 실체가 자신을 '이질적인' 어떤 것으로서 지각하는 공허한 자리를 가리키는 이름인 것이다. 그들은 자신을 닮은, 또 다른 자아인 유령과 조우하고 있다.

유령과 조우하는 것은 주체성의 위기를 직시하고 자아의 이미지를 스스로 창조해 내야할 사명을 주체들에게 부여한다. 인간의 현전에 대한 기억이고 인간이 경험하는 주체성의 역사에 대한 기억인 유령을 반추하는 것은 자아의 이미지를 구축하려는 자에게 주어진 소명이다. 주체성의 위기를 기억하는 것은 위기의 바깥이 아니라 그 위기의 내부에 새로운 주체성의 자유로운 공간을 구축할 것을 요구한다. 최윤의 장편들은 자아의 다른 모습인 유령의 상태를 벗어나서 어떤 형태로든 '자아'의 모습을 인식하고 상상함으로써 현대의 인간이 놓인 소외의 상태를 극복하려는 노력을 보여준다. 그것이 최윤의 소설이 보여주는 진정성의 정치학이다. 특히 진정성과의 만남을 가능하게 만들어준다는 점에서, 『마네킹』에 등장하는 지니의 존재는 최윤의 문학에서 특별한 지위를 부여받는다. 물신의 형식 속에 자신의 자아를 상실한 존재였다는 점에서 그녀는 『너는…』의 나영희의 또다른 자아라 할 수 있다. 그러한 지니가 육체성의 양식을 통해 자신의 정체를 회복하면서 한 소녀를 만나는 장면은 주목할 필요가 있다. 그 소녀는 "무수한 사람들이 그랬듯이 흔적도 없이 사라져 장례도 치르지 못한"(213쪽.) 도시에서 아버지와 오빠를 잃어버린, 「저기 소리 없이 한 점 꽃잎이 지고」의 바로 그 '소녀'이기 때문이다.

> 그녀는 소녀의 상체를 들어 자신의 무릎 위에 눕혔다. 그리고는 소녀의 입에 자신의 입을 대고 그녀에게 오려고 죽음을 무릅쓰는 힘을 얻기 위해 소녀가 삼켰을 것이 분명한, 쓰라리고 독한 냄새의 액체를 빨아들였다. 그녀는 소녀에게 필요한, 소녀가 아마도 태어나서 한 번도 받아본 적이 없는 그런 입맞춤을 주는 자세로 여러 번에 걸쳐 아직은 소녀의 몸 안에 스며들지 못한 채 겉돌던 액체를 거두어주는 데 그녀의 힘을 모았다. (263쪽.)

자신의 데뷔작이었던 작품에 등장했던 바로 그 소녀가 죽음을 무릅

쓰고 지니의 동굴을 찾아오고, 지니가 소녀를 안아주는 위의 장면은 최윤이 자아를 상실하고 떠도는 자신의 소설 속의 인물들을 위로하기 위해 마련한 제의와도 같다. 그 장면을 통해서 『너는…』의 나영희와 「꽃잎」의 소녀는 구원을 얻는다. 아니 그들뿐만이 아니다. 『마네킹』의 다른 인물들도, 『겨울,…』의 한진영도, 그러한 기획을 통해 경계 속으로 희미하게 어른거리던 자아와 조우하는 경이로운 체험을 하게 된다. 그 체험은 각각의 인물들에게 현재의 자아를 부정하고 넘어설 수 있는 힘을 줄 수 있을 것이다. 최윤은 자아에게 현대 세계가 얼마나 억압적이고, 얼마나 심원하게 낯선가를 보여주었다. 그의 소설들은 또한 유령을 넘어서 인간 실존의 윤리를 기억하고자 하는 소명에 대한 응답이기도 하다. 최윤의 장편들과 더불어 위기의 현재를 사는 주체들은 귀환하고 있다.

미니마 파밀리아

— 이혜경론

1. 가족의 기원

『길 위의 집』에서 아버지 길중 씨에게 매맞는 어머니를 보며 자란 둘째 아들 윤기는 대학에 가서 비로소 깨닫는다. "가족이라는 단어의 어원이 라틴어 파밀리아이며, 파밀리아는 한 사람에게 속한 노예 전체를 뜻한다는 걸. 길중 씨야말로 이 어원에 충실한 가장이었고, 윤기는 유일하게 반기를 든 노예였다."는 것을.[01] 가족을 가장과 그에 속한 노예로 구분하고 이에 반기를 들기로 한 윤기의 자각은 매우 인상적이다. 애초에 가족이란 것이 한 가장이 거느리는 노예들을 지칭하는 이름이었다면, 그러한 가족을 중심으로 이루어지는 서사가 가족이라는 공동체에 대해 부정적일 수밖에 없다는 것은 자명한 이치일 것이다. 이혜경의 소설에서 가족의 위상이 그토록 큰 위치를 차지하면서도 늘 부정적으로 묘사되고 있는 것은 그런 이유에서이다. 그 서사는 가장에 대한 노예들의 반응이라는 구도를 기본적으로 지니고 있지만, 가족이라는 공동체로 인해 발생하

---

01 이혜경, 『길 위의 집』, 민음사, 1995, 62쪽.

는 모든 갈등과 불신들을 깊이 파고들고 넓게 조명하고 있다.

가족이란 어원을 좀더 자세히 살펴보자. 고대 로마의 문헌에서 발견되는 파밀리아라는 용어는 원래 가장 및 그에게 복속하는 인간과 재산을 포함하는 것이었으며, 이 구성원 속에는 자유인만 아니라 노예 또한 포함되는 것이었다. 가족은 모두 가장의 권위에 복속하는 가부장제를 이루었으며, 출생과 같은 자연법에 의해서만이 아니라, 결혼이나 양자, 노예매입 등의 실정법에 의해서도 파밀리아는 발생하였다.[02] 이런 설명은 노예만이 아니라 자유인인 가족 구성원조차도 애초부터 가장에게 복속된 존재였다는 점, 가족의 전재산이 모두 가장의 것이라는 점, 그리고 결혼과 양자, 노예매매 등의 가족 구성원의 변화에 관여하는 절대 권력이 또한 가장이라는 것을 알려주고 있으며, 그러기에 가족을 다루는 소설들이 이러한 모든 관계들을 조명하고 그 양상을 묘파하여야 한다는 점을 일깨워 준다.

파밀리아가 가장권을 지배원리로 하여 자유인과 노예의 이중구조로 구성된 집단이었던 것은 이혜경의 소설에 나타난 가족의 기원에 대해서, 그리고 그 서사가 가족을 다루는 방식에 대해서 알려주는 바가 많다. 그러나 가족이 지닌 가부장제의 속성을 비판하는 서사라면 너무나도 익숙한 것이어서, 이혜경의 작품들이 그토록 가족에 대해 집착하고 있는 이유를 설명하기는 어렵다. 가족의 문제는 실로 주인과 노예의 투쟁을 낳고 있으나, 사람들의 마음 속에 자리잡고 있는 가족의 정당성과 자명성에 대한 본능적인 확신은 그 모든 투쟁과 갈등을 넘어 연면히 지속되는 심성을 이룬다. 진화심리학은 사람들의 마음 속에 깊이 자리한 혈연의

---

02 차영길, 『억눌린 자의 역사』, 법문사, 2006, 67~68쪽.

감정이 어떻게 사회를 구성하였으며, 어떤 방식으로 그 사회구성체 내부에 존재하는 모순의 중핵으로 자리잡고 있는가를 설명하고 있다.

> 수천 년 동안 혈연 감정은 대규모 사회들을 만들어 왔다. 부모애는 선물과 상속을 통해 여러 세대를 관통할 수 있다. 부모애는 정치학의 근본 모순-어떤 사회도 동시에 공정하고, 자유롭고, 평등할 수 없다-을 낳는다. 공정한 사회에서는 열심히 일하는 사람들이 많은 재산을 모은다. 자유로운 사회에서는 자신의 재산을 자식들에게 준다. 그렇다면 그 사회는 평등할 수가 없다. 스스로 벌지 않은 부를 상속받는 사람들이 존재하기 때문이다. 가족은 파괴적인 조직이라는 것이 이 혈연유대가 낳은 놀라운 결론이다. 이는 교회와 국가는 언제나 일관되게 가족을 지지해 왔다고 보는 우익의 견해와, 가족이란 여성을 억압하고 계급 연대를 약화시키고 온순한 소비자를 양산하는 부르주아적이고 가부장적인 제도라고 보는 좌익의 견해에 정면으로 대립한다.[03]

진화심리학의 연구에 따르면 많은 정치적 종교적 운동들이 가족을 말살하려고 하였는데, 그것은 그 공동체들이 때로 가족을 견제해야 할 필요성을 깨달았기 때문이었다. 가족은 개인의 충성심을 놓고 경쟁을 벌이는 적대적인 연합체일 뿐만 아니라, 혈연에 기반한 애정이 타인에 대한 애정보다 크다는 점에서 불공평한 이점을 누리는 경쟁자였다. 가족이 가부장제의 권력에 기반하고 있으며, 가족주의가 야만일 뿐이라고 외치는 모든 목소리보다 혈연에 대한 본성으로 이루어진 가족의 유대는 더 오래 살아남는다. 인간의 본성이 유전적으로 이미 결정되어 있다는 진화

---

03 스티븐 핑커, 김한영 역, 『마음은 어떻게 작동하는가』, 동녘사이언스, 2007, 675~676쪽.

심리학의 근본전제를 불편해 하는 사람이라고 하더라도, 혈연으로 이루어진 가족의 유대에 의해 발생하는 인간의 문제가 매우 뿌리깊다는 사실에 둔감하기는 어렵다. 『길 위의 집』의 은용이 자신의 남자 형제들을 향하여 '개새끼들아!'라고 외치고 나서 오랜 시절이 지나고 난 후, 또다른 소설의 한 주인공은 이렇게 탄식한다. "내 새끼와 남의 새끼를 구분하는, 내 핏줄과 남의 핏줄을 구분하는 것, 그게 목숨이구나. 그러나 정녕 그것밖에 안되는 걸까."[04] 이혜경의 소설은 가족을 둘러싸고 있는 이 인간본성의 문제에 대한 심원한 성찰을 오래도록 수행하여 왔다. 한 줌의 가족에 대한 성찰을 벗어나지 않으면서 거기에서 인간의 근원적인 존재에 대한 물음을 묻고 있는 이혜경 소설의 면모를 좀더 살펴보자.

2. 동정의 사회학

가족이 해체되어 가는 모습을 직시한 것이 90년대 이후 한국 소설의 한 경향이었다면 이혜경의 장편 『길 위의 집』이 그 주요한 흐름을 이끌었다는 것은 다시 한 번 기억될 필요가 있다. 이 소설에는 가부장제의 화신과도 같은 존재인 길중 씨가 등장한다. 그가 지닌 가부장의 권력은 "민들레 홀씨처럼 홀홀단신으로 와서 터잡은 자부심"(40쪽.)으로 인한 것이기에 배경이 되는 시대적 분위기와 연계하여 강한 상징성을 지니게 된다. 무능한 부모로 인하여 열 세 살부터 가장의 책무를 짊어져야 했던 그의 신산한 삶을 위무하는 것은 자식들에게 제 일을 찾아주고 새 집을 지어서 말년을 보내리라는 기대이다. 작품은 길중 씨의 자부심으로 일군

---

04 이혜경, 「피아간」, 『틈새』, 창비, 2006, 151쪽.

가정이 뿌리채 흔들리는 위기에 직면하여, 그가 가슴 깊은 곳에서 우러나는 절절한 회한으로 지나간 시절을 돌아보는 이야기로 결말을 맞는다.

　소설은 길중 씨 부부와 그의 자녀들의 일화를 번갈아 이야기하면서 전개된다. 아버지 길중 씨와 그로부터 폭행을 당하며 가족을 돌보는 어머니, 아버지로부터 이어받은 가장의 자리와 무거운 짐과 같은 형제들을 보살필 장자의 의무를 부담스러워 하는 효기, 어머니에게 일상적으로 폭력을 행사하는 아버지에게 어려서부터 근본적인 반감을 숨기지 않던 윤기, 서사에서 거의 비중을 차지하고 있지 못하지만, 자신의 몫을 누구보다 먼저 챙겨서 가족의 짐으로부터 자유로운 정기, 가부장제의 모순적인 구조가 상징하고 있는 시대와의 불화를 누구보다도 전면에서 체험하고 있는 인기, 그리고 이 네 형제들을 감싸면서 그 불화의 가장 큰 피해자인 어머니에 대한 돌봄을 잊지 않는 은용이 『길 위의 집』을 구성하고 있는 가족 구성원들이다. 이 가족에 대한 이야기를 수행하는 화자로 은용이 선택되었다는 것은 작가가 들려주는 가족 이야기의 향방에 대해 암시하는 바가 많다. 그러나 은용이 전달하는 길중 씨와 그의 아들들의 이야기가 가부장제와 그를 전수한 남성들의 폭력적 세계를 고발하는데 주력하고 있다는 생각은 단견이다. 은용의 생활이 "가부장제의 해악을 입증하는 체험들을 포함하면서 아울러 가족 해체의 현실과 상충되는 가치들을 표현한다는 점에 주의해야 한다."[05]는 지적을 떠올린다면, 이 작품을 가부장제에 대한 전면적인 비판으로만 읽는 방식이 더 이상 유효하지 않다는 것을 깨닫게 된다.

　무엇보다도 은용이 들려주고 있는 가족 이야기에서 눈에 띄는 것은

---

05 황종연, 「여성소설과 전설의 우물」, 『비루한 것의 카니발』, 문학동네, 2001, 77쪽.

서사의 흐름을 벗어나서 일기의 형식으로 독백과도 같이 전달되는 그녀의 일상에 대한 시선이다. 은용의 생물학적 나이가 성인에 이름과 동시에 등장한 그 목소리의 역할은 더욱 커져서 그녀의 내면을 조명해주는 주요한 장치가 되고 있다. 가부장제적인 가족의 현실을 견디는 일상의 감각을 드러내기 위해 채택된 이 독백의 서술은 아버지라는 대타자의 권위 속에서도 개인의 선택지와 내면의 영역이 자리하고 있다는 것을 독자들에게 들려주는 효과를 갖는다. 그 중 한 대목을 보자.

> 저녁, 설거지를 하면서 부엌 창으로 산을 보다가 마음을 바꿨다. 조그만 묏등 밑에 눕는 게 낫겠다. 오갈 데 없는 사람들, 마음 붙일 곳 없는 사람들이 걸어가다가, 묏등 쓰다듬으며 제 설움 부려놓고 가게.
> 은용아, 너 지금, 서러운 거니? 뭐가? (『길 위의 집』, 90쪽.)

인용한 부분을 읽으면, 은용이 자신이 놓인 가족의 현실 속에서도 사람 사이의 관계를 생각하고, 마음 붙일 곳 없는 사람들, 자신보다 더 불행한 사람들에 대한 동정을 인간의 조건에 대한 윤리적 의식으로 전환하여 이어가고 있다는 느낌을 받게 된다. 또한 이런 대목에서 들려오는 음성이 『길 위의 집』에서의 은용의 목소리만이 아니라, 이후 다른 작품들에서 살피게 될 작가의 목소리와 겹친다는 것을 짐작할 수 있다. 따라서, 은용과 작가 이혜경이 겹의 목소리로 들려주는 가족 비판이란 언제나 사람들의 올바른 삶의 양식에 대한 탐색과 불행에 놓인 이에 대한 이해를 동반한 것임을 이해하게 된다. 그리고 그 시선은 가족이 지니는 가치에 대한 긍정 이상으로 가족을 넘어선 인간관계들에게까지 그 고유한 가치들이 자리잡기를 바라는 지점까지 멀리 나아가 이혜경 소설에 특유한 동정의 사회학을 이루게 된다.

3. 뿌리 깊은 나무들

『길 위의 집』에서 둘째 아들 윤기의 기억 속에 각인된 아버지의 인상은 "밥이 질다고, 국이 짜다고, 아이들 교육을 잘못 시켰다고"(62쪽.) 길중 씨에게 두드려 맞던 어머니의 모습을 통해 각인된 가부장의 모습이다. 그러나 작품의 서술자가 들려주는 길중 씨의 면모 속에는 그것과는 무척이나 다른 인상 또한 담겨 있다.

> 한글도 뜨덤거리며 읽는 공장 일꾼들을 대하는 길중 씨의 마음에는 그런 게 깔려 있다. 그래, 니들은 부모 잘못 만나고 배운 거 없어서 지금 고생하지만, 어떻게 어떻게 일어나 보란 듯이 좀 살아 봐라. 때로는 아들에게보다 더 마음이 쏠리는 것은 그들에게서 길중 씨 자신을 보기 때문일 것이다. 그런 만큼, 아들에게는 상대적으로 엄격해지기 마련이었다. (『길 위의 집』, 44쪽.)

길중 씨의 공장의 일꾼들에게서 천애고아와도 같던 자신의 젊은 날의 초상을 반추하고 그들의 앞날을 기원하는 모습은 그가 지닌 가부장적 폭력성 이면에 숨어 있는 인간적인 품성을 전달하기에 부족함이 없다. 그러한 면모는 소방서의 망루 구멍 속에 날아와 씨를 내린 벽오동 한 그루를 안타깝고 대견스럽게 바라보면서, "무슨 나무인지도 모르면서 그 푸른 잎으로 쏠리던 마음"(40쪽.)으로 자신의 유년을 회상하는 길중 씨의 인상과 겹치면서 그의 내면 속에 숨어 있는 생명에 대한 근본적인 존중으로 독자들을 인도한다.

또한 길중 씨의 피를 이어받아 아내에게 광포한 폭력을 휘두르곤 하는 둘째 윤기에게서도 서술자는 동일한 면모를 발견하여 들려주고 있다. 은용은 어느 날의 일기에서 다음과 같이 효기의 일화를 이야기한다.

> 며칠 전에 난초 화분을 보고 혀를 차던 효기 오빠. 오늘 돌 가지고 와서 분갈이를 해주다. 화분을 엎어서 난을 뽑아내고, 뿌리에 엉긴 흙과 돌을 털어내고, 화분을 털어낸 다음 다시 난을 세우고 뿌리 사이에 흙을 채워주고 갔다. 사람은 참 알 수 없다. 난초에 들이는 정성의 십분의 일만 사람에게 들이면 얼마나 좋을까.
>
> 초파일. 절마당이 훤하다. 집앞 큰길도. (『길 위의 집』, 164쪽.)

아버지 길중 씨에 대한 적개심과 젊은 날의 광포했던 열정을 다스리지 못하여 그 자신이 가부장적 주체가 되어버린 윤기에서 발견되는 식물에 대한 보살핌은, 은용이 보기에 사람의 근본적인 자질에 속하는 것이다. '사람은 참 알 수 없다'라고 말하는 그 독백은 사람이란 식물이나 생명에 대한 사랑을 지니는 한, 희망을 지닌 존재라는 전언으로 이해할 수 있다. 그 희망은, 작품 속에서 가부장적 폭력의 가장 큰 희생자였던 어머니가 치매에 걸린 채 집을 나와 방황하던 길 위에서, 가지가 잘린 채 허공에 뿌리를 드러내고 있는 나무를 동정하는 장면에서 비로소 만개한다.

> 윤씨는 그 나무들이 안쓰럽다. 보나마나 먼지가 부옇게 앉았을 것이다. 제대로 꽃이나 피울건가. 흙이라고는 눈 씻고 찾아보아야 찾을 수 없는 서울이 뭐가 좋다고, 이런 나무까지 올라와 제대로 자라지도 못하는지. (『길 위의 집』, 231쪽.)

집을 잃고 길에서 방황하는 치매 걸린 여인의 시선 속에서도 피어나는 생명에 대한 외경스러운 돌봄, 그 속에서만 가족이나 인간관계의 의미 있는 길은 열릴 수 있다는 것이 『길 위의 집』이 전달하는 소중한 삶의 윤리가 아닐 것인가.

이혜경의 단편들에서도 작가 특유의 보살핌의 윤리에 대한 믿음을 발견할 수 있다. 그것은 가장으로서, 사회적 존재로서 자립을 이루기 위하여 잠시 내면에 자리한 보살핌의 윤리를 잊고 살아가는 남성들의 세계와는 구별되는, 사람 사이의 관계 속에서 타인들과 자신의 고통을 돌보는 여성인물들의 윤리를 제시하는 장면들에서 분명한 목소리를 지니게 된다. 그 목소리를 가장 인상적으로 들려주고 있는 작품으로 「그 집 앞」을 들 수 있다.

소실의 딸이라는 자괴감으로 인해 스스로를 '마른 강'의 이미지에 비추어 보고 있는 「그 집 앞」의 화자는 몰래 술을 마시며 "나무 둥치를 단단히 감싼 마른 땅이 물기로 검게 젖어들 듯 내장 안벽에 스며드는 물기"를 감지한다. 그녀는 "어디 마을 어귀쯤에서 오가는 사람들에게 그늘을 드리우며 그들이 나눈 이야기를 듣던 정자나무를 조상으로 둔" 시어머니의 분재화분을 보며, "저 화분들에 술을 부어주면 어떤 반응을 일으킬까."[06]라고 생각한다. 불의 기운을 머금은 물기를 지닌 술과, 물관부를 따라 수분들이 이동하여 생명이 움트는 나무, 그리고 물이 흐르지 않아 바닥을 드러낸 '마른 강'의 비유는 이 소설에서만이 아니라 이혜경의 전체 작품들에서 중요한 의미를 지니는 상징으로 기능하고 있다. 화자는 자신이 학창시절을 보냈던 남편의 고향을 방문하여 "오래전 밤마다 나를 안아주

---

06 이혜경, 「그 집 앞」, 『그 집 앞』, 민음사, 1998, 35쪽.

던 나무"(40쪽.)에 기대어 자신의 과거를 뒤돌아본다. 그녀는 학교의 스탠드에 앉아 술을 마시며 교정에서 노는 아이들을 응시한다.

이따금 잠결에 어디선가 떨어지는 꿈을 꾸다 발을 뻗으며 깨어나는 아이들. 더러는 성장의 고통으로 근육통을 일으키기도 하는 아이들. 이따금 그 작은 가슴에 찌르르, 무구한 통증을 느낄 아이들. 나는 그애들에게 다가가고 싶다. 다가가서 껴안고, 그애들 앞에 놓인 무수한 시간, 그 시간 속에 깃들이 고통들을 다독이고 싶다. 아이들에게 다가가는 대신 나는 고개를 젖히고 술을 마신다. (「그 집 앞」, 46~47쪽.)

한 나무에서 잘못 나온 가지는 과감히 쳐버려야 나무의 품위가 떨어지지 않는다는 시어머니의 말에서 소실의 자식인 자신의 처지를 떠올리는 화자는 지리시간에 배운 바닥을 드러낸 강의 이야기를 떠올리며 "그 마른 강에 비가 오면 일시적으로 물이 흐른다고 했던가. 그렇다면 수초도 있을까. 잘못 흘러들어온 물고기들은 비가 그치면 어떻게 될까."(51쪽.)라고 말한다. 이 작품에서 화자가 시력을 잃어가고 있는 남편과 함께 남은 시간들을 견디며 살아갈 믿음을 얻게 되는 계기는 또한 목숨들을 품어 안는 보살핌의 윤리에 대한 다짐에서 찾아진다. 화자는 자신을 키워준 두 어머니의 모습에서, 그리고 생에 대한 경건함으로 분재를 돌보던 시어머니의 모습, 그리고 한 쪽 다리를 잃고 살아가면서도 환한 웃음을 보여준 순정 언니의 모습을 떠올리며, "강물이 더 혼탁해지기 전에, 흐려진 제 몸을 스스로 씻어내려 목숨들을 품어 안는 강물의 사랑으로."(77~78쪽.) 남편과의 삶을 살아갈 결심을 하게 된다.

아버지의 사십구재에 참석하는 이야기를 들려주는 작품인 「떠나가는 배」에서 길우는 어린 시절 아버지와 함께 걸었던 어떤 밤길을 기억한다.

"그 밤길이, 빚보증 서준 집에 아버지 깜냥으론 빚을 좀 받아볼까 하고 나선 길이었다는 걸, 길우는 아주 뒷날에야 알았다. 끝내 빚 이야기는 한 마디도 못하고 일어서던 아버지."(「떠나가는 배」, 『그 집 앞』, 173쪽.) 가족들을 가난과 허기 속에 내몰면서도 좁고 냄새나는 방안에서 병에 걸려 누워 있는 사람에게 차마 빚을 갚으라는 이야기를 꺼낼 수 없었던 아버지의 존재를 길우는 아내의 배에 손을 얹고 처음 태동을 감지한 날에 다시 떠올린다. 그는 '아비되는 일의 무서움과 기쁨'을 느끼며, 자신의 아이에게는 가난과 허기를 물려주지 않으리라는 다짐을 한다. 그러나 그 다짐은 아내가 아이를 사산함으로써 무산되어 버리고, 길우가 아버지의 사십구재를 지내러 절로 가는 길의 의미는 곧 태어나지 못한 아기의 생명에 대한 축원을 올리는 것과 동일한 행위가 된다. 세상에 적응하지 못한 듯 하던 아버지의 죽음과 늘 종말을 걱정하는 아내 미연에 대해 생각하며 사람들 사이에 놓인 거리에 망연해 하는 길우를 이끌어주는 것은 사십구재를 관장한 대현 스님의 몫이다. 그것은 이 혼탁한 세상이 결국은 큰 물로 정화되리라는 믿음, "스님이 기다리는 새 세상과 그토록 오랜 세월을 거듭 무너지면서도 다시 쌓아올리는 믿음"(195쪽.)이다.

그 강물의 사랑과 정화의 큰 물에 대한 믿음이 흘러가서 닿은 마음의 자리는 수천 년을 넘나들며 인간의 기억 속에 이어진다. 「귀로」에서 어머니의 묘에 성묘하러 가는 두 자매는 자신들이 경험한 서로 다른 죽음의 양식과 삶의 의미를 반추한다. 그 중에서도 진경이 박물관에 가서 본 토기에 대한 인상을 전하는 대목은 특히 주목할 만하다.

저걸 만든 아낙이, 자기가 손톱으로 무늬를 놓은 그릇이 천몇 년 뒤까지 남아서 한 사람의 마음을 어루만져주리라고 상상이나 했을

까. 그려, 지아비와 아이에게 먹일 무엇을 담아두기 위해 그릇이 필
요했을 것이다. 그래서 흙을 파서 빚고, 기다리는 동안 일상의 밋밋
함에 무늬를 놓듯 손톱으로 꾹꾹 눌렀을 것이다. 그런데 그 그릇이
이토록 오래 남아 이 그릇을 보고 싶은 마음만으로 여기까지 오게 하
다니. '이 힘은 어디서 오는 걸까. 선사시대 아낙의 손톱이 한 일 같
은 걸 말로써 해낼 수 있을까. (「귀로」,『그 집 앞』, 139쪽.)

수천 년 뒤에까지 이어져서 다른 사람들의 마음을 어루만져 줄 것이
라고 상상할 수 없으면서도 손톱으로 묵묵히 무늬를 새겨 넣은 아낙들의
삶, 그 삶의 무늬가 새겨진 그릇을 보고 싶은 마음으로 먼 길을 걸어가는
자의 마음, 그러한 마음들이 오고가는 교류의 순간을 말로는 차마 다 설
명할 수 없을 때, 문학이 할 수 있는 것은 무엇이겠는가. 이는 이혜경의
글쓰기의 중핵에 놓여 있는 질문이며, 이후로도 오래도록 이어질 물음일
것이다.

4. 사이의 정치 - 미니마 파밀리아

가족 관계에 대한 화해는 매우 더디게 오지만, 결국 그것은 사람들 마
음 속에 생명을 돌보는 물의 길을 여는 것이라는 점을 이혜경의 소설은
들려준다. 그러나 그 길을 향한 서사들이 예정된 화해의 결말을 향해 가
고 있는 것만은 아니다. 『꽃그늘 아래』에 실린 작품 「대낮에」에서 화자
는 폭력적인 가부장이었다가 뒤늦게 구원을 청해오는 시아버지의 존재
로부터 자신들을 격리시키기 위해 동사무소로 간다. 아버지와의 연을 끊
기 위해서 "내 아버지의 피가 내 몸 어딘가에 숨어 있다가 대물림할까 봐

겁났어. 그런 씨앗이라면, 이 세상에서 단종시켜야 해."(130쪽.)라고까지 말하는 남편의 모습을 화자는 결국 받아들일 수밖에 없다. 그녀는 동사무로로 가는 길에서 버려진 노숙자 할머니를 돌보는 모습을 보여주지만, 자신이 작은 도움 이상의 행위를 베풀 수 없는 존재라는 점을 잘 알고 있다. 이렇듯 현재의 안위를 위협하는 혈연으로부터 스스로를 단절시키려는 노력은 이혜경 소설에서 특히 남성인물들에 의해 전달되는 정념에 속하는 것이고 때로 여성화자들도 그것을 수락하고 조용히 따른다.

동네 아이들이 놀이에 끼워주지 않아서 늘 외톨이였던 아이들과, 늘 술만 마시면 엄마를 때리는 아버지를 피해 운동화를 손에 든 채 골목에 나와 서있던 친구를 기억하는 지원이 남편에게 맞고 사는 종애와 전화로 나누는 대화로 이루어진 「봄날의 간다」는 여성들 간에 이어지는 유대를 통해 좀처럼 화해할 수 없는 삶의 무게를 견뎌가는 이야기를 들려준다. 종애는 함께 한 산행에서 정상에 오르기 위해서 뒤도 돌아보지 않는 남자를 가만히 끌어안고 깊은 숨을 쉬게 함으로써 진정시킬 수 있다고 믿고 그 믿음을 따라 그와 결혼을 하였지만, 결국 남편에게 숨어 있던 광기를 다스리지 못하고 매맞는 아내로 전락하고 만다. 학교폭력에 시달리는 아들을 둔 지원은 아이들의 폭력으로 발생한 상처로 인해 종애의 처지를 더욱 이해하고 그녀의 삶에 공감하게 된다. 그녀들이 전화를 통해 서로를 위로하는 방식은 그저 처연하게 봄날을 노래하는 가요를 같이 듣는 것 뿐이다. 가정과 학교라는 작은 공동체 안에서 벌어지는 일상적인 폭력의 현실 앞에서 그저 노래를 듣는 것 말고는 다른 대응 방법을 찾아내지 못한 존재들의 모습을 다만 보여주는 것. 그것은 이혜경 소설이 대안 없이 보여주는 우리들 삶의 한 풍경화이다.

결국, 사람들은 서로 위로하고 화해를 향해 나아갈 순 있지만, 결코 완전히 이해하거나 사랑할 수는 없는 존재이다. 『길 위의 집』에서 서술자는 "겉날리듯 농담을 주고받지만, 피차 속속들이 이해할 순 없는 처지다. 초등학교만 마치고 양복 기술을 배운 동창과, 서울에서 그래도 괜찮다는 대학을 졸업한 효기."(52쪽.)의 사이에 놓인 거리감을 놓치지 않고 전달한바 있다. 이는 이혜경의 소설에 늘 매복해 있는 우리 삶의 어두운 구멍과도 같은 것이다. 생물학적 성의 차이로 인해 발생한 사람과 사람의 사이, 사회가 부여한 계층으로 발생한 사이, 삶과 죽음으로 나뉘어진 사이, 인종이 다르다는 점으로 인해서 생겨난 사이, 그 '틈새'에 이혜경 소설의 촉수는 예민하게 반응하고 그 상처를 분명하게 인식한다.

이혜경의 소설에 나오는 인물들은 그래서 그 틈새를 누구보다도 분명하게 감지하지만 의도적으로 그 거리를 무화시키는 전략을 수행한다. 그들은 대부분 「대낮에」에 나오는 화자가 그런 것처럼 "제법 무난하게 사는 집 막내딸이면서도 늘 엄마가 첩이거나 아버지가 없거나 고아원에서 사는 아이들과 더 친했던"(「대낮에」, 125쪽.) 기억들을 지니고 있는 존재들이다. 자신들이 발딛고 서 있는 곳의 안전함을 벗어나 다른 처지나 환경에 있는 사람들에게 다가갈 수 있는 마음의 자리가 그 주인공들이 머무는 장소이다. 그리하여 그들의 윤리은 가족이나 계층, 그리고 국경을 넘어 다른 사람의 고통의 자리로 스며든다. 「피아간」에서 경은은 남편을 장애아 보호시설로 이끌며, "내 가족, 내 핏줄만으로는 만족하지 못하리라는 것을 그가 알아차리기 바랐다."(「피아간」 155쪽.)고 말한다. 「일식」에서 인도네시아인 친구인 다마이에게 애처로움을 느낀 영월은 "다마이의 손등을 제 손으로 가만히 덮는다."(「일식」, 『꽃그늘 아래』, 111쪽.) 「망태할아버지 저기 오시네」의 주인공은 아파트의 같은 동에서 벌어지는 사람들 사이의 차별을 일상에 잠복한 바퀴벌레에 대한 두려움에 빗대어 비판한다.

이러한 경계를 넘어선 공동체에 대한 탐색은 첫 장편인 『길 위의 집』

에서부터 이미 예견되어 있던 것이다. 막내 인기가 혈연으로 이루어지지 않은 공동체를 찾아 "일과 유희가 하나 되는 노동, 자연을 훼손하지 않는 경작, 공동생산 공동분배를 기치로 한 농장"(246쪽.)으로 가던 결정이 그 것이다. 아이들에게 어른 남자는 아빠, 어른 여자는 엄마로 불리는 그 공동체는, 가족이라는 이름이 갖는 경계를 확장함으로서 가족의 벽을 무화시킨, 최소한의 가족, '미니마 파밀리아'의 한 예라 불릴 수 있을 것이다. 이 한 줌의 가족에 대한 모색에 대해서, 가족의 기원과도 같은 존재인 길중 씨는 "자유롭고자 하는 열망, 그게 덫인게야."(250쪽.)라는 염려를 잊지 않는다. 자유인과 노예가 모두 파밀리아의 일원이었음을 기억하듯이. 사람들 사이의 차이를 넘어 나아가려는 욕망 또한 언제든 우리의 발을 잡아챌 삶의 덫과도 같을 것이다. 그러나 그것을 넘어서야 한다는 것이 이혜경 소설에 나타난 일관된 주장이다. 작가는 한 계간지에 실렸던 산문에서 자신의 문학에 대한 태도를 들려준다.

그리고 힘의 속성과 인간성의 한계가 결합하면 주류는 또 자기와 같지 않은 것들-비주류-을 차별하려 들기 쉽고, 차별하는 쪽이 의도 했든 의도하지 않았든, 그 차별은 차별당하는 쪽에서 보자면 폭력일 수밖에요.

내 안에서 꿈틀거리는 '나'와 '남'을 구별하는 마음, 그 마음의 끈을 조금만 늦추어도 고개를 쳐드는 폭력성. '며느리 늙어 시어미 된다'는 속담이 일러주는 폭력의 증식력……바퀴벌레 못지않은 증식력으로 오늘도 폭력은 세상 곳곳에 도사리고 있습니다. 그 폭력의 총량을 아주 미미하게나마 줄일 수 있는 게 문학이고 예술이라면, 그렇

다면 문학은 어디쯤에 머물러야 하는 건지.[07]

타인의 고통에 민감한 자는 먼저 남과 자신이 별개의 존재가 아니라는 것을, 타인이 경험하는 고통들이 자신도 이미 경험했거나, 언제든 자신에게 다가올 문제일 수 있다는 것을 깨달은 자이다. 수전 손택이 말한 것처럼 사람들은 타인의 고통이 자신과 밀접하게 연결되어 있다는 것을 잘 받아들이지 못한다. 자신이 안전한 곳에 있다고 느끼는 한, 사람들은 무관심해지고 아무것도 할 수 없다고 느끼는, 무력감을 경험하기 마련이다. 그 무력함을 넘어서지 못한다면, 문학의 의미는 존재하지 않는다는 것이 이혜경이 전하는 낮은 목소리의 믿음이다. 그 믿음을 따라 읽다보면, 동물은 단지 자기와 같은 종류에게만 환대를 베푼다는 데리다의 목소리도 들려온다. 자신과 혈연적으로 관련되어 있는 사람에게만이 아니라, 다른 남자나 여자에게만이 아니라, 동물과 식물에게, 그리고 죽음의 자리에 새로운 생명의 탄생을 관여시킴으로써 인간을 넘어선 어떤 신성함의 존재에게도 환대를 베푸는 것은, 오늘날 우리에게 요청되는 정치학의 탄생으로 이해해도 부족함이 없을 것이다.

5. 연민의 몫

가족의 해체라는 최근 우리 소설의 인기 있는 주제에 대해 이혜경의 소설이 차지하는 위치는 매우 독특하다. 가부장이라는 대타자의 붕괴를 응시하는 서사들이 공동체 자체의 붕괴를 이끌어오는 상황에 대해 이혜

---

07 이혜경, 「쓰다 만 편지」, 〈문학과 사회〉 2002년 가을호.

경의 소설은 우려의 시선을 보낸다. 그 시선은 가족을 포함하는 공동체가 지닌 내부의 갈등과 차별을 해소하고 치유하는 정서적인 연대를 지향하는 목소리로 이어진다.

그러므로 이혜경 소설에 나타난 아버지에 대한 문제제기가 아버지에게 수혈을 해줌으로써 핏줄의식을 강화하거나, 아버지의 형상을 여성의 자궁으로 받아들임으로써 죽음으로 모든 것을 감싸안으려는 시도라고 보는 페미니즘의 주장은 다시 점검될 필요가 있다.[08] 앞서 살펴본 진화심리학이 주장하듯이, 가족에 대한 비판은 그것이 지닌 가부장제적인 성격에 대한 문제제기로만은 해결될 수 없는 깊은 모순으로 가득차 있기 때문이다. 사람들 사이에 놓인, 사회적 계층과 국적과 인종의 사이에 놓인 틈새들을 채우고 있는 그 모순들을 넘어서기 위해서, 출생과 죽음의 자리를 하나의 장소로 이행시킴으로써 생산되는 어떤 정치적 공간의 탄생에 대해 이야기하고 있는 이혜경 소설의 전략은 우리 문학의 현장에서 낮지만 크게 공명하는 울림을 지니고 있다.

수전 손택은 정치적 이해의 진실을 쓸모없게 만드는 것이 아니라 정치 이상의 것이, 심지어 역사 이상의 것이 있다는 것을 말해 주는 소설가의 공정함은 소멸되지 않는다고 말했다.[09] 용기, 공정함, 관능, 살아 있는 생명체들의 세계, 그리고 연민, 모든 이들에 대한 연민이 소멸되지 않고 남는다면, 그것이 남은 자리를 오래도록 지키며 문학의 존재의의를 증명해주는 것이야말로 작가 이혜경에게 부여된 몫일 것이다.

---

08 임옥희, 「우리 시대 아버지의 우화」, 문학동네, 1998년 가을호.

09 수전 손택, 「아름다움에 대하여」, 『문학은 자유다』, 이후, 2007, 130쪽.

메트로섹슈얼 농담의 기원

— 박진규의 『수상한 식모들』

1. '식모들'의 수상한 기원

이야기가 스스로 하나의 신화가 되기를 원할 때, 그 기원은 종종 망각된다. 식모들의 기원에 관한 수상한 이야기인 박진규의 『수상한 식모들』(문학동네, 2005. 앞으로 작품의 인용은 본문에 쪽수만 명기함.) 또한 그러하다. 망각에 저항하고 식모들의 계보를 이해하기 위해서는, 그리하여 진정한 이야기의 기원을 알기 위해서는 한국 근대문학의 원점으로 돌아갈 필요가 있을 것이다. 한국 최초의 근대적 장편소설이라고 일컬어지는 이광수의 『무정』은 잘 알려진 대로 경성학교 영어교사인 이형식이 김장로의 딸인 김선형에게 영어를 가르치기 위해서 그녀의 집을 찾아가는 대목으로 시작된다. '순결한 청년'인 형식이 장안에 미인으로 소문이 자자한 선형과 단둘이 마주 앉게 될 장면을 떠올리며 묘한 흥분에 빠져드는 장면은 "성적 기대감과 도덕적 강박 사이에서 어쩔 줄 몰라하는 이형식의 유약하고 우유부단한 내면"(김철, 「무정의 계보」, 『바로잡은 무정』, 문학동네, 2003, 724쪽.)에 대한 인상적인 묘사를 통해 잘 나타나고 있다. 그런데 이형식의 최초의 성적 기대는 좌석과 인물의 기묘한 배치로 인해 무참하게 좌

절되는 것으로 보인다. 그가 막상 김선형의 방에 도착해서 그녀와 마주
앉았을 때, 그녀의 옆에는 또 한 사람의 처자가 나란히 앉아서 그를 바라
보고 있는 것이다. 그 인물은 김선형의 친구이자, 이 기묘한 배치의 숨은
주체로 보이는 김장로에 의해 "부모도 없고 집도 없는 불쌍한 아이"로 소
개되는 순애라는 인물이다. 이 순애라는 인물은 이후로 형식과 선형의
몇 차례 되지 않는 과외 시간에 빠지지 않고 등장하여, 선형과 함께 영어
알파벳을 열심히 외우고 있으며, 형식으로 하여금 저 유명한 '참사람'의
발견과 관련된 상념을 하게끔 만드는 풍경의 일부가 되어주고 있다.

『무정』의 결말로 빠르게 넘어가 보면, 이제 서술자는 조선 문명의 진
보를 증명하기 위해서 여러 인물들의 후일담을 장황하게 들려주고 있다.
그 서술은 시카고 대학의 학생이 되어 졸업을 앞두고 있는 이형식과 김
선형을 포함하여 박영채, 김병욱, 신우선 같은 주요 인물들은 물론이거
니와, 이야기에서 주요한 역할을 담당하지 않았던 주변의 인물들, 이를
테면 형식이 평양을 내려갔을 때 잠시 마주쳤던 칠성문 앞의 감투 쓴 노
인의 이야기까지도 빼놓지 않고 들려주고 있다. 그러나 대부분의 독자
들의 기억 속에서 그런 것과 마찬가지로 서술자의 기억 속에도 김선형과
나란히 앉아 열심히 알파벳을 외우던 순애의 자리는 마련되어 있지 않
다. 도대체, 순애는, 어디로 사라진 것일까.

무언가 수상하지 않은가 하는 의문을 누군가 한 번 쯤 품어봄직도 할
것이다. 그러나 『무정』을 통해 이광수가 제시하고자 했던 이상적인 사회
의 모습을 떠올려 본다면, 이 수상함의 정체는 쉽게 이해될 수 있을 것이
다. 조선을 문명한 나라로 만드는 이상을 한 번도 포기한 적이 없는 이광
수는 그 나라를 이끌 새로운 계급으로 신흥 부르주아가 대두하기를 원했
다. 소수의 지식인 계급과 유산 계급에게 국민적 주체가 되는 사명을 부

여하고, 그들로 하여금 다수의 무산계급을 인도하여 식민지 조선의 근대
적 건설을 수행하기를 바란 것은 『무정』으로부터 발원하여 한 번도 멈춘
적이 없는 이광수의 이상적 사회에 대한 기원이었다. 그러니, 그가 상정
한 부르주아 조선의 지도에서 '부모도 없고 집도 없는', 더구나 짐작컨대
형식과 선형이 유학을 떠난 이후로 알파벳조차 제대로 배울 기회를 갖기
어려웠을 '순애'의 자리가 없는 것은 당연해 보인다. 흔히들 억압된 것은
돌아오기 마련이라고 말한다. 진정 그러하다. 잘 알고 있듯이 『수상한 식
모들』의 핵심 인물이 되어 순애는 다시 귀환하고 있는 것이다. 그러나 순
애와의 만남은 잠시 유보될 필요가 있다.

다시 『무정』의 서사로 돌아가 보자. 자산가의 귀한 딸이자 장차 이형
식의 아내가 될 인물인 김선형의 꿈이란 미국에서 대학교를 졸업한 남자
와 가정을 꾸미고, 벽돌 이층집에서 피아노를 치는 것이다. 식민지 조선
의 사회와 문학적 생산에 미친 식민주의의 억압을 떠올린다면, 이광수의
식민지 조선에 대한 꿈이 그러했듯이, 부르주아 가정의 귀부인이 되기를
원한 선형의 꿈이 진정으로 실현되기 위해서도 오랜 유예기간이 필요했
을 것임을 짐작하기는 어렵지 않다. 벽돌 이층집에서 피아노를 치는 그
녀의 꿈은 한국의 굴곡 많은 근대사와 함께 조국의 해방과 분단과 6.25
를 경험하고, 그리고도 오랜 시간이 지나서, 1960년대 벽두를 장식하는
한 이야기에서 겨우 이루어지려는 듯이 보인다. 『수상한 식모들』이 많은
빚을 지고 있는 김기영 감독의 영화 〈하녀〉가 그것이다[01].

---

01 『수상한 식모들』이 영화 〈하녀〉로부터 받은 영향은 짐작 이상으로 크다. 한 가지만 예로
들면, 〈하녀〉에서 가정을 지키기 위해 식칼을 들고 가정부를 위협하던 작곡가의 큰 딸은,
{수상한 식모들}에 나오는 신경호의 엄마의 모델이라고 볼 수 있다. 그렇다면 그녀는 이중
의 근친상간의 혐의 속에 놓여 있는 것이다.

너무도 낯설어서 기괴한 느낌을 주기까지하는 장면인, 화려한 스테인드 글라스가 장식된 음악실에서 여공들이 피아노를 배우는 장면이 등장하는 이 영화에서 그들의 피아노 선생인 작곡가는 이제 겨우 이층집을 마련해서 이사를 가고 있다. 비록 그의 부인은 텔레비전을 장만하기 위해 여전히 재봉틀을 돌려야 하고, 그들의 첫째 딸은 소아마비로 걸음을 잘 걷지 못하지만, 이들 가정은 바야흐로 '단란한' 부르주아 가족을 이루려 하고 있는 것이다. 그러나 그들이 겨우 마련한 피아노가 놓인 이층에 여공이었던 식모가 들어옴으로써 이 단란한 가정은 계급과 성을 둘러싼 욕망들이 전개되는 장소가 된다. 신성 가족의 공간인 일층과 불안한 욕망이 출현하는 이층으로 나뉜 이 작품의 공간지리는 동시대의 문학에서도 그리 낯선 풍경이 아니다. 이를테면 서울과 시골이라는 대비가 주요하게 기능하고 있는 김승옥의 「무진기행」을 떠올릴 수 있을 것이다. 〈하녀〉의 작곡가에게 이층이라는 분절된 공간이 그러하듯이, 김승옥의 소설에서도 시골이라는 장소는 불안의 공간인 동시에 부재하는 욕망의 대상(김영찬, 「김승옥 소설의 심상지리와 병리적 개인의식의 현상학」, 경향신문, 2003년 1월.) 이 된다. 또한 화려한 스테인드 글라스가 있는 음악실에서 피아노 반주에 맞춰 '보헤미안의 노래'를 부르는 여공들과 나비부인의 아리아 '어떤 개인 날'을 부르는 음악 선생은 어딘가 닮은 면이 있다. 자신의 환상을 통해 서울과 윤희중을 동경하는 하인숙은 서울로 가서 또다른 하녀-식모가 되기를 꿈꾸었던 것일까.

1960년대의 한국 사회가 증언하는 기억으로서 시골에서 상경한 어린 여성들이 식모로 전락하는 과정은 알다시피 남성중심적인 근대화의 부산물이다. '순애'의 후예들인 시골 출신의 여성은 파시스트적인 근대화와 억압적인 가부장제라는 이중의 식민화 속에 놓여 있다. 그러니, "어제 내가 혁명을 기념한 방"에서 "오늘은 기름진 피아노가" 울리고 있고 "식모 살이를 하는 조카"가 슬픈 얼굴로 앉아 있는 장면이 당대의 예민한 시인에게 포착되지 않을 리가 없다. (김수영, 「피아노」) 그리하여, 식모들과 더불어 "우리의 가정"의 허위는 "완성된다."(김수영, 「식모」) 강남과 강북의 분절된 공간을 이동하는 중산층의 욕망을 조명하면서 『수상한 식모들』이 그려내고자 했던 것은 결국 그렇게 완성된 것으로 보였던 부르주아 자본주의와 가부장제의 허위가 무너진 외환 위기 시대의 풍속도가 아닌가.

다시, 이야기가 하나의 신화가 되어 버리면, 기원은 종종 망각된다. 『수상한 식모들』은 호랑아낙의 이야기라는 대체 신화를 발명해냄으로써 식모라는 대상에 대한 인식의 총체성을 부여하고 역사를 사적으로 전유하려 한다. 그러나 작가가 원하는 독법을 위반하며 글을 읽어 본다면, 호랑아낙을 '발명'한 것은 "핵심 중의 핵심"(수상 작가 인터뷰)에는 부합하지 않는 듯하다. 이런 독법이 필요한 것은 이 작품이 지니고 있는 진정한 증상은 이러한 위반을 통해서만 부각될 수 있다는 판단 때문이다. 너무 먼 기원을 상정하는 것은 대체로 좋은 버릇이 아니다. 자신들의 부재하는 정통성을 보충하기 위해서 단군 신화에 의지하거나 화랑의 표상 같은 것을 '발명'하는 것은 박정희 시대의 남성 파시즘 주체들에게나 어울리는 것이다. 선형의 옆에 잠시 앉아 있었으나 아무런 발언권을 얻지 못했던 한 하위계급의 여인을 떠올리는 것만으로도 식모들의 역사는 충분히 수상하지 않은가. 이미 "거짓말의 부피가 하늘을 덮는다."(김수영, 「거짓말의 여운 속에서」)

2. 아이러니스트의 윤리학

『수상한 식모들』이 호랑아낙이라는 존재를 만들어냄으로써 그들에게 부여하고자 한 과거의 사건들의 쟁점들과 그것을 둘러싼 열정들은 그 자체로 지나치게 소략하게 묘사되고 있기도 하거니와, 그것을 오늘날의 '수상한 식모들'에 접속하여 주는 역사철학을 이 작품의 서사에서 기대하기는 어려워 보인다. 그러기에는 이 소설은 역사의 억압되고 묻혀진 현실을 텍스트의 표면 위로 복원하는 일에 관심이 적다. 한국 자본주의의 수상한 형성과 식민지 근대의 심연을 들여다보라고 요구하는 것 또한 가벼움과 농담을 자원으로 삼은 이 서사에 적당한 독법이 아닐지도 모른다. 그러므로, 너무 먼 기원을 찾아 떠나는 모험이 부질없는 것이라고 알려주는 것보다는, 그러한 시도가 지니고 있는 가능성에 귀 기울이는 작업이 더 긴요할 지도 모른다.

그렇다면 이 작품이 드러내 놓고 보여주고 있는 역사에 대한 (무)관심과 음모론을 어떻게 이해할 수 있을까. 어쩌면 리처드 로티를 따라 그것을 아이러니라고 불러볼 수도 있을 것이다. 로티는 역사과정을 이끄는 어떤 이상 위에 인간의 권리와 자유를 정초하려는 계몽의 노력이 실패로 돌아간 후에 새롭게 정립되어야할 윤리적 태도로 아이러니스트의 윤리학을 제시한 바 있다. 아이러니스트는 한 사람의 도덕적 주체에 대한 정의를 "모욕당할 수 있는 어떤 것"으로 여기며, 그들의 연대감은 공동의 위기감을 기반으로 삼고 있다고 말한다. 아이러니스트들은 개인이나 공동체가 그들의 환상과 생활의 중심이 되는 서로 다른 유형의 사소한 것들을 인식하고 서술하는 기량을 증대시키는 것에 관심이 많으며, 그러한 재서술을 통해 최선의 자아를 만들어내기를 희망한다. (리처드 로티, 김동식·이유선 역, 『우연성, 아이러니, 연대성』, 민음사, 1996, 145~182쪽. 참조.) 그들의 관점에 따르면 역사란 언제나 새롭게 쓰여지고 새로운 서사에 의해 재구성되는 것이다. 자기창조와 자기파괴의 능력을 소유함으로써 생성과 혼돈의 불안 속으로 스스로를 내던지는 것은 아이러니스트와 더불어 '수상한 식모들'이 보여주는 삶의 윤리학이다. 역사의 이면에 숨은 존재들의 위기에 대해 재서술하는 기량을 습득하는 것은 그들이 선택한 자기보존의 방법론이다. 지워진 역사나 이전까지 주목받지 못했던 사람들의 고통의 유형에 대해 탐사하는 것은 다른 어떤 양식보다도 소설이 더 잘할 수 있는 과제라는 점에서 『수상한 식모들』의 입지는 썩 명민한 것으로 보인다. 그러고 보니, 신화의 억압을 거부하고 호랑이가 스스로 인간이 되었다는 이야기는 식모들의 기원은 아닐지라도 아이러니의 기원에 관한 역사적 내러티브의 시작으로는 썩 훌륭하지 않은가.

『수상한 식모들』에서 자신들을 지배하고 있던 과거의 질서와 언어들을 자신의 언어로 다시 서술함으로써 그것을 무력하게 만들기를 원하는 존재는 순애라는 인물이다. 그녀는 "갈가리 찢겨진 역사책의 문구들이 자기들끼리 마음대로 엉덩이와 아랫도리를 내밀어서 교접"(87쪽.)하도록 만드는 '수상한 식모들'의 기술을 실행하면서, 동시에 "종이 위에 글을 남긴 자, 먹물이 굳어가듯, 몸이 돌이 되어 산산이 부서지리니"(27~8쪽.)라는 식모들 강령의 금지를 넘어 기술(記述)을 행함으로써 자신들의 역사를 완성하고자 한다. 그녀는 식모들의 역사를 기억함으로써 그녀들의 연대를 증언하고자 하며, 그 궁극적인 기술의 수행자를 식모들 밖에서 선택함으로써 타자와의 연대 또한 이루고자 한다. 그가 우연적으로 선택한 타자는 신경호라는 작품의 화자이다. 그는 순애와의 제휴를 통해 수상한 식모들의 역사를 기록하게 되고, 수상한 식모들이 이끄는 대로 '불안'을 삶의 숙명으로 받아들이게 된다.

신경호의 서사에서 주목할 것은 그를 불안 속으로 이끄는 대상이 근대적 상징권력으로서의 대타자가 아니라, 그 상징 권력에 균열을 일으키려는 주체성의 형식을 지니고 있다는 점이다. 그것은 주체로 하여금 불안을 회피하려 하면서도 또한 그것을 향유하고자 하는 욕망을 갖게 한다. 그것은 '자유' 또는 '예속'으로의 결단을 촉구하는, 가장 원초적인 실존적인 상황으로 그를 이끈다. (홍준기, 「라깡과 프로이트·키에르케고르」, 김상환·홍준기 역, 『라깡의 재탄생』, 창작과비평사, 2002, 200쪽.) 불안의 경험으로부터 '자유의 가능성'을 엿본 자가 선택할 수 있는 대안은 그 가능성을 자신의 것으로 만드는 것이다. 타자의 삶을 상상적으로 재구성함으로써 그들의 고통에 통참하는 것이 아이러니스트의 삶의 양식이라면, 순애의 제의에 따라 식모들의 역사를 기록하기로 결정함으로써 신경호 또한 아이러니스트의 세계에 동참하게 된다.

신경호를 식모들의 역사에 관여하도록 만든 불안의 원초적 경험은 보통 외상(trauma)이라고 부르는 사건으로 이해될 수 있다. 그것은 "주체의 삶 속에서 일어나는 사건으로, 그것의 강렬함과 그것에 적절하게 대응할 수 없는 주체의 무능력과 그것이 심리 조직에 야기하는 대혼란과 지속적인 병인의 효과"로 정의될 수 있는 사건이다. "트라우마라는 말은 본래 상처라는 뜻의 그리스 어에서 온 것으로, titrōskō(뚫다)에서 파생한 말이며, 피부의 침해를 동반하는 상처를 가리킨다."는 설명(장 라플랑슈·장 베르트랑 퐁탈리스, 임진수 역, 『정신분석 사전』, 열린책들, 2005, 266쪽.)은 신경호의 귀 속으로 쥐가 들어가는 원초적 장면에 대한 해설로 마련된 것은 아닐 것인가. 그러한 트라우마 앞에 선 주체의 무력감과 공포는 자아의 해체에 대한 불안을 야기하게 된다. 프로이트는 "불안이라는 뜻을 나타내는 독일어 'Angst'는 라틴어 angustiae, 독일어 Enge(좁은 장소, 해협)에서 온 것으로 호흡이 막혀 숨을 못쉬는 상태를 특징적으로 강조하고 있는 것"이라고 말한 바 있다. (이종영, 『욕망에서 연대성으로』, 백의, 1998, 83쪽.) 스스로에게나 그를 바라보는 사람에게나 호흡의 곤란을 안겨줄 만한 신경호의 과도한 비만은 그의 신체에 잠재된 위협의 장소이다. 비만이란 일종의 잉여가치이고 자본의 착취와 교환의 잉여분을 의미한다. 자본이 불안을 통해 우리를 지배한다면, 신경호의 비만은 과거의 불안이 재생산되는 장소로서 끊임없이 그를 지배하고 있다. 쥐들이 몰려오는 것을 느낄 때, 그가 대응하는 방법은 "이력서를 작성하는 기분으로 나의 자리를 명확하게 인식하기. 나쁜 기억이 한 번 휩쓸고 지나갈 때까지만 버텨라."(8쪽.)는 자기 방어 기제로 나타난다. 그러나 그런 정도의 방어 기제로는 진정으로 공포에 저항하기 어려운 법이다. 그 기억을 정면으로 응시하지 않고서 공포를 견뎌낼 수는 없다. 그 응시의 방법을 친절한 순애씨는 이렇게 제시해 주고 있다.

> 과부하라고 볼 수도 있어. 물을 너무 많이 넣어 끓자마자 넘치는 주전자처럼. 어떤 관점에서 보면 말야. 팡팡 폭발해버릴지도 모르지. 방법은 언어를 계속 바깥으로 빼주는 수밖에 없어. 글이나 말로 외부로 유출시키는 거지. 그림일기나 짧은 연애사, 이런 거는 택도 없어. 거슬러, 거슬러서 몇천 년 전에 죽은 사람들 이야기까지 떠들어야 할걸. (88쪽.)

불안에 대응하여 자기를 보존하기 위해서 주어진 과제란 끊임없이 이야기를 하는 것이다. 그 이야기의 내용은 식모들의 연대기를 작성함으로써 그들의 연대를 완성하는 행위로 이해될 수 있다. 이러한 설정은 이

서사를 썩 훌륭한 메타소설로 인도하기에 손색이 없다.

신경호의 비만에 대응하는 것은 순애가 '놓여 있는' 신당동의 지하 골방이다. 그녀 또한 좁은 공간 속에서 불안에 저항하면서 신경호의 이야기를 돕고 그 이야기가 완성되는 것을 예감하면서 죽음을 선택한다. 타인의 환상공간에 침입하는 것, 그럼으로써 '그의 꿈을 망치는 것'이 곧 죄이고, 그를 위해 마련된 것은 자신의 죽음이라는 대가를 치루는 것이라면(슬라보예 지젝, 김소연·유재희 역, 『삐딱하게 보기』, 시각과 언어, 1995, 308쪽.) 순애의 죽음은 일종의 '윤리적 자살'이라고 볼 수 있을 것이다.

그러나 자기 이해의 지평을 설립하기 위한 아이러니스트의 서술 행위가 진정으로 자본의 욕망을 넘어설 수 있을까. 순애의 자살과 더불어 그녀의 재산을 물려받는 신경호의 행위는 이미 그 자체로 자본주의적 교환의 법칙을 충실히 실행하고 있지 않은가. 이야기 행위에 대한 보상이라는 의미를 지닌 그 교환은 순수한 증여라고 보기 어렵다는 점에서 지배의 재생산 구조를 이루고 있다. 그가 전달받은 이야기하기라는 자기의 테크놀로지가 권력형 욕망의 구조 속으로 흡수되고 만다는 것은 그 교환의 일부가 엄마의 성형수술을 위해 지불되고, 자본주의의 발명품인 자판기 사업에 투자되며, 무엇보다도 그 교환의 서사적 등가물인 할아버지의 유산이 엄마의 땅투기로 사용되고 있는 것에서 여실히 드러나고 있다. 신경호와 순애가 넘어서고자 했던 자본주의의 억압은 그들의 글쓰기의 쾌락으로부터 자양분을 얻고 있다는 점에서 그들이 꿈꾼 아이러니스트의 연대성이란 근본적으로 한계를 지니고 있다. (아이러니스트의 궁지에 대해서는, 슬라보예 지젝, 앞의 책, 312~316쪽 참조.) 이 곤경을 넘어설 수 있는 방법은 정말 없는 것일까.

3. 메트로섹슈얼 보이와 변신 곰인형 프로젝트

『수상한 식모들』에는 신경호의 가족을 이루는 구성원들을 제외하고는 거의 한 명의 남성도 등장하지 않는다. 며느리의 누드화를 그리면서 그 대상 너머의 다른 대상을 응시하고 있는 할아버지, 동일한 행위를 사이버 세계를 통해 실현하고 있는 아버지, 신경호의 트라우마의 잔여를 머리 속에 지닌 채, 슈거네이드 괴인이 되어버린 형, 그리고 베란다에 나가서 가족 속으로 좀처럼 편입되려 하지 않는 동생에 이르기까지, 통념적으로 정상적인 남성으로 이해될 수 있는 인물이 단 한 사람도 등장하지 않는 『수상한 식모들』은 가족의 해체와 남성 주체의 곤경을 증언하고 그것을 조롱한다. 그러한 조롱을 통해 이 작품이 기획하는 것은 '남자다워야 한다'거나 '어른답게 행동해라'라는 가부장제의 명령을 넘어서, '유쾌한 농담의 세계에서 살고 싶다'라는 선언이 아니었을까. 좁은 욕조 속에 들어가는 것을 두려워하고, 목욕 후에는 파우더를 발라야 하며, 페니스 사이즈가 암울한 존재인 신경호가 순애와 만나게 되면서 겨드랑이에 겨우 털이 자라고, 그리고는 어른이 되어가는 이 이야기는 신경호의 성장담에 관한 것인가. 그렇기도 하고, 그렇지 않기도 하다. 그는 어떤 의미로는 성장을 이루었지만, 그것은 단지 그가 이야기를 전달하는 "유능한 자동판매기"(299쪽.)가 되었다는 의미에서만 그렇다. 그리고 그는 다시 "어렸을 때처럼 당분을 통해 위안받"(300쪽.)을 것을 예감한다. 작품의 결말이 다소 모호하게 암시하고 있듯이, '수상한 식모들'의 이야기는 실제로는 신경호 자신의 내부에 있는 욕망을 마치 밖에서 작용하는 것처럼 다루고 있는, 자기방어 기제로서의 투사가 아닌가 하는 의심까지 든다. 그렇다면 "이야기에 옷을 입히고, 화장을 시키고, 마지막으로 날카로운 식칼을 쥐여" 주고, "그리고는 이야기 뒤에 숨어버리"(313쪽.)는 이 이야기의 대필작가는 신경호이거나 작가 자신이라고 보아야 하고, 『수상한 식모들』의 전체 서사는 신경호의 유쾌한 거짓말이자, 작가 자신의 농담이라고 보아야 할 것이다. 자신에게서 필요한 이야기를 모두 뽑아내고는 남자다운 퇴장을 명령하는 '물'이라는 인물에 대해서 "이럴 때만 남자다운 걸 찾으시는구만"(298쪽.)이라고 말하는 그의 발화는 그녀의 행위에 대한 반발을 넘어서 '남성적인 것' 일반에 대한 그의 태도를 적시하고 있다. 우리 소설의 가부장제에 대한 비판적 발화는 여성작가들 자신에 의한 가부장제 타파의 전략이나, 김형중이 배수아의 소설에서 읽어낸 바 있는, "문장 단위에서 용인되는 관습적 성차의 해소 시도"라고 하는 의도적 전략(김형중, 「민족문학의 결여, 리얼리즘의 결여」, 〈창작과 비평〉, 2004, 겨울.)을 지나, 이제 생래적으로 여성친화적인 남자 아이의 목소리를 통해 전개되기에 이르렀다. 그러니, 130킬로가 넘는 신경호의 육중한 신체에서 자본주의의 책략을 제거하고 나면, 남자다운 것의 통념을 거부하는 예쁜 아이의 모습이 나타날지도 모른다. 대치동의 아파트와 강남역의 패스트푸트점과 마장동의 아파트와 신답동의 좁은 지하 골방을 오가면서 대도시의 공간지리를 탐사하는 그는 과연 시정의 유행어 그대로 메트로섹슈얼 보이라 불릴 수 있을 것이다. 소설이란 원래 거짓말이라는 것은 누구나 알고 있지만, 이제 어른이 되고 싶지 않은 예쁜 아이들이 작가가 되어 복수의 칼날을 들이대기 시작했다는 것은 정말 믿기 어려운 농담이 아닐 것인가.

덧없는 메트로섹슈얼의 유행이 사라지듯 그의 농담이 사라지는 것을 막기 위해서는 그의 마음의 지향이 자본주의의 사물화에 저항하는 '탈남근적 향유'(이종영, 앞의 책.)에 접속하는 것이 필요할 것이다. 골방에서 바위가 되어가는 순애의 주체성에 대한 그의 존중은 전복적 연대성을 가능하게 해줄 그런 향유의 시작(beginning)으로 의미를 지닐 지도 모른다. 또한 메트로섹슈얼 보이의 농담이 진정한 저항을 성취하기 위해서는 자본주의적 역사기술을 넘어서는 지점을 성찰할 수 있는 시선을 지니는 것이 필요할 것이다. 벤야민은 역사가 어떤 구조물의 대상이라면, 그 구조물이 설 장소를 형성하고 있는 것은 동질적이고 공허한 시간이 아니라 '현재시간'에 의해 충만된 시간이라고 말했다. 그는 현재시간에 의해 충전되어진 과거를 향한 예민한 감각의 운동을 일러 호랑이의 도약이라고 말하면서, 그 도약이 지배계급의 지배권을 행사하고 있는 원형경기장에서 일어나고 있음을 지적한 바 있다. (벤야민, 「역사철학테제」, 반성완 역, 『발터 벤야민의 문예이론』, 민음사, 1996, 353쪽.) 자본으로 충만한 가부장제의 원형경기장에서 진행되고 있는 『수상한 식모들』의 서사의 결말에는 또한 충만한 과거를 향한 호랑이의 도약, 아니 호랑아낙의 도약이라고 할 만한 장면이 준비되어 있다. "매순간 자기를 새롭게 창조"(294쪽.)하여 '물'이거나 '불'이거나 '바람'이거나 혹은 '새'가 되는 한 여인의 '변신 곰인형 프로젝트'가 그것이다. 그녀는 신경호를 유혹하여 그로부터 식모들의 계보를 입수하고는 스스로 수상한 식모가 되어 그들의 삶을 살 것을 기획한다. 벤야민에게 '역사의 천사'가 "죽은 자들을 불러일깨우고 또 산산히 부서진 것을 모아서는 이를 다시 결합시키고 싶어한다"면(발터 벤야민, 앞의 책, 348쪽.), 호랑아낙의 재귀를 꿈꾸는 그녀에게는 '변신 곰인형'이 그 역할을 대신해 주고 있다. 그 인형을 통한 그녀의 중단 없는 자기변신의 시도는 "날이 갈수록 수상해"(312쪽.)질 것이다. 그리고 그 시도를 통해 "자신의 동일성 내부에 철저히 갇혀 있는 자아의 이미지와 반대되는 대항 이미지"로서의 어떤 흐름에 합류할 수 있을 것이다. "절대적으로 새로운 무엇이 끊임없이 흘러가는 것, 결코 두 번 다시 되풀이될 수 없는 거대한 흐름, 누가 주체이고 누가 객체인지 상상하는 것이 불가능하고, 어떤 표지도 이정표도 없으며 상처를 핥으며 잠시의 평화와 휴식을 취할 좁은 틈새마저 허락하지 않는 완전한 차이들이 주는 공포와 기진맥진만을 상상할 수 있는" (프레드릭 제임슨, 김유동 역, 『후기 마르크스주의』, 한길사, 2000. 73쪽.) 그 '흐름(flux)'은 자본주의의 '거대한 탁류'를 거부하는 것이 아니라, 그 속에서, 그것과 섞이면서 가는 것이다. 스스로 그 흐름의 일부가 되는 것은 규격과 획일화를 요구하는 사회에 대한 의미 있는 대항으로서만이 아니라 관습화된 성차에 대한 저항으로서도 기능할 수 있을 것이다. 영화 〈하녀〉의 작곡가 부인은 '남자란 야비한 동물'이라고 말했지만, '변신 곰인형'은 "남자는 매번 새로운 여자와 자고 싶어하죠. 여자는 매순간 자기를 새롭게 창조할 수 있어요."(294쪽.)라고 말한다. 그것은 아마도 이 농담의 대필작가인 신경호가 하고 싶은 말이었을 것이다.

그러나 작품에 내재한 이런 인식론적 태도를 존중한다고 하더라도, 끊임없이 유동하는 사유를 고정시키는 현재의 이미지를 상정해야 할 필요는 있지 않을까. 호랑아낙과 수상한 식모들 사이에 놓인 인식론적 단절의 심연에 대해 이미 지적한 바 있다. 벤야민의 변증법적 이미지와 해체론적 흐름의 이미지 사이의 단절에 대해서도 조금은 이야기하는 것이 필요할 것이다. 벤야민은 현재를 비판적으로 바라보고 위해서 과거의 실현된 만행들과 실현되지 않은 꿈들 같은 억압된 요소들을 의식으로 끌어내는 것이 필요하다고 말했다. 변증법적 이미지에서, 혁명 가능성의 순간으로서의 현재는 역사적 파편들의 집합체에 길잡이로 작용한다. 현재 속에 이런 정동의 힘이 없다면, 과거를 재구성할 가능성은 무한하고 자의적일 것이다. (수잔 벅 모스, 「후기: 혁명적 유산」, 김정아 역, 『발터 벤야민과 아케이드 프로젝트』, 문학동네, 2004, 431쪽.)

자본주의와 가부장제를 하나의 음모론으로 이해하고 그것을 격파하고자 하는 유쾌한 농담을 『수상한 식모들』의 서사에서 발견하지 못하기란 어렵다. 그 음모론은 현실의 배후에 숨은 행위자의 음험한 전략에 기초하여 현실의 질서가 이루어져 있다는 편집증의 내러티브를 이루게 된다. 편집증적 내러티브는 무력한 개인의 인식론적 상상지도이다. 그것은 고립되어 인식적·실천적으로 무력한 개인이 현실의 일관된 전체상을 상상적으로 파악하고 그 속에서 자신의 좌표를 측정하여 중심을 세우고자 하는 대중적 인식론이다. (김영찬, 「개복치 우주(소설)론과 일인용 너구리 소설 사용법」, 〈문학동네〉 2005, 봄호.) 그러나 역사화하라는 것은 언제나 정치적이어야 한다는 명령이다. "죽은 자조차도 적으로부터 안전하지는 못하다고 확신하는 투철한 역사가"만이 "과거로부터 희망의 불빛을 점화할 수"(벤야민, 앞의 책, 346쪽.) 있다면, 식모들의 이야기를 위해서도 음모론의 내러티브를 넘어서 인지적으로 지도를 그리는 작업이 필요할 것이다. 제임슨의 말이다. "그것이 텍스트 속에 나타난 단어들이 지닌 미시적인 경험의 영역이건, 다양한 개인적 종교들의 엑스타시와 강렬함의 영역이건, 역사의 편재성과 사회적인 것의 앙심 깊은 영향으로부터 격리된 자유의 영역이 애초에 존재하리라고 상상하는 것은, 개인 주체가 순전히 개인적이고 단순하게 심리적인 것에 불과한 구제의 기도인 도피처로서 찾고자 하는 맹목의 지대에 대한 필연성의 장악을 강화시킬 뿐이다. 이러한 속박으로부터 유일하게 효과를 가질 수 있는 해방은 사회적이고 역사적이지 않은 것은 아무 것도 없다는 것을, 진정으로 모든 것은 '최종 분석에서' 정치적이라는 것을 인식하는 데서부터 시작된다."(Fredric Jameson, The Political Unconscious: Narrative as a Socially Symbolic Act, muthuen, 1981, p.20.)

이것이 인간인가

— 이문환의 『플라스틱 아일랜드』

1. 어쩌면 인간희극, 혹은 리얼리즘

이문환의 첫 창작집 『럭셔리 걸』에 실린 여섯 편의 소설을 읽어 본 독자라면, 그의 인물들에게서 한 가지 특이한 사항이 발견된다는 것을 이미 알고 있을 것이다. 그것은 그의 단편들에 등장하는 인물들의 이름이 반복된다는 점이다. 주로 혜정이나 형만이나 가연, 혹은 조식이라는 이름을 지닌 인물들이 행위와 사건의 주요한 주동자로 등장하는 세계가 『럭셔리 걸』의 여섯 편의 소설의 서사를 이루고 있던 것을 기억해 보라. 그리고 짐작한 바대로 이 인물들이 다시금 유령처럼 되살아나서 『플라스틱 아일랜드』에 등장하여 중요한 역할을 수행하고 있다. 조금은 낯선 듯한 이 인물재현의 방식은 그러나 다들 알듯이 이미 전범을 지닌 고전적인 전략이다.

발자크는 그의 방대한 『인간희극』의 세계 속에서 새롭게 대두하던 부르주아의 산업사회를 엄정하게 묘사하기 위해서 인물들을 끊임없이 추적하고 다시 등장시키는 인물재현법을 시도하였다. 라스티냐크와 뤼시앙, 보트랭과 고브세크 등의 인물들은 『인간희극』을 이루는 대부분의 소설들에 빠짐없이 등장하는 발자크의 주요한 캐릭터들이다. 그렇다면 이 문환은 발자크의 인물재현법을 흉내내어 자신의 세계를 만들어가고 있는 중이란 말인가. 그러나 그에 대해 답변하기보다는 이문환의 소설이 발자크의 리얼리즘과 갖는 관련이 단지 인물의 반복 재현법 뿐만은 아니라는 점을 기억하는 것이 더 중요할 것이다. 무엇보다도 당대의 부상하는 새로운 삶의 양식과 자본주의에 대한 대응이라는 점에서 이문환의 소설은 발자크의 작업을 떠올리게 만든다.

발자크가 19세기의 사회를 실감있게 표현하기 위해서 당대의 기술용어와 은어들을 과감하게 자신의 소설 속으로 가져 들어온 것처럼, 이문환은 럭셔리하고 테크노적이면서도 '모나드'적인 고독한 삶을 사는 21세기형 인간들의 세계를 묘사하기 위해 인터넷 메신져의 이모티콘과 새로운 삶의 윤리를 서사 속으로 편입시킨다. 발자크의 작품이 산업사회의 공적인 드라마를 다루면서 19세기 유럽의 중심도시였던 파리의 증권거래소 주위로 몰려들던 인간들의 세목을 포착하고자 하였다면, 이문환의 소설은 21세기 한국의 콘크리트 섬인 여의도의 증권과 금융업에 종사하는 인물들의 일상을 실감있게 조명해 나간다. 발자크가 공적인 영역 속에서 자아를 드러내려는 인간 개성의 현존을 나타내기 위해서 의복의 변화 양상에 초점을 맞추었던 것처럼, 이문환의 소설은 값비싼 명품과 유명 브랜드로 자아를 표상하는 인물들의 복장의 세목에 주의를 잃지 않는다. 인물들의 개성과 신체의 새로운 이미지를 드러내는 의복의 중요성은 발자크의 소설에서 그런 것처럼, 이문환의 소설에서 인물의 자아 이미지를 대변한다.

프랑코 모레티가 발자크의 소설을 분석하며 지적하였던 것처럼, 자본주의가 불러온 새로운 사회관계의 지옥 같은 리듬은 그에 맞먹을 정도로 장대한 서사의 문화를 만들어냈다. 인간의 충동과 외양이 결합되어 하나의 개성으로 표현되던 발자크의 세계에서 주인공들은 오로지 세상에 이미 존재하는 것만을 욕망하고 기성의 게임의 규칙을 배우기 위해서만 노력을 아끼지 않는다. 그들은 존재하는 사회의 정당성 따위는 묻지 않은 채로 그 세상 속으로 열광적으로 뛰어들어간다. 이미 존재하는 가치만을 욕망하고 그것의 정당성에 대한 물음을 지니고 있지 않다는 점에서 이문환의 인물들만큼 발자크의 인물에 가까운 주인공은 찾아보기 어렵다.

물론 발자크와 이문환의 시공간적인 거리를 지적하는 것은 필요한 일이다. 발자크의 소설 속에 반복적으로 등장하는 인물들이 동일한 자아를 지닌 인물로 분명히 확인되는 정체를 지니고 있었다면, 이문환의 반복되는 인물들은 같은 이름을 지니고 있으나 동일한 자아를 지녔다고 확정하기 어려운 양상을 보여준다. 이 점은 이문환의 인물들이 살아가는 탈현대적 삶의 조건을 정확하게 반영하고 있다. 이 인물들은 같은 이름으로 불리고 있으나, 사실은 이름을 갖는 것이 별다른 의미가 없을 만큼 익명성 속에 놓여진 존재와 다를 바 없으며, 더욱이 하나의 작품 속에서도 분명하게 자기정체성을 유지하고 있는 인물을 찾기는 어려워 보인다. 이 점은 무엇보다도 『플라스틱 아일랜드』에 등장하는 인물들의 곤경을 대변하는 존재의 조건이다.

또한 발자크가 부조하였던 사교계의 영웅들은 이후 '공적인 세계의 몰락'이라 불리는 사태를 겪어야 했으며, 그리하여 공적인 생활과 사교계의 영광으로부터 도피한 인간들은 자신의 자아를 보존해 줄 어떤 장소를 만들어내야 했다. 그런 맥락에서 발명된 장소가 아늑한 가정과 친밀성의 영역인 낭만적 사랑이었다면, 다시 한 시절이 지나서 그런 가정의 아늑함과 사랑의 환상이 사라진 이후 이 세상의 이야기는 어떻게 이어질 것인가라는 물음은 이문환 소설의 중핵이라고 보아도 좋은 윤리적 질문이다.

그러니, 이문환의 소설이 우리시대의 인간희극이고 아직 가능한 리얼리즘의 한 양식이라고 말하는 것은 그리 큰 용기를 필요로 하지는 않는다. 문제는 그것이 '인간'의 이야기인가 하는 점일 테지만 말이다.

2. 모든 신성한 것은 조롱받는다

각종 사고와 재난으로 가족을 잃고 혼자 살아남은 고독한 사람들의 모임인 클럽에 주인공 조식이 가입하게 됨으로써 펼쳐지는 『플라스틱 아일랜드』의 서사는 위험과 아이러니로 가득한 현대의 묵시록과 같은 인상적인 장면들을 펼쳐보이고 있다. 가족을 잃었으나 그로부터 오히려 자유와 해방을 만끽하는 인물들의 이야기는 2000년대의 한국소설에서 더 이상 낯선 서사가 아니지만, 그렇다고 해서 『플라스틱 아일래든』의 질주하는 욕망들의 세계가 주는 강렬함이 작아지는 것은 아니다. 갑작스런 교통사고로 세상을 떠난 조식의 가족들이 그의 꿈 속에 출현하는 다음과 같은 장면에는 우리 시대의 가족의 초상이 선명하게 제시되고 있다.

꿈속에서 가족들은 조식의 존재를 의식하지 못하는 모양이었다. 하지만 곧 누군가 슬로우 모션으로 고개를 돌리리라. 얼핏 보면 그들은 생전의 모습과 다를 것이 없었지만 냉정하게 관찰하면 차이점을 찾을 수 있었다. 산 자에 대한 증오와 질투. 제발 내게 오지 말라고 애원하면 그들은 이렇게 말하겠지 : 그래? 일단 네가 죽은 다음에 애기해 보자고. 우린 시간이 많아. 죽음은 평생 기다릴 수 있다. 조식은 꿈을 깨기 위해 눈을 뜨려 했지만 소용없었다. 악몽은 양파껍질 같아서, 눈을 뜨면 또 다른 꿈이 기다리고 있었다. (67쪽.)

조식이 증언하는 바처럼, 가족이란 헤어날 수 없는 악몽 그 자체이다. 죽은 가족들의 응시를 "산 자에 대한 증오와 질투"로 기록하는 조식에게 생존시의 가족이 어떠한 존재였던가를 짐작하기는 어렵지 않다. 가족들이 자신에게 요구하는 것이 경제적인 원조 밖에는 없다는 것을 발견하게 된 조식에게, "부르주아지는 가족 관계로부터 그 심금을 울리는 감상적 껍데기를 벗겨버리고, 그것을 순전한 금전 관계로 되돌려 놓았다"라고 비평한 「공산당 선언」의 구절은 남다른 울림으로 기억되고 있지는 않을 것인가. 『플라스틱 아일랜드』를 이끌어 주는 전범은 발자크를 경유하여 이제 마르크스로 이동하고 있다. 정말로 그러한지, 사태를 좀더 지켜보는 것이 좋겠다.

신성한 모든 은총이 그러하듯이, 신성 가족의 기억은 조식에게만이 아니라, 『플라스틱 아일랜드』의 주요 등장인물들에게 고루 편재하고 있다. 진정한 가족의 역할 모델은 자신의 실재하는 가족이 아니라 텔레비전의 만화 영화인 심슨 가족에 있다는 것을 알고 가족이라는 굴레를 벗어던지려 하던 가연이나, 자신에게 세 명의 아버지를 갖도록 해 준 어머니로부터 독립하기를 원하고 자살로 그것을 성취하는 혜정, 그리고 톱스타가 되어 그녀가 벌어다 줄 돈만을 기다리고 있는 가족을 지닌 이지 등도 가족에 대한 증오에서라면 조식보다 못하지 않았을 인물들이다. 그러므로 이들과 조식이 아무리 강력한 성애를 나눈다고 하더라도 조식이 이들 중 어느 한 사람과도 가족을 이루지 못할 것임은 너무도 짐작하기 쉬운 일이다. 사정은 정확히 그 반대이다.

클럽과 회사에서 승승장구하는 것처럼 보이던 조식에게 최초의 '재난'이 찾아온 것도 가족이라는 유령의 모습을 통해서이다. 인형의 도움으로 가연의 사랑과 클럽에서의 지위를 얻은 조식은 이후 병들어 자신에게 의존하는 가연을 보며 부모에 대한 오랜 기억을 떠올린다. "그는 병자의 애처로운 눈빛이 등에 박히는 것을 느끼며 속으로 외쳤더랬다. 죽어버려!"(301쪽.) "지하창고에 오래 봉인해 두었던 병자에 대한 증오와 혐오"에 대해 조식이 절규한다고 해도, 가족이라는 귀환한 유령은 쉽사리 떨쳐지지 않을 만큼 강력하다. 병든 가연과 피로에 지친 이지가 보여주는 자신에 대한 의존은 다시금 가족의 생계를 책임져야 했던 과거를 떠올리게 만든다. 그리하여 가연과 이지가 입을 맞춘 듯이 "그래도 난 네거잖아"라는 주문 같은 말을 했을 때, 그는 "자신은 도저히 버릴 수 없는 짐이라고 주장하고 싶은 것일까? 부모님은 그가 취직한 뒤부터는 "그래도 너만 믿는다."고 입버릇처럼 말했다."(312쪽.)라고 가족이라는 굴레를 악몽처럼 떠올린다. 그에게 자유를 부여해 줄 것으로 믿었던 클럽의 사람들 또한 가족이라는 벗어날 수 없는 굴레의 모습으로 다가오고 있는 것, 바로 그 곳에서 조식의 파멸의 예감은 시작된다.

가족이라는 전통적인 유대관계가 약화되면서 이해관계를 초월한 순수한 유대를 바탕하는 하는 공동체의 자리로 개인에게 중요하게 대두하는 우정이라는 감정의 형태 또한 조식에게는 허망하기 짝이 없는 것이다. 작품 속에는 적지 않는 조식의 친구들이 등장하고 그들과의 술자리가 드물지 않게 묘사되고 있지만, 그의 친구 중 어느 누구도 조식을 위험으로부터 구해줄 만한 우정을 보여주지 않는다. 오히려 작품 속에서 친구들이 종종 등장하는 이유는 조식에게 친구가 전혀 없음을 보여주기 위한 장치라고 보는 것이 좋을 정도이다.

그러므로, 가족이 사라짐과 동시에 보험금이라는 벼락과도 같은 축복이 닥친 것은 여러 가지로 의미하는 바가 많다. 가족의 비명횡사와 그로 인한 보험금의 수혜로 인해 주인공의 신분이 상승하는 이야기는 19세기의 리얼리즘 소설의 인물들이 그토록 열망했던 벼락출세에 대한 욕망의 21세기적 버전이다. 욕망의 크기가 크면 클수록, 신분의 상승의 속도 또한 빨라질 것이다. 그런 점에서, 조식이 처음 클럽의 아지트를 찾아갔을 때 들려온 노래의 가사가 "내가 원하는 것으로부터 날 지켜 줘"라는 내용인 것은 오래 기억할 가치가 있다. 그것은 "그대가 원하는 바가 법칙의 모든 것이 되도록 하라"라는, 이 작품의 제사에 대응하는 내면의 명령이자, 결코 피할 수 없을 파국에 대한 계시와도 같다. 네가 욕망하는 것이 결국 너 자신을 파멸로 이끌게 할 것이라는 현대의 유령 같은 강령!

다시 마르크스가 「공산당 선언」에서 들려준 구절에 귀를 기울여 보면, 물신에 대한 욕망에 눈뜬 자들의 세상에서 "모든 고정적인 것은 증발되어 버리고, 모든 신성한 것은 모독당한다. 그리고 사람들은 마침내 자신의 생활상의 자유와 상호 연관들을 냉정한 눈으로 바라보지 않을 수 없게 된다." 클럽에 가입해서 다른 사람들의 인정을 얻게된 후, 조식은 메신저 친구신청과 미니홈피 일촌 신청을 통해 며칠 사이에 가족이 늘어나는 것을 담담하게 받아들인다. 그가 소속하게 된 클럽이란 후기자본주의적인 이익사회 속에서 생산된 새로운 유대관계의 형성으로 이해할 수 있다. 그 유대를 가능하게 만드는 것은 신분이나 공동의 관심이 아니라 전적으로 가족과의 극적인 결별이라는 조건을 필요로 한다. 클럽에서 조식의 친구를 자임하는 형만은 그에게 클럽의 내부 규칙이라는 것을 알려주는 데, 몇 가지 조항으로 이루어진 그 클럽의 규칙은 모두 클럽과 회원의 비밀을 외부에 발설하지 않는다는 것의 다른 표현이다. '비밀을 지켜라'는 규칙 말고는 다른 어떤 강령도 지니고 있지 않은 지극히 폐쇄적인 클럽이란 공간에서 인간의 행위는 삶에 더 나은 가능성을 열어주는 생산적 활력으로 이어지지 않는다.

클럽과 회사의 가장 정점에 선 존재는 극도의 낭비 행위를 수행함으로써 자신의 지위와 정체를 보장받는 인물이다. 가연과 배남으로 대표되는 그들은 낭비를 통해 절대적인 권위를 유지해 나가는 듯이 보인다. 그것은 가족이라는 굴레가 사라진 자리에 남겨진 잉여를 소모하는 방식이라는 점에서, '윤리적 전복'의 한 극단을 이룬다. 한나 아렌트는『인간의 조건』에서 노동하는 동물의 여가시간은 오로지 소비에만 소모되며 그에게 남겨진 시간이 많으면 많을수록 그의 탐욕은 더 커지고 더 강해지는 것이 우리가 직면한 소비사회의 모습이라고 말했다. 소비 사회의 이러한 성격이 결국에는 세계의 모든 대상이 소비와 소비를 통한 무화로부터 안전할 수 없다는 위험을 일깨워주게 되며, 그리하여 어떤 영속적 주체에게도 삶이 자신을 고정시켜 주체로 만들어 줄 수 없다는 것을, 그 무상함을 인식하지 못하게 만드는 위험을 갖고 있다는 것이다.

프랑스 혁명이 형편없는 소인배들이 영웅의 탈을 쓰고 뻐기고 다닐 수 있는 환경을 만들어내었다고 말한 것은 마르크스였는데, 조식이 경험하는 사태 또한 이와 유사하다. 혜정이 자신의 집으로 짐을 옮겨와 가족이라는 무대를 상연하려 하자, 조식을 스스로를 "아무 곳으로도 갈 수 없게 발목이 묶인 매달린 사람"(175쪽.)으로 인식한다. 혜정이 집을 나간 다음 날, 마치 허물을 벗고 다시 태어난 사람처럼 스스로를 확인하는 조식의 모습은 그에게 다가올 새로운 약속인 존재의 변신을 예감하게 한다. 혜정의 죽음 이후 갑작스럽게 조식에게 집착하게 되는 가연과 이지가 애욕이라는 감정의 덫에 빠지게 되는 데에 반해서 조식은 더욱 자신 감을 지니게 된다. 외모와 지갑의 두께로 능력이 평가되는 짐승의 세계 에서 이미 도태된 모습을 보여주거나, 쿠키를 먹는 습관으로 여직원들 의 혐오를 받던 조식은 이제 클럽에서 환대받는 존재로 새롭게 탈바꿈한 다. 조식의 변신에 대해서는 다음과 같은 마르크스의 유명한 설명을 들 어보는 것이 좋겠다. "화폐를 통하여 나에게 존재하는 것, 내가 그 대가 를 지불하는 것, 즉 화폐가 구매할 수 있는 것, 그것이 나, 즉 화폐 소유자 자신이다.「……」따라서 내가 무엇이고 내가 무엇을 할 수 있는가는 결 코 나의 개성에 의해서 규정되지 않는다. 나는 추하다, 그러나 나는 아 름답기 그지없는 여자를 사들일 수 있다. 따라서 나는 추하지 않은데 왜 냐하면 추함의 작용, 즉 추함이 갖고 있는 사람들을 질색케 하는 힘은 화 폐에 의해서 없어지기 때문이다."(「1844년의 경제학 철학 초고」) "내 집이라 는 자산은 '나'라는 인간 그 자체요 주택융자금도 내 '자아'의 일부를 구 성한다."(95쪽.)고 믿고 있으며, "부란 나와 남을 다르게 만들어 주는 가 치"(273쪽.)라고 생각하는 조식은 이미 클럽의 세계로 빠르게 진입할 수 있는 자질을 갖추고 있다. 다들 알고 있듯이, 화폐의 힘에 대한 마르크스 의 설명은 파우스트를 젊어지도록 만들어 준 메피스토펠레스의 마법에 대한 해설이었다. 조식에게 변신의 동력을 제공한 것이 가족의 죽음에 대한 보상금과, 서사의 첫 장에서부터 그와 동거하게 된 한 인형이 지닌 마법의 도움이라는 것은 우연이라고 보기 어렵다. 마르크스는 앞에서 인 용하였던 「공산당선언」의 몇 페이지 뒤에, "근대 부르주아 사회는 주문 을 외워 불러내었던 저승의 힘을 더 이상 감당할 수 없게 된 마법사와 같 다."라는 무척이나 멋진 말을 한 바 있다. 역시나 작가는 제4장인 「과학 자」에서, 마르크스의 그 구절을 직접 들려주고 있다. 이제 언젠가 괴테가 인상적으로 이야기해 준 바 있는 그 저승의 힘에 대해 알아볼 때이다.

3. 말하자면 흑마술, 또는 희망의 증거

이문환의 소설 속 인물들이 작가의 다른 작품들에서 유령처럼 귀환한 존재들임은 이미 말한 바와 같다. 그 중에서도 작가의 데뷔작이기도 한 단편 「마술사」에 등장하였던 바로 그 마술사는 더욱 더 강력한 마법과 저승의 힘을 동반한 채 『플라스틱 아일랜드』 속으로 돌아왔다. 그에 따르면 고대의 마술과 중세의 연금술, 근대의 과학과 20세기 후반의 경제학은 마술사들의 끊임없이 탐구해 낸 마법의 영토이다. 다음 인용은 그가 21세기의 경제학 강의를 듣기 원하는 독자들에게 일깨워주는 마법같은 현실의 모습이다.

현금은 즉 욕망이다. 근사한 옷과 보석과 화장품과 자동차와 주택이다. 인간이 흙에서 태어나 흙으로 돌아가듯, 한번 소비한 현금은 경제 순환의 고리 속에서 재활용된다. 백화점은 번제(燔祭)의 전당이다. 신용은 경제학의 승수이론(乘數理論)에 따라 현금의 힘을 강화하는 스테로이드. 자본의 신도들은 때론 인적이 없어 감옥 같은 자택이나 별장에서 북미 인디언의 포틀라치와 같은 파티를 열어 부(富)를 불태운다. 이란 벨루가 산 최고급 캐비아를 은제 모종삽에 듬뿍 담아 돌리고 하얗게 털을 밀어낸 이탈리아 알바 산 송로 버섯을 감자 칩처럼 퍼먹으며 애스프리 앤 가라드의 크리스털 글라스에 한 병에 100만 원이 넘는 1999년산 샤토-무통 로쉴드를 가득 채워 마신다. 패션 잡지 화보의 슈퍼모델 비키니 천사들처럼 절대미를 체현하기 위해

12세기 서유럽을 중심으로 성행했던 기독교 종파인 카타리 파의 완덕자(完德者)들이 그랬듯 육류와 동물의 지방을 먹지 않고 금욕한다. 그것으로도 부족해 살을 찢고 뼈를 갈아내며 얼굴과 가슴과 배와 엉덩이와 종아리에 확대경으로 비춰야 겨우 알아볼 수 있는 성흔(聖痕)을 만드는 고행을 겪는다. (142~143쪽.)

현금에 대한 욕망에 사로잡힌 사람들이 자본의 신도가 되고, 경쟁에서 승리한 자들이 북미 인디언의 포틀라치와도 같은 부의 소모를 상연하는 자본주의의 극장은 『플라스틱 아일랜드』의 서사를 압축하여 놓은 축도와도 같다. (작품에 숨어 있는 또 하나의 마법은 가연의 타로점이다. 사람 잡는 타로라는 배남의 비난에 대해서 가연은 그것이 사고에 대한 예언일 뿐이고 바로 그 점이 클럽과 회사의 근간이 된다는 점을 지적하고 있다. 인간의 희로애락과 관련된 변치 않는 욕망을 대변하는 전통적인 타로카드를 21세기적으로 변형한 그녀의 타로카드는 결국 후기 자본주의의 인간의 쾌락에 대한 탐욕과 갈망을 드러내면서 『플라스틱 아일랜드』에서의 조식의 서사를 압축해서 예언한 것이다.)

마술사는 기원하는 바를 기호와 상징으로 압축한 마술의 대표적 도구로서 인간을 닮은 인형을 제작하고 있다. 바타이유에 따르면 종교 예식은 인간의 피, 희생을 요구하며, 어원적으로 희생이란 성스러운 사물의 생산을 의미한다. 성스러운 사물은 오직 파멸의 작용을 통해 구현될 수 있다. 바타이유가 '소모'라고 부른 것들인 희생제의와 유행, 소비들은 이 소설에 나타나는 근본적인 가치를 통어하는 중심축을 이루고 있다. 바타이유는 소모의 한 극단적인 형태인 포틀래치가 종교적 제의의 형태를 띠는 것은 이론적으로 파괴가 그것의 수혜자를 위해 행해지기 때문이라고 말한 바 있다. 손실의 능력이 다름아닌 권력이라면 부는 전적으로 상실의 방향을 향해야 하는데, 이미 알고 있는 대로 클럽의 지도층의 모습이 그런 소모의 몫을 대변한다. 마법사가 만들어낸 사물인 인형에서 강렬한 성애를 발견하고 그것으로부터 흑마술적인 쾌락과 영향이 인물들에게로 전해진다는 설정은, 돈과 상품에 대한 물신주의의 풍자라는 이 작품의 근본 구조와 공명한다.

괴테의 '파우스트'가 악마와 맺는 계약을 통해 파괴에 대한 '악마적 탐욕'을 창조적인 것으로 전환시키는 역설을 보여주었다면, 문제는 조식이 마법사와 맺는 계약은 어떠한 생산을 예비하고 있는지 알기 어렵다는 점이다. 대차대조표를 작성하는 합리성과 메마른 소비에만 매달리는 부르주아를 대표하는 조식의 파멸은 그러므로 예정된 결과와도 같다. 마술사는 이미 인형을 갖게 되는 조식의 파멸을 예언하고 있는데, 그것은 그가 자신의 욕망과 의지를 통제할 줄 모르는 존재이기 때문이다.

조식의 연인으로 등장하는 혜정은 인형의 존재를 선취하고 있는 최초의 존재라는 점에서 중요한 인물이다. 조식은 혜정의 두 가슴에 각각 모시와 이니라는 별칭을 붙여주는데, 이 이름은 또한 직장에서 그가 금융거래를 위해 사용하는 두 대의 모니터의 이름이기도 하다는 점에서 그녀의 사물화된 운명을 암시한다. 혜정은 조식과 연애를 하던 시절에도 그와의 사진 촬영을 거부함으로써 조식과 사귀고 있다는 증거를 남기지 않았으며, 남자들이 모두 자신을 배신했으며, 자신의 참사랑을 기억 속에 있고, 입버릇처럼 죽음에 대해 이야기하며 자살하는 법을 연구하는 여자이다. 그녀의 히스테리에 지친 조식은 그녀의 소원을 풀 수 있는 합리적이고 경제적인 해결책은 자살이라고 생각한다.

소설의 서술자는 혜정이라는 인물의 과거와 현재를 묘사하는 대목에서 혜정의 목소리를 자유간접화법의 형태를 빌어 서술의 중간에 삽입하고 있는데, 이 대목은 앞서 조식이 유령의 목소리를 처음 듣게 된 대목과

연관시켜 볼 때 혜정이라는 인물에 대한 하나의 암시를 부여하기에 충분하다. 그녀는 곧 죽을 존재. 삶과 죽음의 경계로 이미 들어선 존재. 사진 속에 한 번도 자신의 신체를 드러내지 않은 존재로서, 다시 말하면, 유령과도 같은 존재인 것이다. 그것은 작품의 서사에서 혜정의 죽음에 개입한 것으로 추정되는 인형이 혜정의 목소리를 빌어 자신의 주장을 전개하는 것과 무관하지 않다.

혜정의 죽음 이후 혜정과 인형과 자신의 얼굴을 모자이크한 듯한 죽음의 총체에 쫓겨 불안해 하는 조식이나, 남성과 여성의 경계선에서 방황하며 인간은 누구나 죽는다는 평범한 사실을 두려워 하는 가연은, 혜정이 이미 걸어들어간 죽음의 영토, 저승의 힘이 자신들의 삶의 영역과 무관하지 않다는 것을 깨닫게 되었기 때문에 두려움을 떨치지 못하는 것은 아닌가. 조식의 현실적인 직장생활이 영위되는 나무와 수풀이 없는 벌거벗은 콘크리트 섬인 여의도라는 공간과 화초와 창문이 없는 클럽의 폐쇄적인 공간은 이미 별개의 장소가 아니다. 그러므로 클럽과 회사 내에서 벌어지는 가족주의파와 자유주의파의 대결은 근본적으로 문제를 생산하는 대립으로 이어지지 못한다. "더 많이 갖고 싶은 욕망이 우릴 창조한 거고, 우린 창조주가 부여한 소명에 따를 필요가 있"(294쪽.)다는 배남의 욕망론을 들어 보라. 그는 가연과 조식의 형제이다. 서사를 통해 구체화되지는 않지만, 오히려 가연의 심복인 형만이라는 존재가 하나의 대립의 가능성을 지닌 존재라고 할 수 있다. 형만은 자본주의의 합리성을 대변하면서도 소모의 파괴적 열정 속에 사로잡히지 않은 유일한 인물이다. 가족에 대한 어떤 고백도 하지 않은 그는 마법사의 어둠의 힘조차도 오직 이해관계에 따라 빌려쓸 수 있을 뿐이라고 생각한다. 그는 회사의 재산을 증식시키기 위해 노력하면서도 어떠한 자기 파괴적인 에로티즘도 보여주지 않는다. 생식이나 사회적 활동과 무관한 성관계에 빠져드는 조식과 가연과 이지의 세계는 형만의 합리성과 대립한다.

실재와 가상의 대립은 또 어떠한가. 인형은 조식에게 저주처럼 외친다. "날 가짜라고 생각하는 거야? 지금 거리에 나가봐. 텔레비전을 보라구. 얼마나 많은 여자들이 나랑 똑같은 가슴을 갖고 있는지. 남자들은 가짜라고 욕하면서도 미치도록 달라붙지. 너도 잔뜩 쌌잖아!"(240쪽.) 인형의 가짜 가슴에 대립하는 대상은 다들 알고 있듯이 이지가 지니고 있다. "달러 지폐만큼이나 복제하기 어렵다는 프라다의 정품 인증서(certificate of authenthetic)처럼 확실한 순도 100%의 자연산 가슴."(245쪽.) 그러나 그것은 프라다의 정품인증서와의 유비를 통해 설명될 뿐인, 사물화의 운명을 벗어나지 못한 상품화된 자연이다. 이쯤에서 처음 조식이 인형과 대면하였던 장면으로 돌아가 보는 것이 좋겠다. 꿈도 아니지만 꿈과 유사하여 현실적이지 않은 하룻밤을 침대 위에서 자신과 함께 보낸 존재가 "알루미늄이나 메탈 프레임의 뼈대에 실리콘과 라텍스로 거죽을 입히고 실제와 흡사한 성기까지 갖고 있는 성인용 바비인형"(20쪽.)이라는 것을 지각한 조식은 느닷없는 말을 중얼거린다. "그래도 나의 큰 희망은 사람에 있다"(21쪽.) 과연 그 희망은 실현 가능한 것이었을까.

4. 이것이 인간인가

『플라스틱 아일랜드』의 첫 장면에서 조식은 "간절한 소원을 성취할 것이라는 계시"(11쪽.)를 받고 술에 취한 채 집으로 돌아와 깊은 잠에 빠진다. 그가 꾸는 꿈 속에서 어린 시절 최초의 성적 유혹을 느낀 동급생과 요란한 섹스를 하는 장면이 나오고, 이어서 벌에 쏘여 모두에게 경원의 대상이 되었던 기억을 떠올리는 것으로 보아, 조식의 '간절한 소원'이란 사랑이 아닌 섹스에 대한 욕망과 모두의 선망의 대상이 되는 존재로의 변신을 성취하는 것으로 추측해 볼 수 있다. 그리고 다들 알듯이, 그런 욕망이라면 이미 조식은 서사 안에서 지겨울 정도로 맛보았다고 할 수 있을 것이다. 문제는 그것이 참으로 '간절한 소원'이라고 말할 만한 것인가 하는 점, 무엇보다도 조식이 스스로 원하는 것을 분명하게 알고 있었는가 하는 점이다.

형만이 자본주의의 경영자가 독재자나 종교지도자와 비교할 만하지만 그들보다도 더 위대한 인물이라고 알려주지 않더라도, "네가 원하는 바가 법칙의 모든 것이 되게 하라"라는 흑마술의 율법이 자본주의의 논리와 다르지 않다는 것을 이제 충분히 알아차렸다. 그러나 파멸은 이미 돌이킬 수 없는데 그것은 작품의 인물들이 진정으로 원하는 것이 무엇인지를 더 이상 알 수 없게 된다는 점에서 온다. 이 작품에서 돈에 대한 욕망과 함께 인물들의 행동과 정서를 규정하는 또 하나의 욕망인 섹스에 대한 집착을 보아도 그러한 점을 이해할 수 있다. 클럽의 첫 모임에서 조식은 메신저에서만 대화를 나누던 낯선 여인과 섹스를 나누지만, "그는 그 자신의 섹스를 훔쳐보고 있었다."(111쪽.)고 말하고 있으며, 자신을 '푸'라는 별명으로 부르는 가연은 "자신에게서 너무 달아나려고 하지 마요"(114쪽.)라고 충고한다. 조식을 포함한 이 작품의 인물들은 섹스를 통해 어떠한 친밀감도 공유하지 못하고, 자아에 대해 아무 것도 배우지 못한다. 이들의 섹스는 섹슈얼리티를 자아의 외부로 끊임없이 추방하는 그러한 행위 바로 그것이다. 그리하여,

조식은 섹스가 끝난 뒤 단내 나는 공기와 땀에 젖은 시트 속에서
엄습해올 싸늘한 기운을 생각하자 몸이 오싹했다. 관객 없는 광대가
홀로 공연을 마치고 텅 빈 무대를 바라보며 느낄법한 혐오와 슬픔이
그를 휩쓸고 지나갔다. (285쪽.)

고 조식이 말할 때, 그는 자신의 섹스와 관계들 속에 놓은 텅 빈 공허
를 올바로 보았어야만 했을 것이다. 그런 순간은 금리인상에 대한 정보
를 잘못 이해한 조식이 시장과 반대로 움직여서 현실세계에서 몰락한 후
쓸쓸함과 공허를 느끼는 장면에서도 목격된다.

다들 유령처럼 소리 없이 퇴근했다. 사무실에는 그 흔한 인사말
조차 들리지 않았다. 조식도 그 유령 집단의 일원이 되고 싶었지만
그럴 수 없었다. 혼자만 살아 숨 쉬는 것 같았다. 아무도 그에게 말을
걸지 않았다. 듣는 사람도 없었다. (317쪽.)

직장의 동료들이 모두 유령과도 같고, 오직 자신만이 살아 있는 사람
처럼 느껴질 때, 조식에게는 아직 인간에 대한 희망은 남아 있었는지도
모른다. 아직 혐오와 슬픔을 느낄 수 있는 존재 속에는 인간의 형상이 남
아 있다고 할 수 있을 것이다. 그러나 서술자가 조식을 데려간 방향은 파
멸의 장소를 향해서이다. 이지가 가연을 질투하며 "난 자기가 그런 가짜
한테 푹 빠진 게 정말 싫었어"라고 말하자, 조식은 오히려 "그녀가 물건
으로 보이기 시작"(339쪽.)하여 그녀에게 폭언을 퍼붓는다. 이어지는 장
면에서 인형은 "진짜 여자는 바로 나야, 나"(340쪽.)라고 말하며 조식의
사랑을 원한다. 조식이 빠진 혼란스런 상태에 대해서는 마술사가 나타나
명쾌하게 정의를 내려줄 것이다. "자네가 뭘 원하는지 지금 자네가 어떻

게 안단 말인가? 자네는 꿈을 꾸고 있는 거야. 자네는 가짜 조식이고, 진짜 조식은 잠들어 있지."(351쪽.) 이후로 살인자의 누명을 쓰고 정처를 잃은 조식은 "피를 나눴다는 이유만으로 모든 죄를 용서하고 포용하는 가족애의 마술"에 다시 걸려들길 원하지만, 그를 기다려 주는 것은 배남의 근친상간을 추구하는 동물-가족 뿐이다. 인간과 동물의 경계에 놓인 그 가족의 삶에 편입된 조식은 마법사의 제의를 통해 "아직 형상과 소명을 부여받지 않은 얼굴 없는 인형들의 무리"(380쪽.)속으로 흘러들어 "죽지 않았으되 꿈꾸고 있는 존재"가 된 자신을 발견한다.

언젠가 르네 지라르는 고귀함이란 그의 욕망이 자신의 내부에서부터 나오는, 그리고 그의 힘 하나하나를 전부 그러한 욕망을 충족시켜주기 위해 행사하는 사람에게 속하는 자질이라고 말한 바 있다. 『플라스틱 아일랜드』는 넘쳐나는 욕망을 가졌으나 그 욕망이 어디에서 온 것인지 진정으로 알지 못하는 인물들의 현대를 묘사한다. 참으로 자기 자신이 무엇인지 알지 못하고, 행동 하나하나가 오직 인간을 인간으로부터 멀어지게 할 뿐인 세계, 인간의 욕망 이외의 어떤 목적이나 엄격성 없이 사물에 다가서도록 함으로써 인간을 점점 더 인간으로부터 멀어지도록 만든 자본주의에 대한 기억할 만한 상상도를 이 작품은 보여주었다. 사회의 보편적인 욕망의 구조에 대한 조망으로서 이 이야기가 안겨준 강렬함을 잊기는 어렵다. 무엇보다도 이 이야기를 잊기 어렵도록 만드는 것은 "돈만 있으면 애새끼든 늙은이든 누구나 평등하게 살 수 있는 흔한 인형이라고." 자신을 정의한 저승의 어떤 힘이 "날 죽이면 죽일수록 계속 업그레이드해 돌아올 테니까."(299쪽.)라고 말한 그 '보편적인' 저주를 잊을 수 없기 때문이다. 'I will be beck'이라고 말하는 존재들, 언제나 돌아오는 자들을 조심해야 하는 것은, 그것이 우리 모두의 마음 속의 가장 약한 지점으로 스며들어 가장 광포한 욕망을 일깨우는 존재이기 때문인 것이다.

삶은 오래 지속된다
— 허혜란의 『체로키 부족』

1. 기원의 장소, 또는 길떠남

허혜란의 첫 소설집 『체로키 부족』 속의 인물들은 자주 자신의 근원을 꿈꾼다. 「내 아버지는 서울에 계십니다」의 고려인들은 비싼 빚을 지고 서울로 가고, 「아냐」에 등장하는 노인의 고요한 미소에는 모국의 언어를 잃어버린 자의 부끄러움과 서글픔이 배어 있다. 「소녀, 수콕으로 가다」에서 고려인 노인은 한국에서 온 화자에게 "아리랑, 아오?"라고 묻는다. 「아냐」의 고려인들은 "학교에서 러시아 역사, 우즈베키스탄 역사, 세계의 역사는 배워도 한국이나 고려인에 대한 것은 배우지 않으니 알 도리가 없소."라고 자책한다. 자신의 고향을 떠나서 먼 나라, 이방의 땅에서 스산한 삶을 살아가는 사람들은 자신의 존재가 기원한 장소에 대한 그리움을 숨기지 않는다.

그러나 허혜란 소설의 인물들이 기원의 장소에 대한 갈망만을 보여주고 있는 것은 아니다. 자신의 기원을 확실하게 살고 있는 사람들은 그 장소에서 벗어나 먼 곳, 여기가 아닌 곳, 자신의 새롭게 존재할 수 있다고 기대되는, 다른 장소로 떠나간다. 일상의 '독'을 품고 살아가고 있는 「독」

의 인물들은 "우리 떠날까. 떠나다니 어딜? 아무데나, 어디든."이라고 말한다. 「체로키 부족」의 부부는 각자가 야생마처럼 자유롭게 살다가 만나 결혼을 하였으나 정주하는 삶에 적응하지 못한다. 이러한 인물들에 대한 주석은 「달콤한 유혹」에 등장하는 어린 화자인 미라의 몫이다. 미라는 자신의 땅을 떠나 서울로 가려고 하는 엄마의 갈망에 대해서, "그 나라가 어릴 때부터 수없이 들어왔던 '할아버지의 나라' 라는 것은 엄마에게 중요하지 않다. '여기'가 아니라는 것만이 중요하다."고 명쾌하게 설명해 준다. 「달콤한 유혹」은 허혜란 소설의 인물들이 자신이 거주하는 장소에 대해 지니는 태도를 선명하게 보여주는 작품이다. 서울에 살고 있는 화자의 아빠는 교환교수가 되어 이곳 우즈베키스탄으로 오려하고, 이곳에 살고 있는 엄마는 교환교수 신청을 해서 서울로 가려 한다. 공항에서 만난 두 사람은 동일한 욕망을 지닌 채 서로를 마주보고 있다.

미라는 좋겠다. 여기와 한국을 번갈아 다니면 되니까. 그녀의 말이 끝나기도 전에 엄마와 아빠가 동시에 말했다.
뭐 하러 번갈아 다녀요? 한번 갔으면 다시는 여기에 오지 말아야지, 이 나라를 뜨는 게 살길인데.
한 사람은 그렇게 말했고 다른 한 사람은
이 좋은 델 놔두고 왜 거길 가. 나는 여기에서 살기 위해 서울을 견디고 있는데.
라고 말했다.

자신이 거주하는 장소를 적대시하여 그곳을 벗어나는 것, "이 나라를 뜨는 게 살길"이라는 생각, 다른 곳에서 살기 위해 현재를 견디고 있다는 인식은 허혜란 소설의 인물들이 보여주는 주된 낭만적 정서를 보여준다.

그리하여, 미라의 엄마는 자신에게 다가오는 아빠에게 욕설을 퍼부으며 "그래, 거기! 거기에 있어. 여기로 오지 말고, 거기에서, 우릴 기다리란 말이야."라고 말한다. 이러한 바람이 실현 가능한 것이 아님은 누구보다도 그들 자신들이 잘 알고 있다. 그리하여, 미라는 가족들과 함께 어딘가로 달려가고 싶다는 생각을 하면서, "어디로 갈까. 한국도 아니고 여기도 아닌 '다른' 나라여야겠지."라고 말한다.

지금 여기가 아닌 곳, 다른 공간, 일상이 아닌 장소에 대한 동경은 허혜란의 소설과 함께 문학이 오랫동안 지녀왔던 낭만적인 충동의 하나이다. 그리하여 『체로키 부족』 속의 인물들은 체로키 인디언들이 자신들만의 나라를 꿈꾸듯이 내면 깊숙한 곳으로부터 멀리 떠나고 싶은 욕망을 키워내고, 과감하게 그것을 실행한다. 그러나 근원에의 향수든, 낯선 곳에의 갈망이든, 그것을 통해 한 개인이 진정으로 자기자신의 존재를 소유한 충만한 상태로 변화하는 것은 가능하지 않다는 것이 우리가 허혜란 소설을 다 읽고 난 후 깨닫게 되는 것이다. 그 떠도는 존재들이 보여주는 인간 삶의 조건에 대해 좀더 살펴보자.

2. 환대의 희망, 적대의 풍경

기원에의 동경과 길떠남의 갈망으로 가득한 『체로키 부족』의 이야기에서 그 바램들은 종종 환대의 희망과 그것을 배반하는 적대의 풍경으로 드러난다. 「소녀, 수록으로 가다」에서, 화자는 "사람들 사이를 누비며 그들이 원할 때마다 사진을" 찍어주고, 결혼식을 축하하기 위해 모인 마을 사람들은 이 잔치를 정지된 풍경으로 기록해줄 '낯설고도 특별한' 손님에 대한 환대를 드러낸다. 그 환대 앞에서 "그는 자기가 스스로 알 수 있는 '본인'이 아니라 '누군가의 상대방'으로만 드러날 수 있는 막연하고 모호한 사람으로 느껴졌다."고 말한다. 그가 그 환대 앞에서 이방인으로서의 자신의 정체성에 대해서 의문을 갖게 되는 것은, 그것이 "선망과 기회의 땅이 된 그런 나라에서 온 유학생"을 향한 것일 뿐임을 잘 알고 있기 때문이다. 그 환대는 적대를 내장한 것이기도 한 것이어서, 결혼식의 당사자인 어린 신부는 '낯설고도 특별한 손님'인 그의 물음에 대해 "그로서는 전혀 알아들을 수 없는, 그들의 부족어"로 답한다. "그러니까 소녀는, 대화를 나누고 싶지 않은 것이다." 한국에서 왔으며, 아리랑을 부를 줄 아는 이방인의 존재는 바로 그 언어의 조건 때문에 낯선 타자의 자리에 머물러야 한다.

환대에 대한 문제는 물음에 대한 문제이고, 주체에 대한 문제이며, 이름에 대한 문제이기도 하다라고 말한 것은 데리다였다. 이방인에 대한 환대와 적대의 문제가 불러오는 이름과 말에 대한 관심은 『체로키 부족』의 전체 서사를 통어하는 핵심적인 물음과도 같다. 환대란 일차적으로 언어를 통해서, 그 언어를 이해할 수 있는 타인에게 말 건넴으로써 가능해지는 것이므로, 떠도는 자들과 고향을 잃은 사람들은 언어가 자신의 존재를 증명하기라도 할 것처럼, 언어에 집착하고 있다. 그러나 허혜란의 소설 속에서 언어는 자신의 소속을 밝혀주는 조건이 되면서, 동시에 환원 불가능한 정체성의 박탈의 경험을 안겨주는 요건이 되기도 한다.

「내 아버지는 서울에 계십니다」에서 소년은 모슬렘 친구에게 자신의 성이 '유가이'가 아니라 '유'라고 불러야 한다고 설명하지만, 친구는 그것을 이해하지 못한다. 그러나 소년 또한 어머니의 비석에 쓰인 '고 허 나타샤'라는 한글을 이해하지 못한다. 「소녀, 수콕으로 가다」의 화자는 결혼식을 마친 신랑의 전화통화를 들으며, "거친 음성으로 남자가 몇 번이나 부른 그 이름이 여자 이름이라는 것. 그렇게 아무렇지 않게 부를 수 있는 것은 호명한 상대가 남자의 일상이라는 것."을 이해한다. 그리고 그 이름의 의미가 소녀에게 안겨주게 될 적대의 시간들을 염려하여 소녀의 표정을 살핀다. 그러나 그 관심에 대한 대답은 침묵으로 돌아온다.

「아냐」에서 한국의 대통령을 만날 정도로 유명한 고려인 인사인 화가가 민망할 정도로 초라한 손님접대를 하면서 처음 뱉은 말은 "내, 한국말 잘 못하오."였다. 가장 극진한 환대는 풍성한 음식을 통한 접대가 아니라 서로 공유하고 있는 언어로 말을 건네주는 것이다. 노인의 미소에서 화자는 "모국의 언어를 잃어버린 자의 부끄러움과 서글픔"을 발견한다. 시민단체로부터 '신 세르게이 니콜라이비치'라는 러시아 화가의 이름을 들었을 때, 화자는 "러시아 이름 앞에 붙은 신, 이라는 한국의 성씨. 언제 어디서고 떠올리는 것만으로도 그의 앉은 자리가 불편해지는, 그런 이름을 지닌 사람"을 떠올린다. 그를 설레게 만드는 것은 가족의 이름인 성으로 증명할 수 있다고 믿어지는 어떤 신분과 자신과 공유했던 과거의 열정이 그녀의 이름 속에서 하나로 합류하기 때문이다. 자신과의 접속이 동일한 언어를 통해 가능했던 친밀한 타자는 어느 순간 그의 기대를 저버리고 자신이 이해하지 못하는 말로써 존재를 드러내고, "그로서는 전혀 알아들을 수 없는 언어가 그녀의 입에서 흘러나오자 그는 그녀가 비로소, 낯설"다고 느낀다. 그녀는 "그들의 언어로 살아가야 해, 우리는."이라고 말하고, 그는 "아무리 기를 써도 그가 들어갈 수 없는 그녀의 '우리'였다."는 사실 앞에 절망한다. 그는 "너, 왜 이러고 사니. 빙신아, 그냥 네 말로 살아! 태어날 때부터 네 것인 말. 한글 같은 거 못해도 되니까 그냥 네 입에 붙은 러시아 말 하면서 편하게 살라고."라는 말을 입 밖으로 꺼내지 못한다.

이방에서 경험한 환대와 적대의 동서(同棲)는 허혜란 소설이 늘 그러하듯이, 먼 이국에서 발생하는 문제만이 아니라, 지금, 여기에 존재하는 우리의 일상 속으로도 틈입하는 존재의 조건이다. 「북 치는 소년」은 환영과 적의를 내장한 환대의 문제가 문자메시지로 표상되는 현대의 일상에서 어떤 의미를 발생시키는가를 인상적으로 포착하고 있다. 다른 사람들의 휴대전화 문자메시지를 받아주는 「북 치는 소년」의 화자는 자신이 회원으로 삼고 있는 사람들에 대해서, "문자는 다양하고 회원들도 각양각색이지만 그들이 원하는 것은 단 하나. 누군가가 자신에게 집중하고 있다는 확신, 바로 그것이다."라고 말한다. 그들과 화자의 사이에는 "자음과 모음만으로 주고받는 단속적인 소통만 있을 뿐이다." 저마다 콘크리트와 유리로 만들어진 수많은 창문들 속에서 살아가고 있는 그 미지의 존재들이 일상에서 경험하는 환대의 순간은, 강력한 적대의 정서와 동시에 발생한다.

그럭저럭 평온하던 일상에 어떠한 균열이 생기고 그로 인하여 많은 사람들이 '우리'가 될 때 생기는, 그런 생기다. 여럿을 하나로 만들 수 있는 균열이란 대개가 승강기 고장이나 온수와 가스 이상, 그리고 몇 층의 누가 목을 매었다거나 하는 경우다.

사람들의 일상에 생기를 불어넣는 것은 우리와 아무런 관계를 맺지 못하던 누군가가 우리들 진부한 삶에 화제를 제공해 줄 때 발생한다. 핸드폰의 문자메시지가 갖는 테크놀로지 덕분에 화자는 자신이 알지 못하는 수많은 사람들에 대한 관심과 우정을 하나의 말에 담아서 건넬 수 있었고, 그에 반응하는 사람들의 존재를 감지할 수 있다. 기이한 방식으로 수행되는 이 낯선 타자에 대한 환대는 그들의 진정한 삶에 대한 관심을 결여하고 있다는 점에서 강력한 적대의 양식을 내장한 것이다. 우리는 그들의 이름을 알지 못하고, 그들의 언어를 이해하지 못한다. 그리하여, 「소녀, 수록으로 가다」의 어린 신부는 그들의 부족어로 답하고, 「북 치는 소년」의 화자는 소년의 문자메시지를 해독하지 못한다.

그 해독되지 않는 세계를 이해해보려는 노력은 좌절당하고, "책상을 보고 책상이라고 부르는 말이 단 하나였던 세상을 뒤로하고서."(「아냐」) 인물들은 자신의 거처를 향해 간다. 「아냐」에서 선명하게 제시되었던 것처럼, "그의 것이기도 하고 그녀의 것이기도 한, 그러나 결코 그녀의 것이 될 수 없고 그의 것도 될 수 없는, 그리하여 죽기 전까지 일생 동안 살처럼 뒤집어쓰고 살아야 하는 그런 말(言)"에 대한 인식은, 또한 그 말처럼 우리를 주박하고 있는 육체의 의미에 대한 성찰로 서사를 향하도록 만든다. 그 육체에서 우리가 가장 먼저 포착하게 되는 대상은, 누구나 자신의 삶을 대표하는 표상으로 지니고 있는 '얼굴'이다.

3. 잃어버린 얼굴, 봉인된 주체

「내 아버지는 서울에 계십니다」에서 소년은 당국에서 인정받는 화가인 할아버지의 그림들을 들여다본다. 그 속에서 소년은 사람의 얼굴이 제대로 그려진 그림을 단 한 점도 발견할 수 없다. 소년은 "왜 할아버지 그림 속의 사람들은 얼굴이 하나도 없어요?"라고 묻고, 할아버지는 "노예니까. 노예는 이름도 없고 국가도 없고 얼굴도 없다."라고 답한다. 자신의 말을 잃고 이방인으로 살아가는 존재에 대한 선연한 묘사는 얼굴의 부재로부터 출발한다. 그것은 사람의 정체성이 피부 속에 새겨져 있음을 단적으로 드러내면서, 자신이 속했던 사회를 구성하는 타자들과의 얼굴의 차이로 인하여 정체성의 박탈을 경험해야 했던 이방인의 막막하고 처연한 삶의 무늬를 상상하도록 만든다.

「북 치는 소년」에서 초등학생 여자 아이인 〈해리공주〉는 "맨날보지요어디서나보지요누구나이써요나만없어요빨랑푸러봐용수수께끼"라는 알 수 없는 문자를 화자에게 전송한다. 얼굴이란 대상이 모든 사람에게 있고 어디서나 볼 수 있지만 자신에게만 부재한다는 그 전언은 다시 한 번, 낯선 타향의 이방인에게만이 아니라, 현대적 삶의 한 가운데서 살아가는 우리의 일상 속에 적대의 현실이 자리잡고 있다는 점을 선명하게 알려준다. 〈해리공주〉의 낯선 문자 앞에서 당혹감을 느끼는 화자가 어린 시절에 가지고 놀던 '목이 떨어져버린 낡은 로봇 인형'을 떠올리게 되는 것은 결코 우연이 아니다. 얼굴의 부재라는 주체성의 박탈 상태가 육체의 분절로까지 이어진다는 통찰에 대한 이 선연한 지시는 우리의 육체가 어떠한 방식으로 존재하고 있으며, 그 고통받는 존재들이 비주체성을 넘어서 하나의 정체성을 획득하는 것이 어떻게 가능한지, 그리하여 그 존재들 각자가 어떻게 다른 사람과 만나서 소통할 수 있는가를 추적하는 기억할 만한 서사로 이어지고 있다.

「소녀, 수콕으로 가다」에서 화자는 결혼식의 제물로 바쳐지는 양을 보면서, 매듭을 끊기 전까지는, 한번 연결되었다 하면 결코 대상을 놓아주지 않는 밧줄에 대한 상념을 펼쳐 나간다. "팽팽하고 견고하게. 절대로 벗겨지지 않도록" 대상을 결박하는 그 밧줄은, 결혼식을 앞두고 누나의 온 몸을 견고하게 죄어 오던 웨딩드레스를 떠올리게 한다. 그것이 "아무리 해도 매듭을 풀 수 없는 밧줄 같아. 아무리 해도 벗겨지지 않는 살가

죽 같아."라고 말한 누나의 고백은 우리의 존재와 일상이 무언가에 의해 강하게 결박되어 있음을 증언하고 있다.

「소녀, 수록으로 가다」에서 누나의 삶을 결박했던 웨딩드레스의 환유는 「즐거운 부케」에서 화자가 어린 시절 빌려 입었던 친구의 드레스를 통해서 다시 한 번 반복된다. 어린 시절에 당한 폭력을 기억을 잊지 못하는 화자는, 매일 밤 잠들기 전에 "질긴 식물의 잎사귀들이 내 몸을 타고 오르기 시작했다. 발목을 덮고 허벅지를 덮고 머리끝까지 뻗쳐 올라왔다." 고 상상함으로써 스스로의 육체를 봉인한다. 그녀가 직장으로 삼고 있는 화원은 '꽃들이 가득한 곳'에서 아늑하게 존재할 수 있는 장소이고, "깊고 깊은 잠, 그 너머에 있는 곳. 사람이 죽으면 닿을 수 있는 꽃의 세계"이다. 그 세계에서 화자가 만들어낸 "백 송이의 키 큰 장미들의 맨 다리를 둘러싼 촘촘하고 풍성한 안개"는 "질긴 뿌리를 오아시스에 단단히 박은 견고하고 튼튼한 '틈' 없는" 드레스를 연상케 한다.

이 부재하는 얼굴의 세계, 봉인된 신체의 존재를 사는 존재들은 자신의 삶의 주인으로 스스로를 내세울 수 없다. 다시 한 번, 이국의 이방인이든, 생활에 찌든 일상인이든, 사람은 누구나 자신의 삶에 대해서 낯선 타자이다. 이 실존을 벗어날 수 있는 길은 정녕 없는 것인가. 우리가 그 길에 대한 모색을 채 마치기도 전에, 허혜란의 소설은 마법과도 같은 환영을 봉인된 신체의 피부 위에 각인한다. 이 인간 존재의 적대에 대한 철저한 자각 속에서, 전쟁터에 피는 꽃처럼 위로의 말들은 날아오고, 같은 상처를 지닌 과거의 어린 아이는 하얀 웨딩드레스를 입는다. (「즐거운 부케」) 철갑처럼 피부를 감싸고 있는 이방인의 움츠러든 몸 위로도, 가끔 "일 숨 짜리 한 장이 목화솜처럼 사뿐히 날아와 소년의 상처 난 볼을 스치며 떨어진다." 「내 아버지는 서울에 계십니다」 그런가 하면, "아주 먼

나라에서부터 시작된 바람이 내 머리카락을 건들고 맨 살에 닿"는다. (『즐거운 부케』) 그리고, "까칠까칠한 촉감이 그의 살갗을 감쌌다. 세상에서 가장 운이 없는, 불행한 인간의 얼굴을 거칠고 굵은 실이 쓸어"(『지금은 부재중이오니』) 준다. 어딘가로부터 날아온 이 위안과도 같은 감각들은 "같은 병을 앓은 이가 같은 병을 앓는 이에게 보내오는 서럽고도 단단한 숨결 같은 것들."(『즐거운 부케』)이다. 그 숨결을 통해서 우리는 비로소 "밧줄을 끊는 것과, 누나처럼 또다른 밧줄로 자기 자신을 끊어 내는 것. 그것이 전부가 아니다. 또 하나의 방법이 있"(『소녀, 수록으로 가다』)다는 것을 알게 되고, 마침내 침묵 속에 빠져 있던 소녀로부터 "러시아어도 우즈베크어도 레바논어도 아닌" 언어로 "고맙습니다."라는 발화를 수행하도록 만든다.

「독」의 화자가 일부러 뱀에게 먹힘으로써 자신과의 뱀의 몸을 숙주로 제공하는 두꺼비를 보며 "소멸과 존재를 하나로 묶어주는 것은 어쩌면 두꺼비의 모성이 아니라 '독'이라고" 생각하듯이, 도시의 일상과 이방의 떠돎, 환대의 기억과 적대의 현실을 하나로 묶어주는 것은 비루한 일상 속에 존재하는 마법 같은 장면들이다. 그것은 우리에게 끊임없는 활력을 제공해주는 우리들 삶의 일부로서의 얼굴을 스스로의 힘으로 회복하도록 만드는 것이고, 자신을 구속하는 갑옷과도 같은 신체를 제 영혼의 부름에 응답할 줄 아는 힘을 부여해 주는 것이다.

지키고자 하는 것을 지켜낸 손, 지키고자 하는 것을 지켜내기 위하여 능히 대가를 지불한 손, 강한 자의 말과 무기에서 자신을 떼어 낼 줄 아는, 그리하여 제 영혼의 부름에 응답할 줄 아는 그런 힘을 지닌 손이었다. (『아나』)

그 손이 지니는 힘은 화가로 하여금 "나는 한국 사람도 아니고 우즈베크 사람도 아닌 다만 이 땅의 사람일 뿐이오."라고 당당하게 선언하도록 만든다. 그리하여 "검고 시뻘건 어두운 색이 압도적이던 과거의 그림과 달리 최근의 그림들은 다양한 밝은 색채가 동화와 환상적인 세계를 이루고 있는" 것을 목도하게 되는 것이다.

4. 그리고 삶은 오래 지속된다

"문득 삶이 이렇게도 스산할 수가 없다는, 생각"(「독」)은 허혜란의 인물들만이 아니라, 그녀의 소설을 읽는 독자라면 떠올리지 않을 수 없는 우리 존재의 조건이다. "어린 신부가 울고 있는 것만큼 빤한 각본"(「소녀, 수록으로 가다」)은 없는 것처럼, 우리 삶의 모습도 그저 잡지의 표지처럼 통속적이고 지리멸렬하다. 이방을 떠도는 자유로운 삶을 살다가 결혼하여 집 속에 갇힌 일상을 살아가는 「체로키 부족」의 주인공들은 "기대도 실망도 없고 서로의 몸에 대한 관심도 없는 피곤하고 무료한 일상이 그들만의 것은 아니라고" 스스로를 위안한다. 이 위로는 독자들에게도 전해질 수 있는 것일까.

체로키 인디언처럼 자기 존재의 근원적 장소를 회복하여 자유롭게 말달리기를 꿈꾸며 집을 박차고 나간 주인공은 "한 손에는 무를, 다른 한 팔로는 아이를 안은 채" 집으로 귀환한다. 소설의 결말에서는 이례적으로 서술자의 목소리가 개입하여 "그들이 가겠다던 지구상의 오지, 신이 만들어놓은 가장 깊은 골짜기. 그곳이 여기다."라고 말한다. 환대에 대한 긴 주석의 결론에서 데리다는 환대의 문제는 윤리적 문제와 연결되는 것이고, 중요한 것은 언제나 거처에 대해 책임을 지는 것이라고 말했다. 집에 거주한다는 것은 일상의 삶을 받아들임으로써 세계를 자신의 대상으로 삼는 것이 아닌가. 이 거주에 대한 기억할 만한 고찰을 통해서 허혜란의 소설은 비로소 독자들을 그들 자신의 삶의 현장으로 초대한다. 이 초대는 분명 소중하다. 우리들이 살고 있는 이 비루한 삶의 현장으로 우리들 자신을 도래하게 만드는 것이 소설이 아니라면, 소설이란 도대체 무엇이란 말인가.

성스러운 저주

— 한동림의『달꽃과 늑대』

1. 사람은 땅에서 자란다

인간의 모든 역사와 활동은 근본적으로 땅에 뿌리를 내리고 있다. 인간이 실존한다는 것은 거주한다는 것이고, 거주란 곧 장소를 갖는 것이기 때문에 장소는 인간 실존의 근원적 중심을 이룬다. 그리하여 인간이 거주하는 장소는 인간 존재가 세계와 관계를 맺는 방식을 결정하고, 인간의 실존이 이루어지는 생활세계를 이루는 터전이 된다. 장소란 그 장소를 경험하는 사람과의 관계를 고려하지 않고서는 존재할 수 없는 것이어서, 사람들 각자는 자신의 존재의 장소를 둘러싼 관념과 형식, 이미지와 표상에 대한 투쟁으로부터 자유로울 수 없다. 자신이 태어나거나 정착하고 있는 땅의 의미를 생각하는 것이 개인의 자아 형성에서 중요한 이유는 이 때문이다.

애드워드 랠프는 집이라는 장소가 개인의 정체성을 뒷받침하는 유일무이한 토대라고 말했다. 집을 지시하는 영어 Home이 갖는 의미를 보아도 알 수 있듯이, 인간이 거주하는 물질적 장소를 의미하는 그 용어는, 때로 가족들의 내밀한 공간인 가정을 의미하기도 하고, 혹은 태어난 장소인 고향을 의미하기도 한다. 『달꽃과 늑대』가 주목한 인간 존재의 비밀 또한 이 집, 가정, 또는 고향이라는 장소가 어떻게 층위를 달리하면서 한 인간의 영혼에 어떠한 각인을 남기게 되는가, 그리하여 한 인간의 정체가 어떠한 경로를 통해 형성되는가 하는 문제와 관련을 갖는다.

『달꽃과 늑대』에서 특별히 한 영혼을 사로잡는 장소로서 중요하게 등장하고 있는 것은 고향이란 공간이다. 사람들의 삶이 상징적인 장소와의 결속에 의해 영향을 받는 것이라면, 고향이란 장소는 그 땅과 인간의 관계를 사회적 내지 인격적 연대로 묶고 있어서, 인간의 언어, 관습, 풍속 등의 문화적 요소가 그 장소와 밀접한 연관을 지닌 것으로 드러나게 된다. 고향이란 장소는 혈연 관계로 엮이어진 가족의 결속을 떠올리게 만들고, 그 장소에서는 이해관계에 따라 인간의 유대가 형성되는 것이 아니라, 사랑이나 정, 혈연적 유대감 같은 것이 사람들의 관계를 지배하게 된다. 고향에 집착하는 사람들은 가족에 대한 무한한 책임을 자신의 존재의 근거로 삼고 있는 자들이다.

『달꽃과 늑대』에서 이러한 의미에서의 고향에 사로잡힌 영혼을 대표하는 존재는 화자의 아버지이다. 그는 고향으로의 귀환을 갈망한다는 점에서 누구보다도 강렬한 노스텔지어에 사로잡힌 인물이다. 현재라는 시간과 공간에 대한 부정적인 감정을 배경으로 과거의 장소에 대한 간절한 갈망을 드러내는 감정의 상태를 지시하는 노스텔지어는 서울에서의 오랜 생활을 마감하고 서둘러 고향으로 존재의 거처를 옮겨가는 아버지의 심정을 대표하기에 매우 적절한 용어이다. 그 노스텔지어의 정념은 이 작품을 통어하는 하나의 인상적인 장면을 통해 제시되고 있다. 장을 달리해 살펴보자.

2. 만인은 만인에 대해 늑대인 것이니

『달꽃과 늑대』에 등장하는 '프롤로그'의 전문은 "야만의 바다 한복판에 외롭게 떠 있는 작은 섬에서 나는 태어났다. 따사로운 햇살이 꽃비처럼 내리는 그곳에는 건드리기만 해도 부러질 것만 같은 가녀린 꽃자루에 탐스러운 꽃송이를 위태롭게 매단 꽃나무들이 지천으로 자라고 있었다."(7쪽.)이다. 그리고 첫 장인 '검은 초원'의 제 1절은 "유년의 길목에서 나는 수상한 네발짐승 한 마리와 마주쳤다. 윤이 자르르한 흑색 털을 휘날리며 교교한 달빛으로 물든 들판을 가로질러 달려오더니 파르스름한 안광을 번득이며 짐승은 내 안으로 성큼 뛰어들었다."(11쪽.)이다. 이 두 간명한 문장들 속에 이 작품의 제목이자 그것이 의도하는 고향의 인유로서 '달꽃'과 '늑대'라는 식물과 동물의 이미지가 섞여들고 있다. '따사로운 햇살'과 '교교한 달빛', '탐스러운 꽃송이'와 '수상한 네발짐승'의 대비는 고향이 갖는 상징성을 성급하게 독자들에게 제시하는 제사와도 같다. 이 이미지가 고향에 대한 강렬한 열망의 이야기를 상징한다는 것은 노스텔지어의 실재에 대한 민담적 버전와도 같은 다음 이야기를 통해 독자 앞에 제시되고 있다.

> 달꽃은 사람들의 눈을 피해 깊고 깊은 계곡에만 뿌리를 내리는 영험한 화초였다. 스무 사흘간 밤마다 달빛을 빨아들여 꽃봉오리에 응축해됐다가 그믐칠야에 꽃망울을 터뜨려 은빛의 꽃잎을 펼쳤다. 죽기 직전이었던 반인반수의 괴물은 칠흑 같은 어둠 속에서 교교한 빛을 뿜어내고 있는 신비로운 꽃을 발견하고 엉금엉금 기어가서 그 꽃을 따먹었다. 꽃에 서린 달의 정기는 괴물의 몸속에 들어가자마자 놀라운 힘을 발휘하여 꺼져가던 생명을 기적적으로 회복시켰다. (31~32쪽.)

사람들에게 쫓겨 죽음 직전에 이른 늑대가 달꽃의 서린 영험한 정기를 통해 놀라운 생명력을 획득하게 된다는 그 이야기는 추방당한 저주받은 존재가 하나의 신성을 획득하는 어떤 예외적인 장면을 독자들에게 인상적으로 제시하고 있다. 추방과 재생, 저주와 신성의 경계 속에 살아가는 늑대의 비유가 아버지의 고향에 대한 갈망을 암시하고 있다는 점을 알아차리는 것은 어렵지 않다. 그 이야기가 아버지를 향하고 있다는 점은 그것을 들려준 외할머니가 "네 고향마을 어딘가에도 틀림없이 달꽃이 피어있을 게다"라고 말하고, 그에 대해 화자가 "그것은 내 아버지의 집요한 고향 사랑에 대한 은근한 책망이 담긴 농담이었다."(32쪽.)라고 생각하는 대목을 통해서도 암시적으로 드러나지만, 다음과 같은 장면들에서 보다 직접적으로 제시되고 있다.

　　　　시름시름 그믐을 앓다가도 달꽃만 따먹으면 거짓말처럼 원기를 회복한다는 괴물의 피가 어쩌면 아버지의 혈관 속에 흐르고 있는지도 모를 일이었다. 그 불온한 피가 달의 운행에 따라 일렁이면 아버지는 허겁지겁 고향으로 달려내려가서 깊은 밤에 눈부신 달꽃을 욕심 사납게 혼자서만 몰래 따먹는 것이리라."(32~33쪽.)

　　　　조금 전까지 버스 안에서 여독에 지쳐 흐느적거리던 아버지는 어디론가 사라져버리고 눈앞에는 어느새 생기 넘치는 늑대 한 마리가 번드레한 털빛을 자랑하며 게걸스럽게 음식을 씹어 삼키는 중이었다. (48쪽.)

　　저주받은 생명에 신성한 기운을 부여하는 고향에 대한 갈망을 지닌 아버지는 자신의 큰 아들인 화자 또한 그러한 정념을 이어받아 지니기를 바라고 있다. 틈만 나면 어린 화자를 동반하고 먼 길을 달려 고향으로 향하던 아버지는 화자에게 고향집의 주소를 외우게 하면서, "나중에 네가 커서 어른이 된 뒤에 혹시 길을 잃게 되면 그 주소가 필요하게 될 게다."(29쪽.)라고 말한다. 그리하여 화자는 "수십 년의 세월이 흐르는 동안 행정구역 개편이 수차례나 이루어졌기에 이제는 면사무소의 해묵은 대장에서조차 자취를 감춰버린 옛 주소를 번지수 끝자리까지 분명하게 기억한다."(28쪽.)고 고백하게 되지만, 그가 지닌 아버지의 고향에 대한 감정은 아버지가 원하던 방향으로 자라난 것은 아니다. 일반적으로 고향이 아늑함, 보호받음, 가족의 사랑 등의 이미지로 떠올려지는 장소라면, 화자에게 그것은 정반대의 이미지를 지니고 있는 장소로 자리잡게 된다. 무엇보다도 그것은 집과 가정을 위협하는 존재가 다름아닌 고향의 사람들, 아버지의 형제들이라는 점에서 그러하다.

『달꽃과 늑대』에 나타나는 늑대라는 동물의 비유는 중의적으로 사용되고 있는데, 그것은 무엇보다도 그 동물의 비유가 고향을 갈망하는 아버지의 존재를 지시할 뿐만 아니라, 아버지의 고향사람들, 특히 아버지의 친형제들을 지시하고 위한 것으로도 사용되고 있다는 점에서 그러하다. 아버지의 형제들은 화자의 부모들에게 기생하면서, 일상적으로 폭력을 행사하여 어린 화자를 공포에 사로잡히게 만들었던 존재들이다. 화자는 텔레비전을 시청하면서 동물의 왕국에 등장하는 육식동물들의 포식 행위를 목격하고는, 그것이 자신의 부모를 괴롭히는 일가들의 모습과 흡사하다고 느낀다. 아프리카 '동물의 왕국'에 등장하는 육식동물과 초식동물의 관계를 지켜보면서, 화자는 초원에서 생존을 놓고 잔혹한 경주를 벌이고 있는, '잡아먹는 쪽'과 '잡혀 먹히는 쪽'의 대비를 고향의 사람들과 부모와의 관계로 파악하고 있다. 그러한 인식은 고향사람들과 고향 자체에 대한 적대로 드러나게 된다.

> 우덕도였다. 징그러운 눈빛과 소름 끼치는 고함의 장본인들이 잉
> 태되고 태어나고 성장한 곳, 과대망상이라는 끈적이는 피를 대물림
> 해온 자들이 고향이라고 부르는 곳, 거기가 바로 나를 비롯한 가족 모
> 두를 벼랑 끝에 선 듯한 공포로 내몰던 파도의 진원지였다. (179쪽.)

화자가 경험하는 것은 집과 고향, 가정과 고향의 분리이다. 고향이라
는 이름을 대표하는 존재들이 혈연적 유대로 정을 나누는 사람들이 아니
라 "무지와 편견이라는 고질병을 집단으로 앓는 사람들로 바글거"리는
장소이고, "그들의 몸에는 미친 피가" 흐르고 있다고 생각하는 화자가 그
'잔혹한 광기'로 가득한 곳이자, "증오하는 대상들이 뿌리를 두고 있는 남
녘의 섬"을 고향이라는 이름으로 부르기를 거부하는 것은 어쩌면 당연
한 일이다. 화자는 아버지를 향해 "아버지의 고향을 대물림하여 내 고향
으로 받아들여야 하는 이유가 어디에 있느냐고, 더 이상 저 후락한 섬을
고향이라고 부르도록 강요하지 말라고"(175쪽.) 반항하기도 하고, 고향의
저 "짐승의 눈빛을 가진 사람들과 한데 뒤섞여 뛰고 뒹굴고 소리치던 시
절"(178쪽.)이 아버지에게 존재했다는 점을 믿을 수 없어 혼란스러워 하
기도 한다.

그러나 아버지에게 고향이란 장소는 화자가 받아들이는 우덕도의 실
재와는 판이하게 다른 장소이다. 화자의 짐작과는 달리 아버지의 추억
속에 등장하는 고향의 모습은 조금도 어둡지가 않을 뿐만 아니라, 하나
의 유토피아와도 같은 장소이기까지 하다. 화자는 고향에 대한 추억을
이야기하는 아버지의 말을 좀처럼 믿을 수가 없어서, "우덕도의 실체를

누구보다도 잘 알고 있는 내가 그 허무맹랑한 추억담을 고분고분 받아들일 수는 없는 노릇이었다."(187쪽.)라고 개탄하지만, 문제는 바로 고향에 대한 아버지의 태도로부터 발생하였던 것이다. 그것은 "가족과 우덕도 사이에서 위태로운 줄타기를 하다가 결정적인 순간이 되면 매번 우리 가족을 버리고 고향을 선택해왔던"(344쪽.) 아버지에 대한 반발로 이어지게 된다. 그리하여, "나는 더 이상 우덕도를 일컬으면서 고향이라는 말을 사용하지 않았다. 그곳은 오래 전부터 내 고향이 아니었다. 그곳은 오직 아버지 혼자만의 고향이었다."(346쪽.)라는 결의는 고향이라는 장소에 맞서서 외로운 투쟁을 시작하게 된 화자의 모습을 잘 보여주고 있다.

3. 규율이란 또한 야만의 다른 이름이니

아버지에게 고향의 유년이 하나의 소중한 추억의 장소였다면, 화자에게 그러한 공간을 대표하는 곳은 가족들이 모두 떠나간 집이다. 겨울방학이 되어 식구들이 귀향을 준비할 때 화자는 아버지의 질책에도 불구하고 고향으로 내려가는 것을 거부함으로써 결국 혼자 집에 남게 되는데, 그 때 느낄 수 있었던 자유의 기억을 생애에서 가장 즐거웠던 겨울방학의 기억이라고 말하고 있다.

매일 아침마다 온 집 안을 청소하는 행위는 흠 하나 없이 완전무결한 세계에 대한 일종의 예배이자 감사의 축수였다. 외톨이로서 감내해야 하는 수고와 고독쯤은 얼마든지 지불해도 아깝지 않을 만큼 소중한 가치가 그 세계에 깃들어 있었다. 아니 그보다 훨씬 더한 희생을 감수하는 한이 있더라도 반드시 지켜내고 싶은 무엇인가가 그

때의 내 일상에 분명히 존재했다. (207~208쪽.)

　고향의 사람들뿐만 아니라 자신의 가족들까지도 곁을 떠나간 자리에서 경험한 자유는 또한 평화라는 축복도 동반한 것이었는데, 화자는 "그 평화의 감각을 떠올리다 마주친 장면은 수년전 아버지의 형제들이 모두 서울을 떠나서 가족끼리만 단란하게 살았던 시절의 기억"(209쪽.)이라고 회상하면서 고향과 가족과 집의 위계를 분명하게 확인하게 된다. 그리하여 고향의 사람들로부터 자신의 가족을 지키고, 그 가족 속에서 자아의 영역을 분명하게 만들기 위해서는 고향사람들에게 맞서 싸우고, 복수를 해야만 한다는 다짐을 하게 된다.

　그러나, 그 자유와 평화가 그리 오래 유지되지는 않는 법이란 것은 누구나 경험적으로 알고 있는 것인데, 무엇보다도 겨울방학에 맞이한 자유란 개학과 동시에 무화되기 마련인 것이다. 화자가 학교에 가야 하는 존재라는 점은 이 작품에서 분량상으로 가장 비중 있는 이야기를 마련하고 있으며, 그만큼 중요한 의미를 지니고 있다. 앞에서 『달꽃과 늑대』에 등장하는 인간의 조건이 만인이 만인에 대해 늑대인 상태를 지시하고 있다는 것을 살펴보았다. 알다시피 만인이 만인에 대해 늑대이며 인간이 언제나 전쟁을 수행하고 있다는 생각은 그런 원시적인 상태를 인간의 규율과 정체(政體)을 통해 극복할 수 있다는 사고로 이어졌고, 그것은 근대 계몽주의의 핵심적인 입장이 되었다. 그러나 이 작품이 파악한 인간의 존재조건은 문명과 이성에 기반한 규율권력에 대한 기대를 허락하지 않는 세계이다.

　본래 학교란 규율의 내면화를 통한 지배 방식이 적용되는 장(場)이면서, 동시에 계몽주의적 주체 생산의 장이기도 하다. 학교에서의 훈육을 통해 개인은 어떤 문화에 귀속되는 질서의 체계와 감각의 배우게 되는 것이지만, 『달꽃과 늑대』의 화자에게 학교란 자신이 너무나 익숙한 저 동물의 세계의 반복과 다를 바 없는 장소로 다가온다. 그는 학교 경험을 통해 자신을 둘러싸고 있는 동물의 세계를 더욱 철저하게 경험하게 되고, 그것을 넘어서기 위한 최초의 도전을 수행하게 된다. 사람들이 학교에서의 위계화된 교육과정을 통해서 스스로를 통제하고 자신의 경계를 설정하는 능력과 방식을 습득하며, 그를 통해 자기 정체성을 확립하는 중요한 과정을 거치게 되는 것이라면, 화자가 경험하는 학교 생활 또한 이와 다르지 않은 의미에서 하나의 통과제의와도 같은 시련으로 기억된다.

화자에게 학교란 곧 홍준식의 패거리가 있는 장소이고, 그 패거리란 고향사람들로부터 가족을 지키고, 그들에게 복수를 하기 위해서 우선적으로 넘어서야 할 대상이다. 화자는 그들과 맞서 싸우는 방법을, "나는 간절하게 그 날카로운 송곳니를 소망했다. 그것이 내 무른 잇몸에 돋아나기를 바랐다. 그리하여 당당한 육식동물이 되고자 했다."(20쪽.)는 고백에서 보듯이 동물의 왕국에 등장하는 육식동물들에게서 배우거나, "나는 그 눈빛에 매료되어버렸다. 그것은 육식동물의 눈빛이었다. 주눅이 들어 눈길도 변변히 맞추지 못하던 사내아이의 모습은 간데없고 어엿한 수컷 승냥이 한 마리가 형형한 눈빛을 발하고 있었다."(223쪽.)에서 보이듯이 자신이 적대적으로 인식하는 고향사람들의 '육식동물의 가정교육'에서 배우고 있다. 그는 "그 절박한 순간에 내가 의지했던 것은, 아이로니컬하게도 내가 그토록 증오해온 작은 아버지들과 고모들이었다."(225쪽.)는 점을 너무나도 잘 인식하고 있다. 그러니, '육식동물의 사고방식과 행동양식'을 몸에 익혀서, 육식동물에 저항하기 위한 장소가 학교이고, 그밖의 어떠한 훈육이나 계몽도 그 장소에는 존재하지 않는 것이다. 홍준식 일당과의 싸움의 과정에서 학교가 믿을 만한 자기보존의 울타리가 되지 못하는 점이나, 결국 참담한 결말을 맞이하게 되는 홍준식의 이야기를 보아도 알 수 있듯이, 학교에서 수행되는 훈육이란 야만의 다른 이름일 뿐인 것이다.

학원을 배경으로 한 많은 서사들이 알려주는 것처럼, 그리고 『달꽃과 늑대』의 학교 이야기가 인상적으로 제시하는 것처럼, 오히려 만인이 만인에 대해서 늑대임을 사람들이 최초로 알게 되는 장소가 학교라고 보는 편이 좋을 것이다. 그렇다면, 늑대와 맞서서 인간적 연대를 수행할 수 있는 장소를 찾고자 하는 자는 어디로 가야 할 것인가. 만인이 만인에 대해 늑대인 것이 자연상태라고 주장한 홉스가 인간과 자연에 대한 심각한 오해에 빠져있다고 생각한 것은 루소였다. 그리하여.

4. 인간은 자연으로 돌아가라

루소는 자연상태에 놓여진 인간의 자기애와 자기보존의 욕구를 제어할 수 있는 심성이 인간에게 존재한다고 믿었는데, 그는 그 심성의 이름이 연민이며, 새끼에 대한 어미의 애정 등에서 나타나는 이 감정이 인간의 자기애로 향하는 충동을 완화하여 인류의 상호적 보존에 기여한다고 믿었다.(『인간 불평등 기원론』) 무지와 편견, 잔혹한 광기와 야만이 지배하는, 문명화되기 이전의 상태를 지시하는 말이 우덕도로 대표되는 고향이라면, 화자는 인간의 연민과 유대에 기반한 또 다른 고향의 존재를 화자는 꿈꾸고 있는데, 그 장소는 모성이라는 이름의 공간이다. 그는 자신의 유년시절에 자신이 "어느 이름 모를 작은 섬에서 내가 태어났을 것이라는 터무니없는 상상에 빠져 있었다."(25쪽.)고 고백하고 있다. 그러나 그 작은 섬은, 물론 아버지의 고향인 우덕도가 아니다.

> 아버지는 내 마음속에 자리하고 있는 정체불명의 섬이 의심할 여지 없이 우덕도일 것이라고 단정하고 있었다. 하지만 나는 마음속으로 연방 도리질을 했다. 그 섬의 정체가 아버지의 고향일 것이라는 추측은 당치도 않았다. 아버지의 고향인 남녘의 섬을 생각하면 불콰한 얼굴로 고함치는 술꾼들과 그들이 풍기는 쉬척지근한 술냄새가 떠올랐다. 그에 반해 내 마음속에 오롯하게 떠 있는 작은 섬에서는 갓난아기를 품에 안은 젖어미의 배릿하고 고소한 향내가 물씬 풍겨왔다. 이토록 판이하게 다른 두 섬을 어떻게 혼동할 수 있단 말인가. (54쪽.)

화자는 이후로 그 섬에 대해 언급하는 것을 피하지만, 우덕도가 아니라 자신의 존재가 기원하였다고 생각되는 그 섬을 잊은 것은 아니다. "비록 어느 누구에게도 털어놓을 수 없었지만 내 가슴속에는 작은 섬을 연상케 하는 어떤 느낌이 분명하게 자리하고 있었다."(55쪽.)고 말한 이후, 화자는 그 섬의 정체를 짐작한 한 사건에 대해서 들려주고 있다.

화자가 중학교에 입학했을 무렵, 학교에서 돌아와 장어를 커다란 솥에 삶고 있는 어머니의 모습을 발견한다. 그는 힘겹게 솥뚜껑을 붙잡고 있다가 장어가 뛰어올라 혼비백산한 어머니의 겁에 질린 눈을 보고는, "내가 야릇한 기분에 사로잡힌 것은 바로 그때였다."(62쪽.)라고 말한다. 그 순간적인 인식을 통해 알게 된 것은 "섬은 어머니의 영역이었다."는 점이고, 그 섬으로 상징되는 장소, "가족, 평화, 안녕, 행복 등등으로 이름 붙일 수 있는 소중한 가치들을 보듬어 품은 둥지"(67~68쪽.)가 곧 어머니라는 발견이었다.

화자가 홍준식의 패거리에 맞서 싸운 이유는 앞서 살폈듯이 아버지의 고향사람들에 대한 복수를 상징적 차원에서 감행하기 위한 행위였지만, 또한 그 과정에서 "홍준식의 패거리가 저지르는 온갖 악행에 쉽게 동화될 수 없었던 데에는 어머니를 슬프게 해서는 안 된다는 강박이 한몫을 했다."는 것을 깨닫게 된다. 화자를 포함한 가족에 대한 맹목적인 신뢰 속에서 늘 한결 같은 모습으로 가족을 뒷받침하고 있는 어머니는 자식들에게 잘못된 일이 생기면 "몇 달이나 몇 년에 걸쳐 시름 속에 여위어가는 모습을"(232쪽.) 보일 것이고, 그 모습을 고통스럽게 곁에서 지켜봐야 하리라는 것을 잘 알고 있기에, 화자는 홍준식의 무리 속에서 악행을 저지를 수는 없다고 생각한 것이다. "그때 내 머릿속에는 한 가지 생각뿐이었다. 어머니였다. 그 불쌍한 여인을 지켜주고 싶었다."(246쪽.)는 고백은 어머니에 대한 연민이 새로이 자신의 고향과도 같은 장소를 만들어줄 것이라는 암시를 전달하고 있다.

어머니에 의한 정서적 공간이자 물리적 공간이었으며 어머니라는 존재 그 자체이기도 했던 그 장소에 대한 기억을 떠올린 화자는, 가정을 지켜내기 위해 어머니와 함께 사력을 다해야 했을 아버지의 모습이 기억 속에서 깨끗하게 지워져버린 이유에 대해 궁금함을 품게 된다. 그것은 앞서 살폈던 바대로, 고향 사람들의 온갖 악덕 속에 가족을 방치한 아버지의 태도에 대한 의문이다.

화자가 작은 아버지인 재경에 맞서 최초의 반항을 한 후, 그토록 꿈꿔온 복수가 뜻밖의 성공을 거두게 되고, 그 후 재경 뿐만 아니라, 다른 친척들도 더 이상 집을 찾아오지 않게 되어 화자의 가족은 평화를 맞이하게 된다. 그 후, 집을 방문한 아버지의 대학동창으로부터 전해듣게 된 아버지의 과거 이야기는 커다란 충격으로 다가오게 된다. 동창이 전하는 말에 따르면, 아버지는 결코 나약하거나 유약한 사람이 아니라, 오히려 '왕년에 한가락' 했던 인물이며, '알아주는 건달'이었고, '겉보기랑 다르게 여간한 강골이 아니'어서, 여러 가지 일화를 지니고 있다는 일을 알게 된 것이다. 화자는 아버지에게 "그런 강단을 가졌으면서 왜 우리 집에 들이치는 파도를 줄곧 못 본 척한 것이냐고"(316쪽.) 반발을 하게 되고, 그 움직임은 "끓어오르는 격한 감정이 거대한 해일처럼 밀려와 내 혼을 어딘지도 모를 곳으로 휩쓸어가고 있었다."(317쪽.) 그 장소에서 만나게 된 존재가 어머니라는 것은 이미 밝혀졌다. 『달꽃과 늑대』의 서사는 "금방이라도 물 밑으로 가라앉을 것만 같은 어머니라는 이름의 섬에 의지하여 두려움과 맞서야 했던 작은 소년의 모습"(338쪽.)에 대한 보고인 것이다. 그리고 그 소년은 어머니라는 이름의, 또 다른 고향이 제공할 것이라고 기대되는, 인간의 자연 상태 속으로 돌아가기를 간절히 희구하게 된다.

5. 하여, 성스러운 저주는

『달꽃과 늑대』가 들려준 고향과 집, 고향과 가정의 맞섬에 대한 인식은 이제 고향이란 공간을 분리하여 두 개의 고향에 대한 상반된 인식을 지니게 되는 이야기로 발전한다. 고향에 대한 노스텔지어를 견딜 수 없어서 서울의 집을 처분하고 우덕도로 내려가려는 아버지와, 친정의 부모가 어렵게 마련해 준 집을 파는 것을 양보할 수 없어서 고통스러워하는 어머니의 대립은 그 대결구도를 극적으로 진행시키는 중요한 사건이 된다. 화자는 아버지를 따라 고향으로 내려갔으나, 이내 우울증에 빠져 입원하게 된 어머니로부터 그간 알지 못했던 인고의 세월에 대한 이야기를 전해 듣게 된다. 어머니는 시어머니의 시집살이로 인한 고통과 거듭되는 유산의 아픔에 대해 이야기하면서, 그 무지와 야만의 소굴에서 자신을 살려낸 것이 외가의 조부모였음을 화자에게 들려준다. 화자는 그리하여, 어머니에게도 실재하는 고향이 존재하고 있다는 것을 비로소 인식하게 된다.

이제 성인이 된 화자는 "나중에 네가 커서 어른이 된 뒤에 혹시 길을 잃게 되면 그 주소가 필요하게 될 게다."라던 아버지의 말을 상기하고, 아버지 자신이 삶을 지탱하는 근원적인 힘을 고향이라는 뿌리에서 얻었 듯, "잿빛 콘크리트 구조물 속에서 자라나는 어린 자식이 고향이라는 푸 근한 흙에 튼실하게 뿌리내리기를 소망했으리라."(377쪽.)는 점을 이해 하게 되지만, 이미 자신은 "뿌리가 들뜬 채 어딘지도 모를 곳을 떠돌아 다니는 부초"(378쪽.)일 뿐임을 깨닫는다. 그는 갑작스런 어머니의 죽음 을 당하여 어머니의 영혼은 정처없는 장소를 떠돌면서 정박하기 위해 묵 직한 닻을 간절하게 희구하는 것인지도 모른다는 깨달음을 얻게 되어 충 동적으로 어머니의 고향마을을 찾게된다. 그러나 그 장소 또한, "내가 얼 굴을 익히고 있는 친지도, 장소를 외우고 있는 조상의 묘도, 하다못해 너 주레한 추억 한 조각도 배어 있지 않은 낯선 동네였다."(390~391쪽.)는 점 을 확인하게 되었을 뿐이다.

화자는 이미 현대적 삶의 한 가운데에서 정박할 장소를 찾을 수 없는 존재였던 것이고, 고향이라는 장소를 둘러싸고 있는 어떤 성스러운 아우 라와, 그곳을 향한 신성한 갈망을 하나의 저주로 경험한 존재인 것이다. 그 성스러운 저주에 맞서기 위해, 그는 자신의 상징적 고향을 빼앗은 존 재가 살고 있는 장소로 달려간다. 그는 다시금 추방당한 존재, 저주받은 짐승이 된 자신의 모습을 깨닫는다.

> 어느새 나는 남녘의 바다를 향해 숨을 헐떡거리며 내닫고 있다.
> 내 몸뚱이에는 윤기가 자르르한 검은 털가죽이 씌워져 있다. 아니,
> 그것은 이미 내 몸뚱이의 일부다. 허리를 활처럼 휘어 앞발을 멀찌감
> 치 뻗었다가 공처럼 몸을 웅크려 뒷발을 당기는 동작을 되풀이하며
> 시커먼 네발짐승 한 마리가 달빛 아래서 남쪽으로 달려가는 중이다.
> 「……」
> 바로 그때, 지척에서 두견이가 탁한 음색으로 울기 시작한다. 그
> 울음이 마치 저주를 푸는 마법의 주문이라도 되는 양, 짐승은 경직에
> 서 풀려난다. (392~393쪽.)

그 짐승은 과연 저주에서 풀려날 수 있었던 것일까. 『달꽃과 늑대』의
서술자는 에필로그에서 자신이 화분에 심은 씨앗이 "검은 땅을 뚫고 여
린 빛깔의 꽃잎을 밀어올렸다"는 보고를 전해준다. 그것은 "모두 제 힘만
으로 해낸 찬란한 기적이었다."(394쪽.)는 것이 서술자의 해석이다. 화분
속에 심겨진 그 작은 자연은, 스스로 그러한 성취를 이룰 수 있는 힘을 지
니고 있던 것일까. 화분 속에 심겨진 나무로 대표되는 그 자연의 소박한
표상은 성스러운 저주로 봉인된 자연 속에 숨겨진 생명력에 대한 기원이
다. 자연으로부터 기원하였다고 알려진 그 신비로운 힘은, 화자에게도
전달될 수 있는 것이었을까.

루소는 인간이 투박한 오두막에 만족하는 한, 그들의 본성이 허용하
는 만큼 자유롭고 행복한 삶을 누릴 수 있었다고 말했다. 그러나 『달꽃
과 늑대』의 서사가 증명하는 것은 인간의 자연상태를 향한 지향이 더 이
상 의미 있는 성취를 발견하기 어려운 시공간이 현대인이 살고 있는 실

존적 조건을 이룬다는 점이다. 이성을 지니고 사유하는 존재, 자연적인 욕구를 본능의 한계들 너머로 확장하려는 열망을 지닌 존재인 인간들 속에서, 고향이란 장소는 신성을 잃었고, 인간이 돌아가야 할 자연은 성스러운 저주 속에 봉인되어 있다. 그 저주를 풀려는 시도가 어떠한 지향으로 이어질 것인지에 대해서는, 작가의 다음 작품을 지켜볼 수밖에 없을 것이다. 한 스토아 철학자가 남긴 다음과 같은 말을 되새기는 것으로 이야기를 마친다. "고향을 감미롭게 생각하는 사람은 아직 허약한 미숙아이다. 모든 곳을 고향이라고 느끼는 사람은 이미 상당한 힘을 갖춘 사람이다. 그러나 전세계를 타향이라고 느끼는 사람이야말로 완벽한 인간이다." (성 빅톨의 휴고, 『디다스켈리콘』, 에드워드. W. 사이드, 박홍규 역, 『오리엔탈리즘』, 교보문고, 1991, 416쪽에서 재인용)

허병식

부산에서 태어났고 동국대학교 대학원 국어국문학과를 졸업했다. 2006년 조선일보 신춘문예 문학평론 부문에 당선했고, 동국대학교에서 한국 근대문학과 문화에 대해 가르치고 있다.

역락비평신서 31

지연되는 임종

초판 1쇄 인쇄 2022년 11월 3일
초판 1쇄 발행 2022년 11월 21일

지 은 이   허병식
펴 낸 이   이대현

책임편집   이태곤
편   집   권분옥 임애정 강윤경
디 자 인   안혜진 최선주 이경진
기획/마케팅 박태훈 안현진

펴 낸 곳   도서출판 역락
주   소   서울시 서초구 동광로46길 6-6 문창빌딩 2층(우06589)
전   화   02-3409-2055(대표), 2058(영업), 2060(편집) FAX 02-3409-2059
이 메 일   youkrack@hanmail.net
홈페이지   www.youkrackbooks.com
등   록   1999년 4월 19일 제303-2002-000014호

ISBN 979-11-6742-411-2(04800)
ISBN 978-89-5556-679-6(세트)

*정가는 뒤표지에 있습니다.
*잘못된 책은 바꿔 드립니다.

＊이 도서는 2013년도 한국문화예술위원회 아르코문학창작기금지원사업에 선정되어 발간되었습니다.